福建省社科规划基金项目（2010B108）结项成果
国家社科基金项目（11BZW074）阶段性成果之一

宗教与中国文学散论

——梦枕堂丛稿二编

李小荣 著

凤凰出版社

图书在版编目（CIP）数据

宗教与中国文学散论 ：梦枕堂丛稿二编 / 李小荣著
. -- 南京 ：凤凰出版社，2013.11
ISBN 978-7-5506-1911-1

Ⅰ. ①宗… Ⅱ. ①李… Ⅲ. ①宗教文学－古典文学研究－中国－文集 Ⅳ. ①I207.99-53

中国版本图书馆CIP数据核字(2013)第271912号

书名	宗教与中国文学散论——梦枕堂丛稿二编
著者	李小荣
责任编辑	樊 昕
出版发行	凤凰出版传媒股份有限公司 凤凰出版社(原江苏古籍出版社) 发行部电话025-83223462
出版社地址	南京市中央路165号,邮编:210009
出版社网址	http://www.fhcbs.com
经销	凤凰出版传媒股份有限公司
照排	江苏凤凰制版有限公司
印刷	江苏凤凰通达印刷有限公司 南京市六合区冶山镇,邮编:211523
开本	880×1230毫米 1/32
印张	11.5
字数	309千字
版次	2013年11月第1版 2013年11月第1次印刷
标准书号	ISBN 978-7-5506-1911-1
定价	46.00元

(本书凡印装错误可向承印厂调换,电话:025-57572508)

目　录

陶渊明与道教灵宝派关系之检讨

——以涉酒诗文为中心

一

众所周知,在陶渊明(365—427)[①]的文学创作中,涉酒作品比例极高,据逯钦立统计,其存世诗文142篇,说到饮酒的共56篇,约占全部作品的百分之四十[②]。对这种突出现象,时人与后人都有大量的评论,如其好友颜延之(384—456)所撰《陶征士诔》说他是"心好异书,性乐酒德,简充烦促,就成省旷"[③],梁萧统(501—531)《陶渊明文集序》则说"有疑陶渊明诗,篇篇有酒,吾观其意不在酒,亦寄酒为迹"[④]。无论"乐酒德"或"寄酒"之评价,皆表明酒既是陶渊明物质生活中不可或缺的东西,更是其精神生活的一种特殊载体。虽然在陶氏不同的人生阶段,酒的来源不一,饮酒的频率不等,饮酒的场合、心境有别,但古今中外的研究者都想弄清楚一个根本性的问题,即其饮酒的思想基础何在?

对此问题,不同的研究者给出的答案不尽相同。比如鲁迅

---

① 关于陶渊明的生年,学界有多种说法,本文暂取365年之说。

② 逯钦立校注《陶渊明集》,北京:中华书局,1979年,第238页。

③ [梁]萧统编,[唐]李善注《文选》,上海:上海古籍出版社,1986年,第2471页。

④ [梁]萧统著,俞绍初校注《昭明太子集校注》,郑州:中州古籍出版社,2001年,第200页。

1927年的著名演讲《魏晋风度及文章与药及酒之关系》，是从晋末社会思想的角度，说陶渊明是“乱也看惯了，篡也看惯了，文章便更和平”的代表，其态度是“随便饮酒”[①]；陈寅恪《陶渊明之思想与清谈之关系》认为陶氏创立新自然说，诗中《饮酒》、《止酒》、《述酒》及其关涉酒之文字“乃远承阮、刘之遗风，实一种与当时政权不合作态度之表示，其是自然非名教之意显然可知”[②]；王瑶《文人与酒》则深受鲁迅影响，指出陶渊明饮酒的心境主要有二：一是“和竹林名士一样，是用酒来追求和享受一个‘真’的境界的，所谓形神相亲的境地”。二是“借酒来韬晦免祸的”。但“他的悲痛只是内心的，受到实际政治迫害的机会比较少，所以陶诗中写后一种心境的诗不如写前一种的多”[③]。鲁、陈、王三人的观点，是20世纪上半叶这一研究领域的典型代表，至今依然具有示范意义。尤其是陈寅恪提倡的“研究当时士大夫之言行出处者，必以详知其家世之姻族连系及宗教信仰二事为先决条件”[④]，予以后来者的史学研究良多启迪。就前者而言，陶渊明所撰《晋故征西大将军长史孟府君传》载其外祖父孟嘉是“好酣饮，逾多不乱。至于任怀得意，融然远寄，傍若无人”，桓温尝问嘉：“酒有何好，而卿嗜之？”嘉笑而答曰：“明公但不得酒中趣尔。”[⑤]《饮酒二十首》（十四）则夫子自道云“酒中有深味”（第268页），《五柳先生传》又说自己是“性嗜酒”（第502页），可见他对于酒的感情、认识，与孟嘉何其相似，显然有孟嘉遗风。就宗教信仰言，陈寅恪说“渊明之为人实外儒而内道，舍释迦而宗天师者也”[⑥]。此说一出，几成定论，不少治陶名家都深以为

① 《鲁迅全集》第三卷，北京：人民文学出版社，2005年，第537页。

② 陈寅恪《金明馆丛稿初编》，北京：生活·读书·新知三联书店，2001年，第227页。

③ 王瑶《中古文学史论》，北京：北京大学出版社，1998年，第184—185页。

④ 陈寅恪《金明馆丛稿初编》，第227—228页。

⑤ 袁行霈《陶渊明集笺注》，北京：中华书局，2003年，第492页。又，本篇所引陶公作品，皆出于此，此后不复一一出注，只随文标明页码，以便读者检索。

⑥ 陈寅恪《金明馆丛稿初编》，第229页。

然,并有所申论[①]。

不过,到了陶渊明生活的晋末宋初,天师道在教义、教规上都发生了不少变化。刘宋新天师道经典《三天内解经》卷上所讲"三天正法"即要求:"治病疗疾,不得饮酒食肉。"[②]从严格的道教戒律意义上讲,即便生病之际,也不能饮酒。事实却恰恰相反,陶渊明非但一生多次得病,而且生病时往往也照喝不休。《答庞参军一首》序中即云"吾抱疾多年",诗则谓"或有数斗酒,闲饮自然欢"(第115页)。有论者指出,陶渊明《答庞参军》中所说"旨酒",是一种好酒,且用于服散治病[③]。另外,志磐《佛祖统纪》卷二六记载了后世流传甚广的陶渊明不愿入莲社的故事,说他:

> 尝往来庐山,使一门生二儿舁篮舆以行,时远法师与诸贤结莲社,以书招渊明。渊明曰:"若许饮,则往。"许之,遂造焉;忽攒眉而去。[④]

此处所说"结莲社",当指东晋元兴元年(402)慧远集缁素慧永、慧持、刘遗民、雷次宗等123人在般若台精舍阿弥陀佛像前建斋立誓,以期往生西方之法事。慧远法师乃持律精严之人,《高僧传》卷

---

① 如逯钦立1946年所撰《〈形影神〉诗与东晋之佛道思想》(载《汉魏六朝文学论集》,西安:陕西人民出版社,1984年,第218—246页),根据《形影神》诗产生的时代背景,进而论证陶渊明反对的是慧远的神不灭论和因果报应论。不过,当时也有反对陈氏观点者,如朱光潜指出《形影神》所反映的思想未必不是大乘精义,而且"渊明不但在诗里,而且在生活里,处处表现出这个胜境,所以我认为他达到最高的禅境,慧远特别敬重他,不是没有缘由的"(《诗论》,合肥:安徽教育出版社,1997年,第237—243页)。

②《道藏》第28册,北京:文物出版社,上海:上海书店,天津:天津古籍出版社,1988年,第414页下。

③ 参吴国富《陶渊明与道家文化》,南昌:江西人民出版社,2009年,第153—154页。

④《大正藏》卷四九,第269页下—270页上。

六载其义熙十二年(416)八月初动散:“至六日困笃,大德耆年,皆稽颡请饮豉酒,不许。”①最后竟由此撒手人间,圆寂而去。虽然他对陶渊明网开一面,许其破戒饮酒而入会,陶氏却中途变卦。有人指出根本原因在于,陶渊明对佛教五戒中的其他戒律及修行方式深有顾忌,故而最终放弃了加入僧团的尝试,但他并不反对佛教思想②。

陶渊明既然不愿受各种宗教戒律的束缚,所以笔者怀疑他至少不是纯正的天师道信徒,只是在思想层面接受了道家及当时道教各派别所共同遵循的自然之道而已。

改革开放以来,学术界对陈寅恪的陶渊明未受佛教影响之论断的质疑声渐多,大多数学人认为陶氏受过佛教的影响③。就所受影响的层面而言,大致可分成两类:一是思想层面,或谓其思想与心无宗有关,或谓渊明赞同佛教的因缘观、生死观,或谓其深受大乘般若思想的影响;二是文学层面,如有人指出《游斜川并序》、《桃花源记并诗》的文体与汉译佛经之“祇夜”有关,有人认为《止酒》诗的奇特形式与某些佛经的长行句式相似。诸如此类,说法虽异,中心思想却只有一个,即陶渊明是在自觉或不自觉之间接受了

① [梁]慧皎撰,汤用彤校注《高僧传》,北京:中华书局,1992年,第221页。

② 参丁永忠《陶诗佛音辩》,成都:四川大学出版社,1997年,第16—18页。

③ 相关论著中比较重要的有陈洪《陶渊明佛教观新探》,《徐州师范学院学报》1993年第4期,第12—16页;顾农《陶渊明对佛教的态度》,《山东师大学报》1997年第1期,第93—98页;丁永忠《陶诗佛音辩》;何剑平《陶渊明的诗歌创作与晋宋佛教之关系》,《普门学报》第15期,2003年5月,第201—232页;邓小军《陶渊明与庐山佛教之关系——兼论〈桃花源记并诗〉》(《诗史释证》,北京:中华书局,2004年,第37—72页);李秀花《陶渊明诗所受佛经影响》,《上饶师范学院学报》2005年第1期,第52—55页;范子烨《拒斥与吸纳:论陶渊明与庐山佛教之关系》(载袁行霈主编《国学研究》第二十三卷,北京:北京大学出版社,2009年,第199—296页);释慧莲《东晋佛教思想与文学研究》(成都:巴蜀书社,2009年),等等,不一而足。

当时具有巨大社会感召力的庐山慧远教团的影响[①]。其中,范子烨把二者关系概括为"拒斥与吸纳",这是比较到位的。

二

既然陶渊明对佛教的吸纳是有选择性的,这就促使我们思考如下问题:即在当时的新兴宗教派别中,何者才能做到兼容道教与大乘佛教?易言之,陶渊明所接触的这一宗教派别,其思想要素既要契合于其家族文化传统中的道教信仰,又已吸纳了某些佛教思想的因子。唯有这样,才能弥合诸家的歧异,而符合前述双重条件者,在当时只有道教灵宝派而已。

经过国内外不少学者的积极探究,发现在六朝产生的新兴道教派别中,灵宝派最集中地反映了道教对大乘佛教的吸收借鉴[②]。更值得注意的是,当时古灵宝经对"酒戒"的特殊态度,完全契合于陶渊明的精神需求。

---

① 按,有些研究者为了折衷调和陶渊明受、未受佛教影响的论点,一方面继承陈寅恪的论断,另一方面又主张陶渊明受过庐山佛教及文学的影响,最突出的代表是邓小军和范子烨。

② 相关研究的重要成果有:[日]福井康顺《灵宝经の研究》,东京:书籍文物流通会,1960 年;山田利明《灵宝经と大乘思想——灵宝斋の思想基楚》,《东洋大学文学部纪要》(6),第 51—68 页,1998 年 3 月;神冢淑子《灵宝经と初期江南佛教—因果报应思想を中心に》,《东方宗教》第 91 号,1998 年 5 月,第 1—21 页;小林正美著,李庆译《六朝道教史研究》,成都:四川人民出版社,2001 年;[荷兰]Erik. Zürcher(许里和), *Buddhist Influence on Early Taoism: A Survey of Scriptural Evidence*, T'oung Pao. 66. 1980, pp. 84 -147;[美]Stephen R. Bokenkamp(柏夷), *Sources of the Ling-pao Scriptures*, in *Tantric and Taoist Studies in Honour of R. A. Stein*, vol. 2, ed. Michel Strickmann, Bruxelles: Institut belge des hautes etudes chinoises, 1983;王承文《敦煌古灵宝经与晋唐道教》(北京:中华书局,2002 年)等。其中,本文参考王承文研究成果处颇多,恕不一一出注。

所谓古灵宝经，主要是指敦煌遗书 P.2861＋P.2256 宋文明《通门论》中所见陆修静(406—477)《灵宝经目》著录的一批早期灵宝经典，它们多出于葛巢甫东晋隆安(397—401)末年造构灵宝之时，并构成了三洞经书之“洞玄部”的最初内容。代表性的经典有《太上洞玄灵宝五篇真文赤书》(S.5733,《道藏》本作《元始五老赤书玉篇真文天书经》)、《太上洞玄灵宝大道无极自然真一五称符上经》(P.2440,《道藏》本题作《太上无极大道自然真一五称符上经》)、《太上洞玄灵宝智慧定志通微经》(P.5563)、《太上洞玄灵宝无量度人上品妙经》(P.2606、P.2651、S.3109 等,《道藏》本作《灵宝无量度人上品妙经》)、《太极左仙公请问经·上》(S.1351,《道藏》本缺)等。

东晋后期在江南地区兴起的道教灵宝派，实际上和上清派一样，都把天师道与江南地区原有神仙道教特征整合为一体，核心信仰仍然是成仙。但是，相对于其他道教派别，灵宝派吸纳的佛教教义最多，重要者如因缘、果报、三世轮回与涅槃思想等，并由此建立了道教新型的报应观、度人观和无心说，对后世道教的发展影响深远。此外，灵宝派在发展过程中，也吸纳了其他新兴教派的思想，比如上清派最重视的存思法之类。总之，灵宝派是当时最具融摄性的道教派别。

逯钦立曾把陶渊明 40 多首年代可考的饮酒之作进行了大致的划分，指出可分成三个阶段：第一阶段是从 39 岁到 50 岁，这 11 年是他纵情酣饮的主要阶段。第二阶段从 51 岁到 57 岁，这 7 年是他家贫缺酒、亲友招饮的阶段。第三阶段，60 岁以后，这是他重新得过酣饮生活的阶段[①]。虽然学术界对某些饮酒诗具体创作时间的看法不一，但逯先生的划分总体说来是比较清楚地反映了陶渊明的饮酒历程和心态变化，从中亦知渊明集中饮酒是在东晋元兴二年(403)以后。

---

① 参逯钦立校注《陶渊明集》，第 238—239 页。

陶渊明作自传时说"性嗜酒",但其存世作品中有一首别有情趣的《止酒》诗,从中可知诗人曾经似乎下过决心要戒酒。诗曰:

> 平生不止酒,止酒情无喜。坐止高荫下,步止荜门里。好味止园葵,大欢止稚子。平生不止酒,止酒情无喜。暮止不安寝,晨止不能起。日日欲止之,营卫止不理。徒知止不乐,未信止利己。始觉止为善,今朝真止矣。从此一止去,将止扶桑涘。清颜止宿容,奚止千万祀。(第286—287页)

关于这首诗,历来受重视的程度远远比不上《饮酒》和《述酒》等作品,原因在于大家多视之为游戏之作①,所以很少有人对它系年。目前笔者所见,仅有两家:一是台湾学者黄仲仑谓"当是临终之作"②,二是龚斌从诗句"大欢止稚子"推断,"知其时渊明儿子尚小,而渊明死时,五个儿子均已成人,故此诗作年大概与《责子》诗相去不远,绝非临终之作,今暂系于义熙二年(406)"③。显然,后者的说服力更强。

至于诗人的戒酒缘由,虽有论者认为是"陶渊明不愿看到酒在政治上带来麻烦,所以想戒酒"④,但细绎诗意,诗人戒酒的态度很不坚决,且十分矛盾。若就其一生的生活方式看,渊明从未离开过诗情酒趣。

诗人对戒酒的矛盾心态,让我们想起古灵宝经对于酒戒的通融。如《太上洞玄灵宝智慧定志通微经》记载元始天尊在安乐山中对十二年少说法之时,中有一人"素性好酒",对元始天尊说:"余者

---

① 如朱自清《陶诗的深度》指出:"《止酒》诗每句藏一'止'字,当系俳谐体。"见《朱自清古典文学论文集》,上海:上海古籍出版社,1981年,第573页。

② 黄仲仑《陶渊明作品研究》,台北:帕米尔书店,1975年,第318页。

③ [晋]陶潜著,龚斌校笺《陶渊明集校笺》,上海:上海古籍出版社,1996年,第253页。

④ 徐声扬《陶诗谈片》,《九江师专学报》2002年第2期,第5页。

乃可，唯酒难断除，我本性所好，作不敢计。所以者何？我先服散，散发之日，非酒不解，是故敢耳。”天尊则答云：“散发所须，此乃是药。将养四大，药酒可通，但勿过量，至不如平耳。”①“散”，即寒食散。也就是说古灵宝经并非像当时的天师道经典那样戒律严格，要求生病者也不能用药酒。前文已言，陶渊明的饮酒，即有用于散发者。而“日日欲止之，营卫止不理”，是说如果停止饮酒，诗人则会感到营、卫二气不畅而生病体。另外，在道教的服气法中，酒是不可或缺的，如题为“旌阳许真君述”之《灵剑子》“服气第三”曰：

> 酒能助气，酒糟作羹，尽能引元气易成。酒后，气当易通，美酒不须多。及醉，吐则有损矣。时复一杯，止饥代食。酒能涛荡除滓，得道之人，无不好于酒也。酒能炼真养气，不须服人参汤。②

其间所述饮酒的种种好处(引文中加着重号部分)，与陶渊明的性格、日常生活行为相对照，确实多有相合之处。如《和刘柴桑一首》云“春醪解饥劬”(第 135 页)，即和“止饥代食”同一意趣；而《连雨独饮一首》的“故老赠余酒，乃言饮得仙”(第 125 页)，则和“得道之人……”一句相同，都突出了饮酒与成仙之间的联系。

“坐止高荫下，步止荜门里”两句，按照我们的理解，当指陶渊明饮酒时不拘场所之意。特别前一句，与《太极葛仙公传》所载灵宝派重要人物葛玄的饮酒情趣十分相似，传云：“仙公尝行，邀止道间树下，折草刺树，以杯器承之，汁流如泉，杯满即止，饮之皆如美酒也。”③虽说《太极葛仙公传》所述，重在张扬葛玄的神通变化，但仙公饮酒的旷达心情，则与陶渊明相近。

《止酒》最后 6 句，是说诗人知道止酒可致仙，但它们和前面

---

①《道藏》第 5 册，第 894 页，中—下。

②《道藏》第 10 册，第 664 页中。

③《道藏》第 6 册，第 848 页上。

14句所表达的意思相反，显然是有矛盾的。其中，“止为善”云云，其实也是古灵宝经所提倡的。如《太极真人敷灵宝斋戒威仪诸经要诀》说：“酒不可都断，使之有数，随人多少，不必令尽限也。故世教言‘唯酒无量，不及乱’，斯之谓也。”①《太上洞玄灵宝赤书玉诀妙经》卷上所载洞玄智慧十戒之第六戒是：“减酒节行，调和气性，神不损伤，无犯众恶。”②《太上洞玄灵宝智慧定志通微经》则载“定志通微十戒”之第五戒是：“不醉，常思净行。”③总之，晋末所出古灵宝经对酒戒的要求实际上并不严格，它们只是讲“节酒”与“不醉”，而非禁酒。值得注意的是，到了陆修静整理灵宝经时，戒条则变得和当时的天师道一样严格，其《洞玄灵宝斋说光烛戒罚灯祝愿仪》所说“十戒”之第六戒就改作：“断酒节行，调和气性，神不损伤，无犯众恶。”④对于这一点，后来流行的灵宝类道经不但完全予以继承，而且惩罚的力度相当恐怖。如《洞玄灵宝三洞奉道科始营戒》卷一《罪缘品》说：“生世嗜酒猖狂者，从鱼鳖鰕(蝦)蟆中来。”⑤卷二《度人品》又说：“复有十种使不得出家者：一者背臣逆子……七者饮酒食肉。”⑥《洞玄灵宝太上六斋十直圣纪经》所载“道教五戒”则说：“一者不得杀生，二者不得嗜酒，三者不得口是心非，四者不得偷盗，五者不得淫色。”⑦于此，把酒戒列为第二位，仅次于杀生戒，可知其戒具有十分突出的重要性。

当然，某些后出的《灵宝经》虽然严持戒酒之立场，但对于治病而饮的情况仍会有所通融。比较有趣的是《洞玄灵宝千真科》，经云：

①《道藏》第9册，第871页，中—下。
②《道藏》第6册，第184页中。
③《道藏》第5册，第890页上。
④《道藏》第9册，第823页下。
⑤《道藏》第24册，第742页下。
⑥《道藏》第24册，第750页上。
⑦《道藏》第28册，第381页中。

> 出家之人，不得饮酒。或妄托天寒，诈称腹痛，饮后色变；或斗乱尊卑，应供赴斋；……非唯自失礼义，抑亦秽辱道众，是灭道法。……有如此例，皆犯律论。其实是疾痛，众所通知分药，要须不在禁例。须令出外，不得入法席。
>
> 仙公曰："道法之中，听许饮酒。《灵宝经》云'置酒浮云观，高饮玉清台'，此何顿隔之？"真人曰："何见之谬！《太清经》云：'化金玉为三十六水，以金为水则为金浆，赤玉为水则为琼浆，白玉为水则为玉浆，或玉液。'《定志经》云'玉液，五者不醉，常思净行'，何有许法？"①

经文宗旨有二：一是强调出家之人应严持酒戒，除生病者外，如道士有病之时，则不可参与道教法会；二是驳斥了仙公（即葛玄）道法听许饮酒之说。其实，仙公所引《灵宝经》，正是古灵宝经，而两句五言诗叙及的饮酒之乐，恰恰表现的是古灵宝经对以酒致仙的推崇。

古灵宝经中，与酒有关者，尚有厨会（也叫饭贤、厨食）制度。《太极真人敷灵宝斋戒威仪诸经要诀》载太极真人曰：

> 饭贤福食，各有人数。外来之客，先亦同食。正一真人三天法师，临升天，以百姓贫弊，为复减损，作福或十人，馔忽过十人。他宾集无以供之。既不尽周，一人不遍，犹是不普。故制法，悉事毕，余厨施一切人及众生辈，为主人祈福矣。后世不知之，故以相示也。酒不可都断，使之有数，随人多少，不必令尽限也。②

经中所说"正一真人三天法师"，是指早期天师道的创始人张道陵。他依据中国古代村社共同体中的敬老和乡饮酒习俗而建立厨会制

---

①《道藏》第 34 册，第 374 页上。

②《道藏》第 9 册，第 871 页，中—下。

度，该制度具有社会救助的功能，旨在帮助教团内部的贫苦信众。其中，酒在厨会中是常用食物之一。对此，六朝天师道早期经典《玄都律文》之《制度律》有详细的规定，曰："男官女官主者，上厨人酒五升，钱三百；中厨人酒四升，钱二百五十文；下厨人酒三升，钱一百文。"①即使是寇谦之(365—448)改革三张旧法之后，其《老君音诵诫经》仍保留了相关律文，曰："厨会之法，应下三盘。初小食，中酒，后饭。今世人多不能下三盘，但酒为前，五升为限。明慎奉行，如律令。"②

厨会之饮酒，具有两大鲜明的特点：

一是群体性。对此，道典与佛教方面的文献记载完全一致。前者如唐人朱法满编《要修科仪戒律钞》卷一二《饭贤缘》引《太真科》曰：

> 家有疾厄，公私设厨，名曰饭贤。可请清贤道士上中下十人、二十四人、三十人、五十人、百人。不可不满十人，不足为福。贤者廉洁，亦能不食，食亦不多；服饵浆药，不须厚馔。是世人所重，献之，崇有道耳。③

后者如南齐释玄光《辨惑论》云："世传道士后会，举标以防斯难，兼制厨命，酒限三升。汉末已来，谓为制酒。"④再如北周甄鸾《笑道论》谓："道会饮酒者，无过也；佛会不饮。"⑤玄光的记载表明，南朝厨会用酒标准所取数量是下厨；甄鸾之语，则用对比的方法，揭示出道教信徒集会于厨食时则饮酒无过，佛教集会则相反。

二是厨会之时，常有音乐之设。虽然古灵宝经与新天师道经

①《道藏》第3册，第460页，上—中。

②《道藏》第18册，第213页上。

③《道藏》第6册，第798页下。

④《大正藏》卷五二，第49页上。

⑤《大正藏》卷五二，第146页下。

典一样，反对早期天师道厨会之乐杂用民间音乐或巫乐，比如敦煌本古灵宝经 P. 2468《太上消魔宝真安志智慧本愿大戒上品》说“巫师歌舞而招祸”，《太上洞玄灵宝三元品戒功德轻重经》则列有“学者及百姓子放荡世间妓乐之罪”[①]，意即无论出家道士还是普通信众，对世间妓乐都应回避。刘宋三天弟子徐氏所撰《三天内解经》卷上又说：“本道乖错，群愚纷纭，莫知祸之所由。或烹杀六畜，祷请虚无，谣歌鼓舞，酒肉是求，求生反死，邪道使然。”[②]其所谓“谣歌”、“酒肉”云云，批判的正是当时厨会中的乱象。但是，若符合古灵宝经及新天师道经典所提倡的仪式音乐，则完全许可。如《老君音诵戒经》的“八胤乐”[③]，它可能“是一种分节歌形式，即引唱八遍，曲同辞异，以配合‘八拜’的形式”，它是“寇谦之为宣扬新道法，吸取儒家礼法仪式有音乐伴奏的形式，仿效宫廷祭祀乐章的结构，创制了道教经韵乐章”[④]。古灵宝经不但把设斋时所用厨食的地位大加提升，比之为“天厨”，而且规定了所用音乐的性质是“以道娱乐”。《太上洞玄灵宝智慧本愿大戒上品经》即说：“若见弦歌，当愿一切玩经叹法，以道娱乐；若见福食，当愿一切无不饱满，世享天厨。”[⑤]既然把“弦歌”与“天厨”相提并论，则知二者在灵宝斋法中是同时出现而互相配合的。《太上诸天灵书度命妙经》又说南陵朱宫之中及九灵福堂之真仙所以“天给宿福，魂神自然厨食”，是因为“在世供养灵宝，行斋持戒，发自然之心，作诸功德，灭度而得升上福堂，受食天厨者也”，并且他们还同时享受真人玉女的“恒所歌诵”[⑥]。《洞玄灵宝玉京山步虚经》则谓太上无极虚皇天尊之治有

---

①《道藏》第 6 册，第 881 页中。

②《道藏》第 28 册，第 413 页，上—中。

③《道藏》第 18 册，第 210 页下。

④ http://www. ctcwri. idv. tw/IndexD2/D2 - 12/101 - 159/12151/55. htm（见台湾“道教学术资讯网站”之“云中音诵新科之诫”条）。

⑤《道藏》第 6 册，第 157 页中。

⑥《道藏》第 1 册，第 804 页，上—下。

“诸天奏乐”，且要求“勿辍弦止歌”①。此两处所说虽是天堂之事，但也是人间厨会及其音乐场景的一种投射。

十分有趣的是，陶渊明的饮酒诗作，大多也具有古灵宝经所载厨会饮酒的两个特点：

一是陶公与人共饮的场合多于独饮。兹据袁行霈《陶渊明集校笺》，把其中主旨较为明确者列表如下：

明显表示与人共饮场景之诗篇	明显表现独饮场景之诗篇
《酬丁柴桑一首》	《时运一首》
《答庞参军一首》	《连雨独饮一首》
《归园田居五首》(其五)	《和郭主簿二首》(其一)
《游斜川一首》	《己酉岁九月九日一首》
《诸人共游周家墓柏下一首》	《庚戌岁九月中于西田获早稻一首》
《答庞参军一首》	《饮酒二十首》(其一)②
《移居二首》(其二)	《饮酒二十首》(其三)
《癸卯岁始春怀古田舍二首》(其二)	《饮酒二十首》(其七)
《饮酒》(二十首)(其九)	《杂诗十二首》(其二)
《饮酒二十首》(其十三)	
《饮酒二十首》(其十四)	
《饮酒二十首》(其十八)	
《蜡日一首》	
《拟古九首》(其一)	
《拟古九首》(其七)	
《杂诗十二首》(其一)	
《杂诗十二首》(其四)	
《咏二疏一首》	

①《道藏》第34册，第625页中。

② 按：《饮酒二十首》总题下有序说：“偶有名酒，无夕不饮。顾影独尽，忽焉复醉。”据此，则似20首诗都是独饮之作，然而论及具体作品，则不尽然。

从上表粗略的统计可知，陶渊明与人共饮的次数是独饮的两倍。更为重要的是，诗人的共饮，其性质似多近于道教厨会的聚众欢饮，如《移居二首》(其二)之“春秋多佳日，登高赋新诗。过门更相呼，有酒斟酌之”(第133页)，《癸卯岁始春怀古田舍二首》(其二)之“日入相与归，壶浆劳近邻”(第203页)，《杂诗十二首》(其一)之“得欢当作乐，斗酒聚比邻”(第338页)等。

二是陶渊明的饮酒也常有音乐相伴。本来，史书记载说陶公不懂音乐[①]，但经学人考证，此说并不可信，相反，他对音乐是有相当深入的理解，并深刻地影响了其诗歌创作[②]。若就其今存饮酒诗作看，也可证明这一点。如《蜡日一首》说：“我唱尔言得，酒中适何多。未能明多少，章山有奇歌。”(第310页)《拟古九首》(其七)说：“佳人美清夜，达曙酣且歌。”(第332页)《杂诗十二首》(其四)又说：“觞弦肆朝日。”(第345页)诸如此类，悉是酒、歌对等。此种写法，还被诗人运用于描写仙人生活，如《读山海经十三首》(其二)谓西王母是：“高酣发新谣，宁效俗中言。”(第398页)

三

陶渊明《五柳先生传》自称是“好读书”(第502页)，其好友颜延之《陶征士诔》亦赞其“心好异书”。而葛巢甫于隆安(397—401)末所构造的古灵宝经，在当时自然属于异书之一，陶弘景《真诰》卷一九即载：“复有王灵期者，才思绮拔，志规敷道。见葛巢甫造构

---

① 如[梁]沈约《宋书》卷九三说陶渊明是“不解音声”(北京：中华书局，1974年，第2288页)，[唐]房玄龄《晋书》卷九四又说他是“性不解音”(同前，第2463页)。

② 按，相关的最新研究，可参范子烨《田园诗人的别调：陶渊明与楚声音乐》，《文艺研究》2009年第11期，第54—61页。

《灵宝》,风教大行,深所忿嫉。”[①]上清派道士王灵期之所以妒嫉葛氏所造的灵宝经,原因在于古灵宝经教义标新立异,且又非常流行。

如果仔细辨别,今存陶公饮酒类诗作中,在语汇、主旨方面也可见出古灵宝经的影响。兹举3例如下:

(1)《读山海经十三首》(其七)谓“灵凤抚云舞,神鸾调玉音”(第406页),颇疑其仿自陆修静撰《太上洞玄灵宝授度仪》所引的古灵宝经颂,曰:“三炁徘徊,灵凤来飞。玉音八字,烂焕紫微。”[②]尤其“玉音”一词,是古灵宝经最常用的词汇之一,它在《太上灵宝诸天内音自然玉字》里就出现多次,既用于韵文,比如“灵书八会字,五音合成文。天真解妙韵,琅琅大有通。玉音难为譬,普成天地功”[③];又见于散文,比如天真皇人所说:“诸天内音自然玉字,皆诸天之中大梵隐语……敕使解其义,通其玉音。”[④]

(2)组诗《形影神》,逯钦立谓是陶渊明“取慧远法论字眼,有意合之者”[⑤]。实际上,“形”、“影”、“神”三者,在比慧远《万佛影铭》撰出时间——义熙八年(412)更早的古灵宝经《太上诸天灵书度命妙经》之《诸天灵书度命品章》中就一并使用过,其中《东方九气天中灵书度命品章》之颂曰:

> 上有度命童,拔夜朗长阴。万劫保形明,眇眇莫能寻。长录不死年,与运同浮沉。日月照灵魂,璇玑回东南。九星落形影,宝华生五心。自有不凋神,与我契丹金。[⑥]

---

① [日]吉川忠夫、麦谷邦夫编,朱越利译《真诰校注》,北京:中国社会科学出版社,2006年,第574页。

②《道藏》第9册,第850页上。

③《道藏》第2册,第546页中。

④《道藏》第2册,第547页上。

⑤ 逯钦立《汉魏六朝文学论集》,第227页。

⑥《道藏》第1册,第804页,中—下。

《南方三气丹天灵书度命玉章》之颂则曰：

> 乘我日中影，振辔顺天回。朱童拔灵夜，洞阳炼落晖。玉章度促命，灵歌五神开。……朱陵定降籍，神备使形飞。……夜景披朝阳，飘飘乘运归。①

此外，北周所编道教类书《无上秘要》卷二〇则引有南齐顾欢所撰集的东晋上清派早期经典《道迹经》，经中亦曰："洞观三丹田，寂寂生形影。凝神泥丸内，紫房何蔚炳！"②由此可知，"形"、"影"、"神"并称，并非是当时佛教方面的专利。作为具有家族传统之道教信仰的陶渊明，自然对相关道典不会陌生。陶渊明《神释一首》之"促龄"、"委运"二词的运用，其语义与《南方三气丹天灵书度命玉章》之"促命"、"乘运"，可说是如出一辙。更为重要的是，陶诗的主题与《南方三气丹天灵书度命玉章》宣扬的宗旨——"道得自然"③，也是若合符契。

(3)《乞食一首》云："饥来驱我去，不知竟何之。行行至斯里，叩门拙言辞。主人谐余意，遗赠岂虚来。谈谐终日夕，觞至辄倾杯。……衔戢知相谢，冥报以相贻。"(第103页)考"乞食"之举，多出现在道教仙传故事中，如《真诰》卷九《协昌期第一》谓楚庄公时：

> 有一乞食公入市，经日乞，恒歌曰："天庭发双华，山源彰阴邪。……真人无那隐，又以灭百魔。"恒歌此乞食，一市人无解歌者。独莱子忽悟，疑是仙人……乃遂师此乞食公，弃官追逐。积十三年，此公遂授以中仙之道。④

---

①《道藏》第1册，第804页下。
②《道藏》第25册，第51页下。
③《道藏》第1册，第805页上。
④［日］吉川忠夫、麦谷邦夫编，朱越利译《真诰校注》，第283页。

《太平广记》卷一〇“李意期”条引《神仙传》说李意期是“乞食得物，即度于贫人。于城都角中，作土窟居之，冬夏单衣。饮少酒，食脯及枣栗”①。更引起我们注意的是古灵宝经《太上洞玄灵宝智慧定志通微经》，曰：

> 时有十二年少，处世闲乐，日日相就，共作好食，酣饮嬉戏，或复论议为道之难易。天尊以道眼遥见此人，前生在世得为人师而秘吝经典，故弟子于道之心亦复犹豫，因此微缘，缘犹可度。
>
> 于是天尊即化作凡人，从会中过，过托乞食，因悉共遇诸年少辈，复论如故。……其中一人素性好酒，先曰：“余者乃可，唯酒难断除……所以者何？我先服散，散发之日，非酒不解，是故敢耳。”化人曰：“散发所须，此乃是药。将养四大，药酒可通，但勿过量，至不如平耳。”②

若将陶诗与道经比较，不难发现至少有三点相同（或相似）：一者都说到了乞食和饮酒之事。二者主人与乞食者之关系都相当融洽和自然，毫无矫揉造作之意。三者都涉及了因缘果报观。当然，其间也有一些重要的区别：一是《乞食》中好酒的是乞食者，而道经中好酒的是主人。二者《乞食》的报应时间是将来（其时间链是现在→将来），而道经则是现在（其时间链是过去→现在）。这种不同，我们不妨把它视作是陶渊明的改造和创新。另外，古灵宝经《洞玄灵宝长夜之府九幽玉匮明真科》又云：“受经法信，当十分折二送祖师，又折二散乞贫人、山栖道士，余信营己法用。”③乞贫人，即乞食者，据此则知道教本有救助贫穷乞食者的戒律，因此受助者在心理上并不会有什么难堪的感受。陶渊明诗中的坦然态度，与此戒条

① [宋]李昉等编《太平广记》，北京：中华书局，1961年，第70页。
②《道藏》第5册，第894页，中—下。
③《道藏》第34册，第392页，上。

在精神上也有共通之处。

综上所言，可知晋末宋初盛行的古灵宝经，因其酒戒上的通融及其厨会制度中酒、乐相合的艺术情趣，引发了陶渊明的共鸣。从某种意义上讲，陶渊明的饮酒之作，也是中古道教灵宝派思想在文学艺术方面的最直接反映。同时，陶渊明作品所表现的大乘佛教诸思想，亦似以古灵宝经为中介。虽然时贤的研究论著未点明这一点，不过，关于陶渊明其人其文所受佛教思想、佛经文学之影响的研究成果相当丰硕①，我们就不多置余喙了。易言之，古灵宝经是陶渊明接受当时最新佛、道思想影响的共同媒介。

（本文原载《福建师范大学学报》2010 年第 5 期，《中国古代近代文学研究》2011 年第 2 期转载）

① 相关研究概况，可参谢淑芳《20 世纪大陆研究陶渊明与佛教关系成果概述》，《九江学院学报》2007 年第 1 期，第 10—13 页转第 42 页。

论陶渊明"无弦琴"故事的两种类型及其寓意之异同

在历史记载中,陶渊明"无弦琴"故事主要有繁简不同的两大类型,古往今来,大家最为关注第1型(简单型)思想寓意之解读。至于它和第2型(复杂型)的区别及其差异之成因何在,则鲜有人进行过系统检讨。

一、两种故事类型之由来

史书对陶渊明"无弦琴"故事的记载,虽说主体内容大同小异,但仔细分辨,便可发现细节方面多有不同。为清眉目,兹择其要,分成两类,列表如次。

第1型	第2型
沈约《宋书》曰:"潜不解音声,而畜素琴一张,无弦,每有酒适,辄抚弄以寄其意。"①	房玄龄《晋书》谓陶渊明:"性不解音,而畜素琴一张,弦徽不具,每朋酒之会,则抚而和之,曰:'但识琴中趣,何劳弦上声!'"②

① [梁]沈约撰《宋书》,北京:中华书局,1974年,第2288页。

② [唐]房玄龄等撰《晋书》,北京:中华书局,1974年,第2463页。

（续表）

第 1 型	第 2 型
萧统《陶渊明传》曰："渊明不解音律，而畜无弦琴一张，每酒适，辄抚弄以寄其意。"①	《东林十八高贤传》"陶潜"条说渊明："性不解音，畜素琴一张，弦徽不具，每朋酒之会，则抚而和之，曰：'但识琴中趣，何劳弦上声。'"②
李延寿《南史》："潜不解音声，而畜素琴一张。每有酒适，辄抚弄以寄其意。"③	《佛祖统纪》卷二六④，文字全同于《东林十八高贤传》。

从上表可知，第 2 型叙事比第 1 型更加注意细节（参着重号部分之文字）：一者对素琴的描写更加细致，不但"无弦"，而且是"弦徽不具"；二者抚琴的场合交待得更清楚，是在与朋友共饮之际；三者补充说明了陶渊明寄意时的表达方式是"和"（即以声乐应和弦乐），和唱辞是"但识琴中趣，何劳弦上声"。窃以为，从修史者的叙事动机看，正因为第 2 型所述"无弦琴"故事是发生在共饮场合，所以，才要说出诗人所寄之意来，这样与会的朋友才能明白。与此相反，第 1 型则是陶渊明**独饮**的写照⑤，当是他在自斟自饮中求取精神寄托，而其所寄之意，只有诗人自己清楚，旁人也无从猜测，故无法写出"意"的具体所指（语言表现）。易言之，两种不同类型的记

① [南朝·梁]萧统著，俞绍初校注《昭明太子集校注》，郑州：中州古籍出版社，2001 年，第 192 页。又，这里的"无弦琴"，一本作"无弦素琴"。但从后世的使用情况尤其在佛、道典籍看，最流行的是"无弦琴"。

②《大藏新纂卍续藏经》第 78 册，石家庄：河北省佛教协会，2006 年，第 17 页下。

③ [唐]李延寿撰《南史》，北京：北京中华书局，1975 年，第 1858 页。

④《大正藏》卷四九，第 269 页下。

⑤ 又，《宋书》、《南史》皆在"辄抚弄以寄其意"后还有一段文字，说："贵贱造之者，有酒辄设，潜若先醉，便语客：'我欲醉眠，卿可去。'其真率如此。"（萧统《陶渊明传》与此相同，仅文字稍有区别）这里描绘的显然是共饮场景，但从上下文看，应和第 1 型无弦琴故事没有紧密的联系。

载，其实表现的是陶渊明不同饮酒场景下的精神追求。

从时间先后看，在诸陶渊明传记中，最早问世且完整保存至今的是《宋书·陶潜传》。南齐永明五年(487)春，时任太子家令兼著作郎的沈约，奉诏修撰《宋书》，因有何承天、徐爰等人的旧本为据，故其成书甚速，只用一年时间，到永明六年(488)二月，就完成了其中的纪传共七十卷。而《陶潜传》，即在《列传》篇之《隐逸传》中。考刘宋国史的修撰，始于文帝元嘉十六年(439)，是由何承天草立纪传，编写好了《天文志》和《律历志》。到孝武帝大明六年(462)，徐爰又参照前人旧稿，编成《宋书》六十五卷。因此，有关陶渊明生平事迹之材料的搜集或立传，应该在439—488年之间。这与陶渊明辞世的时间——元嘉四年(427)相距甚近，前者仅十二年，后者亦不过六十一年。所以，有关诗人无弦琴的故事，应实有其事，绝非向壁虚构。况且，沈约的叙事得到了萧统等人的认同，故最具权威性，但是否因此就可以否定唐修《晋书·陶潜传》所增细节的真实性呢？

众所周知，贞观二十二年(648)成书的《晋书》，是二十四史中颇受后人诟病者之一，一般认为它有两大缺点：一是常载荒诞不经之事，《四库全书总目》之提要中即评其为“稗官之体”①。二是史料取舍不够严谨。本来，唐初修撰《晋书》时，尚能见到很多晋代文献，除各种专史之外，还有大量的诏令、仪注、起居注以及文集。但是，当时编撰者并未充分利用此等材料，只是以臧荣绪《晋书》为蓝本，稍加增饰而已。因此，成书之后，即受到当时人的指责，认为它“好采诡谬碎事，以广异闻；又所评论，竞为绮艳，不求笃实”②。今人范子烨先生就认为《晋书·陶潜传》所增益的内容，是“修史者的想当然，实际上陶公绝不会有这样的言论”③。果真如此吗？

① [清]永镕等撰《四库全书总目》，北京：中华书局，1965年，第405页上。
② 参《晋书·出版说明》，第1—2页。
③ 范子烨《陶渊明的无弦琴与舜帝的五弦琴》，《文史知识》2009年第10期，第139页。

当然,要回答这一问题的前提条件是,我们可以弄清楚《宋书》、《晋书》的史料来源以及确证修史者记录的是陶渊明思想体系中的不同层面。关于前者,有两种可能:一则《宋书》与《晋书》在叙述"无弦琴"故事时拥有共同的史料来源,二则来源不一。如果史料来源相同,则现在的文本形态无非说明沈约与房玄龄等人对史料的取舍标准不一。我们读沈约的叙述,"辄抚弄以寄其意",十分简洁,颇让读者有遐想的空间。但从一般读者的阅读经验看,无疑是《晋书》的叙事更详细,更畅快淋漓,更易于理解与接受。另外,值得注意的是李延寿,他曾参加过《晋书》的编撰工作,其完成于显庆四年(659)的《南史》,对陶渊明故事的描述,却大同于《宋书》,原因在于其编写原则是以《宋书》、《南齐书》、《梁书》及《陈书》为依据,删繁就简而成一新著。在前揭六种陶潜传记中,叙事最简洁的就是李延寿,他甚至连"无弦"这一关键词都略去了[①]。换言之,李延寿肯定知道房玄龄《晋书》所载"无弦琴"故事,但受编撰体例的制约,故他未能像《晋书》那样进行更完整的叙述。总之,我们更倾向于两种不同类型陶渊明传记之差异的成因,在于修史者记录的是陶公思想体系中的不同层面(具体分析详后文)。

存世陶诗中明确表现诗人独饮、共饮场景者都有不少,据笔者粗略统计,陶渊明与人共饮的次数是独饮的两倍[②]。更为重要的是,无论独饮共饮,都有与两类"无弦琴"故事相同的元素,即琴(或弦)、酒意象:前者如《时运一首》曰:"清琴横床,浊酒半壶。"[③]后者如《杂诗十二首》(其四)云:"觞弦肆朝日,罇中酒不燥。"

虽说两类"无弦琴"故事细节有较大的差异,但它们仍有三个

① 细绎《南史》之意,"素琴"就是指"无弦琴",李白《戏赠郑溧阳》之"素琴本无弦"句,可作为旁证。

② 参拙撰《陶渊明与道教灵宝派关系之检讨》,《福建师范大学学报》2010年第5期。

③ 袁行霈《陶渊明集笺注》,北京:中华书局,2003年,第9页。又,后文所引陶公作品,悉出于此,不复出注。

相同的基本元素，即“酒”、“无弦琴”以及用抚琴来寄托特定的思想情感。兹先从“无弦琴”说起。

在陶渊明以前的时代，最早明确提到“无弦琴”者似是《牟子》（又称《牟子理惑论》）。牟子在回答问难者“何不以佛经答吾问，而复引诗书合异为同乎？”时，有云：

> 道为智者设，辩为达者通，书为晓者传，事为见者明，吾以子知其意故引其事。若说佛经之语，谈无为之要，譬对盲者说五色，为聋者奏五音也。师旷虽巧，不能弹无弦之琴；狐貉虽煴，不能热无气之人。公明义为牛弹清角之操，伏食如故，非牛不闻，不合其耳矣；转为蚊虻之声、孤犊之鸣，即掉尾奋耳蹀躞而听，是以诗书理子耳。①

虽然学术界对《牟子》的产生年代、真伪问题一直争论不休②，但是，考虑到它最早见录于宋明帝（465—472年在位）敕中书郎陆澄（425—496）所撰《法论》第十四帙《缘序集》③；而在梁释僧祐所编《弘明集》卷一，它又列于《正诬论》之前。著名佛教史家汤用彤先生疑《正诬论》撰出于晋孝武帝之前④，则《牟子》似成书于东晋中期以前。或者，最迟不会晚于晋末宋初。是书旨在论述儒、佛、道三教之异同（同时也突出了佛教的优越性），也有一定程度的三教调和之趋势。对于“好读异书”⑤的陶渊明而言，他是有可能读到

---

①《大正藏》卷五二，第5页下。

② 关于这方面的研究综述，可参拙著《〈弘明集〉〈广弘明集〉述论稿》，成都：巴蜀书社，2005年，第1—6页。

③［梁］释僧祐撰，苏晋仁、萧炼子点校《出三藏记集》，北京：中华书局，1995年，第445页。

④ 汤用彤《汉魏两晋南北朝佛教史》，北京：北京大学出版社，1997年，第245页。

⑤［宋］颜延之《陶征士诔》，载［梁］萧统编，［唐］李善注《文选》，上海：上海古籍出版社，1986年，第2471页。

《牟子》的。其中,牟子重视适性之道(自适其性)的态度(具体表现在他对公明义对牛弹琴之事的评判上),陶渊明亦与之相似。不过,陶渊明的抚琴之举,有对"师旷虽巧,不能弹无弦之琴"的超越,因为师旷仅停留在技的层面,而陶渊明则进入了道的自由境界(特别是第1型的"无弦琴"故事)。

用抚琴来表达特定的情感(意),进而寄托某种特定的思想(道),是我国古代士大夫的一个悠久传统,这在儒释道三教悉无一例外,至少在形式上有高度的一致性。当然,在不同的时代,三教之"道"的思想内容,则大有区别。比如,在儒家乐教文化中,舜就是个特殊的历史人物,他既制作过五弦之琴以歌《南风》,又命夔制乐以赏诸侯,旨在用礼乐来化育万民。值得注意的是,陶渊明对舜的这一历史功绩予以充分肯定和推崇①。汉应劭《风俗通义》卷六《音声》即谓:"君子所常御者,琴最亲密,不离于身。……虽在穷闾陋巷,深山幽谷,犹不失琴。"②陶渊明《扇上画赞》所说"翳翳衡门,洋洋泌流,曰琴曰书,顾眄有俦"的人生追求,与此所述是相当的契合。而佛、道两教,都曾以弹琴喻调心,进而强调调心之于修道的重要性。如南北朝时期编撰的《上清众真教戒德行经》卷上引有一段上清派道经,曰:

> 南极夫人曰:"人从爱生忧,忧生则畏死,无爱即无忧,无忧则无畏。昔有一人诵经甚悲,悲至意感,忽有怀归之哀。太上真人忽作凡人,径往问之:'子恒弹琴邪?'答曰:'在家时常弹之。'真人曰:'弦缓何如?'答曰:'不鸣不悲。'又问:'弦急何如?'答曰:'声绝而伤悲。'又问:'缓急得中何如?'答曰:'众音和合,八曲妙奏矣。'真人曰:'学道亦然,执心调适,亦如弹琴,

---

① 参范子烨《陶渊明的无弦琴与舜帝的五弦琴》,《文史知识》2009年第10期,第142—143页。

② [汉]应劭撰,王利器校注《风俗通义校注》,北京:中华书局,1981年,第293页。

道可得矣。’”①

按，此处所叙故事又见于陶弘景编《真诰》卷六②。仅个别文字略有不同，如《上清众真教戒德行经》中的“恒”、“常”，陶弘景本悉作“尝”。尽管如此，仍可推断该故事自东晋中期上清派创立后就相当流行。其中，故事主体部分，当摹仿佛典《四十二章经》而来，后者云：

> 有沙门夜诵经甚悲，意有悔疑，欲生思归。佛呼沙门问之：“汝处于家，将何修为？”对曰：“恒弹琴。”佛言：“弦缓何如？”曰：“不鸣矣。”“弦急何如？”曰：“声绝矣。”“急缓得中何如？”“诸音普悲。”佛告沙门：“学道犹然，执心调适，道可得矣。”③

考虑到《上清众真教戒德行经》之“恒弹琴”三字同于《四十二章经》的事实，笔者以为三者的先后关系似为：**《四十二章经》→《上清众真教戒德行经》所引上清经→陶弘景《真诰》所引上清经**。易言之，陶弘景在编撰《真诰》时当作过文字方面的修改。

另外，《上清众真教戒德行经》所引上清经太上真人幻化凡人进行教化的情节，则似受东吴支谦译《撰集百缘经》卷二《乾闼婆作乐赞佛缘》而来。后者说佛在舍卫国祇树给孤独园时，南城有乾闼婆王名叫善爱，善弹一弦琴，且憍慢自大；他听说北方波斯匿处亦有善琴的乾闼婆王之后，便前去较量琴技。波斯匿王故意把他引至佛所，佛陀于是：

> 寻自变身，化作乾闼婆王，将天乐神般遮尸弃，其数七千，各各手执琉璃之琴，侍卫左右。时波斯匿王语善爱言：“此皆

---

①《道藏》第 6 册，第 896 页中。

② 参《道藏》第 20 册，第 524 页中。

③《大正藏》卷一七，第 723 页下。

是我作乐诸神，汝今可共角试琴术。"时善爱王，即便自取一弦之琴而弹鼓之，能令出于七种音声，声有二十一解。弹鼓合节，甚可听闻，能令众人欢娱舞戏，昏迷放逸，不能自持。尔时如来复取般遮尸弃琉璃之琴，弹鼓一弦，能令出于数千万种，其声婉妙，清彻可爱。闻者舞笑，欢娱爱乐，喜不自胜。时善爱王闻是声已，叹未曾有，自鄙惭愧先所弹琴、所出音声。即便引伏，长跪叉手，请为大师，更谘琴法。

尔时如来见善爱王除去我慢，心已调伏，还服本形。诸比丘僧默然而坐，心惊毛竖。寻于佛前，深生信敬，长跪合掌，求入道次。

佛即告言："善来比丘，须发自落，法服着身，便成沙门。"精勤修习，未久之间，得阿罗汉果。①

显而易见，这则故事同样是以琴喻道，同样强调了中道在调心时的重要作用，反对执于一端。它和《上清众真教戒德行经》的相异之处在于：一是指出了具体的用琴，即一弦琴，而非琴之泛称。若据后秦僧伽跋澄等译《尊婆须蜜菩萨所集论》卷五之"如一弦琴，高下随曲，声与歌同"②，则知善爱王与佛弹琴的区别，主要不在技法（因为佛这一边是团体表演，善爱王只是单兵作战），而在心法（善爱王自以为是，故琴声放逸；佛则平淡中和，故琴声清彻可爱）。二是佛回复了本形，南极夫人则没有。

更有趣的是，道典中也有一弦琴的故事。如《太平广记》卷五七"太真夫人"条引《神仙传》云：

或立致精细厨食，肴果香酒奇浆，不可名目。或呼坐，与之同饮食。又闻室中有琴瑟之音，歌声宛妙。夫人亦时自弹，琴有一弦而五音并奏，高朗响激，闻于数里。众鸟皆聚集于岫

①《大正藏》卷四，第211页中—下。

②《大正藏》卷二八，第755页中。

室之间，徘徊飞翔，驱之不去。殆天人之乐，自然之妙也。[①]

此处所述一弦琴可五音并奏，与《撰集百缘经》一弦能出七种音声，在构思方法上可谓如出一辙。当然，这个一弦琴故事，是纯粹的道教神仙故事，有特定的宗教背景（详后文）。但其核心元素（如酒、琴、歌等）、自然之乐的主题，都与陶渊明"无弦琴"故事相同（其中，"歌"之元素主要体现于第2型故事）。

综上所述，陶渊明"无弦琴"故事之由来，或曰其历史渊源，与儒释道三教经典中的"琴"及"琴喻"都有一定的关系。如果排列其时间先后顺序，大致为：

儒家五弦琴（舜）→佛、道一弦琴（特称）→佛道之琴（泛称）→《牟子》"无弦之琴"→陶渊明"无弦琴"

考虑到陶渊明对三教思想和经典都有不同程度的涉猎和吸收[②]，故我们认为其抚弄无弦琴之举，应是对此前诸"琴"的全新综合和超越，定有其特殊的寓意之所在。

二、两种故事类型寓意之异同

由于历来研究者对"无弦琴"故事寓意的讨论，多聚集于第1型，成果较多，故我们对此问题的分析相对简略，且以综合描述

① [宋]李昉等编《太平广记》，北京：中华书局，1961年，第351页。

② 这方面的研究成果极多，于此兹仅举有代表性者：如陈寅恪先生《陶渊明之思想与清谈之关系》说："渊明之为人实外儒而内道，舍释迦而宗天师者也。"（《金明馆丛稿初编》，北京：生活·读书·新知三联书店，2001年，第229页）此语即统合了儒、道。专论陶公与道家、道教文化者则有吴国富《陶渊明与道家文化》（南昌：江西人民出版社，2009年）；专论其与佛教关系者则有丁永忠《陶诗佛音辩》（成都：四川大学出版社，1997年）等。

为主。

前贤时彦对第1型故事之寓意(即"以寄其意"之"意")的检讨,往往多注意"无弦琴"一个关键词,这当然没有什么不对。但我们认为这不够全面,其实"酒适"二字也同样重要,因为它描述了**故事的发生时间**以及**抚琴者的心理状态**。特别"每……辄……"句式的运用,表明只有"酒适"之际,陶渊明才会去抚无弦琴,反之,则弹有弦之琴[①]。

"酒适"之"适",当作"适意"、"快意"讲,它是诗人自适、自娱、自乐的心理写照。这无论从诗人的文本还是后人的评价中,悉可找到例证。前者如"既醉之后,辄题数句**自娱**"(《饮酒二十首·序》)、"酒中适何多"(《蜡日一首》)、"欢然酌春酒"(《读山海经十三首·其一》)等,后者如江淹《杂体三十首·陶征君田居》曰:"浊酒聊**自适**。"[②]

那么,陶渊明在什么情况下才算是酒适呢?据《五柳先生传》云:"性嗜酒,家贫不能常得,亲旧知其如此,或置酒而招之。**造饮辄尽**,期在**必醉**,既醉而退,曾不吝情去留。"[③]则知陶公酒适的标准是"醉"。易言之,陶渊明是在醉中抚无弦琴的。

此自传还是诗人玄学化人生观的具体表现:"性嗜酒"说的是自性(性分)问题,表明他是天生爱酒;"曾不吝情去留"则是说其直率任真的行为特征,此和儒家倡导的"酒以成礼"(语出《左传·鲁

① 陶渊明《自祭文》即明确说到"欣以素牍,和以七弦"。七弦者,琴也。另外,今人范子烨先生赞同元人李冶的说法,认为"无弦琴"之弹奏并非陶渊明的常态,参氏论《艺术的灵境与哲理的沉思》,《北京大学学报》2010年第2期,第70页。对此,我们完全不同意,因为《宋书》等"每……辄……"句式,显然叙说的是陶公规律性的生活行为,怎能说是非常态呢?

② 逯钦立辑校《先秦汉魏晋南北朝诗》,北京:中华书局,1983年,第1577页。

③ 陶公自传中的"造饮辄尽"之句式,显然对两种"无弦琴"故事类型的叙述方式都产生了影响(第2型中的"则",与"辄"语意相近)。

庄公二十二年》)是相悖的[①]。总之,陶渊明的饮酒,更重视个体生命存在的真实感受[②],追求的是适性逍遥,常不在乎社会伦理的制约。比如,他想归隐就归隐,想乞食就乞食,大都率真而为,毫不矫揉造作,也从不掩饰自己的思想情感。而且,酒就是他适情的工具,《己酉岁九月九日一首》即云:“何以**称我情,浊酒且自陶**。”

第1型故事的审美方式,主要体现了玄学思想的寄言出意和得意忘言。萧统《陶渊明文集序》即说:“有疑陶渊明诗,篇篇有酒,吾观其意不在酒,亦寄酒为迹。”[③]而陶公亦夫子自道云“酒中有深味”(《饮酒二十首》十四)。综而论之,可知陶公的酒适、抚琴之举是“迹”,而酒中“深味”及其抚琴所寄之“意”才是本根,且陶公自己也更看重后者。但是,他又不明言,或认为不用言[④],故“其意”到底何在,见仁见智,莫衷一是。不同时代的读者,因自身素养、经历不一,加之史家没有交待清楚“意”之所在,所以,可从不同的哲学层面进行解说,如本末、有无、道器,等等。其中,“无弦琴”之“无”,是本体意义上的“无”(道),“抚弄”之举是“末”和“用”,所抚之“无弦琴”则为“有”和“器”,因此,故事寄托了无中生有,以无为本,以末为用,道寓于器等不同层面的思想寓意。

但从该故事最核心的要素——琴之“无弦”分析,则它反映出陶渊明所追求的是《老子》“大音希声,大象无形”这一最高的审美境界[⑤],因为最完美的音乐根本无法用具体工具来表现,只有物我浑为一体之时才能体会到“大音”之美。这种“大音”,体现的是自

① 又,唐人王绩也看出了这一点,其《答刺史杜之松书》即说:“渊明对酒,非复礼义能拘。”(见《全唐文》卷一三一)

② 参戴建业《个体存在的本体论——论陶渊明饮酒》,《华中师范大学学报》1990年第4期,第98—102页。

③ [梁]萧统著,俞绍初校注《昭明太子集校注》,郑州:中州古籍出版社,2001年,第200页。

④ 如《连雨独饮一首》结尾说:“心在复何言。”

⑤ 关于这一点,最新的研究成果可参范子烨《艺术的灵境与哲理的沉思》,载《北京大学学报》2010年第2期。

然之道,《庄子·天运篇》称之为"天乐",其性质是"听之不闻其声,视之不见其形,充满天地,苞裹六极",对它的欣赏只能"无言而心说"。东晋郭象注曰:"心悦在适不在言也。"①这正好可以概括陶渊明酒后适意而抚无弦琴之时艺术化的人生境界,即在无言无声之中体悟出无弦琴所寄寓的大音。对此,唐代大诗人李白《赠临洺县令皓弟》有云:"陶令去彭泽,茫然太古心。大音自成曲,但奏无弦琴。"②显然,李白评论的着眼点就是道家"大音希声"之视角。

第1型故事"每……辄……"一句又表明,陶渊明酒醉抚无弦琴是经常性的、有规律的日常生活行为,如此,则其每次所寄之意不太可能都一样,应会随境遇之异而发生一些变化。比如,他也经历过改朝换代,对东晋王朝抱有同情之心③,在饮酒诗中也一定程度地表现了儒家的忠君之道,故同样有着亡国之痛的郑思肖之《无弦处士说》便认为无弦琴寄托了陶公的故国之思。至于佛教方面,则从唐代开始,禅宗语录便多次谈及"无弦琴"这一话头,如《古尊宿语录》卷一载庞居士赞马祖道一时说:"一等没弦琴,唯师弹得妙。"④宋《宏智禅师广录》卷四则云:"风前一弄无弦曲,会有丛林人赏音。只如灯灯相续,心心相印,血脉不断处,作么生行履,还体悉得么?"⑤凡此,无弦琴则被认为是禅意的代名词⑥。另外,因为第1型故事发生的情景是独饮,所以,诗人所寄之意也当包含了知音难觅的喟叹,后世禅宗语录里对此也多有认同,《天圣广灯录》卷

① 《二十二子》,上海:上海古籍出版社,1986年,第46页下。

② [清]彭定求等编《全唐诗》卷一六八,上海:上海古籍出版社,1986年,第396页。

③ 参邓小军《陶渊明〈述酒〉诗补证》,《北京化工大学学报》2002年第1期,第27—32页。

④ 《大藏新纂卍续藏经》第68册,第4页上。其中,没弦琴就是指无弦琴。

⑤ 《大正藏》卷四八,第37页中。

⑥ 按,有研究者认为无弦琴故事本身就体现了陶渊明的"禅"思想,参丁永忠《达摩未西来,渊明早会禅——无弦琴故事与陶诗中的"禅趣"试析》,载《陶诗佛音辨》第124—142页。

二五即载衡州崇胜院智聪禅师之语曰：“无弦琴有韵，今古和难齐？”[①]《无准师范禅师语录》卷一又说：“阳春曲，无弦琴，声偃六律，韵排五音。月冷兮风清，山高兮水深，举世有谁知此心？”[②]总之，由于第1型故事是史家对诗人不同酒适场合而抚琴行为的高度概述，且对诗人所寄之意用的又是高度抽象化的语言，唯其如此，后世读者悉可从知人论世的角度出发，并结合陶渊明具体的生平事迹，从而解读出不同的思想寓意。

至于第2型故事的寓意，如果从得意忘言原则出发，显然陶渊明和唱出的两句声诗是多余的，有画蛇添足之嫌。但是，只要深入分析其文本结构，便会发现它也具有相当高的历史真实性，因为它借鉴了相关道教传记故事的叙事模式。如与前引《神仙传》所叙太真夫人故事相比，两者就有很多相同点：从故事要素言，都涉及到酒、宴会、琴、歌，而且所弹之琴都有声乐相配，弹奏者都是故事中的主人公；从主题言，皆表现了自然之乐与对大音的审美追求。当然，两者也有相异处，如下表所示：

区别项 \ 故事名	第2型无弦琴故事	太真夫人故事
主人物的身份	现实中人（男性）	神仙（女性）
宴会性质	俗世中的朋友之会	神仙厨会
琴	无弦	一弦
歌辞	但识琴中趣，何劳弦上声	未交待

而表中的相异之处，我们不妨看作是史家对仙传故事模式之背景的改动，即把神仙厨会（仙厨）移到了现实人间；当然，也可以看作是史家把陶渊明共饮场景比喻为神仙厨会的结果；甚至说是真实地反映出陶渊明朋酒之会所受道教灵宝派思想的深刻影响（具体

① 《大藏新纂卍续藏经》第78册，第548页中。

② 《大藏新纂卍续藏经》第70册，第222页上。

论述详后文)。

与《神仙传》"太真夫人"相同的仙传叙事模式,在中古道教文学作品中较为常见。如祖台之《志怪》有云:

> 建康小吏曹著见庐山夫人,夫人为设酒馔。金乌啄罂,其中镂刻奇饰异形,非人所名。下七子盒盘,盘中亦无俗间常肴敉。夫人命女婉出,与著相见。婉见著欣悦,命婢琼林令取琴出,婉抚琴歌曰:"登庐山兮郁嵯峨,晞阳风兮拂紫霞,招若人兮濯灵波。欣良运兮畅云柯,弹鸣琴兮乐莫过,云龙会兮乐太和。"歌毕,婉便辞去。[①]

于此,同样描绘了女仙所设厨会的场景,同样有酒、会(聚会)、琴、歌等故事元素。而且,作者特别撰录了女主人公弹琴时所唱的歌辞(《晋书》所载陶渊明自撰歌辞事,与此同一机杼)。另外,这个故事发生的地点就在陶渊明长期生活的庐山地区,而他对庐山的热爱之情始终不渝。庐山自古就是道家(道教)名山,想来诗人对该地的各种传说应不会陌生。所以,即便《晋书》"无弦琴"故事有虚构成分,也应具有相当高的艺术真实性吧。

对于道教特别是灵宝派的厨会制度(行厨)及其宴饮性质[②],连佛教方面也多有记载,如南齐释玄光《辨惑论》云:"世传道士后**会**,举标以防斯难,兼制**厨**命,**酒**限三升。"[③]北周甄鸾《笑道论》谓:"**道会饮酒**者,无过也。"[④]初唐释道世《法苑珠林》卷五五则指出:"今见章醮,似俗祭神,安设**酒**脯棋**琴**之事。"[⑤]释玄嶷《甄正论》卷

① 鲁迅校录《古小说钩沉》,济南:齐鲁书社,1997年,第131页。

② 关于这方面的详细分析,参拙撰《陶渊明与道教灵宝派关系之检讨》,《福建师范大学学报》2010年第5期。

③《大正藏》卷五二,第49页上。

④《大正藏》卷五二,第146页下。

⑤《大正藏》卷五三,第701页上。

三又说有一类道士是:“遗荣冠冕,缔赏林泉,歌紫芝以自娱,调素琴而取逸。”[1]凡此,表明道教举行厨会时最基本的三大要素就是酒、琴、歌(其中,琴是最常见的乐器之一)。易言之,道教内部的厨会是一种艺术化的共饮酒会,它在娱神(祭祀)的同时也有信众自娱(娱人)之用。

另外,除了以沈约《宋书》、房玄龄《晋书》为代表的两大类型的“无弦琴”故事之外,其实还有一种不太为后人所熟知者,我们称之为中间型,它见于南齐王智深所撰《宋书》,云:

> 陶潜,字渊明,宋文帝时人也。好慕山水,恒处幽林,以酒畅释。有人就者,辄脱葛巾沽酒。畜一素琴,及一醉,一抚一拍,啸咏而已。[2]

王智深与沈约基本上是同时代的人,两人之间还有比较密切的交往。他对陶渊明的历史描绘,与沈约相比,应该说是大同小异[3],所异者在于酒醉抚琴的具体动作多出了“拍”与“啸咏”。而《晋书》陶渊明的两句夫子自道之诗,恰恰可以理解为诗人“啸咏”时所唱出的歌辞。

如果说第1型故事主要体现的是诗人玄学化的人生观与艺术审美情趣,那么,第2型则重在表现道教灵宝派特别是古灵宝经

---

① 《大正藏》卷五二,第568页下。又,玄嶷此语,用于陶渊明身上,其实也无不妥。

② 引文见于唐无名氏撰《琱玉集》卷一四,《丛书集成初编》本,商务印书馆1936年初版,第85页。又,王智深生平行事见于《南齐书》卷五二、《南史》卷七二《文学列传》,传中皆谓其奉敕所撰《宋纪》。孙启治、陈建华指出“所谓《宋书》与《宋纪》,当为一书”(见《古佚书辑本目录》,北京:中华书局,1997年,第154页)。

③ 其中,王氏所说“素琴”与沈约“素琴,无弦”,含义应一样。另外,李延寿只记“素琴”,可能也是承王氏而来。

"道以无心宗"的思想①。

所谓"道以无心宗",意思指"道"是以"无心"为根本宗旨,而直接把道教最高的宗教境界"道"与"无心"相联系,是古灵宝经一个特色性的创造。虽然《庄子》早就用到了"无心"这一概念②,西汉末严遵《老子指归·圣人无常心篇》亦说:"是以圣人,建无身之身,怀**无心**之心,有无有之有,托无存之存。"③而王弼直接把《老子》之"道"的本质属性规定为"无",说:"是以天地虽广,**以无为心**;圣人虽大,以虚为主。"④郭象注《庄子》时又多次进一步丰富了"无心"的思想含义,如注《逍遥游》曰:"夫圣人之心,极两仪之至,会穷万物之妙数。故能体化合变,无往不可;旁礴万物,无物不然。世以乱,故求我,我**无心**也。我苟**无心**,亦何为不应世哉!"⑤注《齐物论》曰:"然则将大不类,莫若**无心**,既遣是非,又遣其遣。遣之又遣,以至于无遣,然后无遣无不遣,而是非自去矣。"⑥注《应帝王》曰:"夫**无心**而任乎自化者,应为帝王也。"⑦然而从《庄子》到魏晋玄学,"无心"都是以道家自然主义思想为基础,强调的是主体(心)之动静应顺应于自然(天道,亦即客体)⑧。但是,到了东晋,由于支遁、释道安、释慧远等人的努力,他们用般若思想来迎合玄学,将"空"等同于玄学的"以无为本",从而实现了佛学与玄学的合流,期

① 关于这方面的研究,参王承文《敦煌古灵宝经与晋唐道教》,北京:中华书局,2002年,第118—125页。而本文对"道以无心宗"的论述,参考王氏之处甚多,特此标明。

② 如《天地》篇云"无心得而鬼神服",《知北游》则说"媒媒晦晦,无心而不可与谋"。

③ [汉]严遵著,王德有点校《老子指归》,北京:中华书局,1994年,第40页。

④《二十二子》,第4页下。

⑤《二十二子》,第14页下。

⑥《二十二子》,第17页下—18页上。

⑦《二十二子》,第31页下。

⑧ 按,郭象注庄时还除了突出了"独化",它对陶渊明亦有很大的影响,具体论述可参李耀南《玄学视野中的陶渊明人生观和审美人生境界》,《华中科技大学学报》2002年第6期,第23—28页。

间产生的六家七宗（本无宗、本无异宗、即色宗、识含宗、幻化宗、心无宗、缘会宗），即是这一思潮的典型代表。而东晋末年产生的一批古灵宝经，在玄佛合流的影响下，大量吸收大乘佛教缘起性空的思想，旗帜鲜明地提出了新的宗教修行原则，其中最重要的一条就是"道以无心宗"。

在《道藏》本所收古灵宝经之一的《太上洞玄灵宝本行宿缘经》中，载有太极真人《奉戒颂》云：

> 道以无心宗，一切作福田。立功无定主，本愿各由人。虚己应众生，注心莫不均。大圣弘至教，亦由雨隆天。高陵靡不周，常卑固成渊。海为百川王，是能舍龙鳞。……精思念大乘，会当体道真。①

这首偈颂在东晋以后，广泛运用于各种灵宝斋会，如刘宋陆修静《太上洞玄灵宝授度仪表》，北周所编《无上秘要》卷三五《授度斋辞宿启品》、卷三六《授道德五千文仪品》、卷三九《授洞玄真文仪品》、卷四八《灵宝斋宿启仪品》，唐孟安排《道教义枢》卷一等，由此可知其影响之大、之深远。而陶渊明的诗文创作，特别是涉酒题材，据笔者考证，与古灵宝经关系甚密②，因此，他不可能不熟悉这首流传极广的《奉戒颂》。

今人研究陶渊明诗文时，多以为其"空"、"幻"、"空无"等语词

---

① 《道藏》第24册，第667页上。又，《太上洞玄灵宝本行宿缘经》，当是《道藏》编撰者的误题，它其实是古灵宝经《太极左仙公请问经》（简称《请问经》）的下卷，下卷又称《请问下经》（或《请问经下》），而上卷今有敦煌抄本（S.1351），题作《太极左仙公请问经上》。另外，唐法琳《辩正论》卷八引《十二门论》云："佛为无心宗，亦是有物因。立功无定主，本愿各由人。虚怀济群品，泛爱本来均。"（《大正藏》卷五二，第546页中）则古灵宝经这一偈颂的最早来源是佛典，道教只是对它加以改造扩充。

② 参拙撰《陶渊明与道教灵宝派关系之检讨》，《福建师范大学学报》2010年第5期。

的运用，是直接导源于大乘空宗的般若学说，反映了他所受佛教思想的深刻影响[①]。如果我们把目光收回于诗人所熟悉的古灵宝经，则这种影响与其说是来源于佛教，不如说出自道教灵宝派更为直接一些。如敦煌遗书 S.1438 拟题为《道教义》的写卷中有云："《请问经·下》云'道为无心宗，一切作福田'者，言道以三一为无心，观空为宗主。"[②]《太上洞玄灵宝智慧定志通微经》又云："当知三界之中，三世皆空。知三世空，虽有我身，皆应归空。明归空理，便能忘身。能忘身者，岂复爱身。身既不爱，便能一切都无所爱，唯道是爱。能爱道者，道亦爱之。得道爱者，始是反真。"[③]凡此，皆明显把道等同于"空"，而悟"空"理之后才能体悟"道"，从而进入"真"之境界。陶诗所说"真意"（《饮酒二十首》之五）、"抱朴含真"（《劝农一首》）之"真"，与此理路亦有相契之处。

古灵宝经在强调"道以无心宗"的同时，也突出"有"的作用。《洞玄灵宝自然九天生神章经》所载《太极真人颂二首》（之一）即明确要求："大道虽无心，可以有情求。伫驾空洞中，回盼翳沧流。净明三界外，萧萧玉京游。"[④]其中，"可以有情求"是说，"无心"之道的境界应通过具体的宗教修行（有）来实现。换句话，那就是"道无心而以有情求"。若用此思路来分析陶渊明"无弦琴"之第 2 型故事，不也适合么？因为后者可表述为"琴无弦而有声"，即"无弦"对应于"无心"，"和之曰"对应于"有声"，只不过这里的"有声"是心声（即陶渊明心中所想）而非琴声。于此，诗人《归去来兮辞》之"云无心以出岫"，亦是相同句法的运用。而且，唐代对陶渊明最为崇拜且在在模仿陶公行为的诗人王绩，曾撰《无心子传》，以"无心子"自

① 如释慧莲《东晋佛教思想与文学研究》，成都：巴蜀书社，2009 年，第 95—121 页。

②《英藏敦煌文献》（汉文佛经以外部分）第三卷，成都：四川人民出版社，1990 年，第 17 页。

③《道藏》第 5 册，第 889 页上。

④《道藏》第 5 册，第 847 页下。

喻,其"无心"之说,显然是对陶渊明"无心"观的阐扬和继承。

第2型故事的文本结构,从一定意义上讲,则是对道教音乐步虚声的模拟。步虚声是道教科仪尤其是灵宝斋仪中最为常用的音乐之一,在后世影响极其深远。南宋所出《元始无量度人上品妙经注》卷上即说:"行道有二:烧香诵经,**步虚朝赞**。"[①]然其最早记载,实见于古灵宝经,如《洞玄灵宝玉京山步虚经》称它是从太极左仙公葛玄辗转传至东晋葛洪[②]。该经除收录了《洞玄步虚吟》等十首步虚词外,还具体地描摹了步虚声的演出形态,曰:

> 诸大圣帝王、高仙真人、无鞅数众一月三朝其上,烧自然旃檀反生灵香,飞仙散花,旋绕七宝玄台三周匝,诵咏《空洞歌章》。是时诸天奏乐,百千万妓,云璈朗彻,真妃齐唱而激节,仙童凛颜而清歌,玉女徐进而跰跹,放窈窕而流舞,翩翩诜诜而容裔也。……诸天闻声而飞腾,勿辍弦止歌,叹味至音,不能名状。[③]

从这段经文可以看出,步虚声是歌、舞、乐的有机统一,而且演出时必有弦乐伴奏。其中,《空洞歌章》是指配合舞步(禹步)而唱的歌辞(步虚辞)。另外,该经所录《太上智慧经赞八首》(之四)又曰:

> 太真抚云璈,众仙弹灵琴。……七祖升福堂,由此步玄音。前世福未足,斯书邈难寻。信道情不尽,图飞乃反沈。太上无为道,弘之在兆心。[④]

从"步玄音"一语推断,赞颂本身就是一首演唱步虚声时所使用的

---

①《道藏》第2册,第261页下

② 参《道藏》第34册,第628页中。

③《道藏》第34册,第625页中。

④《道藏》第34册,第627页上。

歌辞。它实际上可与东晋时期问世的《汉武帝内传》进行对读，后者云：

> 上元夫人自弹云林之璈，鸣弦骇调，清音灵朗，玄风四发，乃歌步虚之曲，辞曰：
>
> 昔涉玄真道，腾步登太霞。负笈造天关，借问太上家。……谁言寿有终，扶桑不为查。①

综合两则材料，则知步虚声至少有三大特点：一是弦乐伴奏，如云璈、灵琴等。二是声乐演唱，且有歌必有辞；三是主旨多在教化芸芸众生体悟真道与大道。换言之，它有通神入道的宗教功用。而弦乐与声乐的配合，又可采用自弹自唱（和），如前揭上元夫人之举。对照这三个特点，第 2 型"无弦琴"故事也基本具备，即陶渊明有自弹之举，有自和的声辞，主题则在表现"道以无心宗"的思想。此外，前引《洞玄灵宝自然九天生神章经》之《太极真人颂》，其本身也是一首步虚词，尤可注意的是其中有一句说："谁能悟**冥趣**。"陶渊明"但识琴中趣"，与此"趣"应该不是一种偶然的巧合吧？

再则，即使我们回到王智深所记陶渊明抚琴的情景，亦可发现，其所用"啸咏"一词颇有深意在焉。虽说王氏也没有录出陶公啸咏的具体内容，但"啸咏"这种歌唱形式（也叫啸歌），同样也是步虚声中常用的声乐形式之一。如《云笈七签》卷三八所引古灵宝经《太上洞玄灵宝消魔宝真安志智慧本愿大戒上品经》说："是时太上玄高真人**啸咏**步虚洞章。"②《洞玄灵宝玉京山步虚经》所载《洞玄步虚吟》则曰："**啸歌**观太漠，天乐适我娱。"③特别是"天乐"一句，表明步虚声亦同时具有娱神与娱人的双重功能。另据《元始无量度人上品妙经四注》卷二之薛少微注"师子白鹤，**啸歌**邕邕"之句引

① 《道藏》第 5 册，第 55 页下—56 页上。
② 《道藏》第 22 册，第 264 页中。
③ 《道藏》第 34 册，第 626 页上。

《洞神经》云:“天一左官有天钧乐器,子日玉女能吹笙,丑日玉女能啸歌,寅日玉女能鼓瑟,卯日玉女能击筑,辰日玉女能鼓琴……亥日玉女能为天下新声之曲。天钧,乐器也,名与世同,音与俗异。俗音凄思以促命,天音和畅以延生。”①则知步虚声与人间世俗音乐性质有别,作用迥异。陶渊明《读〈山海经〉十三首》(其二)谓西王母“高酣发**新谣**,宁效**俗中言**”,即似承此《洞神经》而来。

复次,道教步虚声与前面所说的厨会也有密切的关系。而厨会(行厨)从表演场合讲,主要有两种:一是道众内部的厨会,这当然在人世间举办(特别是斋会即将结束时,多以之来志庆,可祈请众神福祐以求免灾除祸之类);二是仙厨与天厨,则在洞天福地(如前述太真夫人、庐山夫人之故事)或天堂举行②。而且,两种场合都用步虚声,只是表演主体有别:前者一般为道教斋会中的职事人员,后者多为仙童玉女。尽管如此,但二者性质相同,皆是有音乐(含声乐与器乐)表演的共饮酒会。因道教的人间厨会、仙厨,前文已举过例证,故不复赘。在此,仅补充一个天厨方面的例子,《老君变化无极经》即云:“乘云驾龙到南阳,饮食**行厨**布腹肠,**弹琴鼓弦举乐觞**。要当解音别宫商,角徵所生同室堂。”③

综上所析,虽然两种类型的“无弦琴”故事在思想寓意、艺术审美上有较大的区别,但从本质上讲,两者还是有两个根本的相同点,那就是同样表现了陶渊明对“道”的重视和对音乐艺术(以琴为代表)的喜爱。虽说两者背景不一,可它们同样具有相当高的历史真实性,只是反映的历史场景有别而已。

(本文原载《福建师范大学学报》2011 年第 3 期)

---

①《道藏》第 2 册,第 207 页下。

② 当然,仙厨(天厨)及其使用的仙乐(天乐)应该是现实生活的一种真实反映,只是更富理想色彩而已。

③《道藏》第 28 册,第 372 页上。

陶渊明“性不解音”新解

一、问题的提出

《宋书》、《晋书》、《南史》等历史文献都记载了陶渊明的“无弦琴”故事，虽然文字上略有不同，但都异口同声地说陶公是不懂音乐的，如沈约《宋书》谓：“潜不解音声，而畜素琴一张，无弦，每有酒适，辄抚弄以寄其意。”①萧统《陶渊明传》则说：“渊明不解音律，而畜无弦琴，每酒适，辄抚弄以寄其意。”②李延寿《南史》云：“潜不解音声，而畜素琴一张。每有酒适，辄抚弄以寄其意。”③房玄龄《晋书》谓陶渊明：“性不解音，而畜素琴一张，弦徽不具，每朋酒之会，则抚而和之，曰：‘但识琴中趣，何劳弦上声！’”④

最早对史书记载提出质疑的，据现有文献，可能是北宋大诗人苏轼。其《渊明无弦琴》云：“旧说渊明不知音……此妄也。渊明自云‘和以七弦’，岂得不知音？当是有琴而弦蔽坏，不复更张，但抚

① [梁]沈约撰《宋书》，北京：中华书局，1974 年，第 2288 页。

② [南朝・梁]萧统著，俞绍初校注《昭明太子集校注》，郑州：中州古籍出版社，2001 年，第 192 页。

③ [唐]李延寿撰《南史》，北京：中华书局，1975 年，第 1858 页。

④ [唐]房玄龄等撰《晋书》，北京：中华书局，1974 年，第 2462 页。

弄以寄意，如此为得其真。”[①]其中，“和以七弦”，句出陶渊明《自祭文》。后来，元人李冶又沿着苏东坡的思路，进一步指出：

> 今观其平生诗文，概可见矣。《答庞参军》云：“衡门之下，有琴有书。载弹载咏，爰得我娱。岂无他好，乐是幽居。”《归去来辞》云：“悦亲戚之情话，乐琴书以消忧。”《与子俨等疏》云：“少学琴书，偶爱闲静。开卷有得，便欣然忘食。”使果不求深解，不取弦上之声，则何为“载弹载咏”以自娱耶？何为乐以消其忧耶？[②]

陶诗《拟古九首》(其五)是一首著名的琴诗，其中有云：“东方有一士，被服常不完。……知我故来意，取琴为我弹。上弦惊《别鹤》，下弦操《孤鸾》。”[③]郭平先生释云：

> “上弦”即我们现在所说的上准，即四徽至一徽的音；“下弦”即我们所说的下准，即十徽至十三徽的音。上弦音距岳山近，弹上弦音时，因为有效振动弦长较短，使得弹出的琴音较为尖利、激越；而下弦音则相反，它们近龙龈，有效振动部分长，琴音较为低沉、幽深。而《别鹤》和《孤鸾》上两首琴曲的曲名。陶渊明这两句诗的意思是说，这位弹琴的高人所弹的《别鹤》和《孤鸾》特别有表现力、有特色的内容分别在近岳山的高音区和近龙龈的低音区出现，从而表现出别鹤唳鸣之声的凄厉和失群孤鸾的幽怨。由此可见，陶渊明对琴的音声、技法特征以及琴曲的特点都是熟悉

① 吴文治主编《宋诗话全编》第1册，南京：江苏古籍出版社，1998年，第779页。

② [元]李冶撰《敬斋古今黈》卷七，王云五主编《丛书集成初编》本，上海：商务印书馆，1935年，第88页。

③ 袁行霈《陶渊明集笺注》，北京：中华书局，2003年，第327页。

的。……所以，说到底，弹奏《别鹤》和《孤鸾》的“东方一士”，就是陶渊明自己。[①]

郭先生通俗易懂的解说，表明陶渊明本人就是古琴艺术的行家里手。

正是基于陶渊明存世作品中多有涉及音乐艺术的客观事实[②]，众多研究者为了解释它与史书之间的矛盾，于是便认为史书的相关记载不正确[③]，果真如此吗？对此，笔者是深不以为然。

之所以说史书记载不误，是因为我们对陶渊明“不解音声”、“不解音律”、“性不解音”之“音声”、“音律”和“音”的理解与前贤时俊有别，我们认为这里的“音声”、“音律”等，不是世人眼中的世俗音乐，而是指道教音乐，特别是道教灵宝经所说的“玉音”、“诸天隐韵”之类。笔者此前曾就陶渊明饮酒及抚无弦琴之举与中古道教灵宝派思想的内在联系做过较为系统的检讨，指出其文艺创作深受灵宝派“道以无心宗”思想的影响[④]。

---

① 郭平《古琴丛谈》，济南：山东画报出版社，2006 年，第 65 页。

② 关于陶渊明诗文中音乐文化的具体表现，范子烨先生《艺境与道境：陶渊明的“无弦琴”与诗意生活》有详论（载《悠然望南山——文化视域中的陶渊明》，上海：东方出版中心，2010 年，第 1—50 页），可参看。

③ 具体分析可参齐益寿《论史传中的陶渊明事迹及形象》（载《郑因百先生八十大寿论文集》，台北：商务印书馆，1985 年，第 9—159 页，特别是 138—141 页），陈怡良《陶渊明之人品与诗品》（台北：文津出版社，1993 年，第 154—162 页）、《田园诗派宗师——陶渊明新探》（台北：里仁书局，2006 年，第 1—39 页）等。

④ 参拙撰《陶渊明与道教灵宝派关系之检讨——以涉酒诗文为中心》（《福建师范大学学报》2010 年第 5 期）、《论陶渊明“无弦琴”故事的两种类型及其寓义之异同》（《福建师范大学学报》2011 年第 3 期）。

二、灵宝“玉音”的性质、表现与传授

“玉音”，这是古灵宝派特有的术语，其含义较为丰富。《灵宝无量度人妙经》云：“玉音摄气，灵风聚烟。”唐人薛幽栖注曰：“玉音，即太皇高真啸咏之音也。言太皇啸咏，则玉音冠霄以摄气，灵风生虚以聚烟者也。”①《太上灵宝诸天内音自然玉字》则多次使用该词，如卷三《大梵隐语无量洞章》曰：

> 灵书八会字，五音合成文。天真解妙韵，琅琅大有通。玉音难为譬，普成天地功。上植诸天根，落落神仙宗。中演玄洞府，坦明八幽房。开度生死命，拔出长夜亡。②

又曰：

> 天真皇人曰：“诸天内音自然玉字，皆诸天之中大梵隐语，结飞玄之炁，合和五方之音，生于元始之上，出空洞中，随运开度，普成天地之功。斯文尊妙，不譬于常。是故开大有之始，而闭天光明以宝其道，而尊其文。其字宛奥，非天书之无形，真贵其妙象而隐其至真，妙应感图，其法运行。天尊不以我之才呐而见命，敕使解其义，通其玉音。玄科有制，不敢违命。按命之日，形魂顿丧，率我所见，聊注其文。”③

据此，则知灵书与天书，皆指元始天尊传授给天真皇人的特殊经

①《道藏》第2册，北京：文物出版社，上海：上海书店，天津：天津古籍出版社，1988年，第228页中。
②《道藏》第2册，第546页中。
③《道藏》第2册，第547页上。

典,它们本是用秘篆体书写的大梵隐语(也称“诸天隐韵”、“真文”),后经天真皇人以韵文唱出并对诸仙加以解说[①]。换言之,从音乐文学的角度理解,“玉音”是“天书”(灵书)的声乐表现,特别是说法中所用音乐性极强的赞颂或诗偈。北宋陈景元集《元始无量度人上品妙经四注》卷二“诸天隐韵,天中之音”之注即曰:

> 东曰:“韵,调也。音,章也。诸天各有八字之章,隐其调韵,文旨玄奥,难可寻详,故曰隐韵也。”幽栖曰:“亦是诸天隐微之韵,十方幽秘之音也。”玄英曰:“音,荫也,单出为声,五声相荫而成文,谓之音。《礼记·乐记》曰:‘声成文,谓之音。’”[②]

其中,“东”指南齐道士严东,“幽栖”、“玄英”则分别指初唐道士薛幽栖、成玄英。他们对“诸天隐韵”的解释,表述文字虽异,然皆强调了“玉音”的声乐性。更为有趣的是,东南西北共三十二天(每方各八天),其隐韵释文是256字,即每一天有“玉音八字”[③],表现为两个四言句。《隋书·经籍志》亦谓每一天书“凡八字,尽道体之奥”[④],即任何一天的“玉音八字”,都是道的载体,体现的是幽远深奥的“道”理。如第一天“太黄皇曾天”的玉音八字是“亶娄阿荟,无恕观音”,它们“字方一丈,文采焕明,洞辉八方,元始下教,使撰其字,解其音,合成皇曾天中大梵隐语无量之音,以付道君,使教皇曾天中宿有仙名者,应度得道人也”[⑤]。此表明每一种天书八字,都具有特定的教化与济度对象。王承文先生还指出第一天的“大梵

---

① 参王承文《敦煌古灵宝经与晋唐道教》,北京:中华书局,2002年,第726页。

②《道藏》第2册,第218页上。

③ 按,敦煌本P.2256宋文明《通门论》指出“天书”,“《内音》八字例是也”。《内音》,指《太上灵宝诸天内音自然玉字》,该经即载有每一天的“玉音八字”。

④ [唐]魏征等撰《隋书》,北京:中华书局,1973年,第1092页。

⑤《道藏》第2册,第547页中。

隐语"八字，实际上是从"皇曾亶元纪，娄都界上京。阿那震琳响，荟秀何宛延。元无中生真，恕答通明梁。观觉朗四冥，音韵自成章"之"洞章"抽绎出来的[1]。依此类推，其他三十一天的"玉音八字"，各自代表的原来也是一首五言八句颂。因此，笔者以为，"天书八字"极可能是灵宝派特有的声乐简易记谱法，其特点是用一个字来代表一个诗/乐句。

虽说传世文献中尚未发现灵宝三十二天的"玉音"乐谱，但北宋所传《玉音法事》卷上所载《步虚第一、第三、第五》等三首乐谱足可参考，如《步虚第一》为(参插图1)：

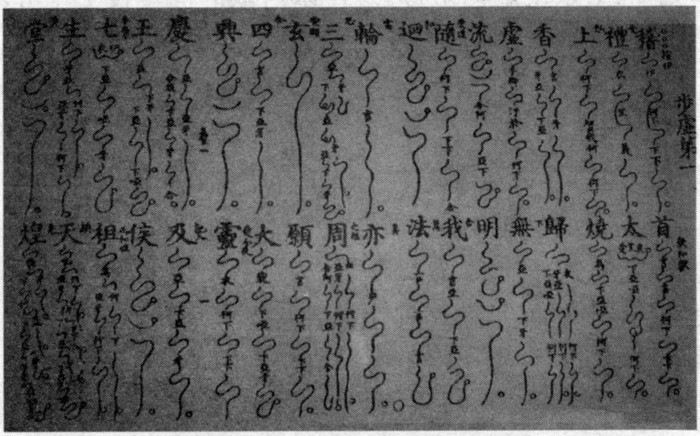

(选自《道藏》第11册，第120页下)

按，陈国符先生指出：《玉音法事》除了《道藏》本外，尚有明成化刊本。成化本有云："是诸天之隐韵，非世上之常辞。"陈先生还说："谓隐字步虚词，乃诸天之隐韵，宋代降于人间。此当系虚妄之词。"[2]但我们揭开天授神书的面纱之后，可发现卷上的三首《步

① 王承文《敦煌古灵宝经与晋唐道教》，第732页。

② 陈国符《北宋〈玉音法事〉吟(线)谱考稿(一)》，《陈国符道教研究论文集》，上海：上海古籍出版社，2004年，第284页。

虚》，其歌词重见于卷下所录《玉京步虚词十首》[①]。从第八首“众真诵洞玄，太上唱清谣。香华随风散，玉音成紫霄”[②]之歌词推断，这十首步虚，歌咏的就是灵宝“玉音”。《玉音法事》又有编者按语：

> 右《玉京步虚十首》，按《太上玉京步虚经》云：太极左仙公葛玄于天台山传授弟子郑思远，思远复传仙翁从孙葛洪号抱朴子是也。郑君说仙翁去世时告思远曰：“所受《上清大洞真经》，付吾家门子弟，世世录传至人，勿闭天道。”[③]

据此，则知《玉京步虚词十首》之声乐与歌辞的传授史十分清楚。易言之，《步虚第一、第三、第五》之乐谱，不是空穴来风，而是渊源有自，最先出于葛玄(164—244)，中经郑思远(生卒年不详)而传至葛洪(284—364)。

《玉音法事》只在卷上、卷中载有乐谱，而乐谱性质是声曲折[④]。但它们属师徒口授密传，注重口诀，成化本即云：“唯有磬棒，全在口诀，若非面议，难以尽言”，“或恐有疑难处，但请不吝下访，庶可面议声曲折。”由于其演唱方法早已失传，所以，今人所做的破解，很难说已还原了历史的本相。

总之，“天书八字”是“大梵隐语”(“诸天隐韵”)的书写形式，“玉音八字”是“诸天隐韵”的声乐表现，从形式看，多为五言八句

① 蒲亨强先生推断，《玉音法事》卷上之所以只选录三首步虚词，可能只有这三首采用不同的旋律，其余七首皆沿用这几个基本旋律，为同曲异词关系，故有此编排体例，参氏论《〈玉音法事〉所载音乐史料研究》，《乐府新声》2007 年第 3 期，第 79 页。

②《道藏》第 11 册，第 140 页下。

③《道藏》第 11 册，第 140 页下。

④ 具体论述可参陈国符《北宋〈玉音法事〉吟(线)谱考稿(一)》(《陈国符道教研究论文集》，第 284—290 页)，蒲亨强、蒲亨建《〈玉音法事〉曲线谱源流初探》(《中国音乐学》1992 年第 3 期)等。

诗。古灵宝经的撰作者(或曰集大成者)葛巢甫[1],之所以把经之本源叫做"隐韵"、"玉音",是因为他要强调灵宝经典来源的神秘性、神圣性与纯洁性,即神授天书之意。

灵宝"玉音"、"隐韵"的主体为声乐,但并非说它不可与器乐相结合。情况恰恰相反,在具体的科仪音乐中,器乐使用相当普遍。如敦煌所出古灵宝经 P. 2461《太上洞玄灵宝智慧上品大戒》云:

> 天尊言:"建斋行道,四天帝王皆驾飞云绿軿,八景辇从。真人玉女,手把华幡,前导凤歌,后从天钧,白鹄师子,啸歌邕邕,烧香散华,浮空而来。瞻履行道,跪听法音。"

其间"凤歌"为声乐,"天钧"则为器乐。唐李少微注《元始无量度人上品妙经》之"师子白鹤,啸歌邕邕"句即曰:

> 此天钧乐也:前部啸歌则九凤齐唱,后部流吹则八鸾同鸣。《洞神经》曰:天一左宫有天钧乐器,子日玉女能吹笙,丑日玉女能啸歌,寅日玉女能鼓瑟,卯日玉女能击筑,辰日玉女能鼓琴,巳日玉女能撞钟击磬,午日玉女能吹箫,未日玉女能吹笳,申日玉女能为九音之歌,戌日玉女能作百兽鸣,亥日玉女能为天下新声之曲。天钧,乐器也,名与世同,音与俗异。俗音凄思以促命,天音和畅以延生。[2]

据此,作为器乐的"天钧"之乐,其宗教性质是第一位的,并有助于修道者延生之用。

实际上,道教科仪对声乐的审美原则也同样是求雅正,绝俗

① 按,王承文先生认为从《度人经》到《太上灵宝诸天内音自然玉字》的作者,都是东晋末年葛氏道派的人物葛巢甫本人(参《敦煌古灵宝经与晋唐道教》,第 733 页),此暂依其说。

②《道藏》第 2 册,第 207 页,中—下。

音。唐代道士朱法满《要修科仪戒律钞》卷二“发心钞”引《太真科》云：

> 当听法说赏议，五音调和，五德时习，赞咏长远郑声，和言徐语渐息，静辞诵咏灵文，应和法唱，久剋玉响，世音之根永断。①

所谓“赞咏”，即属声乐，“郑声”、“世音”则指与宗教音乐性质相反的东西，它们都在道教摒弃之列。古灵宝经《太上洞玄灵宝三元品戒功德轻重经》又列有“学者及百姓子放荡世间妓乐之罪”②，“学者”指修道者，“百姓子”指普通信众，总之，无论道、俗，从戒律的高度讲，对世间妓乐都应反对或回避。

另外，从古灵宝经经文看，其中也含有声乐、器乐相配合的内容，如《洞玄灵宝玉京山步虚经》云：

> 太上无极虚皇天尊之治也。其山林宫室，皆列诸天圣众名籍。诸大圣帝王、高仙真人、无鞅数众，一月三朝。其上烧自然旃檀，反生灵香，飞仙散花，旋绕七宝玄台三周匝，诵咏空洞歌章。是时诸天奏乐，百千万妓，云璈朗彻，真妃齐唱而激节，仙童凛颜而清歌，玉女徐进而跰跹，放窈窕而流舞，翩翩诜诜而容裔也。山上七宝华林，光色炜晔，朱实璨烂，悉是金、银、珠玉、水晶、琉璃、车渠、玛瑙，灵风振之，其音自成宫商，雅妙宛绝。诸天闻声而飞腾，勿辍弦止歌，叹味至音，不能名状。③

这里的音乐描写，“诵咏”、“真妃齐唱”、“仙童清歌”，显然为声乐性

---

①《道藏》第 6 册，第 928 页下—929 页上。

②《道藏》第 6 册，第 881 页中。

③《道藏》第 34 册，第 625 页中。

质;而"云璈"所奏,自然为器乐。尤其是"弦"、"歌"对举,更加说明灵宝音乐是器乐、声乐并重的。

综上所述,"玉音"、"隐韵"乃灵宝派特有的声乐术语,本意在于保持灵宝经典的神圣性和神秘性,但在具体的科仪场合中,则可与器乐配合使用,性质庄严,与世俗之音迥然有别,含有特定的宗教目的。

不过,灵宝经典(含音乐)的传授,和其他道派一样,从来都不是公开的。不但对弟子的选择小心谨慎①,仪式神秘,而且要求弟子应有特定的信物,若无雄厚的经济实力,是很难加入其教团组织的。古灵宝经《洞玄灵宝丹水飞术运度小劫妙经》有云:

> 至太皇元年九月十日,有龟山王夫人来受《八生元箓上经》八卷。赤松子其年十月五日受《大洞宝章三十六部妙经》、《三洞真科道德要戒》于玄都宝城山中,破金投鱼,蛟龙结钓。登坛,尽一宝信为质,用飞云锦百尺、玉札二枚、金龙二口、鱼一双、剑二十四具、白素四十尺、五方明镜,以度其文。时罗梵众天,八种音声,作三契颂。受学,遂得真仙之道。②

由此可知,即便是王夫人、赤松子等神仙之流(这当然是托词),他(她)们若要得到灵宝经,也要严格地建立道场(坛),献礼为信,贡献云锦、玉札、金龙、明镜等世间少有的宝物,唯有如此,方得传授相关经文。其中,"八种音声",当指诸天各自拥有的"玉音八字",而诸天音声的声乐载体,或曰歌词,又具体体现于"三契颂"中,如经中载"高上真人罗天颂三契"都是五言偈:一者为"六度生梵迹,

① 按,《太上洞玄灵宝智慧本愿大戒上品经》载葛玄对其弟子郑思远云:"子以一通,依科传付弟子佳者也。若无其人,一通封付五岳名山矣。此太极真人口诀,子秘之,慎之!慎之!时思之!"(《道藏》第6册,第161页,上)可见灵宝派师徒授受时,坚持宁缺勿滥的原则。

②《道藏》第5册,第857页,中—下。

至真出虚玄”等24句，二者为“郁郁空洞乡，岧岧天宝台”等14句，三者为“玄洞空中去，虚虚豁无向”等，亦14句[①]。此外，本经还告诉读者另一史实，即灵宝经文，往往和音乐（歌词）一道传授。

唐人孟安排《道教义枢》卷二引古灵宝经《真一自然经》云：“徐来勒等三真，以己卯年正月一日日中时，于会稽上虞山传仙公葛玄。玄字孝先，于天台山传郑思远、吴主孙权等。仙公升天，合以所得三洞真经，一通传弟子，一通藏名山，一通付家门子孙。与从弟少傅奚，奚子护军悌，悌子洪，洪又于马迹山诣思远盟受。洪号抱朴子，以晋建元二年三月三日，于罗浮山付弟子海安君、望世等。至从孙巢甫，以晋隆安之末传道士任延庆、徐灵期之徒，相传于世，于今不绝。”[②]据此，灵宝经的传授，还有家族宗教信仰的特点，学术界多称之为“葛氏道”。陶弘景《真诰》卷一九则云：“复有王灵期者，才思绮拔，志规敷道。见葛巢甫造构《灵宝》，风教大行，深所忿嫉。于是诣许丞求受上经。”[③]此“上经”，指上清经。王灵期的求经目的，旨在以上清派来对抗灵宝派。许丞元嘉六年（429）去世，故从隆安（397—401）以来，葛巢甫传授的古灵宝经在江南地区流行了差不多30年。这一时段，正和陶渊明的后半生重合。易言之，他是完全有可能知道这一新兴道派的。

三、陶渊明作品中的内证

应该说陶渊明的经济生活一直都是贫困的（相对于上层社会而言），乃至有乞食之事发生，因此，严格依照前述《洞玄灵宝丹水飞术运度小劫妙经》之传授经戒的规定，诗人显然无力承担如此昂

① 《道藏》第5册，第858页，上一中。

② 《道藏》第24册，第813页下。

③ ［日］吉川忠夫、麦谷邦夫编，朱越利译《真诰校注》，北京：中国社会科学出版社，2006年，第574页。

贵的信物之资①。也就是说,他根本加入不了灵宝教团,自然就无缘得到古灵宝经的核心内容——诸天隐韵(玉音),所以,史书说他"不解音声"、"性不解音",若把"音"与"音声"等,当作灵宝"玉音"理解(如前引《步虚第一》乐谱所示),则所谓其作品与史传之间的"矛盾",便烟消云散、不复存在了。

陶渊明未能成为灵宝派道士,但他通过道教厨会制度,对该派酒、乐相合的艺术情趣产生了共鸣②。而《晋书》所载无弦琴故事,正体现了诗人对道教步虚音乐的艺术性模拟,因为它与厨会音乐拥有相同的元素——琴、歌、酒③。或者说,陶渊明虽无机会接触灵宝"玉音",却不能说他对灵宝"玉音"一无所知,甚至也不妨碍他对"玉音"有向往之情。事实上,细绎其诗,是可以发现一些相应内证的,如:

1.《读山海经十三首》(其七)末四句有云:"灵凤抚云舞,神鸾调玉音。虽非世上宝,爰得王母心。"④其中"灵凤"、"玉音"二词,皆见于陆修静撰《太上洞玄灵宝授度仪》所引的古灵宝经颂:"三炁徘徊,灵凤来飞。玉音八字,烂焕紫微。"⑤王母,即西王母,她在灵宝经的传承体系中也占有一席之地。《道教义枢》卷二即云:"洞玄是灵宝君所出,高上大圣所撰。今依元始天王告西王母太上紫微

① 如《归去来兮辞》序云"余家贫,耕植不足以自给",《自祭文》则云"自余为人,逢运之贫。箪瓢屡罄,絺绤冬陈",既然命运一直贫寒,自给自足都有困难,自然就无余力奉资于灵宝教团了。

② 关于这一点,请参拙撰《陶渊明与道教灵宝派关系之检讨——以涉酒诗文为中心》,《福建师范大学学报》2010 年第 5 期。

③ 参拙撰《论陶渊明"无弦琴"故事的两种类型及其寓义之异同》,《福建师范大学学报》2011 年第 3 期。

④ 袁行霈《陶渊明集笺注》,第 406 页。诗中"王母",一作"王子",袁先生认为后者非,此依袁说。另据《太清中黄真经》卷下《太极真宫章第十三》云"凤舞鸾歌游咏中,上界有天凤之舞,鸾霄之歌,皆是曲名者也"(《道藏》第 18 册,第 392 页中),则知凤之舞和鸾之歌的音乐性质,皆为舞曲。

⑤《道藏》第 9 册,第 850 页上。

宫中金格玉书、灵宝真文篇目，十部妙经，合三十六卷。”[①]统而观之，这四句诗与灵宝经的密切关系是相当明显的。诗的意思是说，灵凤所演示的“玉音”、“云舞”，虽非俗世之宝，却十分契合王母之心，即灵宝“玉音”具有超凡的神圣性，而非世俗之音可比。

2.《读山海经十三首》(其二)描绘谓西王母在酒会的表演是：“高酣发新谣，宁效俗中言?”[②]这说明陶渊明对仙、俗之乐的性质定位是相反的，一雅一俗，泾渭分明，此与前文所述灵宝派之雅正的音乐审美观，可说是毫无二致。

3.《蜡日一首》则云：“我唱尔言得，酒中适何多。未能明多少，章山有奇歌。”[③]本诗描绘的是诗人蜡日(在农历十二月)聚会的场景。逯钦立先生指出：“章山，障山即石门山。……庐山诸道人《游石门山诗序》：‘石门在精舍南十余里，一名障山。’”[④]范子烨先生由此引申说，“陶诗所谓‘章山’即石门山”，“所谓‘章山有奇歌’，可能就是指《游石门诗并序》”，其意在于说明诗人未能明的是庐山慧远等人所作山水诗之佛理[⑤]。但笔者以为，从该诗“酒”、“歌”对举的手法分析，这四句诗的性质更近于灵宝经所说的厨会音乐。宋释善卿撰《祖庭事苑》卷六“匡阜”条云：“周有匡续先生，结庐于江州南障山，遂易名匡山，亦曰庐山。”[⑥]据此，则知庐山之得名，乃出于神仙匡续。众所周知，庐山自古就与道教有不解之缘，如《太上灵宝五符序》说九江人华子期：“少好仙道，入山隐迹，采服草药，栖身林阜二十余年。忽遇角里先生，乃授之仙隐灵宝方：一曰河图隐存符，二曰伊洛飞龟，三曰平衡。案合服之……而

---

①《道藏》第 24 册，第 813 页，中—下。

② 袁行霈《陶渊明集笺注》，第 398 页。

③ 袁行霈《陶渊明集笺注》，第 310 页。

④ 逯钦立校注《陶渊明集》，北京：中华书局，1979 年，第 108 页。

⑤ 参范子烨《悠然望南山——文化视域中的陶渊明》，第 193—198 页。

⑥《大藏新纂卍续藏经》第 64 册，石家庄：河北省佛教协会，2006 年，第 405 页中。

白日升天矣。"[①]而比陶渊明年代稍后的著名道士陆修静，以整理灵宝经目、创立灵宝斋法而扬名后世，他与庐山的关系也极其密切。易言之，庐山和灵宝派有着极深的历史渊源。所以，笔者以为陶诗之"奇歌"，更可能是指灵宝"玉音"，若"歌"之乐谱如前引《步虚第一》一样深奥难懂，以"奇"称之就不足为怪了。

4.《问来使》云："尔从山中来，早晚发天目。……归去来山中，山中酒应熟。"[②]此诗历来多被判伪作，但范子烨先生指出它不仅不是伪作，而且是陶诗中的上品佳构，是太元九年(384)作于会稽任镇军王蕴的参军之时[③]。其说可从。其中，会稽与天目山都是古灵宝经重要的流播地之一(关于前者，可参见后文所引《太上洞玄灵宝五符序》)，唐人释智升撰《续集古今佛道论衡》卷一即云：

> 霍山、天目山、五台山、白鹿山、宫山、合八山，诸山观道士祁文信等二百七十人，将《太极真人敷灵宝文》一部、《太上洞玄灵宝大文五符经》一部、《步虚文》一部、《神仙药法》一部、《尸解品》一部、《上天符录敕禁》一部，合八十四卷。[④]

所录道经目录中，至少前3部都为古灵宝经。更值得注意的是，古灵宝经的传授，多由使者完成。如《太上洞玄灵宝五符序》云：

> 吴王阖闾十有二年孟春正月……包山隐居为使者，号曰龙威丈人，令极洞室之所，深履洪穴之源。……隐居知是神馆，不敢冒进门内，乃更斋戒，思真三日，束修而入，看行其内，于玉房之中北机之上，有一卷赤素书，字不可解。隐居再拜，取书曰："下土小臣，为吴王使，请此神文，以为外施。"……隐居具书其

---

①《道藏》第6册，第318页中。

② 袁行霈《陶渊明集笺注》，第601页。

③ 参范子烨《悠然望南山——文化视域中的陶渊明》，第104—105页。

④《大正藏》卷五二，第398页下。

所履见示王，王肃然骇听，乃清斋静台，祭天而受书焉。即其年，太吴风雨以时，五谷丰熟，兆庶乐业，国内安融。阖闾珍贵其天文，而不解其辞，乃遣使者赍此书，封以黄金之检，印以玉皇之玺，书旨以问鲁大夫孔丘。……丘案童谣之言：昔夏禹治水，拓平山川，功举事讫，巡狩于钟山之阿，得黄帝、帝喾等所受藏《上三天太上灵宝真经》。后游会稽，更演解灵宝玄文，撰以为《灵宝文》。……丘恐此书，必《灵宝符太上真文》也。[1]

按，《太上洞玄灵宝五符序》，撰人不详，但早在葛洪《抱朴子内篇》中就引过是书，则知它是古灵宝经之一。其在吴地的传播，使者包山隐居的作用至为重要。《洞玄灵宝玄门大义》之《释戒律第六》又云：

斯则戒主于因，律主于果；戒论防恶，律论与罪故也。然或空中而下，或口内传授，皆随机而作，授受不同。……此经于时天尊面命三天真人，传《二十四生图》与道君，命九天司马、侍仙玉郎传《生神章》与飞天神王。飞天神王及道君，于时北向请天尊，使者衔天尊命，从天尊边来，仍授。[2]

即便是元始天尊向飞天神王授经，也要通过中介——使者，更何况世间普通的信徒呢？因此，我们可作一大胆的猜测，陶渊明会稽所见天目山之来使，很可能是向他传授灵宝经典的使者，然诗人好酒成性，无余资作为信物[3]，故使者未能将最神秘的灵宝“玉音”相授吧。

---

①《道藏》第 6 册，第 317 页上—318 页上。

②《道藏》第 24 册，第 738 页，中—下。

③ 按，陶渊明嗜酒成性，只要有钱，总是化为酒资。沈约《宋书·陶潜传》载其好友颜延之为始安郡时，路过寻阳，“留二万钱与潜，潜悉送酒家，稍就取酒”。

总之,陶渊明因为自身经济能力的制约,无缘得授灵宝"玉音",因此也无法知晓"玉音"的特殊乐谱及其所代表的"天书"(诸天隐韵)。所以,笔者认为《晋书》等说他"性不解音"之类并无错误,只是后世读者未能明了其间的微言大义罢了。

至此,读者或许还会有所疑问,既然陶渊明不解灵宝玉音,为何其作品中又可见到古灵宝经的影响呢?我想情况应该是这样的:虽然陶公未能加入灵宝派,他还是有其他途径得知一些古灵宝经信息的,特别是古灵宝经除"玉音"、"天书"等核心内容之外的东西。比如,他曾入幕于桓玄(369—404),而桓玄字敬道,一名灵宝,从其名字看,此人就是个灵宝派信徒。桓氏家族在东晋中后期的地位举足轻重,势大财大,自然有资本、有条件得到灵宝经典[①]。陶公在幕中,又是桓玄的亲信和政治上的坚定支持者[②],应当对主人的喜好会有所了解,进而也能知道一些古灵宝经经文。更何况,前文已指明,东晋末年至刘宋初,葛巢甫撰集的古灵宝经早已风行于江南地区,而陶渊明长期生活的庐山地区又是古灵宝经的主要流播地之一,对"心好异书"(语出颜延之《陶征士诔》)的诗人而言,多多少少总能知晓一些吧。

(本文原载《福建师范大学学报》2012 年第 2 期)

① 顺便说一下,桓玄篡晋自立为皇帝,可能也受古灵宝经的影响,因为经中有元始天尊开劫度人的思想。如《太上诸天灵书度命妙经》即说元始天尊分别于龙汉、延康、赤明、开皇之劫应世度人(参《道藏》第 1 册,第 813 页,上—中)。真正实现改朝换代者,则是隋文帝杨坚,其登基后的第一个年号"开皇",就出于古灵宝经,王劭在上表中即说:"又年号开皇,与《灵宝经》之开皇年相合,故曰协皇灵。"(魏征等撰《隋书》,北京:中华书局,1973 年,第 1606—1607 页)《三洞珠囊》卷八亦云:"似元皇君号开皇元年,隋家亦象号开皇元年是也。"(《道藏》第 25 册,第 351 页上)又,关于桓玄篡晋的宗教成因,笔者拟另撰文予以讨论,此处从略。

② 具体论述可参陈培基《陶潜归隐真相新解——从陶潜与桓玄的关系说起》,《福建论坛》1986 年第 1 期。

《归去来兮辞》与《摩诃般若波罗蜜大明咒经》

——兼论《归去来兮辞》对后世净土、禅宗之影响

有关陶渊明及其诗文与佛教之关系，近百年来，学术界形成了两种截然不同的观点：一是否定意见，或否认陶受过佛教影响，或认为陶渊明反佛，其代表人物有陈寅恪、朱自清、逯钦立、龚斌等先生；二是肯定意见，如梁启超、游国恩、萧望卿、刘大杰、朱光潜、李泽厚、罗宗强、丁永忠等先生[①]。近年来的研究，总体而言，不但多承认陶渊明其人其文受过佛教的影响，而且更注重从诗人的交游、所处时代的思想背景、庐山特有的佛教氛围及其作品的文本内证等方面进行比较，故立论相对圆融，更为客观可信[②]。笔者于此，亦有所思考，故撰兹文，不当之处，恳请海内外方家谌正。

一、《归去来兮辞》与《摩诃般若波罗蜜大明咒经》之比较

较早系统分析《归去来兮辞》与汉译佛典之关系者是丁永忠先

---

① 谢淑芳《20世纪大陆研究陶渊明与佛教关系成果概述》，《九江学院学报》2007年第1期，第10—13页转第42页。

② 这方面较有特色的论著有邓小军《陶渊明与庐山佛教之关系——兼论〈桃花源记并诗〉》（载氏著《诗史释证》，北京：中华书局，2004年，第37—73页），李剑锋《陶渊明及其诗文渊源研究》第六章《陶渊明的佛教因缘》（济南：山东大学出版社，2005年，第232—267页），范子烨《拒斥与吸纳：陶渊明与庐山佛教之关系》（载《悠然望南山——文化视域中的陶渊明》，上海：东方出版中心，2010年，第136—247页）等。

生，他受日本学者宫泽正顺《尊崇陶渊明的佛教徒》、吉冈义丰《〈归去来辞〉与佛教》的启发，先后撰出《〈归去来兮辞〉与佛曲〈归去来〉》、《浪漫陶诗与魏晋佛教及当代魔幻现实主义与其他》（下）等论文[①]，提出了两个重要的观点：一是《归去来兮辞》的创作受过西方净土经典的影响，二是该辞之“想象还家”祖构自佛教禅经。凡此，皆有开拓之功。不过，就《归去来兮辞》的组织结构、创作心理、思想基础而言，我们认为它与什译《摩诃般若波罗蜜大明咒经》（后文简称《摩诃大明咒经》）更具可比性。

什译《摩诃大明咒经》也就是中国佛教史具有重大影响的奘译《般若心经》（简称《心经》）之异译本。虽说奘译《心经》远较什译本流行，但从版本史的角度看，什译显然为旧译，而奘译属新译。不过，二者内容大同小异，相似度极高[②]，都可以归入“略本”（“小本”）之列（只有正宗分），而不像印度、中国西藏流行的“广本”（“大本”）那样，有完整的经文结构（序分、正宗分和流通分）。无论什译本还是奘译本，都有人表示过怀疑，认为是伪经，如那体慧女士[③]。然而学术界的主流看法并非如此。

① 二文分别载丁永忠《陶诗佛音辨》，成都：四川大学出版社，1997年，第100—123页、第167—192页。

② 据台湾清华大学陈淑芬女士在《三部梵语佛典的汉译技艺》（*Rendition Techniques in the Chinese Translation of Three Sanskrit Buddhist Scriptures*, Cambridge Buddhist Institute Series 1. Hardinge Simpole Publishing, 2004）中的研究和统计，什译《摩诃大明咒经》与奘译《心经》的相似度达92.4%。

③ 具体分析请参 Jan Nattier, *The Heart Sūtra: A Chinese Apocryphal Text?* *Journal of the International Association of Buddhist Studies*, Vol. 15 (No. 2, 1992), *pp.* 153-223. 那体慧女士认为极可能是玄奘把《心经》回译为梵文，但据林光明先生介绍，今存最早梵本《心经》在日本法隆寺，它是公元609年由中国传入日本（见《心经集成》，台北：嘉丰出版社，2000年，第3—14页）。而玄奘译出《心经》的时间是公元649年，所以，那氏之说尚不能成为定论。

《般若心经》在历史上有多种汉译本[①]，现存最早者即前述什译本。然在什译本之前，还有支谦所译的《摩诃般若波罗蜜咒经》。其经已佚失不存，但据今存诸“略本”经文推断，它和什译本在内容上的差别应该不会太大[②]。所以，我们就以什译本为分析依据。其经曰：

> 观世音菩萨，行深般若波罗蜜时，照见五阴空，度一切苦厄。舍利弗！色空故无恼坏相，受空故无受相，想空故无知相，行空故无作相，识空故无觉相。何以故？舍利弗！非色异空，非空异色，色即是空，空即是色，受想行识亦如是。舍利弗！是诸法空相，不生不灭，不垢不净，不增不减；是空法，非过去，非未来，非现在，是故空中无色，无受想行识，无眼耳鼻舌身意，无色声香味触法，无眼界乃至无意识界，无无明亦无无明尽，乃至无老死，无老死尽，无苦集灭道，无智亦无得。以无所得故，菩萨依般若波罗蜜故，心无罣碍；无罣碍故无有恐怖，离一切颠倒梦想苦恼，究竟涅槃。三世诸佛，依般若波罗蜜故，得阿耨多罗三藐三菩提。故知般若波罗蜜是大明咒，无上明咒，无等等明咒，能除一切苦，真实不虚，故说般若波罗蜜咒。即说咒曰：
>
> 竭帝竭帝，波罗竭帝，波罗僧竭帝，菩提僧莎呵！[③]

① 如方广锠编纂《般若心经译注集成》（上海：上海古籍出版社，1994 年）收有 18 种汉译本，林光明编著《心经集成》则收有 50 种汉译本。

② 于此，可用谦译、什译《维摩诘经》作为旁证。二人所译只是分卷有别，前者是二卷本，后者则为三卷本，但都包括 14 品，而且大多数品名相同，如都有《佛国品》、《弟子品》、《菩萨品》、《不思议品》、《香积佛品》、《菩萨行品》、《阿闳佛品》、《法供养品》等。有的品名稍异，但含义完全相同，如谦译的《善权品》、《观人物品》、《如来种品》、《不二入品》与什译的《方便品》、《观众生品》、《佛道品》、《入不二法门品》，其实所指相同。

③《大正藏》卷八，第 847 页下。

该经最让笔者感兴趣的是经文结尾部分的咒语(教中称之为秘密分,即密说),其对应的梵文为:“gate gate pāragate pārasaṃgate bodhisvāhā。”由于译者采用音译法,所以,诸译师所用汉字并不完全相同。即便是什译本,在流播过程中文字也并非一成不变,如在唐释慧琳《一切经音义》卷一〇中,“竭帝”、“波罗”分别作“揭帝”、“般啰”[①],但于义无别。其中,题为“中天竺国沙门释提婆注并序”的《般若心经注》,释义较为简明,特迻录如下:

> “揭帝揭帝”,言“去去”;“波罗揭帝”,言“彼岸去”;“波罗僧揭帝”,“决定往彼岸”;“菩提娑婆诃”,言“道心众生”。是知有道心者,即能内外推求;内外推求,即真理自现,达理性故,不为生死所羁。生死既不能羁,此处即为彼岸。若无道心,即不能谈此妙道;以不行故,无由到于彼岸。为欲劝进行人,故言“揭帝揭帝,波罗揭帝,波罗僧揭帝,菩提娑婆诃”[②]。

由此可知,《摩诃大明咒经》、《心经》结尾处的咒语,意在于劝人修道,进而到达解脱生死的彼岸世界。而且,咒语本身就是般若波罗蜜,什译《小品般若波罗蜜经》卷二《明咒品第四》说:

> 般若波罗蜜是大明咒,般若波罗蜜是无上咒,般若波罗蜜是无等等咒。何以故?憍尸迦!过去诸佛,因是明咒,得阿耨多罗三藐三菩提;未来诸佛,亦因是咒,当得阿耨多罗三藐三菩提;今十方现在诸佛,亦因是咒,得阿耨多罗三藐三菩提。[③]

而什译《大智度论》卷五八则进一步说明了该咒的功能与得名由来,经曰:

---

① 《大正藏》卷五四,第 369 页下。
② 《大藏新纂卍续藏经》第 26 册,第 722 页下—723 页上。
③ 《大正藏》卷八,第 543 页,中—下。

> 是咒能令人离老、病、死，能立众生于大乘，能令行者于一切众生中最大，是故言“大咒”；能如是利益故，名为“无上”。……诸佛法名无等，般若波罗蜜得佛因缘故，言“无等等”。复次，诸佛于一切众生中名无等，是般若咒术佛所作，故名“无等等咒”[1]。

总之，这个所谓的“大明咒”、“无上明咒”、“无等等明咒”，是佛所授，旨在使行者发菩提心，进而践行大乘佛教的菩萨道，既自利，更利他。

“竭/揭帝”对应的梵文 gate，它其实是动词“去”(gam)的过去分词 gata 的中性依格。依梵语语法，依格表方位，咒语“pāragate”之“pāra”，即交待所去之地是“彼岸”，而“pārasaṃgate”之“saṃ”，乃“共同”之意，则是说去的组织方式，意即强调共修的重要性。

对《归去来兮辞》，学术界争论最多的问题之一就是开篇的“归去来”三字，因为“兮”字作为语助词，并无疑义。分歧点主要在于“来”字：有人认为它是实词[2]，有的则主张是虚词。本人更倾向于虚词说，而且极可能像周策纵所说的那样，“来”是愿望助词或叹词[3]。如果联系后一句“田园将芜胡不归”，则知“归去”的地点是田园。易言之，“来”、“兮”两个助词的叠用，极像《摩诃大明咒经》

---

① 《大正藏》卷二五，第 469 页中。

② 如清人林云铭评注《古文析义初编》卷四曰：“就彭泽言，谓之归去，就南村言，谓之归来。篇中从思归以至到家，步步叙明，故合言之曰‘归去来’。”(见北京大学、北京师范大学中文系，北京大学中文系文学史教研室编《陶渊明资料汇编》下册，北京：中华书局，1965 年，第 333 页。)毛庆蕃《古文学余》卷二六曰：“于官曰归去，于家曰归来，故曰归去来。”(同前，第 337 页)。而最近的论文，则可参李奇云《千古奇语求甚解——“归去来兮”正解及其他》，《云南师范大学学报》2002 年第 1 期，第 123—127 页；王小敏、代振宇《陶渊明〈归去来兮辞〉“来”字考辨》，《兰州大学学报》2008 年第 3 期，第 106—111 页。

③ 参周策纵著，钱文忠编《弃园文粹》，上海：上海文艺出版社，1997 年，第 382 页。

之"竭帝竭帝"的重复辞格，旨在表达强烈的呼唤意识、归依意识。所不同的是：佛经中的召唤主体是佛(或观世音菩萨代替佛)，归去之地是彼岸的涅槃之境；而陶渊明为自我呼唤，回归之地是田园，而田园仍属此岸世界。

《摩诃大明咒经》的显说部分，重在揭示两大问题：一是"去彼岸"的原因，二是"去彼岸"的根本方法。有趣的是，《归去来兮辞》也重点描述讨论了作者回归田园的原因与方法问题，而且颇具相似性。兹先论第一点。

首先，《摩诃大明咒经》在分析众生为何要去彼岸的原因时，着重强调的是此岸(即现实人生、现世生活)之苦，用经之原文，那就是"苦厄"。本来，"苦谛"是原始佛教的理论基石，而人生哲学是佛学的根本问题。"苦"是梵语 duhkha 的意译，音译作"豆佉"、"诺佉"、"纳佉"。它有不同的分类：或曰二苦，即内苦(起于自己身心的苦)与外苦(受外界逼迫所产生的苦，如恶贼、天灾等)；或曰三苦，即苦苦(因对象不如意而生起的苦)、坏苦(因所爱者的毁坏而产生的苦)和行苦(因世间一切无常而生起的苦)；或曰四苦，即生苦、老苦、病苦和死苦；或曰八苦，即生、老、病、死、等四苦，再加上爱别离苦、怨憎会苦、求不得苦和五阴炽盛苦。诸如此类，不一而足。若我们细读陶渊明诗文，则不难发现陶氏对人生之苦的体会是多么深切[①]！对此，《归去来兮辞》也不例外，无论二苦、三苦、四苦、八苦，在文中都有具体的表现。比如序中所说的"家贫"，就属于"外苦"的范畴，"心惮远役"则可归入"内苦"之列；"饥冻虽切，违己交病"，既是生苦，又是病苦；"程氏妹丧于武昌，情在骏奔"，则涵盖了死苦与爱别离苦[②]；尤其正文之"心为形役"一语，它完全道破了苦谛的精髓。清人释

① 按，相关的具体分析可参蔡锦军《东晋佛学思想对陶渊明苦难观和生死观的影响》，《广西师范大学学报》1994 年第 3 期，第 43—50 页。

② 按，日本学者伊藤直哉《〈归去来兮辞〉札记》(《九江师专学报》1998 年增刊，第 37—45 页)对"家妹之死"与陶渊明归隐之关系做了比较深入的分析，可参看。

行敏《般若心经注解》卷一即云：

> 苦谓生死烦恼诸苦，集谓积聚。人生在世，心为形役，形为世劳，积聚五蕴中之根、尘、处、界、十二因缘，生死烦恼，种种苦因。今既无五蕴、根、尘、处、界、十二因缘，则无苦因之积聚也。①

其次，《摩诃大明咒经》对如何去除此岸的苦厄，提出的根本解决方法是："离一切颠倒梦想。"而离颠倒梦想的前提是"行深般若波罗蜜"，即在宗教修行中体悟出"空"的智慧。这种方法，我们可以称之为"远离"（按，"离一切颠倒梦想"句，玄奘、般若、法月、智慧轮译本悉作"远离颠倒梦想"），它在两晋译经中就比较常见，如西晋白法祖译《佛般泥洹经》曰："何等为四？生痛，老痛，病痛，死痛。人不思惟，是四痛强力忍之，故生死不绝，无休止时。佛故发是四痛以告人：虽有父母妻子，皆当别离，转相忧思，啼哭不止，诸所恶见，曰在目前，用是故佛出经。当离是四痛，奉八戒，身亦可厌。佛言：一者受佛语，二者当远离爱欲，就道无所贪诤。"②此所谓"四痛"，即"四苦"。东晋法显译《大般涅槃经》卷一则说："虽复佩璎珞，香华自严饰。……智者当远离，勿生染着心。"③什译《大智度论》卷四九又谓：

> 须菩提！菩萨摩诃萨住五地中，远离十二法。何等十二？一者远离亲白衣，二者远离比丘尼，三者远离悭惜他家，四者远离无益谈处，五者远离瞋恚，六者远离自大，七者远离蔑人，八者远离十不善道，九者远离大慢，十者远离自用，十一者远

---

①《大藏新纂卍续藏经》第 26 册，第 933 页中。

②《大正藏》卷一，第 162 页中。

③《大正藏》卷一，第 194 页下。

离颠倒，十二者远离淫、怒、痴。[①]

综合三经可知，佛教要求修道者必须远离的对象，层次多，范围广，既有灵肉、主客之分，也有个体与社会之别；既倡导自律，也有他律。但最简明的是二分法，即二种远离："即身远离与心远离。修行佛道之际，为使身器清净，故须远离身心二种之恶。如对外界断绝恶友之交游者，为身远离；于自己之内界，令思惟远离不善之迷惑者，为心远离。"[②]刘宋求那跋陀罗译《佛说十二头陀经》即谓："远离者，离众闹声，若放牧处最近三里，能远益善。若得身远离已，亦当令心远离五欲五盖。阿兰若比丘法，当如是。"[③]

与此相对应，陶渊明则是在"实迷途其未远，觉今是而昨非"的反思中提出了自己去苦的根本方法。清人释通理述《楞严经指掌疏事义》卷一"迷途未远"条即明确指出：

> 陶潜《归去来辞》云："归去来兮，田园将芜胡不归？既自以心为形役，奚惆怅而独悲。悟已往之不谏，知来者之可追。实迷途其未远，觉今是而昨非。"贯通解云："前之为令，虽在迷途，今忽归去，则喜迷途犹未远也。既出迷途，愈觉今日归去为是，而昨日出仕为非，则予之归去，无烦再计矣。"[④]

换言之，陶渊明要解决的主要是仕、隐之间的矛盾，而一声声源自诗人觉醒后的心灵呼唤"归去来兮"，则消解了这一矛盾。诗人的消解方法是"请息交以绝游"，是回归田园，究其实质，也是"远离"，但远离的对象与《摩诃大明咒经》等佛经所示不太一样，诗人着重强调的是远离庸俗的社会生活，特别是肮脏的官场生活。《宋书》

---

① 《大正藏》卷二五，第 410 页，上—中。
② 慈怡主编《佛光大辞典》，台北：佛光文化事业有限公司，1988 年，第 238 页中。
③ 《大正藏》卷一七，第 720 页，下。
④ 《大藏新纂卍续藏经》第 16 册，第 361 页下—362 页上。

陶潜本传所载“我不能为五斗米折腰向乡里小人”一语，正好揭示了诗人归隐的思想基础就在于他不想与浊世同流合污。对此，日僧贞海《三论玄义钞》说“《归去来辞》云‘顾庭柯而怡颜’云云，庭柯小人也。古乡旧知，今是小人，故云庭柯少枝义也”[①]，此实亦点明了陶渊明归隐之政治方面的原因。当然，陶渊明的远离政治官场，从某种意义上讲，也是佛典所说的身、心二种远离。

虽说《归去来兮辞》同样彰显了“远离”之道，然而诗人远离的对象比佛经所说少得多，范围也小得多。比如佛教认为此岸世界皆是假有，其性虚空，只有彼岸世界才是真实不虚，故而要求修道者远离一切，包括亲情、友情和爱情。但陶渊明的远离，并非要寻找一个超越了现实生活的彼岸世界，他甚至怀疑有彼岸世界的存在，指出“帝乡不可期”，他更向往的是在现世生活中追求宁静祥和的精神家园；他仍然执着于亲情、友情和乡情，如辞中所述“僮仆欢迎，稚子候门”、“携幼入室，有酒盈樽”、“策扶老以流憩”、“悦亲戚之情话”、“农人告余以春及，将有事于西畴”等，莫不体现了这一点。易言之，陶渊明并没有像《摩诃大明咒经》等佛典要求的那样，把此岸世界的一切都视作颠倒梦想，即诗人的离与不离，都只是对现实生活的某些层面作出抉择，要么肯定自然的田园生活（隐），要么放弃勾心斗角的官场生活（仕）。或者说，诗人是把理想的彼岸世界置于此岸世界某个特定的角落，即其归隐之地。

为清眉目，现把《归去来兮辞》与《摩诃大明咒经》结构、语词及思想动机等方面的异同归纳如下：

一、从组织结构说，二者皆分两大部分。其中，前者《序》与后者显说（经文）相当，重在交待“因”之层面；前者正文（辞）与后者密说相当，都在说“果”。因此，二者的主体结构相同，都是“因→果”形态。但不同的是，前者在说果的时候（正文）又对归隐的原因作了补充说明，呈现出“果中说因”的特殊形式。此外，前者是“因”略

①《大正藏》卷七〇，第 502 页中。

“果”详，后者则刚好相反。

二、就“归去来兮”与“竭帝竭帝”的表现形式、意义、作用等方面比较，则二者同多于异。具体表现为：(1) 辞格相同，悉用重复。但前者是虚词重复（即“来”、“兮”都可视作愿望助词或感叹词），后者实词重复；前者还用在不同段落的开头重复（共 2 次），后者则在同一段中重复（共 4 次）。(2) 意义相同，后者所说“竭帝”，即“去”之义。(3) 作用相同，都旨在惊醒未悟之人，进而坚定其信念①，召唤其回归理想之境。但陶渊明强调的是自我觉醒、自我回归，且未脱离现实世界，只是回归到自然；而后者是由佛或观世音菩萨来召唤，唤醒的客体是一切有情众生，要去的是彼岸世界。

三、就归去的思想动机与根本方法而言，二者亦大同小异。如思想动机悉在去苦求乐，以便精神上得到彻底解脱；去苦之法皆是“远离”。虽说苦、乐内涵不尽相同，远离对象与范围也不完全一致，但二者的根本性问题却如出一辙，都指向人生哲学。

四、就二者的最大区别而言，在于陶渊明的归去并不否定社会生活与人伦制度，即他没有认同《摩诃大明咒经》等经所宣扬的性空思想。其“寓形宇内能复几时，曷不委心任去留”之说，更多体现的是庄子“齐生死”之思想。

当然，般若学毕竟是东晋佛教的显学之一，研习般若经典而宣扬性空学说的名僧，不胜枚举，进而形成了各具特色的派别，后秦僧肇在《不真空论》中归纳为心无、即色和本无等三义，刘宋释昙济则厘为本无宗、本无异宗、即色宗、识含宗、幻化宗、心无宗、缘会宗，史称“六家七宗”。特别是道安本无宗、支遁即色宗、于法开识含宗、支愍度心无宗，影响尤大。陈洪先生通过排比史料，指出：陶渊明主要是从桓玄、刘遗民那儿曾接受过“心无宗”的影响；并说：“慧远乃道安弟子，属‘本无宗’，故其攻难‘心无宗’也不遗余力。

① 如中唐法照《净土五会念佛略法事仪赞》之《般若赞文》即谓：“真实不虚深须信，（弥陀佛！）揭帝揭帝断狐疑。（弥陀佛，弥陀佛！）”（《大正藏》卷四七，第 483 页上）

陶渊明既倾向于'无心'义，其与慧远的神学思想相牴牾也就势在必然了。"[①]如果陈氏说法不误，则知陶渊明很可能读过支谦等人所译的般若类经典。

义熙元年(405)，诗人遭遇亲妹之丧，若为其作招魂之辞，那他自然会想起《楚辞·招魂》中的名句"魂兮归来"。但《归去来兮辞》的重心，不在悼念亲妹之亡，而在抒发自己归隐后的喜悦之情。所以，它不太可能去模仿《招魂》。而且，细读《归去来兮辞》的序与正文，可以发现它前后有不一致的地方，即正文对亲妹之死未置一词[②]，情感也从《序》之悲苦转为正文之欢快。正文的欢快、急切之情，倒与《摩诃大明咒经》密说部分逼似，加上前面所列《归去来兮辞》、《摩诃大明咒经》诸多的相同点(或相似点)，因此，我们有理由相信诗人创作该辞时借鉴过特定般若类经典的组织结构，并受其思想影响，只是有所改造和扬弃罢了。

二、《归去来兮辞》对后世净土、禅宗之影响

关于《归去来兮辞》对后世佛教的影响，主要集中在两大派别，即净土和禅宗[③]，兹简要介绍如下。

后世净土宗在宣扬西方弥陀信仰时，对《归去来兮辞》的借用，

① 陈洪《陶渊明佛教观新探》，《徐州师范学院学报》1993 年第 4 期，第 12—16 页。

② 按，诗人与程氏之妹感情极深，却在两年之后的义熙七年(407)才写出《祭程氏妹文》，个中原因，值得深究。前引日本学者伊藤直哉在《〈归去来兮辞〉札记》一文中提出了一个大胆的猜想，即程氏妹的死亡原因很可能与诗人参加桓玄幕府有关系，是诗人谋求官场发迹时下错了一盘棋，结果使家妹断送了性命。

③ 按，唐五代时禅、净已有合流趋势，至两宋，禅、净并重已是佛教信徒的最常用的修行法门，故本文涉及宋以后的相关作品时，一般不强作宗派思想的区别。

表现在两大层面：一曰主题，二曰形式。

袁行霈先生在分析陶诗主题的创新时，列为第一位的是“徘徊回归主题”，并谓它有三个层次：一、回归田园；二、回归自然；三、离开人世，归于空无。且明确指出：

> 陶渊明的徘徊回归主题集中体现在《归去来兮辞》中，这是他在辞去彭泽令的时候所作的，当时他将归而未归，但心已飞归田园，遂设想归途的情景，归后的情景，乃至第二年农耕的情景，一一历历在目。可以看得出来，他在设想一种新的生活，筹划一个新开始。他宣告了徘徊的结束，也宣告了回归的决心。此后徘徊——回归主题就只剩下了回归，而不再有徘徊。即使是回归，那第一个意义上的回归也已完成，只是反复体会那第二、第三个意义的回归了。①

袁先生用诗化的语言，阐明了《归去来兮辞》所蕴含的深刻哲理。而后世净土宗的宣教之作，即借用了陶渊明的回归主题，不同之处在于回归的场所发生了变化，即由前者的回归故乡、回归田园、回归大自然，换成了后者的回归西方极乐净土。更值得注意的是，陶渊明《归去来兮辞》中“厌苦→忻乐”的抒情模式，净土僧人也常借用。如日本国立国会图书馆藏《圣武天皇宸翰杂集》中保存的我国南朝净土歌赞《归去来二首》云：

> 归去来，厌娑婆。众生弊恶贪痴厚，世界丘陵荆棘多。八苦炽然燃火宅，五浊漂浪浪痴河。六趣有身如转辐，三界无明譬网罗。释迦大仙今已度，弥勒慈父未来过。从暗入暗无时晓，谁能久住诈亲窠。归去来，举世并耶(邪)魔。
>
> 归去来，忻净土。流转娑婆无数劫，谁能久住怀羁旅。诸

① 袁行霈《陶渊明研究》(增订本)，北京：北京大学出版社，2009年，第96页。

佛世界恒清净，菩萨庄严至容与。地树花池俱宝成，风响琴声论法语。归命大圣弥陀佛，决欲往生安乐所。三福净业已思修，九辈逢迎悕接叙。归去来，安心聊自许。

显而易见，第一首重在叙此岸世界之苦，第二首则描绘了彼岸世界（西方净土）之乐。苦、乐的强烈对比，加上"归去来"的重复性召唤（在结构上，两首都用前后呼应法），更能增强信众的归依感。

从形式言，后世净土作品对《归去来兮辞》的借用主要有两大类型：一曰和（拟）作，二曰佛曲。

和拟之作，在整个篇章结构上都可与陶潜原作一一对应，如南宋宗晓所编《乐邦文类》卷五中就辑有不动居士凭楫[①]《和渊明〈归去来兮〉》、幻住居士任彪《拟渊明〈归去来〉》、拙庵宗师戒度《追和渊明〈归去来兮辞〉》（并序）等作品，且其主旨无一例外都在宣扬念佛往生西方净土。其中，宗晓称冯楫是："遍参禅林，深达五家宗派。晚年笃信弥陀教法，昼夜不寐，专意净业，作《西方礼》三卷、《弥陀忏》一集。在乡郡建净土会，感香炉中舍利应现，毫光亘天。尝以俸资，造《大藏经》及四大部藏，各四十八，分施诸山，表佛本愿。一日感怀，和渊明《归去来》韵，谈净土法门，最为开示。"其辞曰：

归去来兮，莲社已开胡不归？念吾年日就衰迈，况世态之堪悲。想东林之遗迹，有先贤之可追。趁余生之尚在，悔六十之前非。如新沐之弹冠，类浴罢而振衣。涤尘垢以趍洁，造妙道之离微。

顾瞻前路，归心若奔。入慈悲室，登解脱门。万境俱寂，

---

① "凭"，藏经或作"冯"，有时同一书中即两见，比如《佛祖统纪》卷二八、卷四七、卷五三作"凭楫"，而卷二七、卷五一作"冯楫"。"凭"通"冯"，但作姓氏，"冯"更常见，如《古尊宿语录》卷三四，《嘉泰普灯录》卷二三，《五灯会元》卷二〇等，悉作"冯楫"。

一真独存。炉香满炷，净水盈樽。望西方以修观，祈速睹于慈颜。入念佛之三昧，觉身心之轻安。超九莲之上品，开六超之幽关。会精神于正受，杜耳目之泛观。俟此报之云尽，指极乐而径还。循宝树以经行，践华园而回旋。

归去来兮，唯净土之可游。念阎浮之浊恶，舍此土而何求。喜有寿之无量，曾何苦以贻忧。与上善人同会，友补处为朋俦。池具七宝，黄金为舟。地平布于瑠璃，无高下之坑丘。乐音起于风树，佛声发于水流。闻者咸念三宝，忻尘缘之自休。

已矣乎，人生如梦，能得几时，胡为名利之萦留？此一报看尽兮将焉之？浮世皆幻境，乐土真佳期。布莲种于池内，长念佛以培耔。冀临终时而佛迎，垂叙别而留诗。从此地地增进，决证菩提何用疑？①

冯楫，字济川，生年不详，两宋之际四川遂宁人。年青时，参学于佛眼清远（1067—1120），且嗣其法；又参谒大慧宗杲（1089—1163），得其心印。高宗在位时，曾官承议郎、吏部郎中、宗正少卿、给事中、泸南安抚使等职。晚年勤修净土，以往生西方为愿，于绍兴二十三年（1153）十月三日示寂②。结合宗晓介绍，可知冯楫是个典型的佛教居士，禅、净双修，但其终极信仰落在西方净土。其建会之举，显然是在模仿庐山慧远。其和韵之辞，与陶渊明原作相比，在行文构思上可说是亦步亦趋，只是他把思想情感全部转移到了彼岸的极乐净土。换句话说，冯楫是借陶渊明作品的外壳（形），表达的则是和东晋慧远一样的坚定往生之信念（神）。此种模式，除了运用于前揭南宋任彪、戒度作品之外，尚有荐福常庵崇禅师《和

①《大正藏》卷四七，第225页下。

②［宋］释正受《嘉泰普灯录》卷二三，《大藏新纂卍续藏经》第79册，第430页下。

陶渊明〈归去来兮辞〉》等等[1]。

另外,后世僧人有的和陶渊明一样,经历过王朝更替,他们的和陶之作,则多慷慨之气,时见悲凉之叹。如清初释行元(1611—1662)共有《和陶渊明〈归去来兮辞〉》三首,就有为"甲申夏国难"(1644年,明崇祯皇帝自缢身亡)而赋者[2]。应该说,此时的亡国之痛,基本上遮蔽了行元对西方净土的向往之情。而同时,也有在天崩地裂的社会巨变面前因找不到出路而遁入空门者,如憨休禅师如乾(?—1701)。其《归去来辞》序交待的创作背景是:"明崇祯十七年,岁在甲申,值流冠犯关,神京失守,龙御上宾,四海鼎准,率土蜂飞。……真宇宙未有之奇凶,今古从前之异变也,岂止血流漂杵也哉!毒暴惨酷,不可甚言。予幸脱于锋镝,万死一生之中,窃毋逃难于秦,闻高衲辈言皆往昔定业,予始悟劫运乃夙因所造之恶果循环耳。寿命有尽,微生几何,以有限之身而造无穷之业,况诸行无常,梦幻空花,岂有实耶?遂决出尘之志,乃和陶渊明韵,作《归去来辞》,咏以见志云。"[3]则知其隐逸动机,有与陶渊明相似的一面,即逃避乱政,但如乾人生的空幻虚无感强烈得多。甚至四十三年之后的丁卯(康熙二十六年,1687)春,如乾结茅终南翠微山中再依韵作《归去来兮辞》时,他念念不忘的依然是"当正法之凌替,悲滥觞之横流"、"龙华今尚远,人寿难可期",希望通过"诵天龙之隐诗"来证入"乐夫我净复何疑"的解脱之道[4]。

"佛曲"《归去来》,则在法照所撰《净土五会念佛诵经观行仪》、《净土五会念佛略法事仪赞》的运用最为集中。对此,郑阿财先生在《敦煌净土歌赞〈归去来〉析论》已有详尽的探源性分析,并把敦

① [宋]释正受《嘉泰普灯录》卷三〇,《大藏新纂卍续藏经》第79册,第484页,中—下。
②《百痴禅师语录》卷二六,《嘉兴大藏经》第28册,第140页中。
③《憨休禅师敲空遗响》卷二,《嘉兴大藏经》第37册,第255页下。
④《憨休禅师敲空遗响》卷二,《嘉兴大藏经》第37册,第256页,上—中。

煌写本及敦煌以外的写本归纳成六种句型[1]。笔者则从它们的乐章结构出发,发现最常用的其实是两种形式:

一是以"归去来"起首(起呼唤之用,表达浓烈的归依之情),其后或接三言,或接五言,或接七言。有时是一个乐章,如唐善导(613—681)集记《观无量佛经疏》卷三曰:"归去来,魔乡不可停,旷劫来流转,六道尽皆经,到处无余乐,唯闻愁叹声,毕此生平后,入彼涅槃城。"[2]有时是两个乐章,如前引《圣武天皇宸翰杂集》之中的《归去来二首》;有时则构成联章体,如法照在《净土五会略法事仪赞》中依《阿弥陀经》所撰《归西方赞》之结尾处云:

> 归去来(西方乐),阎浮五浊是尘埃(西方乐),不如西方快乐处(诸佛子),到彼花台随意开(莫着人间乐,莫着人间乐)。
>
> ……
>
> 归去来(西方乐),谁能恶道受轮回(西方乐),若能念彼弥陀号(诸佛子),往生极乐坐花台(莫着人间乐,莫着人间乐)。[3]

按,此赞共四章,每章都是"三、七、七、七"句式,且逐句和声。

二是用"归去来"作和声声辞。如敦煌文书 S. 6631、P. 2483 中悉抄有《归极乐去赞》,题下用小字注曰:"皈去来,皈去来。"(按,"皈"同"归")赞曰:

> 西方极乐坐莲池!阎浮秽恶何时恋,身居浓血行时光。纵有耶娘看不久,中路即有各分离。哀泣空思终无见,痴心不

① 郑阿财《郑阿财敦煌佛教文献与文学研究》,上海古籍出版社,2011 年,第 337—369 页。

②《大正藏》卷三七,第 263 页上。又,此偈后被智升辑入《集诸经礼忏仪》,但赞末附上了和声:"愿共诸众生,往生安乐国!"(《大正藏》卷四七,第 462 页,中—下)

③《大正藏》卷四七,第 480 页下—481 页上。

照我西方。西方国净人无剔，一人便寿永长存。……努力生心专念佛，来生必得坐莲池。

按，本诗七言二十三句，不押韵，故如何分章便成了问题。郑阿财先生的看法是，除了把第一个七言句还原为“归去来，归去来，西方极乐坐莲池（归去来，归去来）”外，剩下的则每个七言都是《归去来》，共有联章二十二组[①]。不过，笔者与郑氏观点略有不同，可能分七章更合理些。第一章作为序曲，郑先生的还原方法可行；第二至六章，每章四句，共五章；最后一章两句则为尾声，既总结，又与呼应序曲。此外，每个七言句，则逐句和唱“归去来，归去来”。

无论是作为净土歌赞的起句，还是其中的和声辞（有时兼用），“归去来”都有特殊含义，职是之故，它还成了后世净土法门的一个标志性用语，在宗教活动中它对信众修行常起引导之用。如《销释金刚经会要科仪注解》卷二云：

无始无明幻色迷，梦魂生死几千回。一条直路超三界，但念弥陀归去来。

无明者，乃十二因缘之首，此流转门也。……故科家慈悲太切，指出方便之门，故云“一条直路超三界”，无曲绕也。此法门，名为横出三界。但有信愿念佛，决定往生，故云“但念弥陀归去来”也。[②]

文中大意在说，信众称念佛号便能使阿弥陀降临，然后把他们接引到西方极乐世界。《佛祖统纪》卷一四载南宋初宗利之事，曰：

专修念佛三昧，经历十年。复游天台、雁荡、天封，皆建净土道场。……建炎末，入道味山，题所居曰一相庵。会稽道

① 郑阿财《郑阿财敦煌佛教文献与文学研究》，第 355 页。
②《大藏新纂卍续藏经》第 24 册，第 676 页中。

俗，请师主系念，至第三夜，绘像顶珠忽放光明，大如箕，预会者益坚固。绍兴十四年正月晦，告弟子曰："佛来也，吾将归赡养矣。"书颂为别，曰："吾年九十头已白，世上应无百年客。一相道人归去来，金台坐断乾坤窄。"①

此即把"归去来"作为"往生西方净土"的代名词。同书卷四七又载绍兴二十六年(1156)：

九月，礼部侍郎吴秉信卒。绍兴初，时相讳言兵事，斥秉信为党人，乃归四明城南，筑庵禅坐。制一棺，夜卧其中，至五更，令童子扣棺而歌曰："吴信叟，归去来！三界无安不可住，西方净土有莲胎，归去来！"闻唱，即起禅诵。久之，桧相亡，召为礼部侍郎。既而复被召，至萧山驿舍，令家人静听，咸闻天乐之音，即曰："清净界中失念至此，金台既至，吾当有行。"言讫而逝。②

文中童子所唱歌曲，句式与法照《净土五会念佛略法事仪赞》"出家乐赞文"之"归去来，宝门开！正见弥陀升宝座，菩萨散花称善哉，称善哉！"③相同，因此其曲调也是佛曲《归去来》。吴秉信在遭受秦桧政治压迫之时，靠禅、净双修才支撑他度过二十多年的岁月人生。本来，秦桧死后，他对政治还抱有一定的热情，但当听到净土天音"归去来"的召唤时，他就往生了。虽然这里的叙述含有宗教神话色彩，但它依然反映了历史真实的一面，即《归去来》佛曲在士大夫阶层的宗教生活中影响甚大。

至于《归去来兮辞》对后世禅宗的影响，主要有两种表现形式：

一是禅师就陶渊明原作进行点评，进而展示自己的禅学旨趣；

---

①《大正藏》卷四九，第222页下。

②《大正藏》卷四九，第426页下。

③《大正藏》卷四七，第483页下。

或者干脆就用《归去来兮辞》或其名句，作为接引后学的工具。前者如南宋者庵惠彬述《禅林公论》卷一云：

> 或问曰："陶渊明《归去来辞》，古今莫有间言，非器识才学并高而何?"蒙曰："然渊明作彭泽令，在官八十余日赋此词而归，其闲淡优逸，辞高理诣，莫能过矣。独'消忧'二字，抑有说焉。"①

此即就《归去来兮辞》所展示的陶渊明之高尚人格加以表彰，从而引发禅修者的思考。其中，"消忧"二字，从修辞手法言，属于借代，是以部分替代整体，即原句"乐琴书以消忧"。但作者对此消忧方式，并不认同，因为"琴书"毕竟是外在的东西，而真正的禅修是自悟，是直指本心，故不应凭藉任何外力。后者如清人超永编辑《五灯全书》卷一一〇"越州宗镜眉悉净通禅师"条曰：

> 上堂：细铺红叶桥边锦，啐剪芦花江上银。只有渔翁知此意，夜寒犹自戏沙汀。蓦拈拄杖，作摇橹势曰："幸有斯翁在此，不免唱个《归去来辞》。"乃高声唱曰："归去来兮，田园将芜胡不归？……实迷途之未远，觉今是而昨非。"②

此即以唱《归去来兮辞》来点化信众。《宏智禅师广录》卷二则载有宋代默照禅大师释正觉(1091—1157)之颂，曰："离念见佛，破尘出经。现成家法，谁立门庭？……三径就荒归便得，旧时松菊尚芳馨。"③其中最后的两句七言诗，即化用陶渊明《归去来兮辞》之"三径就荒，松菊犹存"。明人曾凤仪撰《楞严经宗通》便把正觉之颂称

---

①《大藏新纂卍续藏经》第 64 册，第 768 页下。

②《大藏新纂卍续藏经》第 82 册，第 681 页中。又，"迷途"之"迷"，原文作"述"，形近而误，故改。

③《大正藏》卷四八，第 24 页中。

为公案[①],表明它在后世具有较大的影响。

二是后世禅师与净土高僧一样,常把“归去来”编入宣教歌偈或堂法语。于此,中外悉然,其例甚多。前者如《杨岐方会和尚语录》卷一载方会禅师(996—1049)上堂偈曰:“休恋江湖五六月,敢取丝纶归去来。”[②]后者如日僧白隐慧鹤(1685—1768)《槐安国语》卷二说:“满船明月一竿竹,家在五湖归去来。唵,苏噜萝噜!”[③]其中,“唵,苏噜萝噜”用密咒作和声声辞,表明了禅、密之融合。当然,日僧此举,当是承中土禅师而来。南宋入日后成为临济宗大觉派之祖的道隆(1213—1278)所说《大觉禅师语录》卷上即载“正旦上堂”时,师“拈拄杖作歙笛势”,唱曰:“逻啰哩,归去来,直得虚空笑脸开。”[④]此“啰啰哩”之咒,出自梵语四流音[⑤];“归去来”则一语双关,一方面指道隆的唱辞,另一方面指所吹之笛的曲调是佛曲《归去来》。如此,则禅、净、密都融为一体了。

后世禅师之所以能以佛(禅)解陶,是因为陶渊明作品本身所表现的思想确实在一定程度上与佛教有相通之处。对此,前人已经找出了不少相关的例句,如南宋施德操《北窗炙輠录》引正夫之语曰:“渊明诗云:‘山色日夕佳,飞鸟相与还,此中有真意,欲辨已忘言。’时达摩未西来,渊明蚤会禅。”[⑥]葛立方《韵语阳秋》卷一二又曰:

> 不立文字,见性成佛之宗,达磨西来方有之,陶渊明时未有也。观其《自祭文》则曰:“陶子将辞逆旅之馆,永归于本

---

① 参《大藏新纂卍续藏经》第16册,第775页下。
②《大正藏》卷四七,第642页上。
③《大正藏》卷八一,第525页上。
④《大正藏》卷八〇,第55页下。
⑤ 有关这方面的分析,详参饶宗颐《南戏神咒“啰哩嗹”之谜》,载氏著《梵学集》,上海:上海古籍出版社,1993年,第209—222页。
⑥ 北京大学、北京师范大学中文系,北京大学中文系文学史教研室编《陶渊明资料汇编》上册,第56页。

宅。”其《拟挽辞》则曰：“有生必有死，早终非命促。”其作《饮酒》诗则曰：“采菊东篱下，悠然见南山。”“此中有真意，欲辩已忘言。”其《形影神》三篇，皆寓意高远，盖第一达磨也。①

但就《归去来兮辞》而言，其被两宋以后禅师反复征引的根本原因，笔者认为在于陶渊明提出的解决人生苦难的哲学思考，诗人并没有把彼岸、此岸相对立，即他回归的本质是在此岸世界中寻找出一块精神家园（田园与自然），体现的是“质性自然”。易言之，诗人倡导的是本性回归，或曰回归本性。此恰恰和禅宗的人生观相同，如前引《般若心经注》所云“生死既不能羁，此处即为彼岸”，就与陶渊明“曷不委心任去留”的生死观颇显一致。禅家“直指人心，见性成佛”②之“人心”，就是“本心”、“本性”、“佛性”之意，而一切众生悉有佛性，如果能悟到这一点，自然就心、佛、众生三无差别了。然究二家回归的本质，悉是本性之回归，只是前者回归于“质性自然”，后者回归于佛性而已。

（本文原载《井冈山大学学报》2012 年第 4 期，题为《〈归去来兮辞〉的佛教思想及对后世的影响》，内容上有所删节，此则恢复了原题及全文原貌）

① [宋]葛立方撰《韵语阳秋》，上海：上海古籍出版社，1984 年，第 149 页。

② 按，此八字最能彰显禅宗的思想精髓，频现于各家语录，其例不胜枚举。在此，仅举两家为证，如《杨岐方会和尚后录》曰：“天下老和尚出世，皆以直指人心，见性成佛。”（《大正藏》卷四七，第 646 页中）《大慧普觉禅师语录》卷一则曰：“达磨西来，单传心印，直指人心，见性成佛。”（同前，第 813 页下）

陶渊明《游斜川》诗的道教解读

《游斜川》(或题作《游斜川一首》)是陶渊明最重要的作品之一,历来颇受关注。究其原因,大致有二:一者它在后世的流传过程中产生了比较多的异文,而异文又牵涉到陶渊明的享年问题[①];二者它所表现的斜川之游在文学史上甚有影响,一方面前承西晋石崇(249—300)元康六年(296)的金谷诗会、东晋王羲之永和九年(353)的兰亭集会[②],另一方面则开启了后世诗人的"斜川"之思[③]。

虽说中外学人对《游斜川》的笺释、解读之作层出不穷,但鲜有结合道教经典切入者,由此导致对某些重要问题的检讨见仁见智,无法取得一致的结论。本来,陈寅恪先生早在《陶渊明之思想与清谈之关系》的宏文中,就从思想史的角度,揭櫫了天师道信仰对陶渊明产生的巨大影响,指出"渊明之为人实外儒而内道,舍释迦而宗天师者也",进而把渊明定位为"吾国中古时代之大思想家"[④]。

---

① 有关情况,请参袁行霈《陶渊明研究》(增订本),北京:北京大学出版社,2009年,第211—218页。

② 关于这一点,前贤时俊已有较详尽的分析,具体可参逯钦立校注《陶渊明集》(北京:中华书局,1979年,第210—213页)、袁行霈《陶渊明集笺注》(北京:中华书局,2003年,第97页)、(日本)三枝秀子《陶淵明〈遊斜川并序〉考》(《大东文化大学汉学会志》44,第139—167页,2005年3月)等。

③ 这方面的论文较多,较有系统性的是徐宝余《陶渊明斜川之游释证》(《文学遗产》2007年第2期),可参看。

④ 陈寅恪《金明馆丛稿初编》,北京:生活·读书·新知三联书店,2001年,第229页。

后来,踵武陈先生之研究范式者,大有人在,成果亦多。其中,最为系统的当属范子烨先生,其《五斗米的故事:陶渊明的宗教信仰及相关问题》一文①,就进一步证成了陈氏之说;而笔者则结合时代背景之变化,指出陶渊明的道教信仰体系,并非仅停留在天师道层面,他同时也融汇了灵宝派等当时新兴道派的思想要素②。兹以相关道典为指南,以当时社会政治生活为背景,以诗人创作心态为依据,重释《游斜川》如次。不当和疏漏之处,在所难免,还请海内外方家諟正。

《游斜川》包括两大部分:一是诗前小序,二是五言诗本身。胡不归有云:"读渊明诗,当注意其序,更需领会序与诗之关系,约略言之,序言之不足者,以诗足之,诗咏之不能至者,以序补之。"③其言良是。盖诗、序相互补充,从而建构出诗人完整的情感与思想体系。

《游斜川》全文云:

> **辛丑**正月五日,天气澄和,风物闲美。与二三邻曲,同游斜川。临长流,望曾城,魴鲤跃鳞于将夕,水鸥乘和以翻飞。彼南阜者,名实旧矣,不复乃为嗟叹。若夫层城,傍无依接,独秀中皋,遥想灵山,有爱嘉名。欣对不足,共尔赋诗,悲日月之遂往,悼吾年之不留。各疏年纪乡里,以记其时日。
>
> 开岁倏**五十**,吾生行归休。念之动中怀,及辰为兹游。气和天惟澄,班坐依远流。弱湍驰文魴,闲谷矫鸣鸥。迥泽散游目,缅然睇曾丘。虽微九重秀,顾瞻无匹俦。提壶接宾侣,引

① 该文收入氏著《悠然望南山——文化视域中的陶渊明》,上海:东方出版中心,2010年,第52—135页。

② 参拙撰《陶渊明与道教灵宝派关系之检讨——以涉酒诗文为中心》,《福建师范大学学报》2010年第5期。

③ 胡不归《读陶渊明集札记》,上海:华东师范大学出版社,2007年,第183—184页。

满更献酬；未知从今去，当复如此不？中觞纵遥情，忘彼千载忧。且极今朝乐，明日非所求。①

作品中最重要的异文出现在序与诗的第一句（在上揭引文中，为醒目之故，已用黑体字标示），袁行霈先生曾择要列过一简表②，现在其基础上稍作损益，如下：

序号	异文		版本出处
1	"辛酉岁"	"五十"	《古今岁时杂咏》卷四三，题目作"《游斜川作》（并序）"③
2	"辛丑岁"		晏殊《晏元献公类要》卷三一④
3	"辛丑"	"五十"	《东坡先生和陶渊明诗》
4	"辛丑岁"	"五十"	苏过《斜川集》卷六《小斜川并引》⑤

---

① 袁行霈《陶渊明集笺注》，第 97 页。又，此处未逐录《游斜川》之异文。

② 袁行霈《陶渊明研究》（增订本），第 215 页。

③ [宋]蒲积中编，徐敏霞校点《古今岁时杂咏》，沈阳：辽宁教育出版社，1998 年，第 484 页。又，蒲氏乃南宋绍兴初进士，其书以北宋著名学者宋绶（991—1040）所编二十卷《岁时杂咏》为基础，续成于绍兴十七年（1147）。其中，蒲氏新增诗篇主要是本朝名家欧阳修、梅尧臣、王安石、苏轼、黄庭坚等人的作品。因此，其所录陶渊明诗作，当源于宋绶所见的宋初刊本。另，范子烨先生对《古今岁时杂咏》所引陶诗异文，已作梳理，参氏论《〈古今岁时杂咏〉中的陶诗异文》，《中国典籍与文化》2010 年第 3 期。

④《四库全书存目丛书》"子部"第 167 册，济南：齐鲁书社，1995 年影印本，第 251 页上栏。因晏殊只引了序文，故不知其所见诗句如何，是作"五十"，还是作"五日"？又，本条材料为金程宇博士首先检出，见氏论《高丽大学所藏〈精刊补注和陶诗话〉及其价值》（《文学遗产》2008 年第 5 期，第 123 页）。

⑤ [宋]苏过著，舒大纲等校注《斜川集校注》，成都：巴蜀书社，1996 年，第 402 页。又，苏过诗作于北宋宣和三年（1121），是年为辛丑年。

（续表）

序号	异文		版本出处
5	“辛丑岁”，或云“辛酉岁”	“五十”，或“五日”	马永卿《嬾真子》卷一①
6	“辛丑”（一作酉）	“五十”（一作日）	汲古阁藏《陶渊明集》
7	“辛丑”	“五十”	绍兴本《陶渊明集》
8	“辛丑”（一作酉）	“五日”（一作十）	汤汉《陶靖节先生诗注》

① 按：马永卿生卒年不详，但绍兴初尚在人世。其论《游斜川》之文曰：“世所传《五柳集》，数本不同。谨按：渊明乙丑生，至乙巳岁赋《归去来》，是时四十一矣。今《游斜川》诗，或云‘辛丑岁’，则方三十七岁。或云‘辛酉岁’，则已五十七；而诗云‘开岁倏五十’，皆非也。若云‘开岁倏五日’，则正序所谓‘正月五日’，言开岁倏忽五日耳。近得庐山东林旧本，作‘五日’，宜以为正。”（《文渊阁四库全书》第 863 册，台北：商务印书馆，1986 年景印本，第 406 页）据此，则知马氏所见陶集版本，序、诗即有异文多处。而其所谓“庐山东林寺旧本”，苏轼《东坡题跋》卷二《书渊明“羲农去我久”诗》亦载：“余闻江州东林寺《陶渊明诗集》，方欲遣人求之，而李江州忽送一部遗余，字大纸厚，甚可喜也。每体中不佳，辄取读，不过一篇，唯恐读尽后无以自遣耳。”（屠友祥《东坡题跋校注》，上海：上海远东出版社，2011 年，第 71 页），则知东坡是见过东林寺本的。但是，苏轼和陶诗及其子苏过《小斜川并引》都未采信该版本。又，据北宋陈舜俞撰成于熙宁五年（1072）的《庐山记》卷一载：东林寺在香炉峰下，“峰下有藏经岩，即会昌所以藏东林之经也”（《大正藏》卷五一，第 1030 页中），则知宋初庐山东林寺所藏陶渊明集，极可能是经过会昌法难后所保存的文人别集。众所周知，东林寺有收藏著名文人别集的传统，如白居易《东林寺白氏文集记》说他自己贬谪江州司马时“常与庐山长老于东林寺经藏中，披阅远大师与诸文士唱和集卷，时诸长老请余文集，亦置经藏”，二十年后（835），他便把自编《文集》六十卷付诸东林寺收藏，并要求“依远公文集例，不借外客，不出寺门”（谢思炜《白居易文集校注》，北京：中华书局 2011 年，第 1961 页）。陶渊明作为与庐山有着密切关系的大诗人，其文集自然不会被东林寺遗漏。所以，陶集“辛酉”、“五日”这一版本系统，颇疑之出于唐东林寺藏本。

（续表）

序号	异文		版本出处
9	“辛丑”	“五十”	南宋眉山续溪杨恪撰《陶渊明年谱》[1]
10	“辛丑”	“五日”	李公焕笺注《陶渊明集》

从表中所列元代以前的早期陶集版本可知，虽说序文有“辛丑”、“辛酉”的不同，但二者所纪乃是年份，当无疑义也。而且，诸本所载陶渊明等人出游斜川的时间悉在“正月五日”，可惜的是，过往的研究对这一特殊的日子未予注意，那我们的分析就从这里开始。

原来，正月五日是中古天师道重要的“三会日”之一，也叫上会日。《赤松子章历》卷二即云：

> 三会日：正月五日上会，七月七日中会，十月五日下会。右此日宜上章言功，不避疾风暴雨、日月昏晦、天地禁闭。其日，天帝一切大圣俱下，同会治堂，分形布影，万里之外，响应齐同。此日上章，受度法箓，男女行德施功，消灾散祸，悉不禁制。[2]

同书卷五《三月一时言功章》又云：

---

① 按，杨氏所撰《陶渊明年谱》已佚，现有20条保存于高丽大学所藏南宋遗民诗人蔡正孙所撰《精刊补注东坡和陶诗话》中。其注《游斜川》时引杨谱之语云：“此诗首言‘开岁倏五十’，公自纪年也。从此纪年则公当是永和八年壬子生，至此年为五十，乃大差异。一本‘五十’作‘五日’，然《陶苏唱和集》及余家旧藏坡公真迹皆作‘五十’字，今晋、宋书及萧统、李延寿《传》皆不取，莫详所谓。”前引金程宇论文，即据此指出：这是新发现的与张縯七十六岁相同的宋人意见，杨恪虽未引《游斜川·序》，但他推定陶渊明生于永和八年壬子，则其所据版本序中为“辛丑岁正月五日”无疑。其论可从。

②《道藏》第11册，第182页上。

谨按文书，天师节度，一年三会吉庆。十月五日，都言功。谨条臣所领箓，上辞旨，散民育物，男女良贱，命籍、户口，年纪、显达、人名，右列如牒。……天师所布下二十四治、三十六靖庐……男官女官二十四官、男职女职二十四职，及男女户口所受箓上吏兵，请守宅三将军、二十四吏、兵士三十万人等、三曾五祖、五将五神，保护肉人等家皆得端正，劳君苦吏，愿一切悉为言功举迁。臣以闻塞，不明鬼炁，谨请汉南昌都集君、还功君、将吏一百二十人，主分别诸将吏，有功劳者，分别皆当迁达。……功曹显达受功者，与便曹稳职，无令失意。或有恚恨者，至来年正月五日，依法举迁。臣及所愿道民，口数端正，以为效信，千罪万过，乞垂原赦。①

综合言之，在正月五日上会日这一天，道民需按照严格的程式，把男女户口、年龄大小、显达之类的事项，一一条列于牒，以便向诸鬼神上章，请其考校功德罪过，其后或迁或赏，故该日之会又名举迁赏会，或迁赏会。

但是，道教对上会日（迁赏日）的记载又有不同的说法，存世道典尤其是灵宝经中，更常见的是在正月七日。如陆修静（406—477）撰《陆先生道门科略》云：

天师立治，置职犹阳官郡县城府治理民物。奉道者皆编户著籍，各有所属，令以正月七日、七月七日、十月五日，一年三会，民各投集本治，师当改治录籍，落死上生，隐实口数，正定名簿，三申五令，令民知之。其日天官地神咸会师治，对校文书。师民皆当清静肃然，不得饮酒食肉，喧哗言笑。会竟，民还家，当以闻科禁威仪，教敕大小，务共奉行。如此，道化宣

① 《道藏》第11册，第213页，中—下。

流，家国太平。[①]

隋唐时期所出《太上洞玄灵宝福日妙经》则云：

天尊言：正月七日，天曹迁赏会；七月七日，地府度生会；十月五日，水府建生会。是三会吉日，能于此日长斋者，万劫家门不遭瘟气。[②]

唐朱法满（？—720）撰《要修科仪戒律钞》卷八引《圣纪经》又曰：

正月七日名举迁赏会，七月七日名庆生中会，十月五日名建生大会。右三会之日，三官考核功过。依日斋戒，呈章赏会，以祈景福。[③]

《圣纪经》所说的这一相同内容，又见于北宋贾善翔《犹龙传》卷五《度汉天师篇》所引《旨要妙经》[④]，仅是个别文字略有不同。

不过，初唐高僧释法琳（572—640）撰《辩正论》卷八"道家节日"条指出：

案：道家金录、玉录、黄录等斋仪，及洞神自然等八斋之法，唯有三元之节言功举迁，上言功章，三会男女，具序乡居户属以请保护。正月五日为上元节，七月五日为中元节，十月五日为下元节。恰到此日，道士奏章，上言天曹，冀得迁达，延年益算。七月十五日，非道家节[⑤]。

---

①《道藏》第 24 册，第 780 页上。

②《道藏》第 6 册，第 226 页下。

③《道藏》第 6 册，第 955 页上。

④《道藏》第 18 册，第 25 页，上—中。

⑤《大正藏》卷五二，第 548 页上。

按，法琳虽少年出家，成名甚早，但他为了全面了解道教的真实情况，曾在隋恭帝义宁初(617)着黄巾道服与道家交往一年之久，因此，他对道教三会日、三元节及其性质的描述，并非是向壁虚构，应有相当的可靠性①。

其实，不管是正月五日也好，七日也罢，若按灵宝派的斋法，整个正月都是斋月，且是举迁赏会之月。两宋之际道士陈椿荣集注《太上洞玄灵宝无量度人上品经法》卷一注“三元章”即云：“玄师曰：正月者，上元天官会地、水二官于上元紫微宫，校诸功德，名举迁赏会之月，宜度上世祖考亡魂，断诸三徒之役。”②若其言不虚，则在正月的任何一天，都可上章于天、地、水三官，便于其考校信徒的功过罪福。

序文中尚值得注意的重要之处，还有四点：

一者序之结尾处的两句。在前列表格之诸本中，它们多作“各疏年纪乡里，以记其时日”，即便按此来进行解释，亦可发现一个极其有趣的现象，即陶渊明把同游者的年纪、籍贯写入诗序的做法，实与天师道上会日的上章格式如出一辙！而在北宋晏殊撰《类要》卷三一，这两句则引作：“各疏年纪乡里，以记其详。”其中，“详”字颇具深义，它应包含了更多的内容。参照前揭《赤松子章历》卷五《三月一时言功章》，可知“详”字还可以包括性别、社会身份等事项。为了让读者有更直观的印象，兹再引相关道典所载上章格式之要求以及例文如下。前者如《赤松子章历》卷一“章辞”条明确指出：

> 凡欲奏章，先具辞疏，列乡贯、里号、官位、姓名，年几，并家口、见存眷属、男女大小等，令依道科，赍某法信于某处，诣某法师，请求章奏。伏乞慈悲，特为关启，辞中或说事意，须质

① 于此需要指出的是，道教三元节之上元节多在正月十五日，然据法琳的说法，似可推断：在隋末唐初，三元节与三会日的区分尚不够严格。

②《道藏》第2册，第475页下。

> 而不文，拙而不工，朴而不华，真而不伪，直而不肆，辩而不烦，弱而不秽，清而不浊。简要输诚，则感天地，动鬼神，御上天曹，报应立至。如违，夺算一纪。①

于此，道教既规定了所上章疏的行文格式（即外在组织结构），又对语言运用、叙事风格和审美趣味等悉有严格要求。反观陶渊明之序文，从总体风格言，亦完全符合这些要求。后者则如同书卷四之《上清言功章》，曰：

> 具法位上言：谨按文书牒，得某州某县弟子某，年若干，某月日生。伏自惟省，素以胎藐微蔑，宿缘幸会得奉大道，归命正真！荷四时所养，皇老好生，太上恶杀，赐臣气命，逮及今日，仰受太阳之恩，谬蒙师道之泽，赐署治箓，进叨《老君道德五千文》尊经，洞神、洞玄、洞渊、洞真等法。……存灵念真，餐御吐纳，注心玄极，修行生道。②

其中的“某”字，在实际应用时可代入具体的地点、人物等东西。另外，陶渊明《游斜川》序中的这一特殊表达格式，除了与天师道上章程式相同之外，其实在文学史上也有先例，那就是石崇的《金谷诗序》，其结尾云：“感性命之不永，惧凋落之无期。故具列时人官号、姓名、年纪，又写诗著后。后之好事者，其览之哉！凡三十人，吴王师议郎、关中侯、始平武功苏绍，字世嗣，年五十，为首。”③两相比较，最大的区别有三点：一是石崇的金谷之游人数多达30人，而陶渊明斜川之游，顶多六七人（分析详后）。二是石氏序中特别突出了一个最重要人物，即官位最高的苏绍，而陶氏序中则未介绍同游者的官职情况。但唐人权德舆《韦宾客宅宴集诗序》云：“季伦金

①《道藏》第11册，第178页下—179页上。

②《道藏》第11册，第209页上。

③［清］严可均辑《全晋文》卷三三，北京：商务印书馆，1999年，第335页。

谷，实有歌诗；元亮斜川，亦疏爵里。”[①]看来，权氏除了把斜川之游与金谷之会相提并论外，还认为陶渊明序中亦具列了同游者的任职情况。可惜的是，传世史料并不能支撑其观点，或许是他误用典故所致。三是石氏之游谈不上有多少道教含义，陶氏之游却深具道教寓意(详见下文)。

二者序中所述与陶渊明一道参与斜川之游的是“二三邻曲”[②]。一般说来，陶诗中的数字对其生平考证大都具有重要的参考价值。唯独此“二三”之说，稍有例外，因为其中可能有千载未发之覆的道教象征义。对此，大体可作两种理解：一是取“三人”之说，如苏过宣和三年作《小斜川并引》之“序”谓：“予近卜筑城西鸭陂之南，依层城，绕流水，结茅而居之，名曰‘小斜川’。偶读渊明诗：辛丑岁正月五日，与二三邻曲同游斜川，各赋诗。渊明诗云‘开岁倏五十’。今岁适在辛丑，而予年亦五十。盖渊明与予同生于壬子岁也。畸穷既略相似，而晚景所得又同，所乏者高世之名耳！感叹兹事，取其诗和之，以遗行甫、信中、巽夫三友。请同赋，庶几仿佛当时之游。”诗中则谓：“当时二三友，得如我友不？”显而易见，苏过的卜筑之举，完全是模仿陶渊明斜川之游而来，而与苏过和诗者是行甫等三人，则知苏过心目中陶氏之“二三邻曲”，就是指陶渊明的三位同道好友。二是六人说，这是笔者的理解，因为陶氏作品中的数字运用，常常表现为乘法的形式，如《祭程氏妹文》“我年二六，尔才九龄”之“二六”，是指诗人为十二岁；《责子》“阿舒已二八，懒惰故无匹”之“二八”，则指其子阿舒时为十六岁。此外，苏轼可能也有过类似的理解，其作于绍圣二年(1095)《正月二十四日，与儿

① [唐]权德舆撰，郭广伟校点《权德舆诗文集》，上海：上海古籍出版社，2008年，第530页。

② 按，袁行霈先生指出：“二三，绍兴本作一二，于义稍逊。”(《陶渊明集笺注》第92页)考今存最早的相关文本，如《晏元献公类要》卷三一晏殊所见本、蒲积中《古今岁时杂咏》卷四三所据宋绶本，悉作“二三邻曲”，故当以“二三”为是。

子过、赖仙芝、王原秀才、僧昙颖、行全、道士何宗一同游罗浮道院及栖禅精舍，过作诗，和其韵，寄迈、迨》云："斜川二三子，悼叹吾年逝。"①虽然诗题所示出游时间是正月二十四日，但诗中明确指出这次出游就像陶渊明的"斜川二三子"之游，则知东坡他是在自比陶渊明，而且又有把诗题所说苏过、赖仙芝、何宗一等六人比喻为陶序之"二三邻曲"的用意。当然，苏轼就斜川之游的"正月五日"这一特殊时日，本来就写过多首诗词，如元丰五年壬戌（1082）所作《江城子·梦中了了醉中醒》有自注曰："陶渊明以正月五日游斜川，临流班坐，顾瞻南阜，爱曾城之独秀，乃作斜川诗，至今使人想见其处。元丰壬戌之春，余躬耕于东坡，筑雪堂居之。南挹四望亭之后丘，西控北山之微泉，慨然而叹，此亦斜川之游也。乃作长短句，以《江城子》歌之。"②作于绍圣四年（1096）的《和陶游斜川·正月五日与儿子过出游作》则说："虽过靖节年，未失斜川游。"③总之，陶渊明的斜川之游在苏轼身上引起了巨大回响。

不过，无论"二三邻曲"是指三人，或者六人，"三"和"六"这两个数字，其实都和道教传授经法、请师保法等方面的特殊规定有着极其密切的联系。如《传授经戒仪注诀》之《传授斋法第二》云：

> 当延请师之朋友、门徒、眷属、男女，多少随所能供，多乃至无数，法限三十八人，少不可减六人，六人为通。……若山居涧处，则对景断金，穷地单寡，二三随时，必是同志，不可异人，或生参差，破坏善事。师与弟子，精共详宜。斋法九日、七日、五日、三日，勿启一日。启一日者，会而非斋。散财、饭贤，

① [宋]苏轼著，[清]冯应榴辑注《苏轼诗集合注》，上海：上海古籍出版社，2001 年，第 1983 页。

② 邹同庆、王宗堂《苏轼编年词校注》，北京：中华书局，2002 年，第 352—353 页。

③ 关于此诗的系年，历来有不同的说法，此依吴定球先生的考证，他认为南宋施宿所编《东坡先生年谱》中绍圣三年说是正确的，参氏论《苏轼〈和陶游斜川〉诗系年考辨》，载《惠州大学学报》2000 年第 3 期。

> 谓之为会。文书启告，请监会官，凡一日。斋，拘涉三日也。①

同书《请师保法第三》又云：

> 受道营斋，用王相之日，本命、甲子、朔望皆佳。事办须速，亦得弗择。然延请师保，其应充者，善会难谐，乖阑易致，弥须注心，祈贤降德，指日投疏，依如常仪。所请之人，次第如左：第一日三师，以三人为之，其一人为正师，一人为监度师，一人为证盟师。②

据此可知：传授经法之斋官，最完整的组织结构是三十八人。但是，最低不能少于六人，且大多是以六人为通则。尤其是《传授斋法》所说“山居涧处”、“二三随时，必是同志”之场景、氛围与陶序是何其相似啊！另外，无论斋、会，最重要的斋官是三师——正师、监度师和证盟师，他们在同书之《书三师讳法第六》中，则称作度师、籍师和经师③，其实际功能则相同。

三者序中描绘游斜川望层城之方式，和道教之存思术颇显一致。具体表现在诗人把眼前所见的“曾（层）城山”，想象成为“灵山”，并且是仙山昆仑中的“增城山”。“有爱嘉名”，是说“曾（层）城”与仙山“增城”同名。而陶渊明所说的曾（层）城山，实指乌石山，清初顾祖禹撰《读史方舆纪要》卷八四即指出：“有层城山，在府西五里，一名乌石山，亭然独秀。下有蒲溪湾，流入彭蠡湖。”④此“亭然独秀”，与陶渊明对层城山“独秀中皋”的描述，完全相同。

---

①《道藏》第 32 册，第 171 页中。又，据此经文，上会日之所以有正月七日的异说，可能是因为从正月五日算起，前后持续三天之故。确否，俟考。

②《道藏》第 32 册，第 171 页，中—下。

③《道藏》第 32 册，第 172 页中。

④［清］顾祖禹撰，贺次君、施和金点校《读史方舆纪要》卷八四，北京：中华书局，2005 年，第 3916 页。

《宏智禅师广录》卷八载北宋曹洞宗高僧释正觉（1091—1157）《斜川道上望庐山三绝》（其三）则云："水从乌石山前转，人在斜川岸上行。寂漠柴桑古祠下，我来无酒酹渊明。"①南宋词人张炎《壶中天·咏周静镜园池》又说："万尘自远，径松存、彷佛斜川深意。乌石冈边犹记得，竹里吟安一字。"②二人皆把乌石和斜川对举，前者谓山（或冈），则斜川当是水名无疑。而且，笔者颇疑"乌石山"又名（或改名）"曾城山"之举，就是陶渊明所为。所谓"有爱嘉名"之"嘉名"，实与汉晋以来"取其嘉名"的地名命名原则含义相同③。唐李吉甫撰成于元和八年（813）的《元和郡县图志》即云："增城县，本汉番禺县地，后汉于此置增城县。按昆仑山上有阆风、增城，盖取美名也。"④可知"增城"这一地名正是"取其嘉名"之原则的具体运用。再如对陶渊明较为钦慕的唐代大诗人李白，则把青阳县南的九子山改名为九华山，其《改九子山为九华山联句》之序交待原因是："山高数千丈，上有九峰如莲华。按图征名，无所依据。太史公南游，略而不书。事绝古老之口，复阙名贤之纪，虽灵仙往复，而赋咏罕闻。予乃削其旧号，加以九华之目。"⑤由此才成就了名动天下的"九华山"。

若把陶渊明之序与诗句"迥泽散游目，缅然睇曾丘。虽微九重秀，顾瞻无匹俦"结合起来分析，则其存思的理路更加清晰可见。诗人的意思是，他远望曾城山，虽然它的秀丽稍弱于昆仑的九重增城，但就此时此刻而言，此曾城山就是他心目中最完美的仙山。类似的经历，在道典所载存思术中，比比皆是，如梁陶弘景（456—

①《大正藏》卷四八，第89页中。

②［南宋］张炎撰，吴则虞校辑《山中白云词》，北京：中华书局，1983年，第94页。

③ 按，这方面的具体分析与相关例证，请参华林甫《中国地名学史考论》，北京：社会科学文献出版社，2002年，第17—20页。

④［唐］李吉甫撰，贺次君点校《元和郡县图志》卷三四，北京：中华书局，1983年，第889页。

⑤［唐］李白著，［清］王琦注《李太白全集》，北京：中华书局，1977年，第1154—1155页。

536)撰《真诰》卷五《甄命授第一》载汉庄伯微之事曰：

> 少时好长生道，常以日入时正西北向，闭目握固，想见昆仑，积二十一年。后服食，入中山学道，犹存此法。当复十许年后，闭目乃奄见昆仑，存之不止，遂见仙人授以金汋之方，遂以得道。①

庄伯微的存思昆仑，前后持续三十多年之久，最后竟然让他达到了人神交接（降神）的境界。易言之，存思是有通神之奇效的。

存思之地，既可以在专门的修行场所——靖室，也可在人迹罕至的山林。《云笈七签》卷四九引《守五斗真一经口诀》云："道士志学，山林隐静，久遁岫室，远迹人间，为之者益精，而神速至也。"②而对存思的对象，无论是神仙、三官、洞府名山，还是身神、日月星辰、五方之气等，其最基本的要求是专注于所思对象的具体可感的形象，《云笈七签》卷四五《存思诀第十二》云："《玄都入治律》曰：呈章朝真，存五方气，及功曹使者、吏兵，左右分位森然，如相临对，侍左右前后。《天师墨教篇》曰：入靖烧香，皆目想仿佛，若见形仪。"③再如卷四四引《紫书存思元父玄母诀》说："每至其日，沐浴清斋于隐寂之地，不关人事。正中时，向东北之上，仰天思九天元父姓名，身长九寸九分，着玄黄素灵之绶，头戴七称珠玉之帻，冠无极进贤之冠，居九天之上太极琼宫玉宝之府丹灵乡洞元里中。时乘碧云飞舆，从十二飞龙二十四仙人，白鹄侍轮，游于虚玄之上。存思分明，令如对颜。"而存思玄母时同样应做到："存思分明，朗然对前。"④其中，"森然"、"朗然"等所状，皆是描述存思中神人交接

① [日]吉川忠夫、麦谷邦夫编，朱越利译《真诰校注》，北京：中国社会科学出版社，2006 年，第 174 页。

② [宋]张君房编，李永晟点校《云笈七签》，北京：中华书局，2003 年，第 1099 页。

③《云笈七签》，第 1016 页。

④《云笈七签》，第 1001—1002 页。

的场景。

修行者存思进入人神交接之后，可以达到飞仙的境界，进而身(此岸世界的修行个体)神(彼岸世界的神仙)合一。前引《紫书存思元父玄母诀》即谓："凡行此道，当精心苦念，目瞻灵颜，仰希玄降，以要飞仙。……神无不感，道无不降，学无不成。道降神附，飞行太空也。"[①]也就是说，此时的修道者，自身即可紧随诸仙而进入仙界(包括身内之神和身外之神)，并与他们平等交流。对此，《太上黄庭内景玉经》则云："治生之道了不烦，但修洞玄与玉篇。兼行形中八景神，二十四真出自然。高拱无为魂魄安，清净神见与我言。"[②]陶诗中提壶所接的"宾侣"，可理解为是隐喻降临之诸仙，而"未知从今去，当复如此不"则在隐喻诗人的"飞仙"之乐。

四者序与诗一样，重点突出的是山水意象。袁行霈先生敏锐地发现："渊明多有田园诗，而山水诗仅此一首。"[③]有趣的是，有道典明确指出存思学仙离不开山山水水，尤其又和其中的投龙进简仪式(亦称投龙简，简称投龙)关系密切。唐初王悬河编《三洞珠囊》卷二《投山水龙简品》即引《洞神经第十四》云：

> 凡学长生存神明者，山仁水智，动静所依。依仁者，静而寿也；依智者，动而乐也。乐近水，寿如山。山居玩水，长生之方也。当投简送名，拜见山水之灵。灵皇帝君，佑护善人，使弘仁智，长生神仙也。八节日寅午时，朱书白槿简一枚，曰：曾孙某州郡县乡里位姓名，志求长生，移籍太清，改死录，着生符。……诣水泛舟，中流再拜讫，向王发炉心拜，读简毕又拜，裹缠如法，以净石系之，令沈。立春为始，三年二十四过，必能降真。[④]

---

①《云笈七签》，第1002页。
②《道藏》第5册，第911页上。
③ 袁行霈《陶渊明集笺注》，第97页。
④《道藏》第25册，第306页下。

《太平御览》则引《大洞真经》曰：

> 长生存神者，好山水之人。仁知，动静所依也。依仁者静而寿，依智者动而乐。当投简送名，俾崇仁智。朱书白简，移籍太清，发炉拜，手用青纸，青丝裹络岩石上，诣水泛舟，中流读简，以名系之，必能降真也。①

两相比较，二经内容虽详略有别，但关键点则基本一致，如谓投简过程中所存思的对象，多是山水之灵，投简的目的在于求长生。

投简仪式，本源自五斗米道（天师道）的"三官手书"。刘仲宇先生指出："三官手书原来只以文书置于山、埋于土及投于水，分别到达天、地、水三官。……其意仍在告盟天地水三官。投龙简时举行隆重的仪式，在所投的场所前以酒果、肴馔、汤茶等醮献。正式投前须发愿、念投简颂咒、读简文。"②从前述王悬河所引《洞神经》经文可知，简的行文结构与《赤松子章历》所载的"上章"，其实没有什么不同。更值得注意的是，《洞神经》、《大洞真经》都要求所投之简在泛舟中流时才诵读，这一程式体现的是"智者动而乐"的人文情怀。而《游斜川》序中的"临长流"（按，晏殊《晏元献公类要》卷三一引作"临长江"，亦可通）及诗之"班坐依远流"、"迥泽散游目"，当是描写陶渊明与二三邻曲泛舟斜川的情形，我们之所以这样推断，一方面是前代大诗人曹植（192—232）在《朔风》中有"临川慕思，何为泛舟！岂非和乐？游非我邻。谁忘泛舟？愧无榜人！"③的慨叹，而陶渊明"且极今朝乐"的态度，正好和曹植形成了鲜明的对比，因为曹植是找不到知心人；另一方面后人如宋释正觉《斜川道

---

① [宋]李昉等撰《太平御览》卷六六〇，北京：中华书局，1960年，第2947页。

② 胡孚琛主编《中华道教大辞典》，北京：中国社会科学出版社，1995年，第654页。

③ 赵幼文校注《曹植集校注》，北京：人民文学出版社，1984年，第175页。

上望庐山三绝》(其二)又谓:“青山放足溪转腰,蓑翁理网儿摇舠。先生畴日骑鱼去,岸上人家谁姓陶?”[①]“先生骑鱼”,作者虽用了《列仙传》琴高骑鲤鱼的典故,但结合全诗尤其是“摇舠”这一关键词来看,似也可说明陶渊明生前有斜川泛舟之举。

至于五言诗本身,则在两个方面对序文进行了重要的补充。

首先是开篇的两句“开岁倏五十,吾生行归休”。

对于“五十”、“五日”与序中“辛丑”、“辛酉”之争论,笔者也赞同袁行霈先生的观点,即《游斜川》序“于年、月、日交待十分清楚,次序井然,不容有其他解释”,“‘辛丑’二字乃纪年无疑。然则此诗作于晋安帝隆安五年辛丑(四〇一)。诗曰‘开岁倏五十’,是年渊明五十岁”[②]。其实,细绎诗与序,则知“辛丑”、“五十”在道典中还有特殊的宗教意义。

原来,道典有“辛丑定数”之说。宋末元初的著名诗人方回(1227—1307)《秋风歌》有云:“我忆淳熙前辛丑,赤地□□飞蝗虫。江南人才殊未少,南康救荒赖文公。我忆嘉熙□辛丑,西湖涸底舟不通。人肉馒头市肆卖,艮山门潮尧水洪。水旱厄运古来有,皇天得不怜民穷。辛丑定数不可免,愿言少杀神怨恫。七十有五衰病翁,未即就木犹转蓬,侥幸米价不长年岁丰。”[③]该诗作于元大德五年(1301),抒发了方回追忆两宋杭州灾荒史时的沉重心情。“淳熙”本为宋孝宗年号,共十六年(1174—1189),但其前的“辛丑”则是北宋宣和三年(1121);而“嘉熙□辛丑”(按,“□”当是“后”字之脱),则指宋理宗淳祐元年(1241,“淳祐”前的年号是“嘉熙”,共四年,即1237—1240)。方回七十五岁这一年,亦是辛丑年,他本以为又要遭遇“辛丑定数不可免”的厄运,却偏偏逃了过去,所以,他的最大感受是“侥幸”。考“辛丑定数”之说,出于两晋时所出的《太

---

① 《大正藏》卷四八,第89页中。

② 袁行霈《陶渊明集笺注》,第93—94页。

③ 北京大学古文献研究所编《全宋诗》第66册,北京:北京大学出版社,1998年,第41845页。

上洞渊神咒经》，该经卷一八曰："辛丑于，灾临定不虚。吴越炎千里，当之是夏初。但看入秋首，虫蝗处处有。饥殍死他乡，畜类多灾咎。"[①]另外，该经卷一《誓魔品》一开头就描绘了一幅幅"大晋之世，世欲末时"的悲惨图象："但闻有哭尸之音，不闻有仙歌之响，人民垢浊，三洞壅塞，百六之灾，刀兵疫疾，魔王纵毒，杀害良善，门门凶衰，哀声相寻。众生相残，自作苦恼，相牵而死，怀愚受苦，了不知出。"[②]故而希望道教在大晋能"盛在江左，天人合集，道炁兴焉。天运劫近，其中往往有得值三宝、无量上清、黄庭、记仙、太素、灵宝三昧者，此人等皆先世大福，福流后身。闻见此经，得度三河洪灾之厄"[③]。唐末杜光庭(850—933)《序》中则描述了该经的流播盛况："行于江表，生民康乂，疫毒消弭。自晋及今，蒙其福者不可胜计。"[④]无论经文中的"江左"，还是杜《序》中的"江表"，其实广义上都包括了陶渊明长期生活的庐山地区。况且，《游斜川》的写作时间，正是在司马道子(364—402)最为专权的隆安年间(397—402)。当时社会政治生活之黑暗，人民生活之痛苦，与《太上洞渊神咒经》卷一所描述的场景几乎一模一样。《晋书》卷六四即说那时情况是："谷贱人饥，流殣不绝。"[⑤]并评论司马道子"奸邪制国命"，"实晋朝之宰嚭者也"[⑥]。因此，陶渊明对这一特定辛丑年的到来，自

---

① 《道藏》第6册，第66页上。又，今《正统道藏》本《太上洞渊神咒经》为二十卷，学术界一般认为前十卷是原始部分，出于西晋末至南北朝的宋齐时期，后十卷则成书于中唐乃至唐末。不过，最近著名道教学者卿希泰先生撰有《试论〈太上洞渊神咒经〉的乌托邦思想及其年代问题》(载《四川师范大学学报》2008年第5期，第44—47页)，指出该经的成书上限在西晋末，下限则在东晋末。笔者对此新说，深表赞同。

② 《道藏》第6册，第2页中。

③ 《道藏》第6册，第3页上。

④ 《道藏》第6册，第1页下。又，本段经文实际上表明上清派、灵宝派与洞渊派一样，是东晋最重要的道派，而且各派之间并非壁垒森严，相关经典可互相流通。

⑤ [唐]房玄龄等撰《晋书》，北京：中华书局，1974年，第1734页。

⑥ 《晋书》，第1741页。

然会生起更多的感慨，甚至是某种忧虑。

而“五十”对于中国人而言，是一个有特殊标志与含义的年龄，孔子有语曰：“五十而知天命。”(《论语·为政》)有意思的是，道教也赋予“五十”以特殊的宗教寓意，如《传授经戒仪注诀》之《办信物法第七》中要求“具法信纹缯五十尺”，原因是：“所以用纹，崇象玄迹，五十其尺，理数依分，分明正理，穷数尽玄，有无既畅，胜境斯登，逍遥长存，道俗成济矣。”[①]可知“五十”是一个相当玄妙的数字，能贯通有无，甚至使道、俗两界都达成逍遥之境。陶渊明既然出身于一个具有传统天师道信仰的家族，他对这些特殊的数字应当葆有特别的敏感度，因此，五十岁这一年的上会日，他定然会参加一些传统的道教活动，或上章，或诵经，或投简，或存思，总之，是充满浓重道教氛围的。

第二句之“归休”一词，也具有多层含义。前辈学者的笺注，观点有二：一是占主流的“死”义说，如古直先生《陶靖节诗笺定本》、王瑶先生注《陶渊明集》、王叔珉先生《陶渊明诗笺证稿》、龚斌先生《陶渊明集校笺》、袁行霈先生《陶渊明集笺注》等，且多谓其用典源出《庄子·田子方》。虽然表面看来，在新年之际，中国人至今都有一个传统，即忌讳不吉利的话语。但是，就天师道传统而言，对此并不以为怪。王育成先生在分析考古所见道教简牍时，指出相关除罪用语的祖源是五斗米道的“三官手书”，它们的出现“与道教的原罪意识有关”，因为“道教认为人的疾病、灾厄以至于死亡，皆是其罪孽导致，所以为除去疾厄及死亡，必须解除这些罪恶”[②]。前引《赤松子章历》卷五《三月一时言功章》“千罪万过，乞垂原赦”，正是这种思想的具体体现。至于原罪的方法，可有多种，如天师道的上章、投简，上清派的诵经、存思，等等，不一而足。据渊明生前好友颜延之(384—456)作《陶征士诔》，知陶公对待疾病与死亡的态度是：“视死如归，临凶若吉。药剂弗尝，祷祀非恤。傃幽告终，怀

① 《道藏》第32册，第172页下。

② 王育成《考古所见道教简牍考述》，《考古学报》2003年第4期。

和长毕。"[①]其遇疾不药、仅行祷祀之举,即天师道信徒一以贯之的做法[②]。"临凶若吉",对照前引《赤松子章历》卷二、卷五及《陆先生道门科略》等经文,则知它其实是在说明一个道教所信奉的理论:只要依法举行相关法事,不但可以使个人消灾散祸,逢凶化吉,而且可"家国太平"。二是逯钦立先生的意见,他认为"行归休,谓从此就要不再出仕"[③],笔者把这种说法称做归隐说。如唐代著名诗人贺知章(659—744),因病请玄宗皇帝允其度为道士而归越,天宝三载(744)正月五日庚子,玄宗命百官饯送于长乐坡,并赋诗赠之。其《送贺知章归四明》序曰:"太子宾客贺知章鉴止足之分,抗归老之疏,解组辞荣,志期入道。朕以其年在迟暮,因循挂冠之事,俾遂赤松之游。正月五日,将归会稽,遂饯东路,乃命六卿庶尹大夫供帐青门,宠行迈也。"[④]崇道皇帝李隆基选择正月五日来送别即将成为道士的辞官归隐之人贺知章,其举自有道教寓意在焉,而贺氏归隐的目的,毫无疑问是要修仙。此外,"归休"还有另一种释义,那就是指官员假期间回家休息。一般说来,汉至唐初,官员是五日一休;唐高宗永徽三年(652),则变为旬休(官员十日一休)。另外,在一些特定的节日,如元日、腊日、夏至、冬至等,官员亦可休假。凡此,可称"休沐"。北魏杨衒之《洛阳伽蓝记》卷四"宝光寺"条即云:"京邑士子,至于良辰美日,休沐告归,征友命朋,来游此寺。"[⑤]《初学记》卷二〇则说:"休假亦曰休沐。《汉律》:'吏五日得一下沐。'言休息以洗沐也。"[⑥]官员归休时,有道教信仰者多有修

---

① [梁]萧统编,[唐]李善注《文选》,上海:上海古籍出版社,1986年,第2474页。

②《晋书》卷八〇《王献之传》载:"献之遇疾,家人为上章,道家法应首过,问其有何得失。"(第2106页)按,王氏的家族传统信仰为天师道,其家人的上章之举,与颜延之所说陶渊明的情况,性质完全相同。

③ 逯钦立校注《陶渊明集》,第45页。

④《全唐诗》第27页。

⑤ [魏]杨衒之撰,周祖谟校释《洛阳伽蓝记校释》,北京:中华书局,2010年第2版,第137页。

⑥ [唐]徐坚等撰《初学记》,北京:中华书局,2004年,第482页。

道之举，如初唐四杰之一的杨炯之《李舍人山亭诗序》曰："三冬事隙，五日归休。……心焉而醉，德焉而饱。大隐朝市，本无车马之喧；不出户庭，坐得云霄之致。……既因良会，咸请赋诗，虽向之所欢，已为陈迹；俾千载之下，感于斯文。"[1]此序显然深受陶渊明《饮酒》（其五）及《游斜川》的影响。盛唐诗人徐晶所作《蔡起居山亭》曰："文史归休日，栖闲卧草亭。蔷薇一架紫，石竹数重青。垂露和仙药，烧香诵道经。莫将山水弄，持与世人听。"[2]蔡起居，指开元八年（720）还在起居舍人任上的蔡孚。徐诗中重点描绘的是蔡孚归休中的修道生活，具体包括诵经、炼丹和存思等。

据袁行霈先生《陶渊明年谱汇考》，知陶在隆安四年（400）春或夏初曾奉使入都，五月下旬回到家中，不久即至荆州桓玄处述职，同年冬，则在寻阳家中迎接新年。五年（401）正月五日，才有斜川之游。不久，返回荆州江陵桓玄幕，七月初，复回寻阳休假。秋末再返江陵，途中作有《辛丑岁七月赴假还江陵夜行涂口》。冬，因母孟氏卒，还寻阳居丧[3]。虽然我们尚不清楚陶渊明在隆安四年冬至五年春究竟休了多少天的假，但大概的范围还是清楚的，当在六十至一百天之内[4]。易言之，隆安四年冬十二月及五年春正月这两个月，都在陶渊明合法的沐休假期之内。因此，诗中所言"吾生行归休"，极可能是说诗人的"百日归休"之事。既然时间较长，他思考各种人生问题、社会问题时也会比较充分。其所说"忘彼千载忧"之"忧"，"且极今朝乐"之"乐"的具体内涵，都有待深入发掘。

王叔珉先生曾经据"开岁倏五十，吾生行归休"之句意推断：

---

① [唐]卢照邻、杨炯著，徐明霞点校《卢照邻集杨炯集》之《杨炯集》，北京：中华书局，1980年，第43页。

②《全唐诗》，第195页。

③ 参袁行霈《陶渊明研究》（增订本）第286—289页。

④ 按，《宋书》卷六〇《王韶之传》载东晋休假制度曰："伏寻旧制，群臣家有情事，听并急六十日。太元中改制，年赐假百日。"北京：中华书局，1974年，第1626页。

"陶公生日盖在正月初。"[①]范子烨先生对此深表赞同,进而指出:"自宋代以来并于'开岁倏五十'与'开岁倏五日'的异文之争也就可以止息了。"[②]若王先生之说不误,则陶渊明生日与"正月五日"之关系,要么重合,要么是接近。而生日,属道教的本命日之一,《无上黄箓大斋立成仪》卷二《日辰第十》即把它和"庚申日"、"甲子日"一起统称为"小三会日",它也是具有特殊意义的日期之一,因该日有"百神朝身"[③]。所以,道典对此日的修行特别重视,如《上清太上帝君九真中经》卷上曰:"欲行九真之法者,长斋清室,常以三月三日、五月五日、九月九日及本命日,用东流水沐浴五香气。"[④]《云笈七签》卷四五"本命日第十九"条则引《真诰》卷三云:

> 夫本命日,可转《度人经》一两过,即魂神澄正,万气长存,不经苦恼,身有光明,三界侍卫,五帝司迎。功满德就,名书上清。本命日早朝焚香,向本命位,叩齿三通,心存再拜,而微祝曰:"太一镇生,三气合真。……令我神仙,役灵使神。常保利贞,飞行十天。"[⑤]

《太上洞玄灵宝福日妙经》则说:"每月一日、十五日、甲子、本命、庚申日,有人能于此日长斋,诵咏经文,无愿不会。"[⑥]据后二经可知,在本命日长斋、诵经及存思之类,皆可以达到神、我合一的境界。

不过,就隆安五年辛丑正月五日这一上会日而言,则有点另类和奇异,因为它同时又属于道教所说的凶日之一,即"受死日"。《赤松子章历》卷二有云:"受死日章醮,诸天书罪,主人受殃,大

① 王叔珉《陶渊明诗笺证稿》,北京:中华书局,2007年,第125页。
② 范子烨《晋人三游记》,《文汇读书周报》2011年4月29日第5版。
③《道藏》第9册,第384页上。
④《道藏》第34册,第33页中。
⑤《云笈七签》,第1018—1019页。
⑥《道藏》第6册,第227页上。

凶。”其在十二月对应的分别是“戌、辰、亥、巳、子、午、丑、未、寅、申、卯、酉”之日[①]。而这一年的正月五日,属“庚戌”日,正是“受死日”之一。因此,诗人的心境是可想而知的,作为有家族传统的道教信仰者而言,这一天他的原罪意识会更加强烈。

其次是诗人以酒解忧的方式,竟然也有道典依据。本来,按《陆先生道门科略》的要求,信徒在天师道的上会日是“不得饮酒食肉”的。但在厨会饮贤时,又可另当别论,如六朝天师道早期经典《玄都律文》之《制度律》曰:“男官女官主者,上厨人酒五升,钱三百;中厨人酒四升,钱二百五十文;下厨人酒三升,钱一百文。”[②]寇谦之(365—448)改革三张旧法之后所出的《老君音诵诫经》则说:“厨会之法,应下三盘。初小食,中酒,后饭。今世人多不能下三盘,但酒为前,五升为限。明慎奉行如律令。”[③]因此,无论旧天师道,还是新天师道,对厨会饮酒都不反对。更令人惊奇的是上清派,其存思术中竟然有存思美酒的方法,东晋所出《洞真太一帝君大丹隐书洞真玄经》即云:“存三真人毕,又存我魂一人如我之状,上入太极宫中,二老因授青芝金液浆,见与以次,存食青芝而饮浆,青芝似莲花,浆似美酒耳。”[④]而《真诰》卷三所载紫微夫人之歌曰:“列坐九灵房,叩璈吟太无。玉箫和我神,金醴释我忧。”[⑤]其中,陶渊明所用“班坐”与这里的“列坐”、“中觞纵遥情,忘彼千载忧”与“金醴释我忧”的行文方式、思想情感,可说区别不大。

据陈培基、范子烨二位先生研究,现在基本上可以断定陶渊明在晋末风云变幻的政治斗争中属于桓玄一党,而其后来的归隐是

---

① 参《道藏》第11册,第189页下—190页上。又,同样的说法,后世道典亦承之,如《无上黄箓大斋立成仪》卷二之“受死日”条同,参《道藏》第9册,第384页上。

②《道藏》第3册,第460页,上—中。

③《道藏》第18册,第213页上。

④《道藏》第33册,第533页下。

⑤[日]吉川忠夫、麦谷邦夫编,朱越利译《真诰校注》,第91页。

因为桓玄的失败，是诗人为了逃避刘裕政治清洗的缘故[①]。但在隆安四、五年间，正是诗人深受桓玄重用之时，他为什么会感慨良多呢？这还得要回到道教这一关键因素上面。

归纳起来，有这么重要的两点：一者"辛丑年正月五日"是一个具有多重道教意蕴的日子，一方面有所谓的"辛丑定数"说，虽然他对桓玄寄予厚望，但现实的残酷[②]，又使他充满了某种忧虑；另一方面，隆安五年的正月五日，对已到知天命之年的诗人个体而言，既是"上会日"，又是"受死日"，潜意识的宗教情怀自然会加重他的原罪意识。这社会与个体的双重原因，故而使诗人萌生出千载之忧。二者，诗人为了消解这千载之忧，则采用道教上章（各疏年纪乡里）、投简（泛舟斜川）、存思（遥想灵山）等仪式要素，仿照传授道经的组织形式，与二三邻曲结为伍，进行斜川之游，从而实现了以游解忧[③]，达到了精神上的某种解脱。凡此，诗人用的是诗化的表现手法，若不对照相关道典，一般的读者根本就看不出诗歌中所蕴含的丰富的道教情愫，这正是陶渊明的高明之处，也是我们研读诗人其他类似作品时应该特别注意的地方。

---

① 参陈培基《陶潜归隐真相新解——从陶潜与桓玄的关系说起》，《福建论坛》1986 年第 1 期；范子烨《陶渊明归隐的真相》，《中华读书报》2011 年 10 月 12 日第 15 版。

② 按，隆安四年东晋朝廷与孙恩激战正酣，五年春孙恩逼进京师。王瑶先生据此史实，在注《庚子岁五月中从都还阻风于规林二首》时指出："桓玄屡次上表必在庚子。渊明当于庚子春奉桓玄命使都，五月乃从都还。"（参王瑶编注《陶渊明集》，北京：人民文学出版社，1956 年，第 7 页）

③ 按，台湾著名学者李丰楙先生把六朝隋唐仙道文学的主题归纳为"忧与游"（参氏著《忧与游：六朝隋唐仙道文学》，北京：中华书局，2010 年），诚有见地。笔者认为，陶渊明《游斜川》的特点即在于以游解忧，只是诗人的"游"包含了太多的道教仪式性要素而已。

取象与存思：
李白诗歌与上清派关系略探

有关李白诗歌深受道教的影响，早已成为古今学人的共识。但是，在盛唐众多的道教派别中，究竟是哪一派给诗人的创作沾溉最多，却鲜有人加以深入研讨。对此，我们不揣浅陋，拟在前贤时哲的研究基础上①，就诗人取象与上清派存思术之关系略作梳理。不当之外，敬祈方家教正。

---

① 在中国现代学术史上，较早而有系统地研究李白和道教关系的专著是李长之的《道教徒的诗人李白及其痛苦》（重庆：商务印书馆，1941 年）。嗣后，相关的论著渐多，恕不一一列举。总的说来，它们大多都没有细分各道派对诗人的影响究竟如何，论述较笼统。不过，自上世纪 80 年代以来，这种状况有所改变，相继发表了一些考证较为扎实的论文，重要的有罗宗强《李白与道教》（《文史知识》1987 年第 5 期）、《李白的神仙道教信仰》（原载《中国李白研究》1991 年集，合肥：安徽文艺出版社，1992 年。后收入周勋初主编《李白研究》，武汉：湖北教育出版社，2003 年，第 320—333 页），李刚《李白与道士之交往》（载《宗教学研究》1988 年第 2、3 期合刊本），王友胜《李白道教活动述评》（载《中国道教》2000 年第 4 期），孙昌武《李白——神仙追求及其困惑》（载《道教与唐代文学》，北京：人民文学出版社，2001 年，第 205—217 页），袁清湘《道士李白所属道派探析》（载《中国道教》2005 年第 1 期）等。尤其是袁氏之文，通过考察李白一生所结识和交往的道士、诗文中所涉及的神仙故事、道经典故和术语，然后得出结论说：李白属于道教上清派。此为本文的研究奠定了坚实的文献基础。张崇富《上清派修道思想研究》（成都：巴蜀书社，2004 年）对上清派修道思想的分析，则为本文的论述提供了理论依据；而赵益《六朝南方神仙道教与文学》（上海：上海古籍出版社，2006 年）对《真诰》诗歌的阐述，则启发了我们对李白道教类诗歌的解读。

一、上清派发展至唐时，茅山宗成了主流道派

上清派是我国较早出现的道教派别之一，因尊奉《上清经》系而得名。其创始人是东晋道士杨羲(330—386)、许谧(305—376)和许翙(约341—370)。据云兴宁二年(364)杨羲扶乩降笔，称南岳夫人魏华存(252—334)降授《上清经》三十一卷。杨氏用隶书写出后，传句容人氏许谧、许翙父子，翙再传其子许黄民(361—429)。到了东晋末年，王灵期向许黄民求取《上清经》后，加以润色增删，又造出相关经法五十余篇。江东地区争相传习，故而形成了一个以传授修习《上清经》法的上清派。该派以魏华存、杨羲为第一、二代宗师，以下许谧、许翙、马朗、马罕、陆修静(406—477)、孙游岳(399—489)、陶弘景(456—536)则分别为第三至第九代宗师。特别是齐梁时期的陶弘景，他居茅山而传上清道法，撰出《真诰》、《登真隐诀》、《真灵位业图》等系列道书，完善了道教的神仙谱系与修道理论，开创了著名的茅山宗。

入唐之后，茅山宗的第一位大道士是王远知(510—635)，他是个"涉陈越隋暨我唐皆宗之"的三朝高道①，史称上清派第十代宗师。其人政治上十分敏感，受到陈、隋、唐三朝皇帝的优待，并且使茅山宗得到了新兴的唐王朝的大力支持，故于敬之誉之曰："践三清之隩隅，游六学之津要。……清规素伦，一代伟人。"②其弟子潘师正(584—682)，在中岳嵩山居住传道五十余年，对茅山宗在北方的传播与发展贡献甚巨，并多次受到唐高宗的召见，被尊为上清派第十一代宗师。司马承祯(647—735)则是潘师正的嫡传，被列为上清派第十二代宗师。他有弟子七十余人，在当时影响极为巨大，曾先后被武则天、唐睿宗召至京师。特别是开元九年(721)，玄宗

---

①《道藏》第5册，第642页上。

②《道藏》第5册，第642页下。

皇帝还从其亲受法箓。开元十五年，则令其用三体书写《老子经》，并派御妹玉真公主至其所居王屋山阳台观修金箓斋。更为重要的是，他还广交当世的文人雅士，与陈子昂、卢藏用、宋之问、王适、毕构、李白、孟浩然、王维、贺知章等人合称为“仙宗十友”，扩大了上清派在士大夫中间的影响。第十三代宗师李含光（683—769），则整理经法，亲为帝师，如天宝七载（748）玄宗即从其受上清派的符箓经文于大同殿，并尊之为度师，赐其号曰“玄靖先生”。按照颜真卿《有唐茅山玄靖先生广陵李君碑铭序》中的说法，上清派至李含光时，“茅山为天下道学之所宗”[①]，显然已成为当时的主流道派[②]。事实也正如此，到了开、天时期，茅山宗的信徒已遍布大江南北，并形成了茅山、天台山、王屋山、嵩山、京畿与蜀中等几个传道中心，势力之盛，在当时诸道派中没有能出其右者。

二、李白所修道法主要是上清派

李白既然生活在一个以茅山宗（上清道）为主流道派的时代，加上诸多上清派道友的影响，其修道方式必然会染上鲜明的上清派特色。其中，对其影响最大的茅山派道士是司马承祯、吴筠（？—778）、元丹丘、胡紫阳和贺知章（659—744）。

青年诗人李白刚出蜀中不久，便在江陵结识了道教大师司马承祯，后者称赞他“有仙风道骨，可与神游八极之表”[③]，这无疑为诗人提高了声誉，增强了他日后进一步修道的信心。吴筠，与司马承祯一样，同为潘师正的弟子，同时也是位较出色的诗人。《旧唐书·隐逸传》即说他“尝于天台、剡中往来，与诗人李白、孔巢父诗

① [清]董诰等编《全唐文》，上海：上海古籍出版社，1990 年，第 1524 页。
② 关于茅山宗为唐代主流道派的论述与分析，详见卿希泰主编《中国道教史》第二卷，成都：四川人民出版社，1996 年，第 119—139 页。
③ [唐]李白著，[清]王琦注《李太白全集》，北京：中华书局，1977 年，第 2 页。

篇酬和，逍遥泉石，人多从之”[1]。同书《文苑列传》则谓李白“天宝初，客游会稽，与道士吴筠隐于剡中。既而玄宗召筠赴京师，筠荐之于朝，遣使召之，与筠俱待诏翰林”[2]。可知李白能得到崇道皇帝李隆基的赏识，吴筠举荐之力大焉[3]。元丹丘是和李白交往最为密切的一名上清道士，诗人早在蜀中时期即已相识。魏颢《李翰林集序》即曰：“白久居峨嵋，与丹丘因持盈法师达，白亦因之入翰林。”[4]持盈法师，即唐玄宗的妹妹玉真公主。元丹丘通过她向玄宗举荐诗人，作用自然不小。而且，在今存李白作品中，表现李、元交往的作品竟然有十多篇，它们充分地记录了两人的修道生活：如《与元丹丘方城寺谈玄作》之“灭除昏疑尽，领略入精要。澄虑观此身，因得通寂照。朗悟前后际，始知金仙妙”[5]，说的是两人在一起谈玄悟道，《冬夜于随州紫阳飡霞楼送烟子元演隐仙城山序》之“吾与霞子元丹、烟子元演，气激道合，结交神仙，殊同身心，誓老云海，不可夺也。历行天下，周求名山，入神农之故乡，得胡公之精术”[6]，则表明他们曾一起去访师学道。而且因了元丹丘的这层特殊关系，李白进而又从其师胡紫阳学道。诗人所撰《汉东紫阳先生碑铭》有云：“闻金陵之墟道始盛于三茅，波乎四许。……陶隐居传升元子，升元子传体元，体元传贞一先生，贞一先生传天师李含光，

① [后晋]刘昫撰《旧唐书》，北京：中华书局，1975 年，第 5129 页。

②《旧唐书》，第 5053 页。

③ 关于吴筠是否荐举过李白的问题，学术界有不同的看法。如郁贤皓《吴筠荐李白说辨疑》(《南京师范学院学报》1981 年第 1 期)力主《旧唐书》记载有误，李生龙《李白与吴筠究竟有无交往》(《祁连学刊》1989 年第 3 期《李白研究专号》)一文则反对郁氏之新说。后来王辉斌《李白交游二考》中“李白与吴筠交游补说”(《李白求是录》，南昌：江西人民出版社，2000 年，第 83—90 页)中又补充和证实了李生龙的观点。于此，我们深表赞同。

④《李太白全集》，第 1419 页。

⑤《李太白全集》，第 1059 页。

⑥《李太白全集》，第 1293 页。

李含光合契乎紫阳。”[①]陶隐居即陶弘景,升元子是王远知,体元是潘师正,贞一即司马承祯。由此可知,胡紫阳所传乃是地地道道的上清派道法。在碑中,李白还十分自豪地说:“予与紫阳神交,饱餐素论,十得其九。”可知他基本上掌握了胡氏所授上清道之精髓。贺知章不但是李白的知音,赐予其“谪仙人”之号,而且也是他的道友之一。贺氏天宝三载(744)正月辞官入道,诗人有《送贺监四明应制》曰:“真诀自从茅氏得。”[②]此即说明贺氏所修也是上清道。李白还经常在诗中交待自己的学道经历。如《感兴八首》之五曰:“十五学神仙,仙游未曾歇。”[③]其为送吴筠入京所作《凤笙篇》则说吴筠是:“仙人十五爱吹笙,学得昆丘彩凤鸣。”[④]孙夷中《三洞修道仪》讲“初入道仪”曰:“其童男女,秉持至十五岁,方与诣师请求出家(舍俗者不拘少长),禀承戒律,稍精,方求入道,誓戒三师,称智慧十戒弟子。”[⑤]罗宗强先生据此推断:李白在十五岁时,曾受戒于三师,举行过最初的入道仪式[⑥]。此论极有见地。《经乱离后,天恩流夜郎,忆旧游书怀赠江夏韦太守良宰》又曰:“仙人抚我顶,结发受长生。”[⑦]“结发”,常指二十岁的男性。而二十岁在受道时,也是相当重要的年龄。朱法满《要修科仪戒律钞》卷一二列举道士的“五种阶级”时说:“二十至六十,名弘护道士。”[⑧]我们虽然不知道“弘护道士”的确切含义,但从字面推断,它似指可以独立弘扬道法者。虽没有材料说明李白二十岁时就成为正式的道士,但他此时受过相关的道箓则极有可能。据《三洞修道仪》,道士的最高级别

---

①《李太白全集》,第 1430 页。

②《李太白全集》,第 798 页。

③《李太白全集》,第 1104 页。

④《李太白全集》,第 281 页。

⑤《道藏》第 32 册,第 166 页,下。

⑥ 罗宗强《李白的神仙道教信仰》,载周勋初主编《李白研究》,武汉:湖北教育出版社,2003 年,第 321 页。

⑦《李太白全集》,第 567 页。

⑧《道藏》第 6 册,第 983 页下。

是“大洞部道士”，可称为“上清大洞三景弟子无上三洞法师东岳真人道德先生”。此法“传与世之学道者，一世传一人”[1]，可见它精深难学。诗人作于天宝三载(744)秋冬之时的《访道安陆遇盖寰，为予造真箓，临别留赠》即曰：

> 清水见白石，仙人识青童。安陆盖夫子，十岁与天通。悬河与微言，谈论安可穷？……学道北海仙，传书蕊珠宫。丹田了玉阙，白日思云空。为我草真箓，天人惭妙工。七元洞豁落，八角辉星虹。三灾荡璿机，蛟龙翼微躬。举手谢天地，虚无齐始终。[2]

其中的“北海仙”，是指盖寰的老师高如贵。据诗人同时所作《奉饯高尊师如贵道士传道箓毕归北海》，可知高尊师在齐州紫极宫也给李白传授过道箓，虽然诗中没有具体交待所授是哪种道箓。但从盖寰所书为上清派符箓推断，高尊师所授也当是最高级的上清道箓。而“十岁与天通”一句，赞扬的是盖寰得道之早。据《洞玄灵宝三洞奉道科戒营始》卷四，不同年龄的学道者，所受道法、道经、符箓皆不相同。如箓生是“十岁以上，受三将军符箓、十将军符箓、三归五戒，得加此号”[3]。可见盖寰少年时即正式入道。同书卷五又曰：“道士女冠参受经戒法箓，须依此次第名位，不得叨谬。受法之日，师依详审分明，示其品目。违，夺筭三千六百。”[4]

之所以说盖寰为李白所造的是上清派真箓，主要是因为诗中的道教语汇给出了明确的答案。如蕊珠、玉阙皆见于上清派的重要经典《上清黄庭内景经》。其《上清章第一》曰：“太上大道玉晨

①《道藏》第32册，第168页上。
②《李太白全集》，第521—522页。
③《道藏》第24册，第757页中。
④《道藏》第24册，第760页上。

君,闲居蕊珠作七言。"梁丘子注曰:"蕊珠,上清境宫阙名也。"① 《肺部章第九》则曰:"肺部之宫似华盖,下有童子坐玉阙。"梁丘子注曰:"玉阙者,肾中白气,上与肺相连也。"②而"七元洞豁落"出于《上清金真玉光八景飞经》,经中载有一元豁落日精之符、二元豁落月精之符、三元豁落岁星之符、四元豁落太白星精符、五元豁落荧惑星精符、六元豁落辰星精符、七元豁落镇星精符。此"豁落七元之符,主致上真飞仙之官,通灵彻视,与神交言,制魔伏灵,威摄十方,……行之九年,得乘玄舆,飞行上清"③。此亦"举手谢天地,虚无齐始终"之所本。而且诗人受此图之后,时刻不忘佩戴在身。其于天宝十二载(753)所作《留别曹南群官之江南》即谓"身佩豁落图,腰垂虎盘囊"④。可知李白真的是按照要求,把豁落图戴了整整九年的时间。

上清派的修道思想有三大特征:即重视存思存神(关于其含义,详见后文)、隐书之道(此点因与本论文主旨无关,故不赘述)和诵经⑤。关于诵经之事,无论是时人对于李白的评价,还是在诗人的自述中都有所表现。其友独孤及《送李白之曹南序》说李白是:"仙药满囊,道书盈箧。"⑥随身带着众多道书,自然是为了方便随时诵读之。李白《早秋单父南楼酬窦公衡》则曰:"我闭南楼看道书,幽帘清寂若仙居。"⑦《游泰山六首》其四又曰:"清斋三千日,裂素写道经。吟诵有所得,众神卫我形。"⑧举凡此类,皆是他修上清道时的生活实录。

当然,李白诵经不辍,目的在于迅疾成仙。陶弘景《真诰》卷五

①《道藏》第 22 册,第 65 页下。

②《道藏》第 22 册,第 70 页中。

③《道藏》第 34 册,第 61 页,上—中。

④《李太白全集》,第 709 页。

⑤ 张崇福《上清派修道思想研究》,成都:巴蜀书社,2004 年,第 1—35 页。

⑥[清]董诰等编《全唐文》,第 1745 页。

⑦《李太白全集》,第 874 页。

⑧《李太白全集》,第 924 页。

《甄命授第一》即谓:“若得《大洞真经》者,复不须金丹之道也。读之万过毕,便仙也。”[①]《大洞真经》,指的是上清派的根本经典之一的《上清大洞真经三十九章》,对它若能持诵万遍,甚至可以不用炼丹服药就成仙。另一部根本经典《黄庭内景经》则说:“是曰玉书可精研,咏之万遍升三天。千灾以消百病痊,不惮虎狼之凶残,亦以却老年永延。”[②]梁丘子的注释指出:“能读之万过,自见五藏肠胃,又见天下鬼神,役使在己。”[③]诵经既有如此神效,李白又何乐而不为呢?

三、李白诗歌的意象来源、构思方法与上清派存思术之关系

李白生活在崇尚上清派道风的时代氛围中,自己又有真切的宗教修行。这种经历必然对其诗歌创作产生重大的影响,最主要的表现是:诗人的作品,特别是道教类作品的意象来源、构思方法都深深地烙上了上清派存思术的印迹。

所谓存思,也叫做“存想”,简称为“存”,它实际上是一种意念的修炼,通过想象忆念身内、身外诸神甚至宇宙万物,从而达到身、神合一及物、我为一的境界来成仙。存思虽是道教各种修行法门的基础,贯穿于道教生活的方方面面,但最擅长此法的要属上清派,它是该派第一重要的修道思想,梁丘子注《黄庭内景经》之《脾长章》即明言它是“学仙之道”[④]。今人赵益指出:“上清系的存思,是以灵动活跃的想象,使仙真世界的神圣形象充斥于心中,往复周转、出入升腾……最终使仙真来降。”从而“使一己达到神圣的境

① 《道藏》第 20 册,第 519 页中。
② 《道藏》第 5 册,第 908 页下。
③ 《道藏》第 22 册,第 64 页中。
④ 《道藏》第 22 册,第 74 页中。

界”[1]。此论良是。

我们读李白的诗作,此种存思通神、人神相接的现象随处可见。兹举二例以见其要:一是《庐山谣寄卢侍御虚舟》,诗中太白夫子自道曰:“五岳寻仙不辞远,一生好入名山游。……早服还丹无世情,琴心三叠道初成。遥见仙人彩云里,手把芙蓉朝玉京。先期汗漫九垓上,愿接卢敖游太清。”[2]据《洞玄灵宝三洞奉道科戒营始》卷一《置观品》曰:

> 夫三清上境,及十洲五岳诸名山,或洞天,并太空中,皆有圣人治处。或结气为楼阁堂殿,或聚云成台榭宫房,或处星辰日月之门,或居烟云霞霄之内,或自然化出,或神力造成,或累劫营修,或一时建立。其或蓬莱方丈、圆峤瀛洲、平圃阆风、昆仑玄圃,或玉楼十二,金阙三千:万号千名,不可得数,皆天尊太上化迹、圣真仙品都治。[3]

其中的瀛洲、昆仑、玉楼等语词,经常出现在李白的诗作中。原来它们和五岳等名山,甚至和三清上境一样,悉为神仙、圣真的治地,故李白曾不懈地加以寻访探游。“琴心三叠道初成”化用《黄庭内景经》中“琴心三叠儛胎仙”之句,梁丘子注之曰:“琴,和也。三叠,三丹田,谓与诸宫重叠也。胎仙,即胎灵大神,亦曰胎真,居明堂中。所谓三老,君为黄庭之主,以其心和则神悦,故儛胎仙也。”[4]正因为诗人存思身神,初见成效,才会出现仙人来迎、同登太清的幻境。这就是诗人的真实的宗教体验,形之于诗,飘逸之感便油然而生。

二是《古风》(其十九)前半部分曰:

---

① 赵益《六朝南方神仙道教与文学》,上海:上海古籍出版社,2006年,第160页。

②《李太白全集》,第677—678页。

③《道藏》第24册,第744页下—745页上。

④《道藏》第22册,第65页下。

西上莲华山，迢迢见明星。素手把芙蓉，虚步蹑太清。霓裳曳广带，飘拂升天行。邀我登云台，高揖卫叔卿。恍恍与之去，驾鸿凌紫冥。①

据《太平广记》卷五九“明星玉女”条引《集仙录》曰：“明星玉女者，居华山，服玉浆，白日升天。”②太白诗开头两句，典出于此。“明星”，指的就是华山之玉女（仙女）。是诗很容易让人想起《上清大洞真经》卷一的《诵经玉诀》，经曰：“先于室外秉简，当心临目，扣齿三通，存室内有紫云之炁遍满，又郁郁来冠。兆身存玉童玉女，侍经左右，三光宝芝，洞焕室内。存思毕，扣齿三通，念《入户咒》曰：天朗炁清，三光洞明。金房玉室，五芝宝生。玄云紫盖，来映我身。仙童玉女，为我致灵。九炁齐景，三光同辨。上乘紫盖，升入帝庭。”③由此可知，玉女与仙童乃是诗人进入仙境的导引者。但李白更偏爱的是玉女形象，故其诗中每每提及，此例极多，恕不详举。

李白又喜欢用“想象”、“想见”等词来表述人神相接，比如《游泰山》（其一）之“登高望蓬、瀛，想象金银台”④，其六之“想象鸾凤舞，飘摇龙虎衣”⑤，《上清宝鼎诗》之“咽服十二环，想见仙人房”⑥，诸如此类，悉体现了上清派的存思特点。

根据存思对象的不同，可把存思术分成存思日月法、存星术、存身神法、存炁法等。大体言之，主要包括身内神、身外神、日月星辰之类。兹择其要，各举数例如下，以见李白诗歌取象之源。

一曰存思日月，尤其是“明月”，乃李白诗中最为常见的意象之

①《李太白全集》，第113页。

②［宋］李昉等编《太平广记》，北京：中华书局，1961年，第362页。

③《道藏》第1册，第513页中。

④《李太白全集》，第922页。

⑤《李太白全集》，第926页。

⑥《李太白全集》，第1439页。

一。对此,杨义先生在《李白的明月意象思维》之宏文中进行过较为详细的探讨[1],并重点指出了其历史、文学方面的渊源,也点到了诗人的宗教体验,但于后者未能加以深究。若结合诗人的修道生活看,上清派的存思日月法,对其创作也当有滋乳、启示之用。

李白对明月的喜爱之情,诗中随处可见。他会在明月的清辉之中静心地读诵道教经典,《北山独酌寄韦六》即说"坐月观宝书"[2];也会与月共舞,寻求人、月之间的精神契合,如《独酌》所言"手舞石上月"[3];更会泛月江上、望月寄怀、把酒问月……总之,月亮意象诉说着诗人的喜怒哀乐、悲欢离合,是诗人生活中不可或缺的精神伴侣之一。《别韦少府》云:"水国远行迈,仙经深讨论。洗心句溪月,清耳敬亭猿。筑室在人境,闭关无世喧。"[4]诗为自叙之词,说的是将在道典(仙经)的指导下进行修炼,而修炼的内容之一,就有存思明月之法。所谓"洗心句溪月",当与存服月华法有关。考陶弘景《登真隐诀》卷中有云:"夜服月华,如服日法。存月十芒白色,从脑中下入喉,芒亦不出齿而回入胃。"[5]《雨后望月》则曰:"四郊阴霭散,开户半蟾生。万里舒霜合,一条江练横。出时山眼白,高后海心明。为惜如团扇,长吟到五更。"[6]诗人面对明月为什么会整夜无眠?《云笈七签》卷一一引《九中真经》曰:"夜半生气,或鸡鸣时,正坐闭气,存左目出日,右目出月,两耳之上,为六合高窗,令日月照耀一身,内彻泥丸,下照五藏肠胃之中,了了洞见,内彻外合,一身与日月光共合。"[7]原来它和诗人于夜半的存思日月不无关联。在吸食月华、存思明月之象的过程中,还可以施行奔月法。出于东晋南朝时的《太上玉晨仪结璘奔日月图》专门传授的

① 杨义《李杜诗学》,北京:北京出版社,2001年,第338—394页。
②《李太白全集》,第671页。
③《李太白全集》,第1068页。
④《李太白全集》,第743。
⑤《道藏》第6册,第615页,中—下。
⑥《李太白全集》,第1405页。
⑦《道藏》第22册,第66页中。

是奔日、奔月两种法术，并配有相关的存思图像。其中，结璘是奔月之仙。奔月之术为："当伺视月初出之时，无月当于静室中，乃对月西向，叩齿十通，临目闭气九息。又咽水月光九过，当存月光，即而吞之。"①吞毕，则可使月中青帝、赤帝、白帝、黑帝、黄帝等五夫人降临，从而实现人、神之间的对话和交流。《登太白峰》之"举手可近月，前行若无山"②、《把酒问月》中的问月之语以及《宣州谢朓楼饯别校书叔云》的"俱怀逸兴壮思飞，欲上青天览明月"③，悉是诗人修道生活中奔月之思的真实反映。《送杨山人归嵩山》中有句曰："长留一片月，挂在东溪松。"④"明月"意象于此，当有特定的宗教含义。前文已言，嵩山为唐代上清派的传道中心之一。杨山人去那儿，肯定也是修习上清道法。挂在东溪松树上的明月，对于两个道友而言，自然是他们生活中再也熟悉不过的存思对象，因此它成了两人心心相印的媒介物。于此，顺便说一句，诗人天宝八载(749)所作《闻王昌龄左迁龙标，遥有此寄》中的名句"我寄愁心与明月，随君直到夜郎西"⑤，其"明月"也当有类似的含义。考王昌龄于天宝七载贬为龙标尉，次年春李白在金陵听闻之后，便作诗寄之。王氏有《谒焦炼师》诗曰："中峰青苔壁，一点云生时。岂意石堂里，得逢焦炼师。"⑥诗中的焦炼师是盛唐时期颇有声名的上清派女冠，李颀《寄焦炼师》即曰："得道凡百岁，烧丹惟一身。悠悠孤峰顶，日见三花春。"⑦李白《赠嵩山焦炼师》则说："萝月挂朝镜，松风鸣夜弦。潜光隐嵩岳，炼魄栖云幄。"⑧三诗所说对象，实为同一人。由此可知，王昌龄对上清派的存思日月法，当不陌生，他也深

①《道藏》第6册，第702页，上—中。
②《李太白全集》，第974页。
③《李太白全集》，第861页。
④《李太白全集》，第829页。
⑤《李太白全集》，第661页。
⑥[清]彭定求等编《全唐诗》，上海：上海古籍出版社，1986年，第329页。
⑦《全唐诗》第307页。
⑧《李太白全集》，第508—509页。

知明月是勾通他和李白情感的津梁。

二曰存星术。其存思对象是各类星辰(如五星、七星、九星、二十四星、北斗等),并把它们和日、月、天地的圣洁之气一样,当成吞吐服纳的对象。如属于上清系仙传的《清灵真人裴君传》就详载了思存五星法,其文曰:

> 第一思存五星,以体象五灵。存之法,常于密室于夜半后生气之时,服挹五方之气。于寝床上平向坐,向月建所在,先叩齿九通,咽液三十过。毕,存想五星,使北方辰星在头上,东方岁星在左,西方太白星在右,南方荧惑星在膝中间,中央镇星在心中。久久行之,出入远行,常思不忘,无所不却,万惑所不能干也。后当奄见五老人,则是五星精神也。若见者,当问以飞仙之道,五神共扶人身形,白日升天。①

而《上清大洞真经》卷一则有思存二十四星法,曰:

> 心存二十四星,大一寸(此法每日行住坐卧皆可行之),如连结之状。又存一星中各有一人,合二十四星皆如婴儿之状,并裸体无衣缨也。于是,二十四星从虚空中降,回绕一身之外,三匝毕,祝曰:二十四真,回入黄庭!口吐黄炁,二十四星!灌我命门,百神受灵!体充骨强,魂魄安宁!五藏受符,天地无倾!②

总之,无论是存思哪一类星辰,目的皆在于融列宿灵气于一体,进而实现人神合一、长生久视的飞仙之梦。于此,太白诗中亦有充分的表现。《古风》(其五)即说:"太白何苍苍,星辰上森列。去天三百里,邈尔与世绝。中有绿发翁,披云卧松云。不笑亦不语,冥栖

①《道藏》第22册,第711页中。
②《道藏》第1册,第519页上。

在岩穴。我来逢真人,长跪问宝诀。"[①]此诗表达的正是通过存思星辰而向仙翁求道的宗教体验。其他像《元丹丘歌》之"长周旋,蹑星虹,身骑飞龙耳生"[②]、《赠卢征君昆弟》之"与君弄倒影,携手凌星虹"[③]、《避地司空原言怀》之"弄景奔日驭,攀星戏河津"[④]、《至陵阳山登天柱石,酬韩侍御见招隐黄山》之"步纲绕碧落,倚树招青童"[⑤]等句中的"星虹"、"攀星"、"步纲"、"碧落"诸词,所说悉与存星术息息相关。特别是"步纲",尤其值得考索,它表述的其实就是存星术中的奔北斗法。南北朝时所出《洞真上清太微帝君步天纲飞地纪金简玉字上经》谓行其法能"一年辟非,二年辟兵,三年辟死,四年地仙。千害万邪,众莫敢犯。自此以往,福庆无端。致神使灵,骖驾飞龙。太极赐芝,玉帝给童。行之二七年,为上清真人"[⑥]。"倚树招青童"即是从经文"玉帝给童"而来。

三曰存思身神。李白诗中与之有关的意象,相对前两类而言要少一些。前文已经揭出《访道安陆遇盖寰,为予造真箓,临别留赠》之"丹田了玉阙"、《庐山谣寄卢侍御虚舟》之"琴心三叠道初成"等句,故不赘举。

四曰存炁。与之相关的意象也较少出现,但据诗人《冬夜于随州紫阳先生飡霞楼送烟子元演隐仙城山序》之"胡公身揭日月,心飞蓬莱。起飡霞之孤楼,炼吸景之清气。延我数子,高谈混元。金书玉诀,尽在此矣"[⑦],则知李白确实随上清派高道胡紫阳修习过存炁之法。于此,《古风》(其十一)之"人生非寒松,年貌岂长在?吾当乘云螭,吸景驻光彩"[⑧]、《秋日炼药院镊白发,赠元六兄林宗》

①《李太白全集》,第 95 页。
②《李太白全集》,第 384 页。
③《李太白全集》,第 503 页。
④《李太白全集》,第 1117 页。
⑤《李太白全集》,第 908 页。
⑥《道藏》第 33 册,第 440 页下。
⑦《李太白全集》,第 1293 页。
⑧《李太白全集》,第 102 页。

之“长吁望青云,镊白坐相看”诸句[①],皆表现了存炁的场景和目的。特别是前一首,当是化用《上清大洞真经》卷一之“吸西方金魂之精白炁”后所诵之咒“骖龙驾浮,超然升飞。吐纳神芝,历劫不衰”而来[②]。云螭者,飞龙也。驻光彩,求长生也。

以上所举多为摘句,故而在意象群方面显得不够完整。现以世人所熟知的作于天宝五载(746)的《梦游天姥吟留别》作一次整体分析,以便读者更全面地了解太白诗歌的意象来源。诗曰:

> 海客谈瀛洲,烟涛微茫信难求。越人语天姥,云霞明灭或可睹。天姥连天向天横,势拔五岳掩赤城。天台四万八千丈,对此欲倒东南倾。我欲因之梦吴越,一夜飞度镜湖月。湖月照我影,送我至剡溪。谢公宿处今尚在,渌水荡漾清猿啼。……千岩万转路不定,迷花倚石忽已暝。熊咆龙吟殷岩泉,栗深林兮惊层巅。云青青兮欲雨,水澹澹兮生烟。列缺霹雳,丘峦崩摧。洞天石扇訇然中开。青冥浩荡不见底,日月照耀金银台。霓为衣兮风为马,云之君兮纷纷而来下。虎鼓瑟兮鸾回车,仙之人兮列如麻……[③]

据司马承祯《天地宫府图》载,“赤城”乃是“十大洞天”之第六位,它“周回三百里,名曰上清玉平之洞天,在台州唐兴县,属玄洲仙伯治之”[④],“天姥峰”则为“七十二福地”的第十六位,“在剡县南,属真人魏显仁治之”[⑤]。赤城、天姥等洞天福地皆位于上清派传道中心之一的天台山周围,诗人对此一向心驰神往,诗中多次说到它们。

---

①《李太白全集》,第515页。
②《道藏》第1册,第517页下。
③《李太白全集》,第705—707页。
④《道藏》第22册,第199页中。
⑤《道藏》第22册,第202页上。

如作于二入长安之前的《天台晓望》即说："门标赤城霞，楼栖沧岛月。"[1]"湖月照我影"一句，显然与前揭奔月之存思法有关。后面一大段对天姥山神奇场景的描写，则与《上清大洞真经》卷一之诵读《大洞灭魔神慧玉清隐书》之后的存思内容十分相似，经曰：

> 于是七星停曜，重关洞开，百阳激电，五星奔移，握节命灵，是炁悉追，铁罴罗遮，猛虎变威，六师斫妖……万精灭种，六天崩颓，三道正行，何炁不回？山河为之倾倒，日月为之揜晖，灵兽为之堕岭，金翅为之落飞，五帝束带于神宇，万灵受封于太微。[2]

另外，有些诗句，如"身登青云梯"、"仙之人兮列如麻"，则和《大洞灭魔神慧玉清隐书》之"飞步绝岭梯"、"真人互参差"含义相似[3]。

说到存思的特点，今人刘仲宇先生归纳出两大特点，即形象性和流动性。前者是说存思的对象是形象鲜明的神灵世界，后者则指在存思者的体验中，那些鲜明的形象都是活的，变化莫测的[4]。至于第一点，可以解释李白道教类诗作意象与上清派存思对象的关系，而第二点则有助于我们了解李白诗歌构思方法与存思术的内在联系。试论之如次：

首先，存思的本质是修道个体的精神活动，它是以个体之我为主体来统驭所有的存思对象，用前引《上清大洞真经》卷一的话就是众神"为我致灵"。这表现诗歌构思方法上，李白多用第一人称。这种例子在太白诗集中俯拾皆是，故不赘列。

其次，李白的道教类诗歌，存在着一种最基本的组织形式，可图示为：**登山（凌海）→遇仙（真）→从仙而游**。特别是登山类的作

---

①《李太白全集》，第 971 页。

②《道藏》第 1 册，第 516 页中。

③《道藏》第 1 册，第 516 页上。

④ 刘仲宇《道教法术》，上海：上海文化出版社，2002 年，第 241—243 页。

品,最为常见,如《古风》(其二十)曰:

昔我游齐都,登华不注峰。兹山何峻秀,绿翠如芙蓉。萧飒古仙人,了知是赤松。借予一白鹿,自挟两青龙。含笑凌倒景,欣然愿相从。①

华不注峰,位于济南历城。诗人登山遇到的是仙人赤松子,经过人、神交接之后,李白便想欣然从之而游。再如《登敬亭山南望怀古,赠窦主簿》则曰:

敬亭一回首,目尽南天端。仙者五六人,常闻此盘游。溪流琴高水,石耸麻姑坛。白龙降陵阳,黄鹤呼子安。羽化骑日月,云行翼鸳鸾。下视宇宙间,四溟皆波澜。汰绝目下事,从之复何难。百岁落半途,前期浩漫漫。强食不成味,清晨起长叹。愿随子明去,炼火烧金丹。②

是诗作于天宝十二载(753)秋,时为诗人初次登临敬亭山。此山是李白最景仰的南朝大诗人谢朓的赋诗之处。诗人在山顶遥望南天,所看到的仙人竟然有五六位之多,如乘鲤而游是琴高、飙举飞升的是女仙麻姑、钓得白龙的是阳子明。当时年过半百的诗人,有感于前途渺茫,故而生发了隐逸之思,愿和阳子明一道炼丹山中。

即便是写别的修道者,李白也参用了这种模式。《玉真仙人词》即曰:

玉真之仙人,时往太华峰。清晨鸣天鼓,飙欻腾双龙。弄电不辍手,行云本无踪。几时人少至,王母应相逢。③

---

①《李太白全集》,第 114 页。
②《李太白全集》,第 635 页。
③《李太白全集》,第 449 页。

玉真仙人，就是曾向玄宗皇帝举荐过李白的唐睿宗之女玉真公主，她于太极元年(712)出家为道士。此当是李白给公主的献诗，说的是公主在太华山上修道，定然能与西王母相遇。但它与前面两首诗稍有区别，即省略了遇仙之后的内容，由此反给读者留下了想象的空间。

由凌海起头的作品，如《怀仙歌》，曰："一鹤东飞过沧海，放心散慢知何在。仙人浩歌望我来，应攀玉树长相待。尧舜之事不足惊，自余嚣嚣直可轻。巨鳌莫载三山去，我欲蓬莱顶上行。"[①]诗中表达了作者遇仙之后想和仙人一起在蓬莱山修道的渴望。

诗人对于众仙的描写，多取仰视的角度。如《古风》(其四)之"时登大楼山，举首望天真"[②]、其五之"仰望不可及，苍然五情热"[③]、其七之"举首远望之，飘然若流星"等[④]。这种视角，实与存思对象中的身外神多为天仙有关，因为她(他)们往往是从空中降临。不过，李白的作品，大多略去了存思前的诸多内容而常常是直接描写存思的对象和感受，如前面所列的诗篇大都如此。但《游泰山六首》其四则云："清斋三千日，裂素写道经。吟诵有所得，众神卫我形。"其中的"清斋"，表述的即是修道者诵经存思之前整洁身心的准备工作。梁丘子注《上清黄庭内景经》曰："师及弟子俱应结斋，斋日多少，随其身事。若履涉世尘，宜须积日自洁；其山居清整者，三日便足也。"[⑤]"三千日"乃夸张之说，但李白显然是"履涉世尘"者，自应多日结斋才是。由此诗可知，李白的存思之行，还是按相关要求来的。

李白还有些诗作，甚至于整体结构都是借鉴模仿上清类道经

①《李太白全集》，第448页。
②《李太白全集》，第94页。
③《李太白全集》，第95页。
④《李太白全集》，第98页。
⑤《道藏》第22册，第63页下。

而来,《古风》(其四十一)曰:

> 朝弄紫泥海,夕披丹霞裳。挥手折若木,拂此西日光。云卧游八极,玉颜已千霜。飘飘入无倪,稽首祈上皇。呼我游太素,玉杯赐琼浆。一飡历万岁,何用还故乡。永随长风去,天外恣飘扬。①

《真诰》卷三则载有清灵真人之歌曰:

> 朝游郁绝山,夕偃高晖堂。振辔步灵峰,无近于沧浪。玄井三仞际,为我舞津梁。倏欻九万间,八维已相望。有待非至无,灵音有所丧。②

两相比较,无论游踪的时间安排,还是空间安排,可以说皆十分相似。

但李白毕竟没有完全游离于社会现实之外,即便在游仙之时,也常常不忘现实生活中的痛苦,并多用俯视的方法来描写。如《古风》(其十九)结尾曰:"俯视洛阳川,茫茫走胡兵。流血涂野草,豺狼尽冠缨。"其二十则曰:"世路多艰险,白日欺红颜。"③特别是《梦游天姥吟留别》的结尾之句"安能摧眉折腰事权贵,使我不得开心颜",千古传诵,人们悉以为典出陶渊明不为五斗米折腰之事。然考史崇等人于先天元年(712)奉敕撰出的《一切道经音义妙门由起》有曰:"所以称之为道士者,以其无为世事,务营常道故也。并受道威仪,心行异俗,演兹玄化,畅彼皇风,是以不拜王侯,长揖天子。今之道士,即出家道士也。当于国主,当尽忠尽礼;至于宰辅

①《李太白全集》,第139页。
②《道藏》第20册,第505页上。
③《李太白全集》,第115页。

大臣、公侯牧伯，皆须敬揖。勿得妄趣势力，违者减筭三百六十。”[①]由此看来，李白平交王侯将相的精神，与道士的最高标准是相符的。

最后要说的是，李白的上述诗歌，也继承了上古神话、楚辞及魏晋游仙诗的某些特点，但我们认为，那些毕竟是远源，而上清派(茅山宗)的影响才是最直接而具体的近源。

(本文原载《福建师范大学学报》2007年第2期，与研究生王镇宝合撰而成)

① 《道藏》第24册，第729页上。

韩愈《师说》与道典关系略说

陈寅恪先生《论韩愈》一文称颂韩愈在唐代文化史上的特殊地位时，曾经讲到了六个方面，其中第一点是："建立道统，证明传授之渊源。"[①]并指出："退之道统之说表面上虽由《孟子》卒章之言所启发，实际上乃因禅宗教外别传之说所造成，禅学于退之之影响亦大矣哉！"[②]由此可见，韩愈建立儒家道统说之时受到了禅宗宗统说的影响。后来，饶宗颐、陈允吉等先生则通过实证的方法，进一步指出韩愈甚至在诗文创作中，佛教文化对他也起过沾溉滋乳之用[③]。近来，笔者在阅读《道藏》时，又发现韩愈为弘扬儒学之道（后文简称"儒道"）而提倡建立新型师生关系（后文简称"师道"）而作的千古名篇《师说》，其思想渊源竟然与相关的道教经典有着密不可分的联系。故不畏谫陋，撰成小文，以求教于大方之家。

---

① 陈寅恪《金明馆丛稿初编》，北京：生活·读书·新知三联书店，2001年，第319页。

② 陈寅恪《金明馆丛稿初编》，第321页。

③ 参饶宗颐《马鸣〈佛所行赞〉与韩愈〈南山诗〉》（《梵学集》，上海：上海古籍出版社，1993年，第313—317页），陈允吉师《论唐代寺庙壁画对韩愈诗歌的影响》（《古典文学佛教溯源十论》，上海：复旦大学出版社，2002年，第130—148页）、《韩愈〈南山诗〉与密宗"曼荼罗画"》（同前，第150—164页）等。

一

为了方便说明相关问题，兹先详引韩愈《师说》原文如下，曰：

古之学者必有师。师者，所以传道授业解惑也。人非生而知之者，孰能无惑？惑而不从师，其为惑也终不解矣。生乎吾前，其闻道也固先乎吾，吾从而师之；生乎吾后，其闻道也亦先乎吾，吾从而师之：吾师道也，夫庸知其年之先后生于吾乎？是故无贵无贱、无长无少，道之所存，师之所存也。

嗟乎！师道之不传也久矣，欲人之无惑也难矣。古之圣人，其出人也远矣，犹且从师而问焉；今之众人，其下圣人也亦远矣，而耻学于师。是故圣益圣，愚益愚，圣人之所以为圣，愚人之所以为愚，其皆出于此乎？爱其子，择师而教之；于其身也，则耻师焉：惑矣！彼童子之师，授之书而习其句读者，非我所谓传其道解其惑者也。句读之不知，惑之不解，或师焉，或不焉，小学而大遗，吾未见其明也。巫医乐师百工之人，不耻相师。士大夫之族，曰师、曰弟子云者，则群聚而笑之。问之，则曰：彼与彼年相若也，道相似也。位卑则足羞，官盛则近谀。呜呼，师道之不复可知矣！巫医乐师百工之人，君子不齿，今其智乃反不能及，其可怪也欤！

圣人无常师，孔子师郯子、苌弘、师襄、老聃。郯子之徒，其贤不及孔子。孔子曰："三人行，必有我师。"是故弟子不必不如师，师不必贤于弟子。闻道有先后，术业有专攻，如是而已。

李氏子蟠，年十七，好古文，六艺经传皆通习之，不拘于时，学于余。余嘉其能行古道，作《师说》贻之。①

① [清]董诰等编《全唐文》，上海：上海古籍出版社，1990 年，第 2500 页。

考韩愈于贞元十七年(801)秋冬之时至贞元十九年(803)夏秋之际在京城长安任国子监四门博士,两年秩满后除监察御史,但因直谏得罪权臣,加之德宗偏听偏信,故于十九年冬末被贬为连州阳山县令。而李蟠则是贞元十九年才考中进士,所以韩愈写作《师说》的时间当在是年或之前的贞元十八年[①]。韩愈所处的时代,社会上有一种不良风气,那就是不重师生间儒道的传授,由此便造成了儒学难振的尴尬局面。韩愈的同道柳宗元在《师友箴》之《序》中即谓:"今之世为人师者,众笑之,举世不师,故道益离;为人友者,不以道而以利,举世无友,故道益弃。"[②]反映的便是此种状况。不过,由于成长环境的不同、政治主张与个性气质的差异,柳河东为人谨小慎微,韩愈却特立独行,敢于担当。在当时举世皆耻相师的风气下,柳宗元比较缺乏以师自任的勇气,比如,其《答严厚舆论师道书》虽说"言道讲古、穷文辞以为师,则固吾属事",但紧接着却以"仆才能勇敢不如韩退之,故又不为人师"来推卸自己的责任[③]。《报袁君陈秀才避师名书》又说:"仆避师名久矣!往在京都,后学之士到仆门,日或数十人,仆不敢虚其来意,有长必出之,有不出必惎之。虽若是,当时无师弟子之说。其所不乐为者,非以师为非,弟子为罪也。有两事,故不能:自视以为不足为,一也;世久无师弟子,决为之且见非,且见罪,惧而不为,二也。"[④]反观韩愈则不然,即便受到世人的嘲讽,他依然是我行我素,好为人师。对此,柳宗元《答韦中立论师道书》颇为称颂地说:"孟子称:人之患,在好为人师。由魏晋氏以下,人益不事师,今之世不闻有师,有辄哗笑之,以

① 按,清人方成珪《昌黎先生诗文年谱》即把《师说》系于贞元十八年(参徐敏霞校辑《韩愈年谱》,北京:中华书局,1991 年,第 139 页),今人多承其说,如张清华之《韩学研究》(下册,南京:江苏教育出版社,1998 年,第 153 页)。但也有系于贞元十九年者,如陈克明之《韩愈年谱及诗文系年》(成都:巴蜀书社,1999 年,第 177 页)。

②《全唐文》,第 2609 页。

③《全唐文》,第 2576 页。

④《全唐文》,第 2576 页。

为狂人。独韩愈奋不顾流俗,犯笑侮,收召后学,作《师说》,因抗颜而为师,世果群怪聚骂,指目牵引,而增与为言词。愈以是得狂名,居长安,炊不暇熟,又挈挈而东,如是者数矣。"[①]由此看来,韩愈提倡师道来振兴儒道之时,承受了十分巨大的社会压力。虽说柳宗元在古文运动中与韩愈一起并肩作战,倡导"文以明道",也十分重视"师道"之用,然在好为人师、敢为人师上,韩愈只好孤军作战了。

正如柳宗元所讲,儒家"师道"的失落由来已久,并非始于本朝。本来,先秦时代的孔子以私学方式来建立儒家学派和宣扬师道之尊。其后,子思、孟子等人又加以光大发扬。其时"师道"、"儒道"密不可分,二者可以说是同一的。至两汉,独尊儒术,注重师承家法,"师道"不失,然"儒道"并未得到真正的弘扬,师生所重多在章句训诂之学而已。魏晋以降,由于玄学、佛教、道教的盛行,儒门道统更是一蹶不振。到了韩愈的时代,世人嘲讽讥笑"师道",表面上说的是世人不愿从师问学是一种常见的社会现象,实际上更反映出儒学本身要发展到了非大力改革不可之境地,因为厌倦儒学成了当世普遍的社会心态。韩愈独能抗颜为师以恢复儒道,真的需要超人的勇气和坚韧不拔的毅力。

韩愈《师说》的重点在第一段,其最重要的内容有三:一者指出教师的职能是传道、受业与解惑;二者指明择师的准则是"道";三者提出从师的原则为"无贵无贱,无长无少,道之所存,师之所存"。第二段转而分析"师道之不传也久矣"的具体成因,主要通过"今之众人"与"古之圣人"、"为子择师"与"其身耻师"、"巫医乐师百工之人"与"士大夫"等三组纵向、横向的对比,揭示了不从师问学给社会造成的巨大危害。第三段从"圣人无常师"说起,从而提出了"弟子不必不如师,师不必贤于弟子"的石破天惊之论。最后一段则交待写作缘由,同时对李蟠向师问学、志于儒道的精神予以充分的表彰,自然寓有针砭时弊的良苦用心。

---

①《全唐文》,第2575页。

二

通读《师说》全文，作者处处皆从师道与儒道的关系着眼，重点强调的是二者之间的统一性，而且论据也多从儒学的发展史以及圣人的经典言论出发。但若深究起来，某些重要的观点，特别是关于择师的标准“无贵无贱，无长无少，道之所存，师之所存”，在儒家经典中是较难找到充分依据的。众所周知，儒家是十分看重“礼”的作用，礼的实质在于区分群伦，它是封建等级观念的集中反映。韩愈这种“儒道”面前人人平等的思想，难道真是他的独创？

考北周所编道教类书《无上秘要》卷三四之《师资品》引《升玄经》曰：

太上告子明曰：学道之人闻法，如饥欲食，见可师之人，如病得医，何惜谦下？当如世间贫穷之民，为衣食故，債力自役，为人给使，不辞勤剧，不避贵贱长幼，唯财是与。学道之人，亦复如是，求法事师，莫择贵贱，勿言长幼。言我年以大，而彼年少，彼是贱人，我是高士。夫若生此心者，故怀死生俗间之态，不解至真平等之要，此人学道，徒望其功耳！人无贵贱，有道则尊，所谓长老，不必耆年，要当多识多见以为先生。不得言彼学在我后，我学在前，云何更反师？彼作此念者，是愚痴嫉妒之党，非吾弟子。道当谦下，推能让德，唯善是从，不得自高慢物，独是非彼。此是学道深病，汝等教将来世，慎之慎之！

太上曰：弟子受道虽多，犹应敬其本师，本师亦应谦下弟子。所以然者，夫得道度世，莫不由师，学之有师，亦如树之有根，缘有根故枝条扶疏。学道之人，亦以本师为基，渐次成就大智。大智既能成就，复能成就小智，如树由根生子，子复生根，展转相生，则种类不绝。从师受道，渐渐增益，德遇于师，还教于师，所谓道贵人贱，义类如此。①

按，《升玄经》是《太上洞玄灵宝升玄内教经》的简称，其撰人不详。然据《续高僧传》卷二《释彦琮传》记载：北周武帝宇文邕平定北齐之后，"自缵道书，号《无上秘要》"②，则知《升玄经》必出于北周武帝之前也。尤可注意的是：若把该经《师资品》与韩愈《师说》进行比较，便不难发现二者在内容、行文等方面都有不少相似之处，而且有些地方简直就如出一辙，如都认为：(1)学必有师，无师则一事无成；(2)在"师"、"道"关系中，"道"是最高的准则，"师"是"道"的传承者。易言之，"学"的终极目标是"道"，而"师"是不可或缺的中介与传媒；(3)择师之时，当无问长幼、尊卑、贵贱，应唯道为先；(4)师、生应是互动关系，他们的共同目标都是"道"。当然，勿庸讳言，二者也有本质的区别，那就是《师说》中所说的"道"是"儒道"，而《升玄经》中的"道"乃是道教之"道"。

其实，对"学"、"师"、"道"关系的讨论，在道教经典中是一个经久不衰的话题，不少经典都表达了和《升玄经》相同的观点。如南北朝时所出上清派道典《洞真太上太霄琅书》卷四之"择师诀第九"即曰：

尊在乎道，所以人无贵贱，道在则尊，尊道贵德，必崇其人。其人体道，含德厚淳，虽是女子，男亦师之。父师其子，君师其臣，奴婢仆使，童客夷蛮，道之所在，缘之所遭，高下虽殊，皆当师事，勿以迹贱而废其道，不可居贵，自高失德。③

这里讨论的也是择师的原则问题，《师说》的主张与它基本相同。

①《道藏》第 25 册，第 113 页，中—下。

②《大正藏》卷五〇，第 436 页下。

③《道藏》第 33 册，第 665 页下。

不过,《洞真太上太霄琅书》表现得更为激进,提出在“道”面前,甚至应该打破父子、君臣、主仆的等级关系,严格遵循“道在则尊”,即认为“道”高于一切。

既然“道”如此重要,它又如何传达到求学者之手?至此,“师”的作用就显现出来了。约出于东晋的《洞真太一帝君太丹隐书洞真玄经》即说:“若学无师者,徒自烦劳也。”[①]其后《上清道宝经》卷一《师资品》又说:“非师不行,非师不生,非师不度,非师不仙。”[②]而南北朝时所出的《玉清上宫科太真文》则十分明确地指出:“当爱师重道,当敬师遵道,当承师信道,当乐师归道,当奉师参道,当崇师贵道,当念师存道,当从师向道。”[③]由此可见,在道教三宝中,师宝是修学者贯通道宝与经宝的阶梯,若没有老师对道、经的教习传授,修道成仙、度世救人都只是空话而已。正是从这种意义上说,尊师与重道其实是一回事。韩愈的《师说》,其思想理路与道典亦有不谋而合之处。

《洞真太上太霄琅书》卷四在《为师诀第十》有云:

> 夫为人师,精守玄一,一为万宗,不得有漏。来者无却,赋道随堪,采察其志,奖厉其缘。祛遣其滞,发畅其才,显明其德,品次其功。能否无谬,人神协和,常居谦退,无兆矜夸。[④]

细绎经意,该段文字所说实是道教之师的职能问题,其中“赋道随堪”四句与《师说》的“传道”相类,“祛遣其滞”四句与“解惑”相当,“能否无谬”四句则和“授业”相似。我总怀疑韩愈的教师三大职能说与此亦有一定的联系。

---

① 《道藏》第33册,第529页中。
② 《道藏》第33册,第701页上。
③ 《道藏》第34册,第353页中。
④ 《道藏》第33册,第666页上。

三

从以上的分析可知，《师说》与道典的关系还是相当密切的。那么，问题就随之而来，韩愈是如何受到道教文化的熏染呢？

考《隋书·经籍志》有云：

> 大业中，道士以术进者甚众。其所以讲经，由以《老子》为本，次讲《庄子》及《灵宝》、《升玄》之属。[①]

大业共十四年，即605—618年，时当公元七世纪初。从隋末道士讲授的经籍目录看，《升玄经》在当时已十分流行。而据《三洞奉道科戒》记载，该经原有十卷，但《正统道藏》只残存该经卷七《中和品》的注疏本。幸好在敦煌遗书中发现了二十余件抄本，如：P. 2391所抄为卷三（品名不详），P. 2990＋3678是卷五之《善胜还国品》、P. 2560是卷六之《开缘品》、P. 3341是卷七之《中和品》、P. 2474、S. 6310a、P. 2474、S. 3722、Дx. 2063＋1888＋2008等是卷八之《显真戒品》、P. 2750＋2430、Дx. 5452、S. 4561＋BD. 11244、S. 9523等是卷九之《无极九诫品》[②]。如此众多抄本的存在，表明它在唐代依然十分盛行，广受世人的传习讲诵。另外，前文所揭摘引该经的道教类书《无上秘要》在敦煌亦存有P. 2602、S. 5382、P. 2371等十多件写卷，其中P. 2861还完整地抄录了《无上秘要》的目录，并有题记曰："开元六年二月八日，沙州敦煌县神泉观道士马处幽，并侄道士马抱一，奉为七代先亡、所生父母及法[口]（界）苍

① [唐]魏征等撰《隋书》，北京：中华书局，1973年，第1094页。

② 参王卡《敦煌道教文献研究》，北京：中国社会科学出版社，2004年，第120—123页。

生，敬写供养。”准此可见，《无上秘要》的抄出供养，亦有助于《升玄经》的流播。

韩愈所处的时代，道教文化仍有巨大的社会影响。单就道教讲经而言，仍吸引着无数的听众。韩愈《华山女》即描写了女道士讲经的空前盛况：“观中人满坐观外，后至无地无由听。……天门贵人传诏召，六宫愿识师颜形。”①诗中虽未交待华山女道士所讲的具体经目，然从韩愈生动的描述中不难看出诗人对道教讲经活动其实是相当熟悉的。所以，他极可能是从此类讲经活动中接触到相关道典，并进而影响其《师说》的撰作。

其次，从今存作品，如《送廖道士序》、《饮城南道边古墓上逢中丞过赠礼部卫员外少室张道士》、《送张道士（并序）》、《答道士寄树鸡》等看来，韩愈与道士也有一定的交往。在交往过程中，他有可能藉此了解相关的道教典籍。

复次，韩愈读书甚早且杂。在作于贞元十一年（795）的《感二鸟赋》之《序》中，他就夫子自道云：“读书著文，自七岁至今，凡二十二年。”②作于元和七年（812）的《进学解》又借学生之口说自己是：“口不绝吟于六艺之文，手不停披于百家之编。”③《新唐书》本传则谓：“愈生三岁而孤……愈自知读书，日记数千百言，比长，尽能通《六经》、百家学。”④作为博览群书的学者，韩愈极可能很早就学习过一些道教典籍，在他接触的“百家之编”中，也可能包括《升玄经》、《洞真太上太霄琅书》、《无上秘要》一类的道书。

本来，韩愈在政治上是不遗余力地反对佛、老，力图维护“儒道”的至尊地位。但从其诗文创作的实际情况看，他不可能脱离当时佛、道文化占主流的社会生活环境，甚至还借鉴了佛、道中的一

① 钱仲联《韩昌黎诗系年集释》，上海：上海古籍出版社，1984 年，第 1093 页。
② 马其昶《韩昌黎文集校注》，上海：上海古籍出版社，1986 年，第 2 页。
③ 马其昶《韩昌黎文集校注》，第 45 页。
④ [宋]欧阳修、宋祁等撰《新唐书》，北京：中华书局，1975 年，第 5255 页。

些积极因素。由此可知，研究韩愈的儒学思想，必须兼及佛、道等方面的影响，否则就不太可能全面了解其思想的复杂性。

（本文原载《广州大学学报》2008 年第 2 期）

《全宋诗》道教类诗歌补正

——以《道藏》记传类经典为中心

傅璇琮等先生主编《全宋诗》出版以后①，嘉惠学林，受到广泛称誉。然而，因多种主客观条件的限制，尚存不少问题，所以，补订、续辑之作甚多，单《中国期刊全文数据库》就收录了相关论文一百多篇。而原书主编之一的陈新先生，也以精益求精的态度，主编《全宋诗订补》，主动纠错，拾遗补阙。尽管如此，还有待完善之处。比如，《道藏》虽列为《全宋诗》的材料来源之一，但时有遗珠之憾，兹以仙传、名山记、宫观碑铭等记传类经典为主，且按其在《道藏》中的排序，补正两宋道教类诗歌如下，以供学界同仁参考。

一、元赵道一撰《历世真仙体道通鉴》

这是《道藏》中收录神仙、道士传记最多的一部经典，作者自谓“始自上古三皇，迄于宋末，其得道仙真事迹，乃搜之群书，考之经史，订之仙传而成”②，可知赵氏用功之勤，故它在道教传记文学史上占有极其重要的地位。其间，征引了不少宋人诗作，如：

---

① 北京大学古文献研究所编《全宋诗》，北京：北京大学出版社，1998 年。又，为省篇幅，有关宋人作品在《全宋诗》中的出处，本篇采用随文注，格式是先标册数，后标页码。

②《道藏》第 5 册，第 102 页上。

1. 卷四六《贺元》云：

> 贺元，不知何许人也，仕后晋为水部员外郎，得道不死。宋真宗东封泰山，水部谒道左，稽首而去。至暮，行宫阅谒奏之，帝大惊。谒尾有诗，其一曰："醒日常稀醉日多，吟风味道郁嵯峨。深宫不及孤臣虑，世事纷纷奈酒何。"其二曰："三朝功业独巍巍，老去忧民志不衰。欲得八方同一醉，此心那许世人知。"……又有乔仝者，少得大风疾，因去家，自弃荒山。遇水部，教之啗松腴，稍使学道，年八十，上下山如飞。……哲宗元祐初，仝来东都，见苏轼子瞻曰："吾师尝游密州，识君于常山道中，意若喜君者。"子瞻留之，不可，曰："吾师以上元期我于蒙山矣。"子瞻作诗送仝，并以绝句五解寄水部。[①]

按，贺元其人，虽然《全宋诗》失收，但卷二二（第1册，第308页）却辑有贺亢之残诗五言二句[②]，据作者小传，则知**贺亢、贺元为同一人**（盖"亢"、"元"二字形近之故，何者为是，俟考）。当据此补其诗，可拟题为《谒真宗皇帝二首》。真宗封禅泰山，时在大中祥符元年（1008），则二诗当作于此时。另，苏东坡所寄五绝句，见于《全宋诗》卷八一二《送乔仝寄贺君六首》之中（第14册，第9401页），而东坡诗序所云贺亢事，与赵道一所言贺元事基本相同，但东坡未引贺氏献谒的具体诗句。

2. 卷四七《张白》云：

> 张白，字虚白，自称白云子，清河人也。……一日，力欲偿酒，直崔氏之酒保白其主曰："尊师每来即酒，客倍如常日，而

---

① 《道藏》第5册，第365页中。

② 又，叶石健先生从元吴师道《吴礼部诗话》中辑出了完整的五绝。参陈新、张如安、叶石健、吴宗海等《全宋诗订补》，郑州：大象出版社，2005年，第14页。

所获之息少。"崔氏闻之,即不敢算分文。忽一日,于酒肆中题壁云:"武陵溪畔崔家酒,地上应无天上有。南来道士饮数斗,醉卧白云深洞口。"自是沽者犹倍。南岳道士唐允升、魏应时,亦当时有道之士。慕其人,常与之游。白天才敏赡,思如涌泉,数日间赋《武陵春色》诗三百篇,皆以"武陵春色里"为首句,一篇云:"武陵春色里,十二酒家楼。大醉方回首,逢人懒点头。是非都不管,名利顿然休。戴个星冠子,浮沈逐世流。"白出语成章,卒皆平易有道理,故不类寻常狂醉人言也。……

白注《升玄消灾护命经夹著颂》,其首篇云:"太上本来真,虚无中有神。若能心解悟,头上更无人。"末篇云:"心疑随万境,随境认心缘。道非有为有,方名离种边。"又著《指玄篇》,暨七言歌诗,名为《丹台集》,并传于世。①

按,《全宋诗》失收张白诗,但《全宋诗订补》第775页据张师正《括异志》卷六辑有一首《题崔氏酒肆壁》,文字与此稍异,如赵道一引诗之"数斗"、"醉卧",《括异志》作"一斗"、"卧在",《道藏》本似更胜一筹。而《武陵春色》及《注升玄消灾护命经夹著颂》二首,则当补。不过,需要指出的是,《升玄消灾护命经》即《太上升玄消灾护命妙经》(按,敦煌本P.2471、S.3474题为《太上升玄护命经》;《云笈七签》卷一一九则题为《太上灵宝升玄消灾护命经》),《道藏》中收有唐司马承祯《太上升玄消灾护命妙经颂》,而张白《注升玄消灾护命经夹著颂》之首篇、末篇与前者大同小异:首篇前三句完全一样,末句司马氏则作"身外更无身";末篇只有一个字不同,即张白的"心缘",司马氏作"心田"②。所以,笔者怀疑张白之颂是对司马氏之作的改编。再则,阮阅《诗话总龟》卷四六《神仙门》,也载有张白事迹,它除了引有《武陵春色》、《赠酒店崔氏》(即《题崔氏酒肆壁》)外

①《道藏》第5册,第372页中—373页上。
②《道藏》第5册,第775页中、777页上。

(当然,二诗在文字上都有所不同),还有一首《哭陆先生》的七绝[①],亦当补入。

3. 卷四八《武抱一》云:

> 武抱一,建康人也。始从茅山道士为僮。精舍有钟,肃众道士,命僮以时击撞。宋太祖建隆中,忽遇至人,乃得道,去来不可测,人因谓之仙童。华阳道士朱自英,通丹经,真宗诏封观妙先生,厚礼聘之。仙僮闻自英将行……又为诗曰:"圣主搜罗物外人,总来金阙见灵真。惟予不愿彰名姓,绿水青山道可亲。"自英读未竟,已失持书者,心因异之。[②]

按,武抱一《全宋诗》及《订补》皆未收其诗,当据补,可拟题为《致朱自英》。又,武抱一事迹还见于南宋陈葆光编《三洞群仙录》卷一八"抱一啸傲,卢鸿磬折"条,后者材料出于《武仙童碑》,也引有是诗,然文字有别,曰:"圣主搜罗物外人,总求金阙见虚真。馀余不愿彰名姓,别得田元道可亲。"[③]

4. 卷四八《蓝方》云:

> 宋仁宗闻先生之名,特诏上殿,赐坐,及赐茶药,馆于芳林园。未几告去,赐号南岳养素先生,住南岳招仙观。是时学士贾公昌朝赠先生诗云:"圣泽浓沾隐逸身,道装宜用葛为巾。祝融峰下醉明月,湘水源头钓紫鳞。曾见海桃三结子,不知邛豆几回春。他年我若功成去,愿作灵桥跪履人。"先生和曰:"近告明君乞得身,不妨林下戴缁巾。满斟野酒浮琼蚁,旋钓溪鱼绘锦鳞。元府乌雏飞后夜,洞中龙子养长春。吾官傥若

① 参[宋]阮阅编,周本淳校点《诗话总龟》,北京:人民文学出版社,1987年,第445—446页。

②《道藏》第5册,第378页上—中。

③《道藏》第32册,第356页上。

为同志，续有壶天两个人。”①

按，贾昌朝及蓝方的和诗，《全宋诗》卷三九八据刘斧《青琐高议》后集卷一〇辑入(文字稍异，参第7册第4886页)，其中蓝方诗拟题为《和庞学士》，而贾昌朝则作“庞昌”，其诗拟题为《赠养素先生》。《全宋诗订补》则分别更正为蓝方《和学士丽公赠诗》和“丽昌”(第796—797页)，盖《全宋诗》讹“丽”为“庞”也②。但是，笔者以为无论“庞昌”，抑或“丽昌”，皆是“贾昌朝”之误。比如《三洞群仙录》卷七“蓝方温厚，初成慈悯”条，也注明材料出于《青琐》(即《青琐高议》)，同样引有二诗，“圣泽浓沾”的作者同样是贾昌朝③；南宋初陈田夫《南岳总胜集》卷下亦载有蓝方事，亦引有贾昌朝的赠诗④。更为重要的是，宋人王珪有《贾昌朝墓志铭》，明确记载贾氏(998—1065)仁宗朝曾任龙图阁直学士、集贤殿大学士、昭文馆大学士等带有“学士”的官职，即仁宗朝并没有叫“丽昌”或“庞昌”的学士⑤。虽说《全宋诗》卷二二六也辑有贾昌朝诗(第4册，第2623—2624页)，但我们认为应当删去“庞昌”、“丽昌”条，并将其诗改系到“贾昌朝”名下；而上海古籍标点本《青琐高议》中的“丽昌”，也当更正为“贾昌朝”。

5. 卷四九《彭耜》曰：

彭耜字季益，世为三山人，奕世显宦。自其少时，早有文声。自中铨后，恬不问仕。事海琼先生白玉蟾，得太一刀圭火

①《道藏》第5册，第380页上。

② 按，“庞”，《青琐高议》作“丽”，参上海古籍出版社1983年标点本第192页。

③ 参《道藏》第32册，第277页上—中。又，其二诗引文与赵道一略异，如赵本“邛豆”、“吾宫”，这里则作“卯豆”、“君今”。

④《大正藏》卷五一，第1089页中。其中，诗歌文本与赵本略异，如赵本“紫鳞”、“邛豆”、“跪履”，这里则作“锦鳞”、“仙豆”、“跪礼”。

⑤ 参曾枣庄、刘琳主编《全宋文》第53册，上海：上海辞书出版社，2006年，第284—285页。

符之传，九鼎金铅砂汞之书，紫霄啸命风霆之文。归作《鹤林赋》，复作诗曰："买得螺江一叶舟，功名如蜡阿休休。我无曳尾乞怜态，早作灰心不仕谋。已学漆园耕白兆，甘为关令候青牛。刀圭底事凭谁会，明月清风为点头。"其所居立鹤林靖……后尸解于福州。今城东有凤丘山，鹤林道院存焉。①

按，彭耜诗见《全宋诗》卷三一二八（第59册，第37387—37389页），未收此《鹤林咏》（拟题），而在卷三一四一中收入其师白玉蟾集中，题作《赠天庆观》（第60册，第37678—37679页），二者仅有一处不同，即"阿休休"之"阿"，白集中作"何"，当以后者为是。如果从诗意推断，尤其用第一人称"我"，此"我"显然更符合彭耜的身份。若是白氏之作，此处当用"君"字才对。另，《全宋文》卷六七四六收有白玉蟾《鹤林赋》，中有句曰"吾所从适兮乘海琼之船"②，亦不合白氏口吻（海琼，指海琼先生白玉蟾），更符合作为徒弟的彭耜之语气，结合赵道一的记载，把它系于彭耜的名下更妥当一些。

6. 卷四九《朱橘》云：

朱橘，号翠阳，世居淮西安庆之望江，其先世皆无闻于时。橘之生也，母严氏梦吞一星，光大如斗。已有娠十五月，母常忧焉。一日遇道人于门首，手持一物，如橘，谓其母曰："食此，子生矣。"母喜而受之，请问名氏，道人乃出袖中一扇示之，上有鞠君子三字，曰："吾姓名也。"言讫，遂失其所。移时而橘诞……一日，廛中遇一道人，手握一橘，状若风狂，且行歌笑而吟曰："橘橘橘，无人识。惟有姓朱人，方知是端的。"众皆骇之，莫晓其意。独橘有所感。③

---

①《道藏》第5册，第386页，中—下。

②《全宋文》第296册，第153页。

③《道藏》第5册，第386页下—387页上。

按，朱橘(1142—1242)是南宋著名高道，其师鞠君子虽事迹不详，同为南宋人则无疑，故其人其诗当补入。另，此诗清人杜文澜辑入《古谣谚》卷五五，作《鞠君子歌》，注明材料出自"《荆川左编》卷一四〇《道类》"[①]，所叙内容与赵氏大同小异。

7. 卷五〇《刘希岳》云：

> 刘希岳，字秀峰，漳州人也。少业儒，三以进士举于乡。宋太宗端拱中，乃去为道士，居西都老子观中。六十四岁，始遇异人，得道，因号朗然子。尝自言："辛勤未逾十年，人惊不老岁月。"俄经一纪，自觉如新。亦有诗云："夹脊双关至顶门，修行径路此为根。"……尝著诗三十余篇，行于世。[②]

按，道士朗然子之诗，《全宋诗》失收。赵道一所引两句七言诗，是刘氏宋太宗端拱元年(988)于洛阳通玄观所作《太玄朗然子进道诗》(简称《进道诗》30 首七律中最后一篇的头两句[③]。这 30 首七律，实应全部补入《全宋诗》。另，《进道诗》在后世影响较大，如南宋宋先生述、毛日新编《了明篇》、金末全真派道士长筌子撰《洞渊集》中都有《和朗然子〈进道诗〉》。其中，宋先生所作的 30 首和诗(七律)及《遇真歌》、《解迷歌》[④]，亦为《全宋诗》失收，悉当据补。

8. 卷五〇《王鼎》云：

> 王鼎，襄阳人也。其初，盖寄迹医卜中以养妻子。尝有诗云："也有山妻也有儿，也为卜筮也为医。"后遇钟离先生，得

---

① 参[清]杜文澜辑，周绍良校点《古谣谚》，北京：中华书局，1958 年，第 666—667 页。

②《道藏》第 5 册，第 389 页，上—中。

③《道藏》第 4 册，第 920 页中。

④ 按，这 32 首作品见《道藏》第 4 册，第 921 页下—924 页中。又，《了明篇》中还收有宋先生词 22 首，已被辑入唐圭璋《全宋词》卷二七八(第 3 册，北京：中华书局，1965 年，第 2119—2122 页)。

道，作诗云："假里淘真十八年，今朝始遇汉朝贤。"遂自号王同子。……宋真宗祥符中，召至禁中，麻衣草履，长揖而已。①

按，既然王鼎活动于宋真宗时期，则为北宋道士无疑，《全宋诗》失收，前揭引文中的4句七言残诗，当补。又，《诗话总龟》卷三四载有另一个王鼎，但他是"湖湘人"②，与这里的"襄阳人"有别，故二人不同。而且，湖湘王鼎是唐人，其诗已辑入《全唐诗续补遗》卷一四③。

9. 卷五〇《归真子》云：

唐子正，桂州人。宋英宗治平中，赴京调举。至全州途中，雇一夫挈重担，动若健羽，虽鞭马疾追，常先百步外。恐其逸去，遂遣之。其仆即日自全二千七百里，日午已到唐州，留书寄驿吏曰："候桂州唐秀才至，即付之。"唐后月余方抵。唐驿吏出书，题云："呈桂州唐秀才，归真子谨封。"及开缄，惟一诗曰："袁州相见又之全，不遇先生道未圆。大抵有心求富贵，到头无分学神仙。箧中灵药宜频施，竃里朱砂莫妄传。待得角龙为宴会，好来黄壁卧林泉。"唐请其状貌，乃所雇仆也。④

按，归真子诗，《全宋诗》失收，当据补。而《三洞群仙录》卷一二"归真示书，伯丑谈易"条，则据《湘山野录》，同样载有归真子之事，且引诗仅有一处不同，即赵本的"竃里"，后者作"鼎内"⑤。实际上，清人厉鹗早据《古今诗话》辑其诗入《宋诗纪事》，并拟题为《呈桂州

① 《道藏》第5册，第389页下。

② [宋]阮阅编，周本淳校点《诗话总龟》，北京：人民文学出版社，1987年，第337页。又，是书卷四六《隐逸门》据《雅言杂载》(第436页)，引用了王鼎《赠程明甫》、《赠僧》、《送僧》等4首诗。两处所说"王鼎"，当为同一人。

③ 陈尚君辑校《全唐文补编》，北京：中华书局，1992年，第515页。

④ 《道藏》第5册，第390页下。

⑤ 《道藏》第32册，第311页中。

唐秀才》[①]。

10. 卷五〇《刘跛子》云：

刘跛子，青州人也。拄一拐，每一岁必一至洛中看花。张丞相召自京湖，时跛子与客饮市桥。客闻车骑过甚盛，起观之，跛子挽其衣，使且饮，作诗曰："迁客湖湘召赴京，轮蹄相送一何荣。争如与子市桥饮，且免人间宠辱惊。"陈莹中素爱之，作长短句赠之。[②]

按，刘跛子，《全宋诗》失收其诗。但卷九三三收有张商英《与刘跛子饮市桥》(第16册，第10992页)，它和前引刘跛子诗仅有个别文字之异，如"相送"，张集作"迎讶"。编者夹注中虽已据《冷斋夜话》更正该诗作者应是刘跛子，后来却未单列刘跛子之诗[③]，当补正。

11. 卷五一《刘烈》云：

道士刘烈，号虚谷子。……张于胡孝祥一见赠诗云："福地中藏小洞天，洞天幽处炼神仙。个中得趣惟虚谷，火候参同妙自然。"[④]

按，刘烈，南宋庐山太平兴国宫道士，博学多才，与朱熹、罗点、王炎、张孝祥等名公大臣交往。张孝祥的赠诗，《全宋诗》失收，当补之，可拟题为《赠虚谷子》。又，张氏赠诗尚见于元人所编《庐山太平兴国宫采访真君事实》卷五，仅个别文字不同，如"中藏"，后者作

① [清]厉鹗辑撰《宋诗纪事》，上海：上海古籍出版社，1981年，第2129页。又，今人吴宗海先生也发现了《全宋诗》之遗漏，见其《〈全宋诗〉遗珠》，《江苏大学学报》2002年第2期，第57页。

②《道藏》第5册，第393页下—394页上。

③ 又，吴宗海《〈全宋诗〉遗珠》已补出刘跛子诗，并拟题为《与客饮市桥》。

④《道藏》第5册，第396页中—下。

"偏藏"[①]。

12. 卷五一《章詧》云：

> 章詧，字隐之，成都人。自幼不群，天才卓异。……一日，有青衣童持书至，詧接书，已失青童。观书皮云：南岳布衣真一子书，至西州冲退处士处。及开，但一章，诗云："未遂山中吟，时闻世上音。笑言失真诠，尘秽浊神襟。归殖南国芝，点化北溟金。千日勤耕耘，自然生瑶琳。"詧因游西溪，偶濯足，有异人李士宁访之，詧遽云："足濯西溪流水去。"李速应云："手持南岳寄来诗。"詧惊而笑曰："何以知之？"李云："久矣。"李辞云："吾先往南岳，君宜早来。"自后李不复见。经童一日告去，詧曰："汝欲何往？"童曰："先往南岳候先生。"詧曰："汝何以知之？"童曰："久矣。"童坐亡逾月，詧察别相知而尸解。詧尝炼丹，后服丹，化如蝉蜕也。今人时见之于南岳。段顾言吊之，诗略云："尸解去难寻，空留一鼎金。西州大隐没，北极少微沉。"又张贤良诗云："西海从来镇大名，或闻蝉蜕弃遐龄。青城已结神仙侣，碧落俄沈处士星。金鼎炼成真汞药，玉堂传授太玄经。平生是我深投分，自愧无才与勒铭。"[②]

按，赵道一此文，材料基本采自南宋陈田夫《南岳总胜集》卷下之章察传[③]，两者内容差别甚小，最大的区别在于前者的"段顾言"，佛藏作"段愿言"，似以后者为是。

在本条中，南岳布衣真一子之诗，《全宋诗》已据清人邓显鹤《沅湘耆旧集》辑入卷一七五之中（第 3 册，第 1994 页），作者题为释真一子，题目则为《寄冲退处士章察》。但是，作者身份，赵道一、陈田夫皆谓布衣，其记载时间远远早于清人，当更正。

---

① 《道藏》第 32 册，第 681 页下。

② 《道藏》第 5 册，第 398 页中—399 页上。

③ 参《大正藏》卷五一，第 1090 页中—下。

章訾(993—1068)是宋初四川地区著名的隐士型学者之一,《宋史》卷四五八有传,传中云其以"以道自裕,尊生养气"①,难怪赵道一如此重视他。章訾敏捷善对,他和李士宁对句之事,又见于《东坡志林》卷二"冲退处士"条,但文字有别,章为"脚踏西溪流去水",李是"手持东岳寄来书"②。而章訾、李士宁,《全宋诗》皆失收,当补。另,李士宁交友广泛,王安石诗中有《寄李士宁先生》、《赠李士宁道人》③,刘攽则有《送李士宁山人》(《全宋诗》第11册,第7257页)。

至于张贤良,其事迹见于岳珂《桯史》卷一二"张贤良梦"条④,他绍圣初曾试制科,但触怒宰相章惇,仕途不畅,则知其为北宋后期人。段愿言名列其前,也应属于北宋人,二人《全宋诗》皆失收,当补,都可拟题《吊章訾》。

13. 卷五二《张润子》云:

> 张润子,不知何许人也。……世传其诗曰:"溟涬深藏大道根,槁形存志默然昏。霏霏雨洒昆仑路,浩浩风轰瀚海门。日月气交金鼎暖,乾坤爻动玉炉温。须将此理生前炼,莫学凡夫死后论。"久之,去佣于郑州之新郑李氏。宋徽宗崇宁三年,辞李氏,留颂曰:"学勤于初,成之有余,一身常润,百海不枯。道隐元冥,縠食鹑居,精成功毕,复我清都。"是日,语其徒曰:"玉皇有诏,吾升天矣。"⑤

按,张润子《全宋诗》失收其诗,可据此补,二诗可分别拟题为《修道

① [元]脱脱等撰《宋史》,北京:中华书局,1977年,第13446页。
② [宋]苏轼撰,王松龄点校《东坡志林》,北京:中华书局,1981年,第45页。
③ [宋]王安石撰、李壁注,李之亮补笺《王荆公诗注补笺》,成都:巴蜀书社,2002年,第351、712页。
④ 参《宋元笔记小说大观》第4册,上海:上海古籍出版社,2001年,第4439—4440页。
⑤《道藏》第5册,第401页下—402页上。

诗》、《临终颂》。

二、元赵道一撰《历世真仙体道通鉴续编》

本编共五卷，主要是金元诸高道的传记，偶及宋人。如：

1. 卷四《苏庠》云：

> 丹阳苏养直，名庠，居后湖，暮年徙润州太湖马迹山。宋高宗绍兴十四年甲子十一月中，病酒困卧，所使村童徐行者持谒扣床，曰："有客称江宣赞，欲求见。"视其谒云："惠州罗浮山水帘洞长生道人江观潮，两畔各写诗一句，曰：'富贵易逢日月短，此中难遇是长生。'"苏悦其语，强起延之。①

按，道士江观潮，《全宋诗》失收，这两句诗可拟题为《谒苏庠》。

2. 卷四《赵缩手》云：

> 赵缩手者，不知其名，本普州士人也。少年时，父母与钱令买书于成都。及半途，有方外之遇，遂弃家出游。至宋高宗绍兴末，盖百余岁矣。……黄仲秉家写其真，事之。成都人房伟为赞云："养气近术，谈道近禅，被褐怀玉，其乐也天。欲去即去，欲住即住，缩手袖间，孰测其故。"赵见而笑曰："养气安得谓之术？禅与道一也，安有二？我缩手于胸，非袖间也。"取笔续曰："似驴无觜，似牛无角，文殊普贤，摸索不着。"又自赞曰："红尘白云堆里，好个道人活计。无事东行西行，有时半醒半醉。相逢大笑一场，不是胡歌虏沸。除非同道方知，同道世间有几。"②

---

①《道藏》第 5 册，第 438 页中。

②《道藏》第 5 册，第 440 页上—中。

按，本条材料当采自洪迈《夷坚丙志》卷二《赵缩手》[1]，二者文字大同小异。其中，房伟、赵缩手诗，《全宋诗》失辑，当补。房氏之作可拟题《黄秉真家写赵缩手真赞》，赵氏之作则可拟为《黄秉真家写赵缩手真续赞》和《自赞》。

3. 卷五《张道清》云张道清开禧三年(1207)七月五日临终时：

> 及索纸，书颂曰："幻质尘芳，方度六纪。悯一切情，如渴赴水。踏破铁鞋，寻跟索底。一刹那间，众流截止。仰沐宸恩，可谓终始。今日逃形，湛然脱屣。咦！分明记得来时路，乘彼白云归帝乡。"颂毕，珍重端坐而蜕。[2]

按，张道清(1136—1207)，字得一，号三峰，南宋著名道士，生前多次得到皇帝的道敕封。但《全宋诗》失辑其诗，当补，可拟题《临终颂》。

4. 卷五《谢守灏》云：

> 住世引年七十有九，于宁宗嘉定五年壬申二月十九夜，忽梦天人下降谓先生曰："太上有命，趣召修真仙史记。"翌日午时，具香汤沐浴，辞别道众，书颂云："造物逆旅主，天地一蘧庐，还汝已生有，还我未生无。"颂毕，正衣冠端坐，奄忽而化。[3]

按，谢守灏(1134—1212)，名怀英，南宋永嘉高道，撰有《混元圣纪》(详后)，《全宋诗》失收其诗，当据补此《临终颂》。

---

① [宋]洪迈撰，何卓点校《夷坚志》第1册，北京：中华书局，1981年，第377页。
②《道藏》第5册，第444页中。
③《道藏》第5册，第445页中—下。

三、元刘大彬编《茅山志》

刘大彬，元初吴郡钱塘（今浙江杭州市）人，为茅山上清派第四十五代宗师，别号玉虚子。其所著《茅山志》原为十二篇十五卷，收入《正统道藏》洞真部记传类，析为三十三卷。其中也有可补宋诗者，如卷二五《茅山第二十三代上清大洞国师乾元观妙先生幽光显扬之碑》载道士朱自英：

> 温雅有儒臣高士之风，朝廷嘉之，故晋公简诗曰："大隐何妨混朝市，三天澄净谒元君。"冀公简诗曰："何事故人违旧约，负琴携鹤待相随。"①

按，晋公指丁谓（966—1037），其诗见《全宋诗》卷一〇一至一〇二（第2册，第1143—1170）；冀公指王钦若（962—1025），其诗见《全宋诗》卷九三（第2册，第1046—1048页）。然皆失辑碑中所及残句，当补之。

四、南宋《西山许真君八十五化录》

本书又名《许真君诗传》，原题托为"西山勇悟真人施岑编"，实际上是南宋净明道道士宋道坚、贾守澄在1246—1250年间撰出，主体内容在讲述许真君（许逊）的生平及其历代灵迹②。每一化皆先用散文进行叙事，然后附上一首七言诗赞，而这85首诗，悉当为

---

①《道藏》第5册，第661页上。

② 参任继愈主编《道藏提要》，北京：中国社会科学出版社，1991年，第200—201页。

宋、贾二人所作[①]，当补入《全宋诗》之中。至于诗题，则可据"八十五化"名来定，如第一"本始化"之诗，可拟为《本始化诗》，其他依此类推，不备举。

五、南宋谢守灏撰《混元圣纪》

该书是一部系统的老子神话性之传记，在卷九记载了北宋诸帝的崇道事迹，尤其是宋真宗的崇道之举。其中说，因为大中祥符七年(1014)正月二十一日出现了祥瑞，故皇帝赐天下大酺："时亳州通判李若谷之子淑，年十二，奏颂以述盛礼。召对行在，面命赋《朝谒太清宫》诗，授笔立成，帝嘉赏之，诏中使引送中书，再赐童子出身。"[②]据此，则知李淑十二岁时即作有《朝谒太清宫》诗，虽仅存题目，而《全宋诗》卷一三二"李淑"失收，当据补。

《混元圣纪》又谓太清宫虚无堂北有大桧，名御爱桧。并加按语云：

> 此桧昔题者甚众，唯石曼卿为绝唱。又得福唐林迥诗尤佳，句云："古殿当年欲葺时，槎牙高桧碍簷榱。人间斤斧不容手，天上风雷为转枝。烟色并来春已重，月华饶得夜相宜。真皇一驻鸾舆赏，从此佳名万世知。"

按，林迥是诗，《全宋诗》卷一五二(第3册，第1717页)据陈郁《藏一话腴》收录，题为《咏瑞桧》，但作者题为"林垌"。然据陈庆元师考证，林垌、林迥实为同一人，"林垌"乃"林迥"之误[③]。此论良是。

① 详见《道藏》第6册，第816页上—840页上。

②《道藏》第17册，第879页中—下。

③ 陈庆元师《〈全宋诗〉札记》，《中国韵文学刊》2001年第2期，第92页。

因为北宋道士贾善翔《犹龙传》卷六亦载有御爱桧一事，曰："福唐林逈题诗云：人间斤斧不容手，天上风雷与转枝。"①（按："逈"，即"迥"之俗体）另外，陈郁所载林诗在文字上与谢守灏所记也有不少差别，如"古"作"右"，"不"作"难"，"已"作"益"，"佳"作"声"，"万世"作"四海"等。

另外，谢守灏所云石曼卿，即宋初诗人石延年（994—1041），其诗见《全宋诗》卷一七六（第 3 册，第 2000—2012 页），但未言及其题咏御爱桧一事，可据此补《咏御爱桧》之诗题（拟）。

六、南宋沈庭瑞、章元枢等编撰《华盖山浮丘王郭三真君事实》

华盖山，也叫宝盖山，在今江西崇仁县，山中有浮丘、王、郭三真君庙，沈氏等人在书中主要记载了三真君事迹及当地的名胜古迹②。书中引有宋人诗歌多篇，其中有未被《全宋诗》辑入者，如：

1. 卷三之章元枢《华盖山事实》云：

> 冲妙先生李思聪有诗云："山如华盖势穹崇，霞织冰崖黛泼浓。危耸层霄数百里，狂奔四海一千峰。冷光突兀三生石，老翠嶙峋五粒松。玉帝祠官朱殿外，绕坛花蘸水溶溶。"③

按，《全宋诗》卷四〇七虽辑有李思聪 3 首诗（第 8 册，第 5011—5012 页），却失收此《咏华盖山》（拟题）。另，《全宋诗》之李思聪小

---

①《道藏》第 18 册，第 36 页下。

② 又，美国汉学家韩明士据此写出了讨论中国宗教信仰的名著"Way And Byway: Taoism, Local Religion, and Model of Divinity in Sung and Modern China"，中文本见皮庆生译《道与庶道：宋代以来的道教、民间信仰和神灵模式》，南京：江苏人民出版社，2007 年。

③《道藏》第 18 册，第 55 页上。

传据《续资治通鉴长编》卷一七七，谓宋仁宗至和元年(1054)李氏被赐号为“玄妙先生”，撰有《璇霄列象拱极图》。但据《华盖山事实》，其号是“冲妙先生”，而其著作尚有《洞渊集》，《道藏》署名是“冲妙先生李思聪集”①，似以后者为是。《嘉靖赣州府志》卷一二亦载李思聪“号冲妙真人……所至山川，形诸歌咏，名曰《游山记》”②，则知其尚有山水诗集《游山记》，亦当补入其小传中。

2. 卷四则云祈真观：

> 去观三里，有汤泉，病疥者浴之必愈。丞相无尽居士作漕江西，经游其地，有诗曰：“谁知马上腰金客，洗尽尘埃换玉颜。”邑中孙公懋亦有诗赋汤泉。③

按，无尽居士即北宋宰相张商英，其诗见《全宋诗》卷九三四(第16册，第10990—11009页)，但失收前引诗句，诗题似可拟为《游祈真观赋汤泉》。据罗凌博士研究，张商英任江南西路转运副使时在元祐六年(1091)春至八年春(1093)④，则知诗当作于此际。另外，孙公懋其人其诗，《全宋诗》未见，似可据此补其有诗作名曰《赋祈真观汤泉》(拟)。

3. 卷五《詹太初》篇则云：

> 詹太初，字元祚，本武夷山冲佑观道士，宋熙宁中来洒扫华盖山。一日，县宰郭公峻请祷于山，才出邑，太初即以诗迎谒云：“鹤报星郎入洞游，匆匆携杖别浮丘。崎岖走出白云路，

①《道藏》第23册，第835页下。

②《天一阁藏明代方志选刊》第50册，卷一二，上海：上海古籍书店1962年影印本，第5页。

③《道藏》第18册，第60页下—61页上。

④ 罗凌《无尽居士张商英研究》，武昌：华中师范大学出版社，2007年，第269—271页。

踊跃来迎清政侯。瑞气远浮山凤喜，朱衣高照野花羞。敢邀朝旆归茆结，紫笋黄精愿少留。”遂相友善，且以丹砂疗其痼疾，宰归，语同寮。有张县尉欲观圣境，因往访之，行未数里，太初亦先知之，以诗谒于道周云：“梅仙队仗访蓬莱，野叟寅缘欲款陪。旗角界开青嶂色，马蹄踏破白云堆。山川发秀森林杪，猿鹤闻风出洞隈。应有真人相笑语，仙翁果老裔孙来。”①

按，詹太初其人其诗《全宋诗》失收，可据此辑补两首七律，可分别拟题为《喜迎县宰郭公峻》、《谒张县尉于道》。

七、南宋朱宋卿编撰《虚静冲和先生徐神翁语录》

是书简称《徐神翁语录》，《宋史·艺文志》著录为一卷，但《道藏》本分作二卷，它记述了北宋著名道士徐神翁（即徐守信，1033—1108）的生平事迹。其中，也有可辑入《全宋诗》之作，如卷七二五即依此辑得徐守信诗 4 首（第 12 册，第 8381 页），分别拟题为《诗三首》、《偈》。但是，尚有遗漏。如《诗三首》，实为 4 首，即失收其三，诗曰：“富贵贫穷各有由，宿缘分定莫刚求。不曾下得春时种，空守荒田望有收。”②再如，原书卷上有云：

元丰中，蒋颖叔为发运。初见公……问：“我为官如何？”云：“官人好聪明。”再三问之，云“宜减刑”，“不减刑如何？”公以手扪背，曰：“瘤子痛，说不得也。”盖蒋背有瘤，盛怒财痛，至不能语，未尝告人也。乃命二吏，掖公而拜之，曰：“真人也。经云：神公受命，普扫不祥，公可以当之。”遂呼为神公，因留诗曰：“持帚扫诸尘，经今三十春。怜渠独行意，雌静不先人。”为

①《道藏》第 18 册，第 68 页下—69 页上。
②《道藏》第 32 册，第 400 页中。

公立守雌堂。或云:吕吉甫赠诗有"为止矜夸独守雌"之句,故蒋公取以为名也。[①]

按,蒋颖叔(即蒋之奇,1031—1104),本来《全宋诗》卷六八七所收其《赠海陵天庆观乐子长真人碑》,蒋氏自注曰:"《徐神翁语录》。"[②](第12册,第8021页)这就提醒编者《徐神翁语录》中可能有其他的蒋氏诗作,惜编者未能细查。前揭引文之"持帚扫诸尘"一诗,即当补,可拟题为《留赠徐神翁》。而吕吉甫(即吕惠卿,1032—1111)之残句,《全宋诗》卷七二一也失收,其原诗似可拟题为《赠徐神翁》。

八、《庐山太平兴国宫采访真君事实》

是书撰人不详,约成书于元代,七卷。其内容主要为采访真君(庐山神,叫九天使者或庐山使者)的神话传奇、历代崇奉史实和庐山高道的传记,可以说是一部比较完整的庐山史志。其中,《全宋诗》失收的有:

1. 卷六引熊本《采访殿记》云:

今获奉熙事,而文字颂述,固其职也,臣其敢辞?谨拜手稽首而献诗曰:

于昭颢穹,眷中国兮,维宋世世,迪明德兮。丕铄睿圣,绍尊极兮,文武勇智,实天锡兮。从容法宫,考图籍兮,振饬万事,扬幽侧兮。风行雷动,酾惠泽兮,森飞景附,走夷貊兮。气调时豫,民滋殖兮,神腾鬼魅,皆受职兮。岩岩高山,敞仙宅兮,总统灵官,凡五百兮。游衍陟降,穷杳默兮,福善祸淫,渊

① 《道藏》第32册,第397页中—下。

② 按,是诗确实见于《徐神翁语录》,参《道藏》第32册,第397页下。

莫测兮。煌煌玉书，发奎画兮，进以显号，冠今昔兮。椒浆桂酒，列瑶席兮，云车风马，来络绎兮。上真嘉娱，百神怿兮，瑞福穰穰，与山积兮。天子万年，庆平格兮，登封勒成，耀金石兮。子孙绳绳，保千亿兮，元元何知，安寿域兮。①

按，熊本（字伯通，1026—1091），其诗见《全宋诗》卷六二〇（第11册，第7378—7379页），只辑得一首五言诗，此四言体《采访殿颂》失收。另，是诗及文作于元丰四年（1081）正月。

2. 卷六引白玉蟾《宫记》云：

有命奚辞，聊诗以记：

九嶷真人元夷君，笑骑玉龙飞紫云。手持五帝伏魔印，霓旌羽仗朝太清。……小诗何足纪盛事，聊歌丕德光林泉。持蠡酌水归去来，一枕清风千万年。②

按，白玉蟾《宫记》，又见于《全宋文》，题目作《太平兴国宫碑记》③，两者文字略有不同。其中所附七言诗，长达70句，《全宋诗》未辑入，当补，可拟题为《太平兴国宫颂》。又，该诗作于嘉定十一年，即1218年。

又引白玉蟾《授墨堂记》云：

向之酤墨之地，忽涌泉五支。左丞王公寀过之，为名"墨仙泉"。侍郎宋公伯友与左丞皆有墨仙酬唱之什，有"绿膏换得朱颜回，白发不用黄精拂"之句。太尉谯国曹公勋、清虚真人皇甫坦，采其事实以闻于德寿殿，高宗甚嗟异之。④

---

①《道藏》第32册，第686页下—687页上。

②《道藏》第32册，第690页下—691页上。

③《全宋文》第296册，第248—252页。

④《道藏》第32册，第691页，下。

按，宋伯友，《全宋诗》失辑其诗，可依此记补出残诗二句，题目可拟《咏墨仙泉》。而王寀（1078—1118），虽说《全宋诗》卷一四〇九已录诗 16 首（第 24 册，第 16223—16225 页），然而未及其酬唱墨仙泉之事，也可据此补拟其所存诗题，曰《和宋伯友咏墨仙泉》。

九、明查志隆撰《岱史》

是书为泰山专志，共十八卷。在卷一五引有宋人诗 4 首，其中，范致冲、查道、梅圣愈（尧臣）之诗，见于《全宋诗》各人的专卷之中，而失收王钦若《登泰山》，诗曰：

四顾无云道路开，黄麾迎从六龙来。三神合祭光千古，万旅传呼动九垓。幽鸟似通昆阆信，真松深隐栋梁材。已知身世非常事，曾到天门十二回。①

依据诗意，王诗当作于大中祥符元年（1008）他随宋真宗封禅泰山时。

综上所述，新辑诗歌有 173 首，残句 17，数量也算不小了。

（本文原载《古籍研究》总第 57—58 卷，安徽大学出版社，2013 年 1 月）

① 《道藏》第 35 册，第 756 页下—757 页上。

论僧人撰述与《文选》的传播

最近30年来，有关《文选》的研究成果极其丰硕，涉及的领域亦广，包括版本校勘学、《文选》学史、成书经过等诸多内容。但是，从传播史角度切入的论著较为少见，故笔者不畏谫陋，拟从一个特殊的侧面——僧人，特别是唐宋及其后汉地僧众的撰述和《文选》之关系来进行检讨。

一、僧人撰述对《文选》及其注本的引用

翻检唐宋及其后的释家撰述，我们可以发现不少僧众对《文选》及其注本十分熟悉，且常加引用。兹大致按作者出生之先后顺序，择要分疏如次。

（一）慧苑《新译大方广佛华严经音义》

是书卷上"猗觉"条云："猗，于宜反。淹师《文选音义》云：'猗，美也。'"[①]卷下"晷漏延促"条则曰："晷，音轨。李善注《文选》曰：'晷漏曰影也。'细分，晷与漏别。"[②]

按，慧苑（673—743?），唐代名僧，曾师事华严宗三祖法藏（643—712），对《华严》义旨深有探究，所著《新译大方广佛华严经

①《中华大藏经》第59册，第432页中。
②《中华大藏经》第59册，第463页中。

音义》，略称《华严音义》，世称"慧苑音义"。其所引"淹师《文选音义》"，指的是初唐《文选学》大家曹宪的弟子许淹所撰《文选音义》十卷，许氏之书早佚，故本条材料弥足珍贵；而所引李善注，则与今通行本的文字略异。《文选》卷六左思《魏都赋》之"晷漏肃唱"句下，李善注曰："晷漏，漏刻也。善曰：《说文》曰：晷，影，故曰晷漏。"[①]可知慧苑的方法似为节引。

（二）湛然

湛然（711—782），唐代高僧，出于天台八祖左溪玄朗（673—754）门下，世称天台九祖。其人以中兴天台为己任，著述颇丰，影响甚大，著名文士梁肃、李华等人曾向他问学。

其《止观辅行传弘决》卷八之一云："'波如连山'者，《庄子》云：'白波如山。'《文选·海赋》云：'波如连山。'"[②]《法华文句记》卷二则谓："簸峨者，倾侧貌也。……准《文选·江海·赋》云：'阳侯砐硪以岸起。''砐'字，五合切，今作'簸'者，扇动意耳。"[③]

按，湛然《止观辅行传弘决》、《法华文句记》是分别对天台智顗（538—597）《摩诃止观》、《妙法莲华经文句》的注释。其中前者所引《文选》，出于通行本卷一二木玄虚《海赋》之"波如连山，乍合乍散"，李善注前半句时，亦引《庄子》曰："白波若山。"[④]后者所引，则出于同卷郭璞（276—324）《江赋》，且湛然对"砐"字的注音，也同于李善注[⑤]。故笔者颇疑湛然当时参考的就是李善注本。

（三）澄观《大方广佛华严经随疏演义钞》

该书卷一七曰："既为秘藏，故视之不见，称为性海，安测边涯？

---

① [梁]萧统编，[唐]李善注《文选》，上海：上海古籍出版社，1986年，第274页。
②《中华大藏经》第95册，第368页中。
③《大正藏》卷三四，第175页上。
④ 李善注《文选》，第545页。
⑤ 李善注《文选》，第561页。

挹者,《珠丛》云:‘以器斟酌于水也。’故《文选·头陀寺碑》云:‘盖闻挹朝夕之池者,无以测其浅深;仰苍苍之色者,难以知其远近。’故令测量,若以管窥天,用蠡酌海也。”[①]卷二〇又曰:“其诸佛身亦复如是,见大之时,亦无所增;见小之时,亦无所减。今但取能喻投地之刃者,即《庄子》中庖丁为文惠君解牛十九年而刀刃若新发于硎……故《文选》云:‘投刃皆虚,目牛全无。’今借其骨间小空以对上小空为真俗之况耳。”[②]

按,澄观(737—838),华严宗第四祖。《大方广佛华严经随疏演义钞》,是应弟子僧睿等人的请求而作,重在疏通义理,故征引俗书甚多。其所引《头陀寺碑》出于《文选》卷五九王巾《头陀寺碑文》[③],旨在说明性海的性质;所引“投刃皆虚,目牛全无”句,则出于《文选》卷一一孙绰《游天台山赋》[④],目的则在借庖丁解牛喻以区别僧、俗二界对“空”的不同理解。

（四）神清《北山录》

是书卷四《宗师议》曰:“昔汉末安世高,吴康僧会,并遐域之畸人也。……晋初竺法护,时号焞煌菩萨。……至罗什重译为《妙法莲华》,而护所译,稍潜其耀。罗什弘始年于逍遥园重译,于世盛行,《正法华》稍歇,今在藏内。盖睹大辂者,不以椎轮为贵也。《文选》云:‘椎轮为大辂之始,大辂宁有于椎轮之质,增冰为积水所成,积水增微于曾冰之凛。’椎轮,古栈车也。大辂,玉辂也。得华忘朴之义。”[⑤]卷八《论业理》曰:“《骚》为《天问》,三间大夫屈原也,著《离骚经》,故谓骚人有《天问》也。班赋《通幽》,班固,字孟坚,著《通幽赋》,伤贤良不用也,并在《文选》也。李推《运命》,其不为此欤?李萧远有《运命论》也。故金仙之门,

---

①《中华大藏经》第86册,第391页上。

②《中华大藏经》第86册,第433页上。

③ 李善注《文选》,第2527页。

④ 李善注《文选》,第499页。

⑤《大正藏》卷五二,第594页中—595页上。

其孰能辩之?"[①]卷九《异学》则谓:"马鸣大士撰《苏远(达)拏太子歌词》太子好施舍男女等事。并《本行诗》,序佛成道等事。并《佛所行赞》,今在藏内也。龙树以诗代书,寄南天竺国婆多婆汉那,彼方之人,咸皆诵咏,若此方《文选》等也。以为华而典也。"[②]

按,释神清(? —820),中唐名僧之一。其人博闻强记,工诗文,撰有《法华玄笺》、《释氏年志》、《北山参玄语录》(即《北山录》)等十多种著作。最为重要的是《北山录》,北宋僧人慧宝为之作注(如前揭引文中的小字,即是慧宝的注文)。今人汪春泓则认为是书提出了三教融会观照下的文学思想,阐述了道德与艺行对立统一的关系,指出了超乎南北宗之上的文学发展方向,故在唐代文学史或文论史上具有一定的意义[③]。更为重要的是:从上面三条材料我们可以清晰地发现神清本人对《文选》十分熟悉,并且在文学批评上也比较赞成《文选·序》中的观点。如神清对马鸣、龙树诗作"华而典"的评价,便接近于萧统"综辑辞采"、"错比文华","事出于沉思,义归乎翰藻"等说法。慧宝把《苏达拏太子歌词》、《佛所行赞》一类的作品和中土《文选》等相提并论,指出马鸣、龙树在印度就如同《文选》在赵宋一样受到了广泛的欢迎,十分普及。这显然已具有比较文学的视阈,慧宝采用的是平行研究之方法。另外,神清对马鸣、龙树作品的介绍,当是从义净(635—713)《南海寄归内法传》卷四《赞咏之礼》而来,后者曰:"又龙树菩萨以诗代书,名为《苏颉里离佉》,译为《密友书》,寄与旧檀越南方大国王号娑多婆汉那,名市寅得迦,可谓文藻秀发,慰诲勤勤,的指中途,亲逾骨肉。就中旨趣,实有多意。……又东印度月官大士作毗输安呾啰太子歌词,人皆舞咏,遍五天矣,旧云苏达拏太子者是也。又尊者马鸣亦造歌词及《庄严论》,并作《佛本行诗》,大本若译有十余卷,意述

---

① 《大正藏》卷五二,第620页上。

② 《大正藏》卷五二,第627页,上—中。

③ 参汪春泓《在佛门与文场之间——神清〈北山录〉研究》,载《北京大学学报》2002年第6期,第77—86页。

如来始自王宫,终乎双树,一代佛法,并缉为诗。五天南海,无不讽诵。意明字少,而摄义能多,复令读者心悦忘倦。”[①]其中所述苏达拏(音译亦作“须大那”、“须达拏”、“须提梨拏”等,意译为“善施”)太子故事,在汉译佛典中极其常见,如《六度集经》卷二、《菩萨本缘经》卷上《一切施品》、《菩萨本行经》卷下、《大智度论》卷一二、《根本说一切有部毗奈耶破僧事》卷一六等都有其同型故事,流播极广。《佛本行诗》,实即北凉昙无谶所译之《佛所行赞》五卷。龙树的《密友书》则有 3 种汉译本,即刘宋求那跋摩、僧伽跋摩分别译出的《龙树菩萨为禅陀迦王说法要偈》、《劝发诸王要偈》和义净的《龙树菩萨劝诫王颂》,内容是龙树菩萨寄给国王娑多婆汉那的劝诫书,旨在宣扬以修善求究竟涅槃的思想。

(五) 知礼《金光明经文句记》

是书卷八曰:“布濩者,《文选》注云:‘布濩,长多貌。从言,从水,并通。’《汉书》云:‘布濩犹布露,谓于阙露处皆布也。’”[②]卷九又曰:“涕音体,涕即泪,横谓交横。古本皆作‘横流’,不须改为‘交’字,大经亦尔。无谶所翻,多云‘横流’也。《文选》王粲《登楼赋》曰:‘悲旧乡之拥隔兮,涕横坠而未禁。’”[③]

按,知礼(960—1028),人称“四明尊者”,乃宋初天台宗山家派的义学高僧,对天台中兴贡献极大,被尊为天台十七祖。《金光明经文句记》共十二卷,撰出于天圣五年(1027),旨在随文解释智顗的《金光明经文句》。其中,“布濩”一词,出于通行本《文选》卷三张衡《东京赋》之“声教布濩,盈溢天区”句[④]。但所引注文与李善注、五臣注皆异,当是别有所本。所引《登楼赋》之文字,与通行本《文

---

① 王邦维《南海寄归内法传校注》,北京:中华书局,1995 年,第 180—184 页。

②《大正藏》卷三九,第 135 页中。

③《大正藏》卷三九,第 142 页下—143 页上。

④ 李善注《文选》,第 120 页。

选》有别，后者作："悲旧乡之壅隔兮，涕横坠而弗禁。"[1]由此进一步证知知礼所用《文选》乃是另有所本。当然，按照《金光明经文句记》卷一知礼的夫子自道："吾先师昔居宝云尝讲斯典，其徒繁会，竞录所闻。……至于援证经论，辞多舛谬，予每一临文，不能无慨。近因讲次，忆其所领大义，撰成记文，仍采孤山《索隐》中俗书故实，用为裨助，庶览者不以事相之关情，但思理观之为益。"[2]则知知礼采摭《文选》等俗书故实以释《金光明经文句》，是受孤山智圆《金光明经文句索引记》的影响而来[3]。智圆是书撰出于天禧二年(1018)，可惜散失不传。

（六）智圆

智圆(976—1022)，自号中庸子，他是宋代天台宗山外派的义学名僧，曾和知礼为代表的山家派论争十余年，一生著述弘富。比较重要的有：

1.《涅槃玄义发源机要》

该书卷二曰："'寱言'下，《文选》曰：'寱言莫予应。'注云：'谓卧而语也。'依经应作'寱'，牛世切，眠言也。"[4]又曰："命世者，《文选·李陵书》曰：'皆信命世之才，抱将相之具。'注云：'命，名也。言其名流播于时代也。'"[5]案："寱言莫予应"出于《文选》卷二九张华《杂诗》，注出于"五臣注"之李周翰注："寱言，谓卧而语。"[6]后者所引之注，同样出于李周翰，但比翰注多一"也"字[7]。

① 李善注《文选》，第2407页。

②《大正藏》卷三九，第83页中。

③ 按，明代天台宗僧人受汰集《金光明经科注》卷二亦曰："涕泪横流者，涕即泪，横谓交横。《文选》'悲旧乡之拥隔兮，涕横坠而未禁。'"(《大藏新纂卍续藏经》第20册，第563页下)其说明显承知礼、智圆之说而来。

④《大正藏》卷三八，第22页，上。

⑤《大正藏》卷三八，第23页，上—中。

⑥ 李善、吕延济等注《六臣注文选》，北京：中华书局，1987年，第551页上。

⑦《六臣注文选》，第762页下。

该书卷三曰:"发轸者,《文选》曰:'发轸清洛汭。'注云:'轸,车也。言发车洛阳也。'今以发轸喻初修也,更无别异者。圆法无别,从渐入,故名渐圆,非谓圆有渐顿之异。"①案:智圆所引五言诗句出于《文选》卷二四陆士衡之《赠冯文罴》,注文是为李周翰之注。不过,智圆引诗与注的目的,旨在以发轸比喻修行的阶次是由渐入圆,强调初发心的重要性。

该书卷四引用《文选》多次,如:

1)《东京赋》曰:"走虽不敏,庶斯达矣。"注云:"走谓走使之人。"公子自谦敏达也。②

2)言二宫者,《文选》曰:"婉娈二宫,徘徊殿闼。"注云:"婉娈徘徊,皆顾慕貌。二宫,谓帝及太子宫也。"③

3)陈国倾坏,喻以土崩。《文选·陈琳檄书》曰:"必土崩瓦解,不俟血刃。"……仍遭雾露者,仍值兵乱也。《抱朴子》曰:"白雾四面围城,不出百日,大兵必至。"又《三国名臣赞》曰:"虽遇尘雾。"注云:"尘雾谓耻辱也。"敕征下江浦,即江都,今扬州也,亦曰洛浦。《文选》曰:"归骸洛浦。"注云:"扬州,则梁之洛阳也。"④

4)东旋者,旋或作"还",同,似泉切。《文选》曰:"祇召旋北京。"作此"旋"字也。⑤

5)《文选·北征赋》曰:"乘陵冈以登降。"注云:"陵、冈,皆山丘也。"⑥

6)裹粮至东南者,即指前负笈天台已下文也。入山出

①《大正藏》卷三八,第 34 页下。
②《大正藏》卷三八,第 36 页下—37 页上。
③《大正藏》卷三八,第 37 页上。
④《大正藏》卷三八,第 37 页下。
⑤《大正藏》卷三八,第 38 页上。
⑥《大正藏》卷三八,第 38 页下。

谷,扬越往来,何啻千里?《文选》云:“裹粮万里。”①

7)《昭明文选·序》云:“耿介之意既复,壹郁之怀靡愬。”注曰:“壹郁,忧思也。”今谓军火所怖,干戈所骇而梦惊,若抽忧思壹郁。②

8)《文选》曰:“欲以螳螂之斧,御隆车之队。”注云:“前有两足举之,如执斧之象。”③

按,第一条《东京赋》注文,节引自李善注中所保存的薛综之注:“走,公子自称走使之人,如今言仆矣。”④第二条所引四言诗,智圆未点出篇名,实出于《文选》卷二四潘尼《赠陆机出为吴王郎中令》,注文出于吕向⑤。第三条引陈琳《檄书》,见于《文选》卷四四《为袁绍檄豫州》⑥。第四条引《三国名臣赞》未交待来源,然实出于《文选》卷四七袁宏之《三国名臣序赞》,注文则引自吕向⑦。第五条“归骸洛浦”句,出于《文选》卷五五刘孝标《广绝交论》,注出于张铣,但“扬州”之“扬”,张铣注作“杨”⑧,义无别也。第六条,句出《文选》卷二〇谢瞻《王抚军庾西阳集别时为豫章太守庾被征还东》⑨。第七条《北征赋》的作者是班彪,出于《文选》卷九,注节引自吕向的“陵、冈,皆山丘也。其行或上或下”⑩。第八条“裹粮万里”,出自《文选》卷四一李陵《答苏武书》“而裹万里之粮”。第九条

①《大正藏》卷三八,第 39 页中。
②《大正藏》卷三八,第 41 页上。
③《大正藏》卷三八,第 41 页下。
④ 李善注《文选》,第 134 页。
⑤《六臣注文选》,第 460 页下。
⑥ 李善注《文选》,第 1973 页。
⑦《六臣注文选》,第 903 页上。
⑧《六臣注文选》,第 1019 页上。
⑨ 李善注《文选》,第 979 页。
⑩《六臣注文选》,第 182 页下。

引文中的“复”字，当是“伤”字之讹，注出于吕向[1]。第十条，其出处同于第三条，皆为陈琳《为袁绍檄豫州》，注节自张铣之注：“螳蜋，虫也。前有两足举之，如执斧之象也。”[2]

2.《维摩诘经略疏垂裕记》

是书乃智圆对智者、湛然《维摩诘经略疏》的重新疏解，撰出于大中祥符八年(1015)。书中征引《文选》多次，如：

(1) 卷一

1) 祖而述之，存乎其人。祖，法也。《文选》曰：“祖构之土。”注云：“祖，法也。”……渊，海也。《文选》曰：“深乎重渊。”注云：“重渊，海也。”[3]

2)《疏》总三十四卷，故曰“甚著”。别本作“甚大”，亦通。“甚大”，语出《周易》。“甚著”，语出《文选》。[4]

3)《文选》曰：“光光戎辂，耀耀王涂。”光，谓光明也。彼注云：“光光，武貌。”盖误也。[5]

按，第一条句出《文选》卷四五皇甫谧《三都赋序》之“祖构之士，雷同景附”(据此，藏本之“土”字，当是形讹之误)，注出于吕向[6]。第二条“甚著”一词，出于《文选》卷四三刘歆《移书让太常博士(并序)》之句：“昔唐虞既衰，而三代迭兴，圣帝明王，累起相袭，其道甚著。”[7]第三条节引自五臣本《文选》卷五六曹植《王仲宣诔》之“光光戎辂，霆骇风徂；君侍华毂，辉耀王涂”句，“彼注”指的是吕良

---

①《六臣注文选》，第 2 页下。

②《六臣注文选》，第 825 页下。

③《大正藏》卷三八，第 712 页下。

④《大正藏》卷三八，第 713 页上。

⑤《大正藏》卷三八，第 714 页下。

⑥《六臣注文选》，第 859 页下。

⑦ 李善注《文选》，第 1952 页。

注[1],但智圆认为其注误。

(2) 卷四曰:

无宠不威者,宠爱也,为帝王所爱重,则有威势也。《文选》曰:"新安王宠冠列蕃。"[2]

(3) 卷六曰:

又解下坚也者,劳役坚劳,古字假借,不分二别。故《文选》牢固字,多作"劳"字。故使今文,次作坚义,俱染至难转者,执固即坚义也。[3]

按,卷四引文出于《文选》卷五八王俭《褚渊碑文》"于时新安王宠冠列蕃……"之句[4]。卷六对《文选》"牢"、"劳"等字义的观察,表明智圆十分熟悉相关作品与文本[5]。

(七) 道诚《释氏要览》

释道诚,生平事迹不详,主要活动于北宋咸平、天禧年间(998—1021)。《释氏要览》三卷,撰出于天禧三年(1019),是一本极其有用的佛教入门工具书。其卷二"碧云"条谓:"慧休,姓汤,工于风雅,尝吟诗曰:'日暮碧云合,佳人殊未来。'《文选》中沙门诗,惟休一也。"[6]案:慧休,也作惠休,南朝刘宋僧。原名汤休,时称休

---

①《六臣注文选》,第1044页,下。
②《大正藏》卷三八,第757页下。
③《大正藏》卷三八,第787页上。
④ 李善注《文选》,第2511页。
⑤ 又,智圆《闲居篇》卷二四《与门人书》亦云:"《文选》'吴越'作'粤',此皆假借。"(《大藏新纂卍续藏经》第56册,第901页中)此表明智圆在疏解佛典时,十分注意假借字的问题。
⑥《大正藏》卷五四,第294页上。

上人，富于文才，诗与鲍照齐名。然考《文选》卷三一，“日暮碧云合”之五言诗实出于江淹《杂体诗三十首》的最后一首拟“休上人《别怨》”之作[①]，道诚是误读了《文选》的题名。当然，其对《文选》的重视则不言自明，且对入选者赞赏不绝。

（八）可度《十不二门指要钞详解》

可度，宋仁宗朝时僧人，重要的著述有《楞严经钞》二十卷和《十不二门旨要钞详解》四卷，后者乃是对四明知礼《十不二门指要钞》的解说，后来明人释正谧把知礼与可度之书合在一起刊行，仍称《十不二门旨要钞详解》。可度在详解遵式(964—1032)所作《指要钞序》“大教隆夷，存乎其人”之句时说：“隆，盛也。夷，平也。《文选》云：‘道有隆夷。’”[②]原文出于《文选》卷一班固《两都赋·序》之“且夫道有隆夷，学有粗密”，“隆，盛也”的释文，则袭自吕延济注：“夷，平。隆，盛也。”[③]另外需要说明的是，南宋宗晓所编《四明尊者教行录》卷第七所引《指要钞序》又云：“《文选》曰‘道有隆夷’，注云‘隆，盛也。夷，平也。’盛平，亦高下之意耳。”[④]此显然是承可度详解而来且有所补充。

（九）从义

释从义(1042—1091)，天台宗僧人，因其学说迥异于天台山家派的四明知礼，故被称为“后山外”，撰有《天台四教仪集解》等多种著作。其撰出于元丰七年(1084)的《金光明经玄义顺正记》在释“金光明经玄义”之题名时说：“《文选·东京赋》云：‘睿哲玄览。’注云：‘睿，圣；哲，智；玄，通。’今亦例然，玄者通也，即统收也。”[⑤]《法

---

① 李善注《文选》，第1480页。

②《大藏新纂卍续藏经》第56册，第408页中。

③《六臣注文选》，第24页上。

④《大正藏》卷四六，第920页中。

⑤《大藏新纂卍续藏经》第20册，第300页，上—中。

华经三大部补注》卷一“文宣王记室王简栖所集百卷”句下注曰：“《文选》注云：掌书记，文学之任也。《姓氏英贤录》云：‘王巾，字简栖，琅玡人，齐朝起家郢州从事，后为辅国参军。’所集百卷，未获其本。”①

按，《顺正记》所引原句出自《文选》卷三张衡《东京赋》，注文则承薛综的“睿，圣也。玄，通也”而来②。《补注》所引《姓氏英贤录》部分，出于《文选》卷五九《头陀寺碑文》之吕延济注③，但文字更省，如“辅国参军”，原注作“辅国录事参军”④。“掌书记”部分，可能是意引《文选》卷一一《芜城赋》李善注中对鲍照的介绍⑤。不过，李善原注中并未出现“文学”一词，只说鲍照“为前军掌书记之任”。当然，也可能是从义的注引别有所本，俟考。

（十）元照《四分律含注戒本疏行宗记》

元照（1048—1116），北宋后期著名律僧，撰有《四分律行事钞资持记》等作品，堪称南山律之正传。其撰出于元祐三年（1088）的《四分律含注戒本疏行宗记》卷二曰：“次科示梵偈中初文，彼用贝多树叶以书经教，故言彼叶。又不论长行与偈，例以四字为句，八句为偈。今文唯初喻八句。余并四句，则明传译有所阙矣。唯下示此土不定，如《文选》古诗，随人所撰，不拘章句。准知经律五七字偈，并随方俗，非本梵式也。”⑥

按，元照于此比较了中印诗偈之异同。佛典之偈，主要有三种含义：（一）广义之偈，包括十二部经中的伽他与祇夜。伽他又叫孤

---

①《大藏新纂卍续藏经》第 28 册，第 128 页下。

② 李善注《文选》，第 102 页。

③《六臣注文选》，第 1086 页下。

④ 又，明初僧人心泰《佛法金汤篇》卷三“王巾”条，正文移录了《文选》《头陀寺碑》，夹注则云：“《文选》，巾尝著《僧史》十卷。”（参《大藏新纂卍续藏经》第 87 册，第 386 页上）可知他对《文选》也相当了解，对王巾其人其文评价较高。

⑤ 李善注《文选》，第 503 页。

⑥《大藏新纂卍续藏经》第 39 册，第 742 页下。

起颂，它是经中独立的韵文。祇夜也是韵文，但它的内容是对其前长行(散文)的重复，故叫重颂。(二)狭义之偈，专指伽他。(三)通偈，这是数经之法，即不论长行与偈颂，只要满三十二字(音节)即为一偈颂，经中称之为首卢迦(首卢偈)。元照所说的八句为偈，即属此偈。与通偈相对的叫别偈，其汉译形式多为四言、五言、六言、七言诗。细绎元照之意，他认为汉译佛典中的五七言偈，并非梵文所固有，而是为了适应中土诗歌要求才使用的。其性质就象《文选》古诗一样，章句表现是因人而异的。元照之所以拿《文选》古诗为参照系，说明他对《文选》比较熟悉。

(十一) 宗晓《金光明经照解》

宗晓(1151—1214)，南宋高僧，著有《乐邦文类》、《法华经显应录》等。其《金光明经照解》撰出于绍熙元年(1190)，卷上有云："'涕泪横流下'，《善集品》亦有此句，《合部》并作'横流'别行。谶本多作'交流'。今案孤山、四明《护国三记》并作'横'字释义，以大经亦是谶师所译，亦称'横流'，故《文选》王粲《登楼赋》云：'悲旧乡之拥隔兮，涕横坠而未禁。'或谓佛经不应用俗书类例，殊不知佛教翻梵成华，正欲与经史相应，以导物情。……近世科经家取'交'字，循习旧讹也。"①

按，宗晓在疏解《金光明经》时对《文选》王粲《登楼赋》的引用，当是承孤山智圆、四明知礼而来(关于知礼，前文有析，此不赘)，目的在于证明《金光明经》"横流"一词的正确。然考之通行本，无论北凉昙无谶译《金光明经》卷三之《善集品第十二》，抑或隋释宝贵《合部金光明经》卷七之《善集品第十七》，偈句都作"其心悲悼，涕泪交流"②。按照宗晓等人的说法，其中的"交"字，乃为宋人所篡改，而古本悉作"横"字。此外，我们尤要注意的是宗晓对佛经翻译的态度和原则，他指出译梵为汉时最好不要生造词语，而应从本土

---

①《大藏新纂卍续藏经》第20册，第484页中。

②《大正藏》卷一六，第348页下、第392页上。

典籍中择取那些习用的语汇。

（十二）士衡《天台九祖传》

释士衡，南宋天台宗僧人，生平事迹不详。其于嘉定元年(1208)撰出的《天台九祖传》有云："其地爽垲，高明之地曰爽垲。《左传》曰：'请更诸爽垲。'《文选》曰：'处高泉而爽垲。'适大岳心，于是筑台，为众说《般若》，因号三生藏。"[①]

按，引文中的小字夹注，是士衡在撰录龙树、慧文、慧思、智顗、灌顶等天台九祖传记时所加。所引"处高泉而爽垲"，出于《文选》卷二张衡《西京赋》之"处甘泉之爽垲"[②]，文字略异，或别有所本，或是笔误。而释义为"高明之地"以及对《左传》的引用，则似概括李善注而成。

（十三）万松行秀《从容录》

行秀(1166—1246)，世称万松行秀，金末元初的曹洞宗禅师。所撰《从容录》（又叫《万松老人评唱天童觉和尚颂古从容庵录》、《天童觉和尚颂古从容庵录》、《从容庵录》），是禅门要籍之一。该书卷三"第四十一则洛浦临终"曰："莫莫庵讷和尚诗：'今古利名酒，沈醉皆豪英。憔悴泽畔者，未足为独醒。'屈原字平，仕楚怀王为三闾大夫，靳尚所谗，贬长沙，独行江畔，谓渔父曰：'举世皆醉，唯我独醒。举世皆浊，唯我独清。'沈汨罗江而卒，江在潭州罗县。《文选·离骚经》，屈原所作。"[③]

按，行秀对讷和尚诗歌内容的解释，显然是综合《文选》卷三二《骚上》之《离骚经》注及卷三三《骚下》之《渔父》[④]本文而来。同时，讷和尚之诗也反映了他本人对屈原作品十分熟悉。其接触《离

---

①《大正藏》卷五一，第99页中。
② 李善注《文选》，第56页。
③《大正藏》卷四八，第254页中。
④ 李善注《文选》，第1487页、第1532页。

骚》的途径，极可能是通读《文选》。

（十四）元贤撰、道果注《禅林疏语考证》

《禅林疏语》，明末鼓山禅师元贤（1578—1657）所集，当时即盛行于丛林。后来释道果为之作注，故成《禅林疏语考证》。道果之疏，多处引及《文选》注。如卷二：

（1）考证《保瘟病》之“危急”时曰：“《文选》注向曰：危，倾，急迫也。”①

（2）考证《登弟还愿》之“矻矻”时曰：“《文选》李周翰注：勤作也。”②

（3）考证《官员赴任祈安》之“俶装”时曰：“张平子《思玄赋》：‘简元辰而俶装。’李善注曰：‘俶，始也。’”③

（4）考证《痘后还愿》之“祲沴”时说：“《文选·宋文皇帝元皇后哀策文》云：‘象物方臻，视祲告沴。’”④

按，第一条注文节引自《文选》卷三六诸葛孔明《出师表》之吕向注⑤。第二条所注的语词见于《文选》卷四七王子渊《圣主得贤臣颂》之“劳筋苦骨，终日矻矻”⑥。第三条所引《思玄赋》，见于《文选》卷一五⑦。第四条所引原文的作者是颜延年，文见于《文选》卷五八。不过，引文“视祲”之“视”，本作“眂”，作“视”是李善的注⑧。

再如卷三：

（1）考释《三七》之“黄泉”云：“《文选》曰：‘朝发高堂上，暮宿黄泉下。’注：‘高堂，生所居，黄泉，死所葬。’又《左传注》：‘天玄地

①《大藏新纂卍续藏经》第 63 册，第 695 页上。
②《大藏新纂卍续藏经》第 63 册，第 699 页上。
③《大藏新纂卍续藏经》第 63 册，第 699 页中。
④《大藏新纂卍续藏经》第 63 册，第 704 页中。
⑤《六臣注文选》，第 685 页下。
⑥《六臣注文选》，第 882 页下。
⑦ 李善注《文选》，第 657 页。
⑧ 李善注《文选》，第 2491 页。

黄，泉在地中，故言黄泉。'"[1]

(2) 考释《七七》之"见背"云："李令伯《陈情表》曰：'生孩六月，慈父见背。'《文选》注曰：'背，死也。'"[2]

(3) 考释《荐祖父》(二)之"永诀"谓："《文选·夏侯常侍诔》曰：'存亡永诀。'注，良云：'诀，永别也。'"[3]

(4) 考释《荐祖母》之"乌鸟之私"说："《文选》注，善曰：'葛龚《丧伯父还传》曰：乌鸟之情，诚窃伤痛。《毛诗》：《蓼莪》，孝子不得终养。'翰曰：'乌鸟反哺其母，言我有乌鸟之私情。乞毕祖母之养。'"[4]

按，第一条出于《文选》卷二八缪熙伯《挽歌诗》，其中第一个"注"字后的内容，是转录李周翰注，"又"字之后的内容，是节选李善注[5]。第二条所说《陈情表》见于《文选》卷三七，注引张铣[6]。第三条所说《夏侯常侍诔》，出于《文选》卷五七，作者是潘安仁，注出于刘良[7]。第四条同样出于《陈情表》，原句作"乌鸟私情"，所引注文，文字略异，如：李善注原作："葛龚《丧伯父还传记》曰：乌鸟之情，诚窃伤痛。《毛诗》曰：'《蓼莪》，孝子不得然(终)养也。'"李周翰注中，原文"有"字后多一"此"字[8]。

(十五) 佚名《西方要诀科注》

《西方要诀科注》，作者不详，时代不明，暂系于此。它是对唐窥基(632—682)《西方要诀释疑通规》的科注。其卷上释"汝今念佛，功不枉施，疑网稍淹，请垂剖折"时云："稍，渐也。淹，滞也。剖

---

①《大藏新纂卍续藏经》第 63 册，第 705 页中。
②《大藏新纂卍续藏经》第 63 册，第 706 页上。
③《大藏新纂卍续藏经》第 63 册，第 711 页上。
④《大藏新纂卍续藏经》第 63 册，第 711 页中。
⑤《六臣注文选》，第 533 页下。
⑥《六臣注文选》，第 696 页上。
⑦《六臣注文选》，第 1052 页下。
⑧《六臣注文选》，第 697 页上。

折,割切细簿之也。《文选》曰:'剖纤折微。'"①

按,《通规》及《科注》中的"折"字,皆是"析"之误,"簿"是"薄"之误,盖古时抄刻佛经时"扌"与"木"旁、"竹"与"艹"头不分也。"剖纤析微"一词,出于《文选》卷三四曹植《七启》,《科注》释"剖析"之义,则出于吕良之注:"皆割切之细薄也。"②两相对照,《科注》语序显然有误,可据以是正。

以上仅就汉地僧人撰述中对《文选》及其注本的引用略加举例和比对。事实上,他们在文学创作中也从《文选》汲取过不少养分;此外,初唐以后,《文选》在域外,如当时的吐蕃、高丽和日本都有广泛的传播,其中僧人亦起过重要的作用(如空海等人)。不过,这两方面的问题比较复杂,待有机会,再进行考索。

二、僧人撰述与《文选》的传播

释家撰述对《文选》及其注本的引用,对《文选》的传播无疑有重要的作用。

首先,它促进了一般僧众对《文选》的认知,因为释家的撰述(如前述湛然、澄观、知礼、智圆等),多为宣讲之用。僧众听讲,在接受佛教教义的同时,自然会对《文选》及其注本有所了解。

其次,古代的寺院,既是僧尼的生活场所和宗教活动场所,也是文化传播的中心之一。僧人除了内部的讲经说法外,也有专门针对普通信众而举办的俗讲法会,因此,其间对《文选》及其注本的引用,也增进了庶民阶层对《文选》的认知。

复次,古代寺院还是重要的藏书中心。初唐道宣律师(596—667)《续高僧传》卷二〇即谓丹阳南牛头山佛窟寺之辟支佛窟:"有七藏经画:一佛经,二道书,三佛经史,四俗经史,五医方图符。昔

①《大藏新纂卍续藏经》第61册,第103页上。

②《六臣注文选》,第644页下。

宋初有刘司空造寺，其家巨富，用访写之，永镇山寺，相传守护。”① 可见收藏世俗典籍，是佛寺一以贯之的做法。敦煌莫高窟发现的大量世俗文书，其中绝大部分出于当地的寺院，如三界、净土等寺。更为有趣的是《文选》在敦煌也有不少写本，如 S. 3663、P. 2525、P. 2527、P. 2493b、P. 2541、P. 2542、P. 2543、P. 2554、P. 2707、Ф. 242 等，其中 P. 2528 虽为残卷，所抄内容是李善注张衡《西京赋》，尾题有云：“《文选》卷二。”且有题记曰：“永隆年二月十九日弘济寺写。勘了。”考唐高宗李治于调露二年（680）八月改元为永隆元年，而“永隆”总共才两年，故这里的“永隆年”实为永隆二年（681）。弘济寺在长安，创立东塔律宗的怀素（634—707）律师就曾驻锡于此。李善表上《文选注》在显庆三年（658），而卒于载初元年（689），是知 P. 2528 由寺僧抄出时，李善尚在人世，后来又传入敦煌。易言之，寺院也是《文选》传播的场所之一。盛唐以后，《文选》成为科举考试的教材，士子习业于山林寺院，亦有机会从中接触到《文选》及其注本。另据日僧圆仁《入唐求法巡礼行记》卷一所载开成三年（838）十一月廿九日事：“扬州有四余寺……法进僧都本住白塔；臣善者，在此白塔寺撰《文选》矣。”②由此可见寺院丰富的藏书还为李善注《文选》提供了极大的方便。

当然，古代僧人接触《文选》及其注本的方式不一：多数或在出家之后；想必也有出家之前者。如震华法师（1908—1947）《续比丘尼传》卷五《清金陵旧院尼妙慧传》说妙慧：“本姓张，从假母家金陵南市楼，徙居旧院。熟精《文选》、唐诗，书小楷、八分及绘事，独薄纨绔。好品题花月，指点溪山。……后为比丘尼，受戒于栖霞苍霞法师，专勤学佛。”③再如近代著名的弘一法师（1880—1942），七岁读《文选》而琅琅成诵。以理揆之，古时亦然。况且唐宋之时，因科

① 《大正藏》卷五〇，第 604 页中。

② [日]圆仁撰，顾承甫、何泉达点校《入唐求法巡礼行记》，上海：上海古籍出版社，1986 年，第 22 页。

③ http://www.plm.org.hk/dispArticle.Asp? ID=39883

举失利而遁入空门者也代有其人，他们出家之前熟读过《文选》，自在情理之中。

总之，僧人撰述对《文选》及其注本的引用，为《文选》的传播研究与中、印文学的比较研究都提供了不少有用的材料，值得深入开掘。

（本文与博士生侯艳合写，原刊于《福州大学学报》2008 年第 3 期）

有关唱导问题的再检讨

——以道纪《金藏论》为中心

梁代高僧释慧皎(497—554)所撰《高僧传》,把始于汉明帝永平十年(67)终于天监十八年(519)之历代僧人事迹,别为十科,曰译经、义解、神异、习禅、明律、遗身、诵经、兴福、经师和唱导。唱导和“经师”科一样,同居末位,然慧皎认为二者“应机悟俗,实有偏功”①,故各立一科予以彰扬。不过,到了唐人释道宣(596—667)《续高僧传》卷三〇,则把二者归并为一类,叫“杂科声德篇”,北宋释赞宁(919—1001)《宋高僧传》一脉承之。由于慧皎、道宣等人关于唱导之记载详略不一,而且所涉及历史时段不同,故各人呈现出的唱导风貌也不完全一样。

从现代学术史言,唱导研究的重镇主要在日本与中国。日本的研究,不但参与的著名学者多(如折口信夫、筑土铃宽、泽田瑞穗、永井义宪、川口久雄等)、持续时间长、前后未曾中断,而且还结合其民族文学传统,进而形成了自己的研究特色,那就是“主要从民俗学、日本国文学出发,以唱导为关键词来研究敦煌讲唱文学与中国佛教文学”②。而国内的研究,则始于20世纪上半叶胡适、向达、孙楷第等人对白话文学、敦煌俗文学的关注,并且多从唱导对

---

① [梁]释慧皎撰,汤用彤校注《高僧传》,北京:中华书局,1992年,第525页。

② 荒见泰史、桂弘《日本中国佛教文学研究叙述》,《武汉大学学报》2012年第6期,第71页。

俗讲、变文的影响来讨论唱导的性质①。此种视角,新时期以来亦为大多数学者所袭用,且在资料运用上多有拓展②。但无论中、日,学人们谈及唱导文学性质的总体认识时,都多视其为释家故事讲唱的弘法形式之一。不过,最近有人对此发表了鲜明的反对意见,如鲁立智博士就认为唱导自始至终只有表白一义,它注重的是文辞而非情节③。中土佛教唱导史果作如是说吗④? 兹结合传统史料及新发现北齐释道纪《金藏论》尤其是后者辨正如下。

一、《金藏论》:宣唱事缘类的唱导底本

《金藏论》的发现,日本学者荒见泰史居功尤伟。2003—2005年他在浙江大学古籍研究所师从张涌泉教授从事博士后研究工作时,利用缩微胶卷调查敦煌文学资料,偶然发现中国国家图书馆藏拟题为《法苑珠林》的写卷 B. 8407(乌 16 号,新编为 BD. 7316),实同于日本所传兴福寺藏《众经要集金藏论》写本⑤。嗣后,有多位

① 具体可参胡适《白话文学史》第十章《佛教的翻译文学(下)》(上海:上海古籍出版社,1999 年,第 126—131 页)、向达《唐代俗讲考》(《唐代长安与西域文明》,石家庄:河北教育出版社,2001 年,第 286—327 页)、孙楷第《唐代俗讲轨范与其本之体裁》(《沧州集》,北京:中华书局,2009 年,第 1—43 页)等。

② 如姜伯勤《变文的南方源头与敦煌的唱导法匠》(饶宗颐主编《华学》第一辑,广州:中山大学出版社,1995 年,第 149—163 页)、拙撰《变文与唱导关系之检讨》(《敦煌研究》1999 年第 4 期,第 1—10 页)等。

③ 鲁立智《"唱导"辩章》,《宗教学研究》2012 年第 1 期,第 160—166 页。

④ 按,道教也有唱导,其与释家相比,有同有异。详情可参拙撰《敦煌道教文学研究》(成都:巴蜀书社,2009 年,第 111—138 页)。

⑤ 参荒见泰史《敦煌文学与日本说话文学——新发现北京本〈众经要集金藏论〉的价值》,载陈允吉主编《佛经文学研究论集》(上海:复旦大学出版社,2004 年)第 607—624 页。又见荒见氏博士后出站报告《敦煌讲唱文学写本研究》(北京:中华书局,2010 年)第 117—148 页,后者对 B. 8407 有详细的录文。笔者于此参考的是后一种版本。

日本学者跟进研究，成果斐然[①]。可以确定的是，日本写本之祖本即源自北齐道纪的《金藏论》[②]。而敦煌写本中，除了荒见氏提及的B. 8407、S. 4654、P. 3426及德国吐鲁番藏TⅡy38外，后来宫井里佳又增加了BD. 3686（为86号），俄藏Дx. 00977，北大D. 156，S. 3962，S. 779等5件[③]。

道纪之生平行事，详见于道宣撰《续高僧传》卷三〇《高齐邺下沙门释道纪传》（后文简称《道纪传》）。为了更好地分疏相关问题，兹详引原文如下：

> 释道纪，未详氏族。高齐之初，盛弘讲说。然以《成实》见知，门学业成，分部结众，纪用欣然，以教习之功成遗业也。天保年中，秋初立讲，纪引众首，出邺城南。彼旧门人，又引众入，正于阛侧，欻尔相值。纪曰："卿从何来，殊无礼也。如何师范，辄抗拒耶？既不倾屈，理宜下道。"彼曰："法鼓竞鸣，利建斯在，声荣之望，师资焉有？"纪不答，自为下道，出于城外。回首告其属曰："吾讲《成实》，积三十载，开悟匠导，望有功夫，解本拟行，斯遗诫也。今解而不行，还如根本不解矣！徒失前功，终无后利，往不可追，来犹可及。请并返京，吾当别计。"乃退掩房户，广读经论，为彼士俗而行开化，故其撰集名为《金藏论》也。一帙七卷，以类相从，寺塔幡灯之由，经像归戒之本，

① 最新成果可参宫井里佳、本井牧子编著《金藏论：本文と研究》（京都：临川书店，2011年）。相关书评可参佐藤裕亮《宫井里佳、本井牧子编著〈金藏论：本文と研究〉》，《明大アジア史论集》（16号），第53—62页，2012年3月。

② 按，有关《金藏论》日本所传诸本之题名变化，请参宫井里佳《〈金藏论〉——书名をめぐる一考察》，《埼玉工业大学人间社会学部纪要》第五号，第1—11页，2007年3月。

③ 参宫井里佳《敦煌诸写本による〈金藏论〉卷五、六の解明》（《印度学佛教学研究》第55卷第1号，第68页，2006年12月），但王惠民先生认为S. 779不是《金藏论》（参氏论《敦煌文献中的〈金藏论〉写本》，网址：http://www.dha.ac.cn/02B8/index.htm）。

具罗一化，大启福门。论成之后，与同行七人出郯郊东七里而顿，周匝七里，士女通集，为讲斯论，七日一遍。往必荷担，不耻微行。经书塔像为一头，老母扫帚为一头，齐佛境内，有塔斯扫。每语人曰："经不云乎？扫僧地如阎浮，不如佛地一掌者，由智田胜也。亲供母者，以福与登地菩萨齐也。"故其孝性淳深，为之缝补，衣着食饮，大小便利，必身经理，不许人兼。有或助者，纪曰："吾母也，非他之母。形骸之累，并吾身也。有身必苦，何得以苦劳人，所以身为苦先，幸勿相助。"因斯以励道俗，从者众矣。又复劝人奉持八戒，行法社斋，不许屠杀。所期既了，又转至前，还依上事，周历行化。数年之间，绕郯林郊奉其教者十室而九。有同侣者，故往候曰："比行化俗，何如道耶？"纪曰："彼讲可追，今则无悔。既往不咎，知复何言。"后遭周氏吞并，玄教同废。呼嗟俗壤，每崇斯业，及开法始，更广其门，故彼论初云邪见者是也。所以世传何隐论师造《金藏论》，终惟纪也，故改名云。然其所出，抄略正文，深可依准。后不测其终。①

后世僧传对道纪的记载，无一例外都源出于此，虽说它们内容上多有压缩，文字上稍有改变②，突出重点也略有不同③，但都异口同声地记录了道纪作《金藏论》而化俗之事。

《金藏论》撰出之后，在唐五代及北宋时期的流播还比较广，除

---

①《大正藏》卷五〇，第 701 页，上—中。

② 如元末临济宗高僧释昙噩（1285—1373）《新修科分六学僧传》卷一七"齐道纪"条（载《大藏新纂卍续藏经》第 77 册，石家庄：河北省佛教协会，2006 年，第 215 页下—216 页上）开头即谓道纪"姓何氏"，此实承道宣"世传何隐论师"之句而来，但属误读，因为前者明确指出道纪是"未详氏族"。

③ 如晚明高僧袾宏（1535—1615）辑《缁门崇行录》"母必亲供"条（《大藏新纂卍续藏经》第 87 册，第 357 页下）、清初释续法（1641—1728）述《四十二章经疏钞》卷三（《大藏新纂卍续藏经》第 37 册，第 707 页，中—下）则重点摘录了有关道纪孝养其母之事迹。

了前述敦煌、吐鲁番写本和日本的多种传抄本外，中土传世佛教文献中也间有引用。不过，称名有所变化，或简称《金藏》，或改作《金藏经》[①]。而且到了北宋，《金藏论》分卷也有变化，即不再是北齐时代的七卷本。释有严（1021—1101）笺《法华经文句记笺难》“有口失缘”条说“昔以口错失误证他事，今招误报。尝捡《金藏经》，才及九卷，尚未见缘”[②]，据此则知有严所见《金藏经》至少不少于九卷。

至于道纪以“金藏”命名之依据，宫井里佳谓之与北凉昙无谶译《大般涅槃经》的“真金藏”比喻密切相关[③]，因为是经《大般涅槃经》卷七《如来性品第四之四》有云：

> 善男子，我今普示一切众生所有佛性，为诸烦恼之所覆蔽。如彼贫人有真金藏不能得见，如来今日普示众生诸觉宝藏，所谓佛性，而诸众生见是事已，心生欢喜，归仰如来。善方便者，即是如来。贫女人者，即是一切无量众生。真金藏者，

---

① 如初唐窥基（632—682）《妙法莲华经玄赞》卷四曰“《发菩提心经》云‘音乐女色不以施人，乱众生故’，此供养佛，故不相违，如《金藏》中音乐供养事”（《大正藏》卷三四，第727页中），而中唐栖复集《法华经玄赞要集》卷二〇指出“言‘如《金藏》中’者，意言如《金藏论》中许有音乐供养等事”（《大藏新纂卍续藏经》第34册，第650页上），则知《金藏》、《金藏论》一也。称《金藏经》者则有中唐湛然（711—782）《法华文句记》卷二（《大正藏》第34册，第177页下），行满《涅槃经私记》（《大藏新纂卍续经》第37册，第11页下），五代义楚《释氏六帖》卷一“见似灰人”、“首财入塔”、“师资成佛”条（参蓝吉富主编《大藏经补编》第13册，台北：华宇出版社，1986年，第9页），北宋智圆（976—1022）述《涅槃经三德指挥》卷二（《大藏新纂卍续藏经》第37册，第335页中），释从义（1042—1091）撰《法华经三大部补注》卷五（《大藏新纂卍续藏经》第28册，第212页中）等。

②《大藏新纂卍续藏经》第29册，第497页下。

③ 参宫井里佳《〈金藏论〉——书名をめぐる一考察》，《埼玉工业大学人间社会学部纪要》第五号，第7—8页，2007年3月。

> 即佛性也。[1]

“真金藏”可喻一切众生本生之佛性，道纪用“金藏”二字来命名自己精心撰作的论著，确有弘法方面的深远含义，即通过讲说《金藏论》使有情众生祛除烦恼，归依佛法，虔心修行，进而超登佛地。其实，汉译佛典中“金藏”之喻较为常见，如西晋竺法护译《生经》卷四《佛说毒草经》载树神中毒之后：

> 因化人形，住于路侧，待之已到即语其人：“吾有金藏，当以相赐，愿掘毒树，穷索其根。”其人闻得重金藏宝，即言“唯诺”，便前掘之，尽其根原。树神喜悦，寻与金藏，其人取去，家居致富。树神欢然，得离毒难，众树长安，花果茂盛，不虑毒患，诸罪皆散。
>
> 佛言：“丛树者，谓三界。树神者，谓发意菩萨也。……得赐藏者，谓道法藏，菩萨大士展转相助成，犹万川流合于大海。”[2]

此“金藏”则比喻大乘佛教的菩萨行，菩萨们用他们所领悟的佛法来济苦救世。而道纪之举，自然也含有此种寓义在内。

我们更感兴趣的是道纪撰集《金藏论》的过程及其用途。

《道纪传》说“天保中”时，道纪已讲《成实论》“积三十年”。“天保”是北齐开国皇帝文宣帝高洋（529—559）的年号，前后共十年（550—559），既言“中”，则大概在天保五、六年左右（554—555），逆推 30 年，则道纪始讲《成实论》约在 524—525 年间。相传《成实论》由诃梨跋摩造，姚秦鸠摩罗什（344—413）于弘始十四年（412）译出。它作为论部经典，虽然名相繁复，义理深邃，却在中古时期极具影响，研习人数众多且名家辈出，如北朝有僧嵩（生卒年不

---

①《大正藏》卷一二，第 407 页中。

②《大正藏》卷三，第 95 页下。

详）、僧渊（414—481）、昙度（？—489）等著名的成论师，南朝则在萧梁时代出现了智藏（458—522）、僧旻（467—527）、法云（467—529）等三大法师。他们的传衍派系，还被后人称为成实宗。其中，道纪在北方派系中还占有一席之地。不过，由于天保中与其旧门人的一次争执，他毅然决然地放弃了《成实论》这一类纯义理性的释家讲经，转而进行面对世俗大众的弘法讲演，为此还撰集了七卷本的《金藏论》。并且以身作则，带头践行《金藏论》所宣扬的佛家精神，如孝养之道。北大 D.156 写卷中就有属于卷六的《孝养缘第廿二》，它开头部分的文字，是征引佛教经论来概述该缘父母恩重必报之主旨：

> 《父母恩难报经》说：右肩负父，左肩持母，迳（经）历千年，便利背上，犹不能报父母之恩。《杂心论》偈说：父母若病人，及与说法师，近佛诸菩萨，施者得大果。①

其后则辑录了《鹦鹉孝养盲父母得成佛缘》（出《杂宝藏经》，略要）、《须阇提太子身肉供养父母得成佛缘》（出《报恩经》，略要）、《慈童女孝养得现报缘》（出《杂宝藏经》，略要）等三则佛经中的孝养故事②。"略要"二字，表明道纪撰集《金藏论》时，并非一一照录原经，而是有所删减，或者说是摘引。但择取的经典，毫无例外都是叙事类作品。道纪不但对世俗大众宣讲其撰集的文本，而且时时处处亲身供养老母，其言行一致的表现，无疑会扩大其宣教的影

① 按，道纪所引经文，有的与传世文本相比，文字略有区别，盖其有所删减也。如今本《父母恩难报经》作："右肩负父，左肩负母，经历千年，正使便利背上，然无有怨心于父母，此子犹不足报父母恩。"（《大正藏》卷一六，第 779 页上。）另，所引五言偈则见于刘宋僧伽跋摩等译《杂阿毗昙心论》卷八（参《大正藏》卷二八，第 932 页下）。

② 按，据日本兴福寺本，《金藏论》卷六尚有一则故事《失恩者得现报缘》，盖北大 D.156 未抄完之故也。由此可知，道纪撷取佛典例证时，兼顾正反两方面。

响力。

《道纪传》说《金藏论》的撰集原则是“以类相从”，则知其性质为佛教类书。今人陈士强先生即把它和萧子良(460—494)《三宝集》、释僧旻《众经要钞》、萧纲(503—551)《法宝联璧》等一齐列入佛典“经论纂要”中的“综合性钞集”类[①]。传中又说其内容是“寺塔幡灯之由，经像归戒之本，具罗一化”，而今存敦煌写卷中，如BD. 3686、B. 8407 正有《塔缘第十五》、《像缘第十六》、《香花缘第十七》、《灯缘第十八》(以上属卷五)、《幡盖缘第十九》(此属卷六)，《释氏六帖》卷四“持戒为王”条、“持戒坐禅”条所引《金藏经》[②]，从字面推断，应出于原书之戒缘部之类。可见道纪确以塔、像、香花、灯、幡等佛事活动之常见物像及三归五戒等仪轨为分类依据[③]，眉目清晰，条理井然。

今存中土传世文献中，亦有征引《金藏论》所辑缘起故事者。如北宋释从义撰《法华经三大部补注》卷五注“有《口失缘》，出《金藏经》”句时，说：

> 《金藏经》者，昔宇文邕残酷释氏时，有言论师采集众经要义，流布于世，号为《金藏》。此之一缘，本出《杂宝藏经》。经云：昔罽宾国有离越罗汉，在山坐禅。有人失牛，乃寻其迹，来至其所。尔时离越煮草欲染，其草忽然变为牛肉，所持钵盂变为牛头，牛主见已，捉送诣王。王付狱中，经十二年，恒为狱监食马除粪。离越弟子得罗汉者，寻师不见，业缘将毕，后乃见在罽宾狱中。于是诣王，问言：我师在狱。王寻宣，令离越出

① 参陈士强《佛典精解》，上海：上海古籍出版社，1992 年，第 734—735 页。

② 蓝吉富主编《大藏经补编》第 13 册，第 77、78 页。又，同书卷二二“长幡在顶”条引《金藏经》(同前，第 463—464 页)，据其内容，当同于《金藏论》传世本卷六《幡盖缘》之第一条“波多迦过去造幡悬塔上得报缘”。

③ 按，《道纪传》所说的“归戒”，其实就是“三归五戒”的简称，例见东晋帛尸梨蜜多罗译《佛说灌顶经》卷三(参《大正藏》卷二一，第 503 页中—504 页中)。

狱,涌身在空,作十八变。王见是事,求哀悔过。王即问云:以何业缘在此狱中?离越答言:我于往昔,亦曾失牛,寻迹到山,见辟支佛独处坐禅,即便诬谤,经一日夜,以是因缘堕落三途,余殃未尽,今成罗汉,犹被诽谤。①

据此,可知《金藏论》中当有一缘叫做"口失缘"。而其例证,仍然是佛经故事的摘引(但文字方面稍有改动)。它摘自《杂宝藏经》卷二《离越被谤缘》②,文字则比原经少了 83 字(约三分之一。按,原经 278 字,此处仅有 195 字)。而经文内容的压缩,笔者以为似出道纪之手,而非从义所为。易言之,"经云"之后的文字,可能是从义照录道纪之原文。

《道纪传》又说道纪撰集《金藏论》的宗旨是"大启福门",即借之宣扬善有善报、恶有恶报的因果报应思想。如上引《口失缘》中,即使已证成阿罗汉的离越比丘,也逃脱不了宿业之报,更何况普通信众呢?再如北宋释允堪(?—1061)述、日本释慧光合《净心诫观法发真钞》卷三曰:

《金藏经》云:一切有情,归依三宝,以清净信心造一念善,佛悉知之,经无量劫亦不忘失,亦不杂乱。如人以一滴水寄大海中,佛悉知之,不错不乱,意颇同也。③

而这种对善恶报应观的强调,恰与慧皎《高僧传·唱导》之"论曰"所载东慧远(334—416)改革唱导时"先明三世因果"④的措施完全

① 《大藏新纂卍续藏经》第 28 册,第 212 页中。又,丁福保《佛学大辞典》"《金藏经》"条的解释,主要出于此段引文(即"此之一缘"之前的文字),且增加了"《义疏六帖》中往往引之,今不传"的说明(上海:上海书店出版社,1991 年,第 1345 页下)。而据新发现的《金藏论》,此条目应该有所修正了。
② 参《大正藏》卷四,第 457 页中。
③ 《大藏新纂卍续藏经》第 59 册,第 565 页中。
④ 《高僧传》,第 521 页。

一致。虽然《续高僧传》卷三〇未明确道纪之举到底是经师科还是唱导科，但五代释义楚于后晋开运二年（945）至后周显德元年（954）撰成的《释氏六帖》卷一二“化导人天部第二十三”“道纪《金藏》”条则把道纪事迹明确归为“唱导”，曰：

> 高齐之初，大弘《成实》，后事唱导，广读经论，集《金藏》行焉。后自讲之，七日一遍。兼养老母，扫塔为业，劝人持八戒。[1]

据此，道纪不但积极从事唱导这一面向世俗大众的弘法活动，而且《金藏论》就是唱导时所依据之底本，其故事多摘引自《杂宝藏经》、《报恩经》等叙事类佛典，宣唱事缘乃其最大特色，岂能说唱导自始至终只有表白一义？另外，道纪放弃讲《成实论》的专长，改事面对世俗大众的唱导，此表明唱导之性质、内容悉与纯粹讲说佛经义理的讲经迥然有别[2]。

二、唱导：中印之别与广义、狭义之分[3]

有人之所以对唱导理解存在以偏概全的疏误，是因为未能准确理解唱导在不同的历史阶段其含义有所变化，即它存在中印之别，有广义、狭义之分。

---

① 蓝吉富主编《大藏经补编》第 13 册，第 275 页。

② 按，《释氏六帖》题为“齐州开元寺讲《俱舍论》赐紫明教大师义楚集”，可见义楚本人即是讲经名家（《宋高僧》卷七谓其“俱舍一宗，造微臻极。遂传讲圆晖《疏》十许遍”，见范祥雍点校本第 160 页），因此，他对讲经、唱导之别自是了然于胸，不至于产生误判吧。

③ 按，关于这一点，拙撰《变文与唱导关系之检讨》（《敦煌研究》1999 年第 4 期，第 1—10 页）已有所揭示，但不明确。此部分即以前文基础，重新撰出，代表的是笔者最新的思考。不当之处，请读者不吝赐教。

历史上首先对佛教唱导史进行全面清理的是释慧皎，其《高僧传》卷一三《唱导》有“论曰”云：

> 唱导者，盖以宣唱法理，开导众心也。昔佛法初传，于时齐集，止宣唱佛名，依文致礼。至中宵疲极，事资启悟，乃别请宿德，升座说法。或杂序因缘，或旁引譬喻。其后庐山释慧远，道业贞华，风才秀发。每至斋集，辄自升高座，躬为导首。先明三世因果，却辩一斋大意，后代传授，遂成永则。故道照、昙颖等十有余人，并骈次相师，各擅名当世。
>
> 夫唱导所贵，其事四焉：谓声辩才博。非声则无以警众，非辩则无以适时，非才则言无可采，非博则语无依据。至若响韵钟鼓，则四众惊心，声之为用也。辞吐后发，适会无差，辩之为用也。绮制雕华，文藻横逸，才之为用也。商榷经论，采撮书史，博之为用也。若能善兹四事，而适以人时。①

慧皎于此，讲了六层意思：

一、开头一句着重从功能论来定义唱导。而这种说法也有经典依据，如西晋竺法护译《佛说无垢贤女经》曰：“佛告女菩萨无垢贤女：汝于胞胎，为众生作唱导；如来等正觉，亦于五道为一切众生作唱导。”②题为东晋帛尸梨蜜多罗译《佛说灌顶经》卷一一则说普广菩萨十二事之中：“八者合集众人，为作唱导，普得信心。”③易言之，唱导的接受对象确实是尚未悟道的普通民众。

二、参照义净大师(635—713)对印度唱导的记载，可知中土初期(慧远之前)“宣唱佛名，依文致礼”之唱导形式源出天竺。义净《南海寄归内法传》卷四“赞咏之礼”载印度那烂陀寺之唱导法是：

---

①《高僧传》，第521页。

②《大正藏》卷一四，第914页中。

③《大正藏》卷二一，第532页上。

差一能唱导师，每至晡西，巡行礼赞。净人童子持杂香华，引前而去。院院悉过，殿殿皆礼。每礼拜时，高声赞叹，三颂五颂，响皆遍彻。迄乎日暮，方始言周。此唱导师，恒受寺家别料供养。或独对香台，则只坐而心赞。或翔临于梵宇，则众跪而高阐。然后十指布地，叩头三礼，斯乃西方承藉礼敬之仪。……且如礼佛之时，云叹佛相好者，即合直声长赞，或十颂二十颂，即其法也。又如来等偈，元是赞佛，良以音韵稍长，意义难显。或可因斋静夜，大众凄然，令一能者，诵《一百五十赞》及《四百赞》，并余别赞，斯成佳也。①

据此，则知印度佛教唱导是继承印度固有的礼敬之仪而来，其性质是巡行礼赞，作用在赞唱导引，相当于今天各种礼仪活动中的司仪。而慧远之前的唱导，与印度佛教唱导亦有相同之处——如都可以赞佛功德，引导礼拜动作之类。对此，北宋赞宁《大宋僧史略》卷二“行香唱导”条也深表赞同：

唱导者，始则西域，上座凡赴请，咒愿曰“二足常安，四足亦安，一切时中皆吉祥”等，以悦可檀越之心也。舍利弗多辩才，曾作上座，赞导颇佳，白衣大欢喜，此为表白之椎轮也。……又西域凡觐国王，必有赞德之仪。法流东夏，其任尤重，如见大官谒王者，须一明练者通暄凉，序情意，赞风化，此亦唱导之事也。齐竟陵王有导文，梁僧祐著《齐主赞叹缘记》及诸色咒愿文，陈隋世高僧真观，深善斯道，有《道文集》焉。

---

① [唐]义净原著，王邦维《〈南海寄归内法传〉校注》，北京：中华书局，1995年，第177页。又，义净所说的《一百五十赞》及《四百赞》都是摩咥里制吒所作，关于其传播情况，可参陈明《摩咥里制吒及其〈一百五十赞佛颂〉的传译》(《国外文学》2002年第2期，第108页—113页)、《〈四百赞〉：丝绸之路被湮没的佛教赞歌》(《南亚研究》2003年第1期，第73页—79页)。

从唐至今，此法盛行于代也。[1]

赞宁在此既区分了东土、印度（西方）唱导之不同，又列举了萧齐至陈、隋之间唱导名家及其有代表性的作品；同时还指明了一个事实：即中土唱导的施行确实受过西方唱导的影响，因为唐宋时期的表白即源于西方的唱导。

三、唱导是中土佛教大众化的弘法方式之一，早在东晋慧远之前就已流行。它除了用宣唱佛名、依文致礼一类的表白之外，还可以请高僧大德升座说法。说法之时，可以讲因缘譬喻之类的佛经故事，而这类故事因情节生动富有文学性，故最吸引人。

四、慧远对唱导的改革，首先在于他使唱导程式化，确立了首席唱导师即导首制度，给后世唱导树立了法则。而导首之说，同样有佛典依据[2]，西晋竺法护译《普曜经》卷一即说菩萨（即释迦牟尼）“虽在尘劳，皆来归命，为众导首”[3]。什译《妙法莲华经》卷五则说：

> 是菩萨众中有四导师：一名上行，二名无边行，三名净行，四名安立行。是四菩萨，于其众中最为上首唱导之师，在大众前，各共合掌，观释迦牟尼佛而问讯言：“世尊！少病、少恼，安乐行不？所应度者，受教易不？不令世尊生疲劳耶？”
>
> 尔时四大菩萨而说偈言：

---

①《大正藏》卷五四，第242页，上—中。又，“道文”即“导文”。因为“唱导”也写作“唱道”，如敦煌文书之P. 3330《唱道文一本》、P. 3334《声闻唱道文》、S. 5660va《菩萨唱导文》、S. 6417c《自恣唱道文》，考其内容，实大同小异。

② 释赞宁即发现了这一点，其《宋高僧传》卷三〇“论曰”有云：“昔梁《传》中立篇第十曰《唱导》也，盖取诸经中‘此诸菩萨皆唱导之首’之义也。”（范祥雍点校本，北京：中华书局，1987年，第756—757页）惜其未详引具体的经典出处。

③《大正藏》卷三，第484页上。

世尊安乐，少病少恼，教化众生，行无疲倦？

又诸众生，受化易不？不令世尊，生疲劳耶？[①]

其实，“导首”与“上首唱导之师”，其义一也。尤其《法华经》所载四位上首导师所说四言体偈颂，按照前揭义净的记载，它就是导师的唱导文本，并且是用诗歌体[②]。此外，既然慧远“躬为导首”，则知唱导时担任导师者必有多人，但首席唱导师只有一人。若回过头来审视《道纪传》，说道纪出外唱导总是同行七人（加上道纪自己，共为八人），则知道纪在这个团体中就是导首。换言之，慧远创立的导首制度，甚至连北齐也在遵照执行。其影响之深远，可见一斑。

其次，“先明三世因果，却辩一斋大意”一句，则指慧远确立了三世因果是佛教唱导的思想宗旨。此点，其后的唱导师亦多遵从，如释道照（388—453）为宋武帝唱导就是：“初夜略叙百年迅速，迁灭俄顷。苦乐参差，必由因召。”[③]若再结合慧远讲经时常有引用中土俗书使惑者晓然的举措[④]，想来他在唱导之时也不会例外。事实上，东晋以后的唱导师也就这样做的。如祇洹寺释道照是“少善尺牍，兼博经史。十八出家，止京师祇洹寺。披览群典，以宣唱为业”[⑤]，瓦官寺释慧璩是“读览经论，涉猎书史。众技多闲，而尤善唱导。出语成章，动辞制作，临时采博，罄无不妙”[⑥]。无论“兼博经史”或“涉猎书史”，都是在说唱导师的“不废俗书”之举。

---

①《大正藏》卷九，第 40 页上。

② 按，佛经偈颂，从本质讲是音乐文学，且具有仪式性的特点。详细分析可参拙撰《汉译佛典文体及其影响研究》（上海：上海古籍出版社，2010 年，第 146—172 页）。

③《高僧传》，第 510 页。

④《高僧传》卷六慧远本传说远讲经时：“乃引《庄子》义为连类，于是使惑者晓然，是后安公特听慧远不废俗书。”（第 212 页）

⑤《高僧传》，第 510 页。

⑥《高僧传》，第 512 页。

五、唱导举行的场合在大众斋集时，即它多与特定的斋会相联系。例如南齐瓦官寺释慧重（412—487）“每率众斋会，常自为唱导”①。而道纪唱导，据其本传，则与法社斋密切相关。所谓法社，是：

> 为在家之佛教徒所组成之信仰团体，其性质类似义邑。始于东晋庐山慧远所创之白莲社，其组织成员，在南方以贵族、知识阶级为主，北方则以平民为中心。又如北齐之道纪，于乡间极力呼吁禁屠，结成强调持戒之法社。②

据宋明帝敕中书侍郎陆澄（425—494）撰《法论》目录，中有东晋慧远法师之《法社节度序》③，后世一般把此法社等同于白莲社，但社中斋会有无唱导，史书阙载，故暂不讨论。而南北朝以来，法社建立的经典依据，多是题为西晋竺法护译之疑伪经《法社经》，如僧祐撰有《法社建功德邑记》，其注云：“出《法社经》。”④其经虽佚，但传世文献中偶有引用，如盛唐来华学僧新罗释太贤撰《本愿药师经古迹》卷下曰：

> 《法社经》云“贫者一灯亦得成故”。各置七灯者，迈师云：像前一座造七轮灯，形如车轮，一一像座前各置一轮灯，一一轮上各安七盏灯。⑤

细绎其意，是说《法社经》对于贫者置灯供养的要求是一灯也可，但

---

①《高僧传》，第516页。

② 慈怡主编《佛光大辞典》，高雄：佛光出版社，1988年，第3362页上。

③［梁］僧祐撰，苏晋仁、萧炼子点校《出三藏记集》，北京：中华书局，1995年，第437页。

④《出三藏记集》，第479页。

⑤《大正藏》卷三八，第262页上。

一般情况是七灯供养。而道纪《金藏论》中辑有“灯缘”故事，又十分重视数字“七”，显然与《法社经》有关[1]。而《金藏论》七卷，七日讲完，疑每天法社斋上唱导时道纪只宣讲其中的一卷。而每卷又包括不同的事缘，每一事缘辑录的小故事多寡不一（如卷五包括四种缘：“塔缘”、“像缘”、“香花缘”、“灯缘”各有九、五、五、四个小故事），即使讲完整卷之全部事缘故事，其实时间花费也不是很长。

再者，《道纪传》既谓其劝谕大众行八戒，则知法社斋又与八关斋关系密切。而慧皎《唱导》“论曰”亦以“八关斋”为例来说明唱导之情形：

> 至如八关初夕，旋绕行周，烟盖停氛，灯惟靖耀。四众专心，叉指缄默。尔时导师则擎炉慷慨，含吐抑扬，辩出不穷，言应无尽。[2]

“八关”，即八关斋。既然慧皎特别强调了唱导之时有“烟”、“灯”之事，则知参加唱导法事活动者尚有“香火”一类礼仪性的职事人员。道纪宣教集团之所以有八人，除了他自己作为导首外，定然也包括这一类在斋会上配合他唱导的职事人员。

六、总结了“声辩才博”是唱导活动的四准则。而唱导之“声”，一方面指导师的表白（此即狭义的唱导），另一方面也涵盖了呗赞与转读。日本学者泽田瑞穗早就指出，转读与呗赞是唱导文学生成的基础[3]，其言良是。

---

① 按，杂密经典也十分重视数字“七”，如《佛说灌顶经》卷一二（即晋译本《药师经》）所述药师如来信仰即如此（参《大正藏》卷二一，第 535 页中）。而药师信仰早在皇兴二年（468）就流行于北魏（参敦研三四三《皇兴二年康那造幡发愿文》），故道纪之举，也受到《药师经》的深刻影响。

②《高僧传》，第 521 页。

③ 泽田瑞穗《支那佛教唱导文学の生成》，《智山学报》新 13 卷，1939 年，第 94 页—127 页，特别是第 102 页—103 页。

参与唱导法事者虽有香火、梵呗和经师等人，但最重要的还是导师。因为唱导所贵四事中的后三项——辩、才、博，均是针对导师而言的，尤其是要求导师能有随机应变的临场技巧。慧皎《唱导》"论曰"即云：

如为出家五众，则须切语无常，苦陈忏悔。若为君王长者，则须兼引俗典，绮综成辞。若为悠悠凡庶，则须指事造形，直谈闻见。若为山民野处，则须近局言辞，陈斥罪目。凡此变态，与事而兴，可谓知时知众，又能善说。①

易言之，导师在不同的场合，面对不同的听众，唱导的内容也迥然有别。如对出家五众（比丘、比丘尼、式叉摩那、沙弥、沙弥尼），可宣唱佛教的根本义理——如"诸行无常"、"诸法无我"、"涅槃寂静"等，而且还应结合忏悔一类的佛教仪轨；对世俗统治者，则可从他们熟知的俗典入手，采用较为典雅的语言，用格义法来解说相关事缘；对普通百姓而言，则要求用他们亲眼所见、亲耳所闻的事例来说服他们相信佛教的无量功德；而山野百姓，因其多以渔猎为生，按照佛教一般的说教，他们是在造恶业，有违前述八关斋戒中"不杀生"之戒条，故唱导时就应用严厉的语辞，当面指出他们将要承受的罪报，使其能早日弃恶扬善。

有趣的是，佛教唱导史上还真有声、辩、才、博俱佳的唱导师。如《南史》卷四八《陆慧晓传》载：

时有王斌者，不知何许人。著《四声论》行于时。斌初为道人，博涉经籍，雅有才辩，善属文，能唱导而不修容仪。……后还俗，以诗乐自乐，人莫能名之。②

① 《高僧传》，第 521 页。
② [唐]李延寿撰《南史》，北京：中华书局，1975 年，第 1197 页。

王斌能著《四声论》，表明他佛教音声法事十分精熟，加上“辩”、“才”、“博”，唱导所贵四项准则在他身上，可谓一应俱全。虽说他后来还俗了，却以“能唱导”而入正史，说明他在佛教唱导史上的地位是其他很多人所不能相比的。

据慧皎记载，导师唱导时也可使用相对固定的文本，即唱导文（简称导文）。《高僧传·唱导》“论曰”总结说：“若夫综习未广，谙究不长，既无临时捷辩，必应遵用旧本，然才非己出，制自他成。”[①]既言“旧本”，当是祖师授习代代相传而来。此种状况，隋唐时期依然如故，道宣《续高僧传》卷三〇《隋京师日严道场释慧常传》即说“梵导赞叙，各重家风”[②]。“梵”者，梵呗也；“导”者，唱导也。也就是说，此时不但唱导有师承之别，连梵呗也一样了。

以上所述，主要是对慧皎《高僧传》“唱导”科的历史性分析（东晋—梁）。而在佛教唱导史上，除了东晋慧远的改革外，后来还有一次重要的改革。《续高僧传》卷三〇《隋苏州栖霞寺释法韵传》载释法韵（570—604）：

> 追慕朋从，偏工席上，骚索远度，罕得其节。诵诸碑志及古导文百有余卷，并王僧孺等诸贤所撰。至于导达，善能引用。[③]

据此，法韵唱导也是多用旧本，即用王僧孺等人撰出的唱导文。既然梁陈时期的唱导文至隋代已被称作“古导文”，那么，当时应该有了新式“唱导文”或唱导法问世。对此，《续高僧传》卷二《隋东都上林园翻经馆沙门释彦琮传》指出：

> 大定元年正月，沙门昙延等同举奏度，方蒙落发，时年二十有五。至其年二月十三日，高祖受禅，改号开皇。即位讲

---

①《高僧传》，第522页。

②《大正藏》卷五〇，第740页下。

③《大正藏》卷五〇，第703页下。

> 筵，四时相续，长安道俗，咸拜其尘。因即通会佛理，邪正沾濡，沐道者万计。又与陆彦师、薛道衡、刘善经、孙万寿等一代文宗著《内典文会集》。又为诸沙门撰《唱导法》，皆改正旧体，繁简相半，即现传习祖而行之。[1]

释彦琮(557—610)是隋代最著名的学僧与翻译家之一，他学识渊博，曾撰《众经目录》。开皇元年(581)隋文帝刚即位便委以讲筵之任，他讲经释论，名标当世。其所撰《唱导法》，至唐仍“祖而行之”，这说明他对唱导的第二次改革取得了极大的成功，已成为隋唐两代的通则。而其改革的特点在“繁简相半”，大概是简化了唱导程式。但到底哪些方面被简化了，因史料缺乏，故笔者在此不妄作推断[2]。

至此，我们可结合相关史料对中(晋—隋之时)、印唱导之异同做一归纳，如表所示：

类别 区别项	中土唱导	印度(西方)唱导	备注
主持人	唱导师(导师)，特别首席唱导师(导首)	唱导师(导师)，亦有导首之说[3]	同
参与者(法事人员)	香火，经师，梵呗，维那[4]	净人童子	异
作用	宣唱法理，开导众心；赞佛	巡行礼赞(赞叹佛德，咒愿施主之类)	同中有异

① 《大正藏》卷五〇，第436页下。

② 按，最近有人依据敦煌文献中的唱导文试图还原六朝以来的唱导仪式，可备一说。参陈烁《敦煌遗书的“唱导”仪式与唱导文之关系探微》，《甘肃社会科学》2012年第4期，第244—247页。

③ 按，前引《妙法莲华经》卷五所载“上首唱导之师”，实即“导首”。

④ 考虑到唱导多与斋会相联系，故而当有维那来维持斋会秩序。

（续表）

类别 区别项	中土唱导	印度（西方）唱导	备注
经济目的	可得财施，以兴福业等①	劝施财物以作供养	基本相同
可配合行仪	忏悔，劝请，随喜，回向，发愿等②	礼敬，咒愿等③	同中有异
使用文本	导文，可用旧本，但多要求导师临场制作	经中赞颂或已有之佛赞，多为他作	同中有异
导文文体	散文偈颂合一	以偈颂为主	同中有异
表演方式	散文用表白，偈赞多吟唱	以赞唱为主	同中有异

---

①《高僧传》卷一三《齐齐隆寺释法镜传》载法镜唱导是"不拘贵贱，有请必行，无避寒暑。财不蓄私，常兴福业"(第 520 页)。

②《高僧传》卷一三《宋灵昧寺释昙宗传》载昙宗"尝为孝武唱导，行菩萨五法礼竟，帝乃笑谓宗曰：'朕有何罪，而为忏悔？'宗曰：'昔虞舜至圣，犹云予违尔弼。汤武亦云万姓有罪，在予一人。圣王引咎，盖以轨世。陛下德万往代，齐圣虞殷，履道思冲，宁得独异。'帝大悦。"(第 513 页)这里"菩萨五法"，即指《菩萨五法忏悔文》所说的五悔法——忏悔、劝请、随喜、回向、发愿五行仪。

③ 咒愿，也叫祝愿，在印度一般是指比丘在接受斋食时，根据施主意愿，用简单语句(多为偈语)进行祈愿之仪式。其性质与汉地佛教界在法事圆满之后所作的回向基本相同。咒愿中使用的文句，称做咒愿文。如东晋佛陀跋陀罗与法显译《摩诃僧祇律》卷三四《明威仪法》中即列举为亡人施福、为生子设福、入新舍设供、为估客旅行设福、为娶妇而施及为出家人布施等各类咒愿文。其中，为亡人施福之咒愿文是："一切众生类，有命皆归死，随彼善恶行，自受其果报，行恶入地狱，为善者生天，若能修行道，漏尽得泥洹。"(《大正藏》卷二二，第 500 页中)前引《大宋僧史略》卷中"二足常安，四足亦安，一切时中皆吉祥"，则是赴请时的咒愿文。

（续表）

区别项＼类别	中土唱导	印度（西方）唱导	备注
表演场合	斋会，荐亡法会等①	受斋时	基本相同
对导师之要求	声辩才博	最重声，且可用心赞②	同中有异
唱导文学的主体	叙事文学	赞颂诗	异

至于隋唐时代的唱导，周叔迦先生爬梳梁、唐、宋三《高僧传》唱导史料之后，指出它已是经导合流，并且推测原因为“俗讲兴而唱导衰废”③。此话不全对，因为作为表白类的唱导一直在各种法会上施行，而唐宋时期文献中此类记载甚多，甚至在晚唐五代还出现了专门的表白科与表白法师④。而此类导师，按照赞宁《大宋僧史略》卷中“国师”条之注，实源出于中古时期“唱导科”中的唱导之师（按，源、流关系虽然密切，但源并不等同于流）。其注云：

> 导师之名而含二义，若《法华经》中商人白导师言，此即引路指迷也；若唱导之师，此即表白也。故宋衡阳王镇江陵，因斋会无有导师，请昙光为导；及明帝设会，见光唱导称善，敕三衣瓶钵焉。⑤

而今存唱导文，无论《广弘明集》卷一五所载简文帝萧纲的《唱导

① 如《高僧传》卷一三提到释昙宗为宋孝武帝殷淑仪三七会而唱导事（参第513页）。

② 心赞，即心念，也就是不出声的赞唱。它相当于唐金刚智译《金刚顶瑜伽中略出念诵经》卷四所说四种赞咏法（音声念诵、金刚念诵、三摩地念诵、真实念诵）中的第三种，原经指出：“三摩地念诵，心念是也。”（《大正藏》卷一八，第248页上。）

③ 参周叔迦《漫谈变文的起源》，《现代佛学》1954年第2期，第15页。

④ 具体例证可参前引孙楷第、姜伯勤二先生之宏文，此不复赘举。

⑤《大正藏》卷五四，第244页下。

文》,还是敦煌文献中的各类唱导文,大多确实属于表白类的疏文,此即误认为唱导自始至终只有表白一义的原因所在。然而道纪《金藏论》的发现,为我们提供了事缘类唱导的文本实证,因此,从一定程度讲,周叔迦先生"俗讲兴而唱导衰废"的论断,又自有其合理的一面。因为隋末唐初俗讲生成之后①,唱导宣唱事缘部分的内容(或曰叙事功能)主要由俗讲(或故事类变文)继承了。

综上所述,我们可以得出如下结论:

唱导有广义、狭义之分:其中隋代以前为广义用法,它是指佛教流行的弘法形式之一,常与斋会相结合,主要以讲、唱方式来宣说佛理,慧皎所论即属于此②;隋唐两宋,则为狭义用法,义为表白,赞宁等人所论属于此类。而狭义唱导,只是广义唱导(法会活动)中的有机组成部分之一,它可以溯源至印度(西域)之唱导。易言之,印度佛教的唱导传入中土之后,几经改革,已经发生了较大变易,特别在晋—隋之间。

(本文 2013 年 8 月 19 日宣读于"中国敦煌吐鲁番学会成立三十周年国际学术研讨会")

---

① 关于俗讲的生成年代,参拙撰《几个有关"俗讲"问题的再检讨》,《敦煌学辑刊》2012 年第 1 期,第 68—77 页。

② 参蓝吉富主编《中华佛教百科全书》,台南:中华佛教百科文献基金会,1994 年,第 3785 页右栏。又,是书虽未明说是广义,但它以慧皎所论来定义"唱导",笔者以为所取实为广义说。

《佛说续命经》研究

敦煌遗书中有不少佛教疑伪经，虽然学术界对此已有比较综合的考察和全面的研究①，但是说到具体的每一部经典，则依然存在不少问题。本文择取其中的一部小经《佛说续命经》（下文简称《续命经》）为例，稍作文献学及思想史的梳理，谨请方家批评指正。

一、《续命经》的存本情况

有关《续命经》的文本，主要保存在敦煌遗书中。对此，曹凌曾做过专门的考察，并将它们别为三类②。兹在其基础上，列表如下。

---

① 关于这一类经典的录文主要见于《大正藏》卷八五之“疑似部”，代表性的研究成果，则有[日]矢吹庆辉《敦煌出土疑伪古佛典について》（《宗教研究》第3卷第10号，1919年，后收入《鸣沙余韵解说篇》，东京：岩波书店，1933年）、牧田谛亮《疑经研究》（京都：临川书店，昭和五十一年），曹凌《中国佛教疑伪经综录》（上海师范大学硕士学位论文，2009年）等。

② 曹凌《中国佛教疑伪经综录》第251—252页。

《续命经》存本情况一览表

	类型 1	类型 2	类型 3
写本编号	房山石经 201 号(首尾全,首题“续命经”,尾题“续命经一卷”,并云:“咸通二年四月八日杨君亮镌”)。	P. 2374b(首尾全,首题“佛说续命经”,尾题“佛说续命经一卷”)。又,本经之前抄写的是《佛说延寿命经》,之后所抄是《佛说天请问经一卷》,卷尾题记曰:“维大周显德六年四月八日瓜州水典禅院师惠光发心敬写《延寿命经》《续命经》《天请问经》三卷,计写四十九卷,同发心施主报宜清吉,永充供养。”①	P. 3932c(首尾全,首题“佛说续命经”,尾题“佛说续命经一卷”)。
	房山石经 327 号(首尾俱残,唐刻本)。		
	B. 8247a(首尾全,首题“续命经”,尾题“佛说续命经一卷”)。	甘博 016 号 F(首尾全,首题“佛说续命经”,尾题“佛说续命经一卷”)。	S. 5679b(首尾全,首尾题“佛说续命经一卷”)。
	P. 3115(首尾全,首题“佛说续命经”,尾题“佛说续命经”,卷末有题记“天复元年五月十六日母氾辰女弘相病患资福喜命计写《续命经》一卷,灵图寺律师法晏写记”)。		

① 本卷抄完《天请问经》之后,却又有尾题曰“佛说延寿命经”,疑此是书手对三种经文的统称,旨在突出三经都有“延寿命”的功德之用。

(续表)

	类型 1	类型 2	类型 3
	P. 3760Vc(首尾全,首题"佛说续命经",尾题"佛说续命经一卷")。		
	S. 3795(首尾全,首题"佛说续命经")。		
	S. 5531e(首尾全,首题"佛说续命经",尾题"佛说续命经一卷",卷末有题纪"庚辰年十二月廿日")。		
	S. 5535c(首尾全,首题"佛说续命经",尾题"佛说续命经一卷")。		
	S. 5581b(首尾全,首题"佛说续命经",尾题"佛说续命经一卷")。		
	S. 5618b(首尾全,首题"佛说续命经",尾题"佛说续命经一卷")。		
	安思泰塔刻本,长安三年(703)①。		

① 按,本件曹凌未提及。又,较早公布这一刻经的是张乃翥(《跋龙门石窟近藏长安三年、大中六年之幢塔刻石》(《敦煌研究》1998 年第 1 期),但张先生对经文的拟题有误。后来杨超杰在《龙门馆藏佛塔与〈观世音十愿经〉》中也有录文,且怀疑这是佚失已久的《观世音十愿经》(《中国文物报》2004 年 7 月 7 日第 7 版),亦误。

(续表)

	类型 1	类型 2	类型 3
经文(各取一种作为代表)	P. 3760V3① 云： 南无大慈大悲救苦观世音②！惟愿圣手摩我顶，救护娑婆世界重罪者，安着涅槃解脱地。每供养诸佛，度一切，如影随形，愿恒受持，得不舍利(离)。西方阿弥陀佛！观世音菩萨！得大势至菩萨！有能诵此一佛二菩萨名者，得离生死苦，永不入地狱，恒值善诸识。有疑有难者，诵此经一千遍，即得解脱。 一愿三宝恒存立，二愿风雨顺时行，三愿国王寿万岁，四愿边地无刀兵，五愿三涂离苦难，六愿百病尽消除，七愿众生行慈孝，八愿屠人不煞生，九愿狱因(囚)诉	甘博 016F③ 云： 南无大慈大悲观世音！唯愿圣手摩我顶，救护娑婆世界重罪者，安着涅般(槃)解脱地。唯愿十方海供养诸佛，度一切，如影随身，观世音！愿恒受持，得不舍利(离)。西方阿弥陀佛！观世音菩萨！德大势至菩萨！有能诵此一佛二菩萨名者，得离生死苦，永不入地狱，恒值善诸识。有疑有难者，诵此经满千遍，即得解脱。 一愿三宝恒存立，二愿风雨顺时行，三愿国王受(寿)万岁，四愿边地无刀兵，五愿三途离苦难，六愿百病尽消除，七愿众生行慈孝，八愿屠儿不煞生，	S. 5679b④ 云： 南无大慈大悲救苦观世音！惟愿十方圣手摩我顶，救护娑婆世界重罪者，安着涅槃解脱地。惟愿十方圣手海供养诸佛，度一切，如影随形。观世音菩萨！西方阿弥陀佛！得大势至菩萨！有能诵此一佛二菩萨名者，得离生死苦，永不入地狱，恒值善诸识。有疑有难者，[□](诵)此经一千遍，即得解脱。 一愿三宝恒存立，二愿风雨顺时行，三愿国王寿万岁，四愿边地无刀兵，五愿三涂离苦难，六愿万病尽消除，七愿众生行慈孝，八愿屠人不煞

① 本件经文抄在《佛说观音经》、《佛说地藏菩萨经》之后。

② 最早的安思泰刻本无“救苦”二字，此当是受第三型经文影响所致，即各类型《续命经》在流播过程中文字上会互相影响。

③ 本件经书抄在《劝善经》、《佛说地藏菩萨经》、《佛说摩利支天经》、《佛说如来成道经》、《佛说延寿命经》之后，其后则抄《佛说观世音经》与《佛说炽盛光大威德消灾吉祥陀罗尼经》。

④ 本件文书前所抄写的是《佛说延寿命经》。

（续表）

	类型 1	类型 2	类型 3
	得脱，十愿法界普安宁。 眼愿莫见刀光刃，耳愿莫闻怨枉声，口愿不用违心语，手愿不煞一众生。总愿当来值弥勒，连臂相将入华城。	九愿牢囚谁（诉）得脱，十愿法界普安宁。 眼愿莫见刀光刃，耳愿莫闻怨枉声，口愿不用遗心语，手愿不煞一众生。总愿当来值弥勒，连避（臂）相将入化城。 佛告阿难："若善男子善女人诵此经千遍，即得解脱。"	生，九愿牢囚诉得脱，十愿法界普安宁。 眼愿莫见刀光劫，耳愿莫闻冤枉声，口愿莫用违心语，手愿莫煞一众生。总愿当来值弥勒，连臂相将入花城。 佛告阿难："若善男子善女人等，随年写此经，受持读诵者，延年益寿，灾障不侵。"阿难闻佛所说，皆大欢喜，信心奉行。

按，表中有着重号的部分，是三种类型经文的相异之处，且各有优劣。从表中我们可知，有明确纪年且时间最早者是长安三年（703）的安思泰塔刻本，最晚的则是显德六年（959）抄本。而最早著录是经的是释明佺等撰的《大周刊定众经目录》，该经录完成于武则天天册万岁元年（695）[①]，此早于安思泰刻本8年，故而我们有理由相信，三种文本类型中最先问世的应当是第一种，即文本最简者（正因为其文字简省，镌刻起来相对容易，所以才成为两种石

① 此表明《续命经》的出现肯定早于695年。再考虑此前于麟德元年（664）问世的道宣之《大唐内典录》未著录是经的史实，则《续命经》的问世当在664—695年之间。更为重要的是经中的"观世音"不避唐太宗李世民之讳，而译经不避庙讳、国讳之事是在仪凤四年（679）以后（参彦悰《佛顶尊胜陀罗尼经序》，《大正藏》卷一九，第355页，上—中），则《续命经》问世的时间可缩小范围在679—695年之间。

刻——安思泰塔刻与房山石刻的经本);再从存本最多的事实分析,在8—10世纪间,《续命经》最流行的文本也是类型1。当然,三种文本在主体思想上,则差别不是太大。

至于第二、三型经文出现时间之先后,一般说来较难判定,因为二者经尾部分都有类似于咐嘱流通分的文字(即佛告阿难云云)。但是从第三型比第二型文字更详细的事实推断,第三型出现的时间可能晚于第二型,这在思想史方面亦有一些证据(详见下文之分析)。

二、《续命经》的思想来源与影响

(一) 思想来源

1. 经题"续命"的背景

考"续命"一词在汉译佛经中比较少见,但常常和救赎思想有关[①]。救赎方式虽有自救与他救之别,一般更多的是自救。如北魏吉迦夜、昙曜共译《杂宝藏经》卷四《比丘补寺壁孔获延命报缘》云:

> 昔有比丘,死时将至,会有外道婆罗门见,相是比丘,知七日后必当命终。时此比丘,因入僧坊,见壁有孔,即便团泥,而补塞之。缘此福故,增其寿命,得过七日。婆罗门见,怪其所以,而问之言:"汝修何福?"比丘答言:"我无所修,唯于昨日,入僧房中,见壁有孔,补治而已。"婆罗门叹言:"是僧福田,最为深重,能使应死比丘续命延寿。"[②]

① 关于这方面的研究,可参刘涤凡《敦煌写卷中土造经的救赎思想》,《中华佛学学报》第14期,第231—266页。

②《大正藏》卷四,第469页上。

于此，比丘修补寺壁的行为，应视作是一种自救之善行，故得"续命"之善报。而"续命"之意，主要是指"延续现世生命"。相同的记载，又见于梁代僧祐所撰《释迦谱》卷五：

> 及《迦叶语阿难经》云：塔成，造千二百织成幡，及杂华。未得悬幡，王身有疾，伏枕，慷慨曰："若威灵有感，愿察我至诚。"诸塔并列于坐隅，俯临王前，王手自系幡，以次而去，各还其所。王体羸弊，取幡不赡。有诸比丘行助王取之，故今上幡，先令比丘将之也。由是病愈，增算十二，故因名为续命幡。①

阿育王造幡的用意，同样是在自救延续现世生命。不过，唐代道世编《法苑珠林》卷三六对阿育王的"续命"时间，则有不同的说法，曰：

> 《迦叶诘阿难经》云：昔阿育王自于境内立千二百塔。王后病困，有一沙门省王病。王言："前为千二百塔，各织作金缕幡，欲手自悬幡散华，始得成辨。而得重病，恐不遂愿。"道人语王云："王好叉手一心。"道人即现神足，应时千二百寺皆在王前，王见欢喜，便使取金幡金华悬诸刹上，塔寺低昂，即皆就王手。王得本愿，身复病愈。即发大意，延寿二十五年，故名续命神幡。②

---

①《大正藏》卷五〇，第 79 页上。另外，需要指出的是，《迦叶语阿难经》中的"语"字，当是"诘"之讹，因为历经经录中皆作"诘"，如僧祐《出三藏记集》卷四载《迦叶责阿难双度罗汉喻经》"一名《迦叶诘阿难经》"（苏晋仁、萧炼子点校本，北京：中华书局，1995 年，第 132 页）。

②《大正藏》卷五三，第 568 页中。

道世所引经文比僧祐更详细，有可能是《迦叶诘阿难经》的另一译本[①]。无论真实情况到底如何，二者都有共同点，那就是出现了救赎工具——续命(神)幡。

对续命幡更详细的介绍见于题为“东晋天竺三藏帛尸梨蜜多罗”所译《佛说灌顶经》卷一二之《佛说灌顶拔除过罪得度经》(简称《拔除过罪经》、《药师经》等)，经曰：

> 救脱菩萨又白佛言：“若族姓男女，其有厄羸着床痛恼无救护者，我今当劝请僧七日七夜斋戒一心，受持八禁，六时行道，四十九遍读是经典。劝然七层之灯，亦劝悬五色续命神幡。”阿难问救脱菩萨言：“续命幡灯法则云何？”救脱菩萨语阿难言：“神幡五色四十九尺，灯亦复尔。七层之灯，一层七灯，灯如车轮。若遭厄难，闭在牢狱，枷锁着身，亦应造立五色神幡，然四十九灯。应放杂类众生，至四十九，可得过度危厄之难，不为诸横恶鬼所持。”[②]

据《出三藏记集》卷四载：《灌顶经》原为九卷，后加入《梵天神策》、《普广经》、《拔除过罪经》而成为《大灌顶》十二卷[③]。同书卷五《新集疑经伪撰杂录》又载：“《灌顶经》一卷。一名《药师琉璃光经》。……宋孝武帝大明元年，秣陵鹿野寺沙门比丘慧简依经抄撰。此经后有《续命法》，所以遍行于世。”[④]准此，则知这一卷本的《灌顶经》是刘宋沙门慧简所撰作的伪经。而前引《灌顶经》卷一二之经文中，正

① 隋费长房《历代三宝纪》卷四、卷六即说该经有两个译本(参《大正藏》卷四九，第52页中；第65页中)：一是后汉安世高译，二是西晋聂承远译。不过唐人智昇《开元释教录》卷二认为前者所说译者有误(参《大正藏》卷五五，第500页中)。

②《大正藏》卷二十一，第535页中。

③ 参《出三藏记集》，第177页。

④《出三藏记集》，第225页。

有“续命法”的内容,则知它就是这一卷本的《灌顶经》[①]。

虽然现存最早的慧简本《药师经》被僧祐列入了疑伪经,但研究表明:慧简之前是存在《药师经》之真译本,只是慧简抄撰之后才把它编入十二卷本《灌顶经》[②]。结合前引《迦叶诘阿难经》则知,“续命幡”法确与佛经传译有关。而此后的《药师经》译本中,仍然有续命神幡之说,如玄奘译《药师琉璃光如来本愿功德经》曰:

> 时彼病人亲属知识,若能为彼归依世尊药师琉璃光如来,请诸众僧转读此经,炽七层之灯,悬着五色续命神幡,或有是处,彼识得还,如在梦中,明了自见。[③]

当然,《药师经》中的续命法,似以他力救赎为主。

《药师经》所载用续命幡来救赎苦难众生的做法,南北朝时就已十分流行,如敦研 343《皇兴二年康那造幡发愿文》(拟)即说:

> 皇兴二年四月八日,岁在戊申,清信士康那造成五色幡卌[□](九)尺,上十方诸佛,发精诚之愿:夫至道虚凝,幽玄难究,灵觉久潜,真途遂塞,缘使有形轮转昏迷,邪见缚着,利欲住而莫还。那恐沉溺,去真喻远,苌(长)夜翳障,永不自息。慨在聋俗,道世交丧,仰惟妙门虚空□释(?),微无不感,精专毕济。愿眷属所生,值遇诸□(佛),□闻经法;信解妙旨,朗悟道场;弃恶入善,三宝□正,更无邪念;与七世父母,现在眷属,内外诸亲,并无边众生,齐均信向,共成菩提,是那眷属之所至愿也。

---

① 有关十二卷本《灌顶经》的成书过程,可参[日]阿纯章《关于〈灌顶经〉的成书》,载《华林》第三卷,北京:中华书局,2003 年,第 173—182 页。

② 参[日]新井慧誉《经录からみたシナ译〈灌顶经〉成立に关する一考察—帛尸梨蜜多罗译の问题—》,载《集刊东洋学》39 号,1970 年 3 月,第 19—35 页。

③《大正藏》卷一四,第 407 页中。

愿文中的“五色幡”，其实就是续命神幡；而皇兴二年，即公元468年，此距慧简抄撰《药师经》的大明元年(457)才相差11年。尤为重要的是，隋唐五代的药师信仰在敦煌地区依然盛行，深受时人的喜爱和遵奉①。而明清时期，续命幡又和中土民俗相结合②。

总之，我们认为，中古以降兴盛的《药师经》中的“续命法”，极可能是《续命经》造作的思想背景之一。易言之，《续命经》经题“续命”似受“续命法”启示而来。

2. 对“一佛二菩萨”的崇拜

《续命经》里最崇拜的是一佛二菩萨，即西方阿弥陀佛、观音菩萨和大势至菩萨，他们一般被合称为“西方三圣”。其中，阿弥陀佛是西方极乐世界的主尊，观音、大势至则为阿弥陀佛的胁侍，是辅助阿弥陀佛教化众生者。他们之所以深得民众的尊奉，当和中古以降兴盛的弥陀净土信仰、观音信仰密切相关。在相关的经典中，三位尊神往往是同时出现的，如刘宋畺良耶舍译《佛说观无量寿经》云：

> 说是语时，无量寿佛住立空中，观世音、大势至是二大士，侍立左右，光明炽盛，不可具见，百千阎浮檀金色，不得为比。③

---

① 关于这一点，可参拙撰《敦煌密教文献论稿》，北京：人民文学出版社，2003年，第182—233页。

② 如明函可说、元赋等编《千山剩人禅师语录》卷二载端阳上堂是：“五月五，打艾虎。……石榴枝，续命缕。角亢氐，庚午土。四七三，唵苏噜。喝一喝云：急急如律令。下座。”(《嘉兴大藏经》第38册，第220页上)清德福说、圆顶等编《玉泉其白富禅师语录》卷一则载天中节上堂是：“端阳五月五，空悬一轮孤。家家结彩续命，户户兰汤去毒。”(《嘉兴大藏经》第38册，第953页下)这两例都说端午节有“续命缕”的民俗，疑其从“续命幡”演化而来。

③《大正藏》卷一二，第342页下。又，无量寿佛即阿弥陀佛。无量寿是意译，而阿弥陀为梵语Amitayus的音译之略。

刘宋昙无竭译《观世音菩萨授记经》则说："西方过此亿百千刹，有世界名安乐，其国有佛，号阿弥陀如来、应供、正遍知，今现在说法，彼有菩萨，一名观世音，二名得大势。"①

当然，相对说来，《续命经》最重视的还是观世音菩萨。这表现在开头即直呼其名，称赞其大慈大悲的品格，并且用第一人称的语气十分强烈地祈请她来授手摩顶。本来摩顶者是佛在嘱付大法时用手摩弟子之顶，或者预示弟子将来作佛。什译《法华经》卷六《嘱累品》即说："释迦牟尼佛从法座起，现大神力，以右手摩无量菩萨摩诃萨顶。"②唐智通译《千眼千臂观世音菩萨陀罗尼神咒经》卷下又云：

> 若有善男子善女人于晨朝、午时、日没三时，一时诵一遍者，即与种种供养十亿诸佛无有异也，永不受女身，命终之后永离三涂，即得往生阿弥陀佛国。如来授手摩顶，汝莫怖惧，来生我国，现身不被横死，不为鬼神之所得便。③

《续命经》与此有相同点，即被摩顶者是一般的善男信女。但同时也有所改变，即把摩顶者从佛换成了观世音菩萨。特别是第三型《续命经》，说观音是"十方圣手"，此显然受密教之千手观音信仰影响所致，因为密教尊神才有多手多臂的造型特点。

3. 愿念思想

《续命经》提到了十五愿，这是佛教愿念思想的表现之一。愿，梵语 pranidhana，指心中欲成就某种目标的意愿与愿望，而这种意愿、愿望又可以形成特定的力量，叫做愿力，它可以引导众生修行，消灾祛恶，悟入菩提等等。在大乘佛典中，诸佛菩萨往往有不同的

①《大正藏》卷一二，第 353 页下。
②《大正藏》卷九，第 52 页下。
③《大正藏》卷二〇，第 88 页上。

愿念，如曹魏康僧铠译《无量寿经》卷上载阿弥陀佛有四十八愿，晋译《药师经》说药师如来有十二上愿，等等，不一而足。

愿的分类，大致可分为总愿和别愿。隋智顗《摩诃止观》卷七即载：

> 菩萨生生化物，须总愿、别愿。四弘是总愿，法藏华严所说一一善行陀罗尼，皆有别愿。①

其中，总愿指诸佛、菩萨共通的意愿，如智者所说的"四弘"，即四弘誓愿②；别愿，则指诸佛、菩萨各自建立的誓愿，如阿弥陀佛的四十八愿之类。《续命经》的前十四愿（原经分成十愿、四愿两种名目），相当于别愿；而最后的一愿是"总愿当来值弥勒，连臂相将入华城"，显然具有佛典"总愿"的作用。

4. 弥勒信仰

如果从"药师法"、"西方三圣"的角度考察，《续命经》更多的思想来源在于净土经典（案：药师法宣扬的是东方净土，而弥陀信仰是西方净土），尤其是弥陀净土。但是，"十五愿"的总结词，即最后的总愿，则表明《续命经》也有弥勒净土的深刻影响。

记载弥勒信仰的主要经典有三大部，即西晋竺法护译《佛说弥勒下生经》、后秦什译《佛说弥勒大成佛经》和刘宋沮渠京声译《佛说弥勒菩萨上生兜率天经》。其中，对弥勒净土描绘得最有声色的是《佛说弥勒菩萨上生兜率天经》，它指出弥勒净土也叫做兜率天，该地是将来要成佛的弥勒菩萨的居住之处。弥勒菩萨现在在兜率天的内院弘法，教化五百万亿天子，而他们以天福力造作宫殿，发愿庄严兜率天宫。经中又说佛告优波离：

---

①《大正藏》卷四六，第 98 页下。

② 四弘誓愿说法不一，智者自己的看法是指：众生无边誓愿度，烦恼无量誓愿断，法门无尽誓愿知，无上佛道誓愿成（参《摩诃止观》卷一〇，见《大正藏》卷四六，第 139 页中）。

若善男子善女人，犯诸禁戒，造众恶业，闻是菩萨大悲名字，五体投地诚心忏悔，是诸恶业速得清净。未来世中诸众生等，闻是菩萨大悲名称，造立形像，香花衣服缯盖幢幡，礼拜系念，此人命欲终时，弥勒菩萨放眉间白毫大人相光，与诸天子雨曼陀罗花，来迎此人，此人须臾即得往生。①

此处称名灭诸现世恶业的解脱思想，与《法华经》卷七《观世音菩萨普门品》所说称观音名而救苦的思想如出一辙②。而未来往生弥勒的思想，正是“连臂相将入华城”的依据所在。无论“华城”、“化城”，都是指代弥勒净土③。

当然以上四点，仅是就《续命经》思想来源的主体而言的，而撰作者为了让信众的修持简易可行，又特别突出了两点，即称名解脱和发愿，而舍弃了“续命法”中的繁琐程序。另外，第三型《续命经》的用词，可能有别的根据，如最后一段与唐代不空译《瑜伽集要救阿难陀罗尼焰口轨仪经》相似，后者云：

佛告阿难：汝今受持此陀罗尼法，令汝福德寿命增长；饿鬼生天，及生净土，受人天身；能令施主转障消灾，延年益寿，现招胜福，当证菩提。④

此经不但与《续命经》有相同的思想，如救冥（地狱）消灾和净土等，

①《大正藏》卷一四，第420页中。

②《续命经》开篇称颂观世音菩萨的经典依据即出于此。

③ 据《弥勒菩萨上生经》，弥勒净土由五百万亿天子发愿：“是诸宝冠化作五百万亿宝宫；一一宝宫，有七重垣；一一垣，七宝所成；一一宝，出五百亿光明；一一光明中，有五百亿莲华；一一莲华，化作五百亿七宝行树。……一一宝女住立树下，执百亿宝无数璎珞，出妙音乐”（《大正藏》卷一四，第418页下），故知弥勒净土也叫做华城（莲华城）、化城（幻化之城）。

④《大正藏》卷二一，第469页，上一中。

而且同样用了“延年益寿”。《续命经》的另一关键词“灾障不侵”，亦见于不空译经，即《大乘瑜伽金刚性海曼殊室利千钵大教王经》卷一〇[①]；尤可注意的是开头的“大慈大悲救苦观世音”，同样出于不空译经[②]。由此可知，第三型《续命经》所受密典影响最深，出现时间也最晚。

总之，《续命经》在思想上具备兼容性，在实践上重视简易性；还能与时俱进，和密教一样重视现世利益。

（二）影响

《续命经》在唐五代的影响主要表现在两个方面：一是抄经题记，二是净土五会歌赞。

至于第一方面，前面表格中有纪年的写经题记已有较好的说明，即抄写《续命经》在民众生活中的作用集中在消灾祛病、祈福荐亡和供养。再举一条例证，P. 2805《佛说摩利支天经》（尾题）末尾有云：

> 天福六年辛丑岁十月十三日清信女弟子小娘子曹氏敬写《般若心经》一卷、《续命经》一卷、《延寿命经》一卷、《摩利支天经》一卷，奉为己躬患难，今经数晨，药饵频施，不蒙抽减；今遭卧疾，始悟前非。伏乞大圣济难拔危，鉴照写经功德，望仗危难消除，死家债主领资福分，往生西方，满其心愿，永充供养。

此即把诸写经功德都一一表露无遗。而且，也可以发现《续命经》常和其他小经合抄成帙。

第二方面所说的净土五会歌赞，它是中唐法照所撰集，主要有两种，即《广法事赞》（《净土五会念佛诵经观行仪》）三卷（敦煌本存

---

① 《大正藏》卷二〇，第 727 页下。

② 即《大慈大悲救苦观世音自在王菩萨广大圆满无碍自在青颈大悲心陀罗尼》，《大正藏》卷二〇，第 498 页下。

卷中和卷下)和《略法事仪赞》(《净土五会念佛略法事仪赞》)二卷。后者流传于日本,后收入《大正藏》卷四七。前者在敦煌遗书中,还出现了许多形式各异的抄本①,其中题为沙门法照集的 P.3216《念佛赞文一卷》(尾题)之 23—28 行,全部摘抄自《续命经》的"十五愿";S.4504Va 则摘取了其中的"十愿"歌辞(仅个别文字有讹,盖书手文化水平不高之故,字迹也较潦草)。另外,P.3216 第 17—23 行的《阿弥陀佛赞文》,其实和《广法事赞》卷下的《西方十五愿》内容相同,仅少数文字有异。而这"十五愿"名目,似受《续命经》启示而来。

三、《金刚经》得称《续命经》的缘由

《续命经》自初唐产生以后,曾经在民间流播甚广。但从盛唐开始,它又有了新的内含,成了《金刚经》的代称。《太平广记》卷一〇〇"张御史"条引唐戴孚《广异记》曰:

> 张某,唐天宝中为御史判官,奉使淮南推覆,将渡淮。有黄衫人自后奔走来渡,谓有急事,特驻舟,洎至,乃云:"附载渡淮耳。"御船者欲驱击之,兼责让:"何以欲济而辄停留判官?"某云:"无击。"反责所由云:"载一百姓渡淮,亦何苦也?"亲以余食哺之,其人甚愧恧。既济,与某分路,须臾至前驿,已在门所。某意是嘱请,心甚嫌之,谓曰:"吾适渡汝,何为复至,可即遽去。"云:"己实非人,欲与判官议事,非左右所闻。"因屏左右,云:"奉命取君,合淮中溺死。适承一馔,固不忘。已蒙厚恩,只可一日停留耳。"某求还至舍,有所遗嘱。鬼云:"一日之外,不敢违也。我虽为使,然在地下,职类人间里尹坊胥尔。"

① 参拙撰《敦煌佛教音乐文学研究》,福州:福建人民出版社,2007 年,第 2—22 页。

某欲前请救，鬼云："人鬼异路，无宜相逼，恐不免耳。"某遥拜，鬼云："能一日之内转千卷《续命经》，当得延寿。"言讫，出去。至门又回，谓云："识《续命经》否？"某初未了知。鬼云："即人间《金刚经》也。"某云："今日已晚，何由转得千卷经？"鬼云："但是人转则可。"某乃大呼传舍中及他百姓等数十人同转。至明日晚，终千遍讫。鬼又至，云："判官已免，会须暂谒地府。"众人皆见黄衫吏与某相随出门。既见王，具言千遍《续命经》足，得延寿命。取检云："与所诵实同。"因合掌云："若尔，尤当更得十载寿。"便放重生。[①]

是则诵《金刚经》得延寿命的故事，在后世也有流传，李剑国先生即指出宋龚颐正《续释常谈》有节引[②]。它还传到了国外，如日本净慧集《金刚经灵验传》卷中则全引了《广异记》之张御史故事[③]。

虽说戴孚生平事迹不详，但《广异记》的成书时间，或在顾况为他作序的贞元五年至九年间，或是贞元五年(789)之前[④]。从顾况所作《戴氏〈广异记〉序》[⑤]可知，戴和顾况是同科进士，于至德二载(757)及第。易言之，戴孚是活跃于盛唐开元天宝至中唐前期的著名士人。其所载张御史故事，发生在天宝中，则知《金刚经》有《续命经》之称的时间亦在此际或稍前。更为重要的是，戴孚作为进士出身，自然是知识精英的代表，他对持诵《金刚经》的灵验故事十分熟悉，在今存《广异记》(俱见《太平广记》)中就有"长安县系囚"、"卢氏"、"陈利宾"、"王宏"、"田氏"、"李惟燕"、"孙明"、"三刀师"、"宋参军"、"刘鸿渐"、"张喜猷"、"魏恂"、"杜思讷"、"龙兴寺主"、

① [宋]李昉等编《太平广记》，北京：中华书局，1961 年，第 776—777 页。
② 李剑国《唐五代志怪传奇叙录》，天津：南开大学出版社，1993 年，第 468 页。
③《大藏新纂卍续藏经》第 87 册，第 512 页，上—中。
④ 李剑国《唐五代志怪传奇叙录》，第 464 页。
⑤ [宋]李昉等编《文苑英华》卷七三七，北京：中华书局，1982 年，第 3838—3839 页。

“陈哲”等十余则，所涉人物范围极广，遍及大江南北。凡此，表明他对《金刚经》也是相当崇信的，代表的是士大夫阶层对《金刚经》的态度。当然，这和唐玄宗开元二十三年(735)御注《金刚经》后该经风行天下的时代背景也有密切的关系。

不过，值得注意的是当时已有《续命经》在流行，《广异记》却把“续命”的功能完全转移给了《金刚经》并予后者以《续命经》的专称，这表明当时士大夫阶层对待疑伪经(特别是既无译者，又无译出时间的中土撰述之作)的态度是比较有趣，他们并不像一般的庶民阶层(如安思泰等)一样能同等地看待一切佛经(含疑伪经)，而更重视那些具有浓厚理论色彩的译经①。

此外，戴孚把《金刚经》叫做《续命经》的做法，得到了后世士大夫的认同。如清周克复纂《金刚经持验记》卷上《劝流通〈金刚经〉引》中说：

> 《金刚经》为最上乘法……上可超拔先亡，下可消释宿冤。阴吏鬼使不敢近，太山神君不敢录。诸天设宝盖浮图覆贮之，阎罗具金榻银床供奉之。更能解脱尘劳，往生净土。冥府称之，曰《续命经》、《功德经》，其为幽明尊礼，至极可知。②

同书卷下“明冯勤”条又引《新异录》曰：

> 明嘉靖间，归安茅鹿门佣仆冯勤。日者占其夭，问一老僧：“何以延年?”老僧曰：“若为下人，无力积德，惟拾焚字纸，并念《续命经》，庶免短折。”勤问《续命经》。老僧曰：“即《金刚经》也。”乃置竹镊竹篚两事，日间遍历街巷，凡秽恶字纸，悉镊篚中，涤以香水，曝干焚灰，包送清流，虽只字不敢遗忽。夜归，跪念《金刚经》一卷回向。岁以为尝，后渐知书，通文义。

① 当然，敦煌写经比较特殊，具有更浓厚的世俗色彩和功利性、实用性。

②《大藏新纂卍续藏经》第 87 册，第 526 页下—527 页上。

> 鹿门礼貌之。家道丰裕,子二孙四,寿九十五,无疾化。书同文,天下通行易便,三教经典无不赖此。作践者,既有恶报;敬惜者,自获福因。老僧教冯勤以延年,舍拾字念经,别无他法,道理实为真切,工夫尤为快捷方式。①

可见周氏对《金刚经》的推崇到了无以复加的地步,而冯勤故事则突出了修持《金刚经》时的简捷与便利。其间,由于《金刚经》的殊胜之用,冯勤还得到了茅鹿门(即茅坤,1512—1601)的赏识,从而改变整个家庭的命运。易言之,《金刚经》不但可续自然生命,更可续文化生命。

(本文曾提交于 2010 年 4 月召开的“百年敦煌文献整理研究”国际学术讨论会,后刊于《敦煌研究》2010 年第 5 期)

① 《大藏新纂卍续藏经》第 87 册,第 542 页下。

净土五会念佛与密教音乐关系之检讨

对于中唐法照创立的五会念佛法门，敦煌学界主要从教义、教史及文学层面进行了较深入的探讨①，但有一个看似简单其实不然的问题被研究者忽略了，即五会念佛中"五会"的音乐来源。对此，宋人志磐曾发生误会，其所撰《佛祖统纪》卷二六有夹注说："当是五日为一会耳。"②这种风马牛不相及的解释被今人所弃用。如《佛光大辞典》"五会念佛"条说：

> 为唐代法照依《无量寿经》所创之念佛法门。又作五会真声。法照模仿《无量寿经》中风吹宝树，出五音声，而定五会念佛之法，令道俗欣羡净土。此仪式每集合音声佳美之道俗数人，威仪齐肃，分为五会，依五种高低缓急之音调而念佛。其第一会平声缓念，第二会为平上声，亦缓念，第三会非缓非急念，第四会渐急念，第五会阿弥陀佛四字转为急念。此五会念佛具有除五苦、断五盖、截五趣、净五眼、具五根、成五力、得菩提、具五解脱、能速疾成就五分法身等利益。现在日本真宗本

---

① 其中，有关教义、教史方面的最新成果，可参刘长东《晋唐弥陀净土信仰研究》(成都：巴蜀书社，2000 年)；有关文学方面的则可参看林仁昱《唐代净土赞歌之形式研究》(台湾：中山大学文学系硕士学位论文，1995 年)及拙撰《敦煌佛教音乐文学研究》(福州：福建人民出版社，2007 年)第一章《敦煌净土文献中的音乐文学》。

②《大正藏》卷四九，第 263 页下。

愿寺派犹持守此一念佛法门。[1]

这实际上是概述法照《净土五会念佛略法事仪赞》中的相关内容而来[2]，其《五会念佛》明确指出：

> 问曰：五会念佛，出在何文？答曰：《大无量寿经》云：或有宝树，车渠为本，紫金为茎，白银为枝，琉璃为条，水精为叶，珊瑚为华，玛瑙为实，行行相值，茎茎相望，枝枝相准，叶叶相向，华华相顺，实实相当。荣色光耀，不可胜视。清风时发，出五会音声，微妙宫商自然相和。[3]

《大无量寿经》，即《无量寿经》。法照征引的经文，从"或有宝树"至"自然相和"句，确系出于曹魏康僧铠的译文[4]，但他做了一处重要的改动，即把"出五音声"换成"出五会音声"。我们认为这种改动，是法照有意为之，除了寻求经典依据之外，他还有自己的解释："五者会是数，会者集会。彼五种音声，从缓至急，唯念佛法僧。"[5]易言之，法照的五会念佛是指五种不同集会时的五种特殊的佛教音声。这与一般的理解，大异其趣。如北魏昙鸾《赞阿弥陀佛偈》云：

---

① 慈怡主编《佛光大辞典》，高雄：佛光出版社，1988年，第1166页。

② 关于法照所编净土五会念佛的仪轨，主要有两种形式：一是《净土五会念佛略法事仪赞》，此为略本（简称为《略法事赞》），保存于日本，后收入《大正藏》卷四七，编号是NO. 1983；二是详本（也叫《广法事赞》），出于敦煌藏经洞，原为三卷，现存两卷，即P. 2066写卷之《净土五会念佛诵经观行仪卷中》，P. 2250、P. 2963等写卷之《净土五会念佛诵经观行仪卷下》，释依淳对此有注解（http://www. cuhk. edu. hk/crs/cshb/data/image/paper4. doc），《大正藏》卷八五《古逸部》亦有校录，编号为NO. 2827。

③《大正藏》卷四七，第476页，上—中。

④《大正藏》卷一二，第270页下—271页上。

⑤《大正藏》卷四七，第476页中。

> 清风时节吹宝树，出五音声宫商和。微妙雅曲自然成，故我顶礼清净熏。①

隋慧远撰《无量寿经义疏》则说：

> 所出声中出五音者，所谓宫商角徵羽等五种音也。②

敦煌本《无量寿经义记》卷下又说：

> 第四劝修，从"无量寿佛为诸声闻菩萨"已下，明阿弥陀佛于七宝树下广说妙法也。叹七宝出五音声，此音声中辨宫商角徵羽、苦、空、无常、无我之音声。③

可见，通常理解的"五音声"，是中土音乐传统意义上的"五音"。而"五会念佛"中的"五音"，其表现是：

> 势点大尽，长者即是缓念，点小渐短者，即是渐急念，须会此意。
>
> 第一会平声，缓念南无阿弥陀佛。
>
> 第二会平上声，缓念南无阿弥陀佛。
>
> 第三会非缓非急，念南无阿弥陀佛。
>
> 第四会渐急，念南无阿弥陀佛。
>
> 第五会四字转急，念阿弥陀佛。④

尤其是"势点"一词，提醒我们"五会念佛"，当别有来源。

---

①《大正藏》卷四七，第 423 页中。

②《大正藏》卷三七，第 105 页下。

③《大正藏》卷八五，第 243 页中。

④《大正藏》卷四七，第 476 页中。

考唐义净所译《根本说一切有部毘奈耶杂事》卷六有云：

> 苾刍诵经，长牵音韵作歌咏声，有如是过，由是苾刍不应歌咏引声而诵经法。若苾刍作阐陀声诵经典者，得越法罪。若方国言音须引声者，作时无犯。言阐陀者，谓是婆罗门读诵之法。长引其声，以手指点空而为节段。博士先唱，诸人随后。①

据此，虽然阐陀声是婆罗门的诵经之法，注重引声，且以特殊的手势——点——来划分节奏或段落，本来佛教是反对以这种方法来施行诵经音声的，但如果是出于传法的需要，也可使用。另据《五分律》卷二六记载：有婆罗门兄弟二人，原来诵习阐陀鞞陀（即吠陀）书，后来出家，听众比丘诵经时便讥笑他们不明长短音、轻重音等诵经之法；众比丘乃往佛所，佛的回答是："听随国音读诵，但不得违失佛意。"②易言之，婆罗门的引声诵经法并没有被佛教彻底否定，在特定的场合仍然可用。特别是印度密教兴起之后，婆罗门教所重视的陀罗尼、真言、咒语一类的"语密"，更是堂而皇之地进入了佛教修行的方便之门，而且随着密教东传，也影响到了中国佛教，时至今日传唱不止③。

法照的五会念佛，实是改造五祖弘忍门下资州禅系流行的引声念佛而来④。如《历代法宝记》载资州、净众保唐禅系的修行方法是："先教引声念佛，尽一气，念绝声停。"⑤宗密《圆觉经大疏释

---

①《大正藏》卷二四，第232页下。

②《大正藏》卷二二，第174页中。

③ 吴立民先生指出，汉传佛教以念诵唱赞来修行，其本质即是持口密。参《论声明与修行的关系——佛教音乐之道（上）》，《法音》2000年第2期，第13—17页。

④ 参[日]塚本善隆《唐中期の净土教》，日本东方文化学院京都研究所，1933年，第137—138页。

⑤《大正藏》卷五一，第185页上。

义钞》卷三又谓宣什南山念佛法门的引声念佛是:“其初集众礼忏等仪式,如金和上门下欲授法时,以传香为资师之信。……然后令一字念佛,初引声由念,后渐渐没声、微声乃至无声。”①按照印顺法师的解释,引声念佛的“含义”是:“先引(长)声念,渐渐的低声念,再渐渐的微声念,声音轻到只有自己听到。再不用出声音念,而是意想在念佛。”②望月信亨认为,法照的五会念佛与南山念佛禅“由有声至无声正相反,其缓急之次第,想是彼法相反之转用罢”③。实际上,法照的老师承远是资州禅系处寂的门人,承远自然对引声念佛耳熟能详,所以,法照永泰年间到南岳投师承远后受到启发,从而创立了五会念佛法门。

事实上,“引声念佛”中的“引声(引)”,本身就是语密之术语,是咒语(真言、陀罗尼)读诵法之一,主要指是元音的延长。如唐善无畏、一行译《大毘卢遮那成佛神变加持经》卷七之《如来座真言》曰:“南么三曼多勃驮喃阿。”译者在“阿”后有注说:“引声急呼。”④更值得注意的是不空译《金刚顶瑜伽中发阿耨多罗三藐三菩提心论》,经云:

> 准《毗卢遮那经疏》释阿字,具有五义:一者阿字短声是菩提心,二阿字引声是菩提行。⑤

这里同样是说到“阿”的读诵法,而“引声”与“短声”的对比,显然表明“引声”是“长元音”。“引”者,长也,故译者在真言的读诵法的夹注中有“长引”的说法,比如隋阇那崛多译《五千五百佛名经》卷三

① 《大藏新纂卐续藏经》第9册,第534页下—535页上。
② 印顺《中国禅宗史》,南昌:江西人民出版社,1990年,第133—134页。
③ [日]望月信亨著,释印海译《中国净土教理史》,台北:华宇出版社,1986年,第189页。
④ 《大正藏》卷一八,第49页中。
⑤ 《大正藏》卷三二,第574页上。

对“唵”字注曰:“重声长引。”①宝思惟译《观世音菩萨如意摩尼陀罗尼经》在咒语“婆噜吉帝说”后注云:“长引声。”②意即读到“说”字时,要延长其中的母音音值。职是之故,法照所说“长者缓念”中的“长者”,应指长元音,而“短者”当是短元音。其“缓”、“急”之别,指音速的慢与快。而且,在今存五会念佛仪轨中,有密咒的具体运用,如《略法事赞》之《请观世音赞文》曰:

迦摩那目佉,迦摩那母者,娜迦摩者那。迦摩那荷悉哆迦摩那佉辨。平声引。

祢迦摩那上声迦摩那上声沙摩转沙喝罗二合摩娜讫差二合南无悉底。观世音菩萨,南无观世音菩萨!③

其中,“辨”字本读去声,但按咒语念诵力存梵音特色的要求,故注明是“平声引”,意谓发平声之音且要延长为长元音。

法照的“五会念佛”,除了运用密教咒语的诵经音声外,还借鉴了金刚智译《金刚顶瑜伽中略出念诵经》卷四中所说的四时赞咏法,经曰:

其赞咏法:晨朝当以洒腊音韵,午时以中音,昏黄以破音,中夜以第五音韵赞之。如不解者,随以清好音声赞叹,常应每日四时念诵,谓晨朝、日午、黄昏、夜半也。④

日僧安然《金刚界大法对受记》卷六则曰:

其赞咏法:晨朝当以洒腊音韵,午时以中音,黄昏以破音,

①《大正藏》卷一八,第330页上。
②《大正藏》卷二〇,第200页中。
③《大正藏》卷四七,第482页,中—下。
④《大正藏》卷一八,第248页上。

中夜以第五音韵赞之。如不解者,随以清好音声赞咏。云云。……

又洒腊音者,准《灌腊经》,四月八日灌佛腊像。今洒腊者与灌腊同,其音曲者大唐行之,即平缓音;次中音者,非平非高,非缓非急;次破音者是高急音;次第五音韵者,弥陀念佛合杀五声中第五号之六声也。故《阿弥陀佛相好赞》云"急"。第一会时平声入,弥陀佛!第二极妙演清音。观世音大势至!第三盘旋如奏乐,如奏乐!第四要其用力吟,要其用力吟!第五高声准急念,准急念!闻此五会发人心,闻此五会发人心!一到西方受快乐,受快乐!闻此五会悟无生。闻此五会悟无生!

昔斯那国法道和上现身往极[□](乐)国,亲闻水鸟树林念佛之声,以传斯那。慈觉大师入五台山,学其音曲,以传睿山,此有长声、二声、合杀、五声。古德每见略出经文,到彼四声之疑(疑之),安然以闻智聪和上及修和上,质此第五音韵。又检经之次,见《灌腊经》,了洒腊音。

又中院说珍和上说:灌腊音是缓声,中音是非缓非急声,破音是急声。以加初见,明了决之,若约慈觉大师所传赞言之《十六赞》、《四智赞》、《五赞》等曲是缓声、洒腊音,《百八名赞歌》等曲是非缓非急声、中音,《百字赞》、《普贤赞》等曲,急声、破音,《大赞》、《吉庆赞》等曲是准急声,第五音。①

于此,安然开篇征引的一段经文,显然源自金刚智的译经。而他所说的"法道",当是法照之讹;"斯那",即中国。其中,《阿弥陀佛相好赞》,当指《略法事赞》之《相好赞》②,该赞文七言十句,单句句末附加和声辞"弥陀佛",偶句句末则为"弥陀佛弥陀佛"。但《略法事赞》未注明念诵法,这里所标"急",当是"急念"之意;"第一会时平声入"至"闻此五会悟无生",依《略法事赞》,则知赞名是《五会赞》,

①《大正藏》卷七五,第179页,上—中。

② 赞文见《大正藏》卷四七,第477页上。

但后者所用和声辞全是佛号[①]，而非像安然所记的一样，还有重复句末字句式的和声。

从安然的叙述中可知：法照创立的五念佛音声经由慈觉大师（即圆仁，794—864）传入日本，并配合于特定的歌辞，如《四智赞》用的是缓声（洒腊音韵）[②]。而赞辞一般有两种形式，即梵语音译和汉语意译。比如《四智赞》的音译，出于输婆迦罗（善无畏）译《摄大毘卢遮那成佛神变加持经入莲华胎藏海会悲生曼荼攞广大念诵仪轨供养方便会》，曰："嚩日啰二合萨怛嚩二合僧思孕反詓啰二合贺一。嚩日啰二合啰怛曩二合摩弩怛嚂二合，二。嚩日啰二合达么詓野柰三。嚩日啰二合羯么迦噜婆嚩四。"[③]而意译则见于《金刚顶瑜伽中略出念诵经》卷四，偈云："金刚萨埵摄受故，得为无上金刚宝；金刚言词歌咏故，愿成金刚胜事业。"[④]再如用第五音（准急）所唱的《吉庆赞》[⑤]，据一行《大日经疏》卷八，它是梵语（音译）、汉语意译

① 参《大正藏》卷四七，第477页，上—中。另，《略法事赞》的赞文比安然所引多出14句。

② 按，《四智赞》的主旨是赞颂阿閦佛的大圆镜智、宝生佛的平等性智、阿弥陀佛的妙观察智和不空成就佛的成所作智（合称"四智"），它又叫《金刚歌咏偈》。

③《大正藏》卷一八，第68页，上—中。

④《大正藏》卷一八，第248页上。

⑤《吉庆赞》用于密教传法灌顶之时，旨在赞叹登觉位者，歌词内容多概括如来八相成道的事迹，所以又叫做《八相成道赞》。另外，关于《吉庆赞》的汉语意译之偈，也有不同的说法，如《金刚顶略出念诵经》卷四是四首16句，曰："诸佛睹史下生时，释梵龙神随侍卫，种种胜妙吉祥事，愿汝今时尽能获。迦毗罗卫诞释宫，龙王澍沐甘露水，诸天供养吉祥事，愿汝灌顶亦如是。金刚座上为群生，后夜降魔成正觉，现诸希有吉祥事，愿汝此座悉能成。波罗奈苑所庄严，为五仙人开妙法，成就无量吉祥事，愿汝今时咸证获。"（《大正藏》卷一八，第251页，中。）但《阿阇梨大曼荼攞灌顶仪轨》则增加了一颂，曰"诸佛大悲方便海，普利法界众生海，尽未来际无疲倦，四无碍智汝当得"（《大正藏》卷一八，第191页，下），由此变成5颂。

各有 11 首偈①。

另外，珍和上（即圆珍，814—891）对金刚赞咏声的分类，则更加简洁，他只列出了三种最基本的音调，即灌腊音（缓）、中音和破音（急）。其实，若仔细推敲法照的五会音声，最基本的也只有三种，即平音（缓）、中音（非缓非急）和破音。区别仅仅在于法照把平音分成两种（平声、平上声），把破音也分成两类（渐急、转急）。而平、中、破三种，实和《高僧传》所说“三位七声”中“三位”的音乐性质相同，它们对应于印度自吠陀时期就有的诵经三调，图示如下：

Udātta ⟶ 破音　Svarita ⟶ 中音　anudātta ⟶ 平音②

按照安然的意见，法照的五会音声中至少有四种（第一会，第三会至第五会）是完全对应于金刚智所传的四时赞咏法，而圆仁把它们叫做长声、二声、合杀和五声。至于法照将密教四声赞咏变成五声念佛的直接原因，当是受《无量寿经》“出五音声”的影响，但实际含义又与原经截然不同，因为它并不是指宫商角徵羽等五声音阶。

刘长东博士指出：“法照的五会念佛行仪并不仅仅是单纯以音声去念佛，而是念佛与诵经、唱赞相结合的一种行仪。”③此话固然不错，因为五会念佛行仪中，确实诵经（咒）音声与呗赞音声是最为常见的，但是从五会念佛仪轨的文本看，其间还有佛曲的运用，有些可能来源于密教之固定曲目。比如：

---

① 参《大正藏》卷三九，第 667 页上—668 页下。

② 参拙撰《变文讲唱与华梵宗教艺术》，上海：上海三联书店，2002 年，第 186 页—195 页。又，吠陀三声其实在中古时期就传入中土，如慧皎《高僧传》卷一说昙柯迦罗是“善学《四围陀论》”（汤用彤校注，北京：中华书局，1992 年，第 13 页），僧祐《出三藏记集》卷一四则说鸠摩罗什是“博览《四围陀》、五明诸论”（苏晋仁、萧炼子点校，北京：中华书局，1995 年，第 531 页）。

③ 刘长东《晋唐弥陀净土信仰研究》，成都：巴蜀书社，2000 年，第 411 页。

(1) P. 3156b《上都章敬寺西方念佛赞文》曰：

分晖(纷飞)雅雅音闲乐，箫管时时妙响音。一乘妙法一乘宣，七音政(正)教一音传。一味皆沾一味润，一心念佛一心专。

(2) P. 2066《净土五会念佛诵经观行仪》卷中《阿弥陀经赞》说：

人至乘花坐宝林，天来奏乐曲幽深。六度已能调六律，八正还将和八音。

《净土乐赞》则说：

宝楼宝阁宝金擎，净土乐！池水金沙映底清。净土乐！法曲时时常供养，净土乐！莲花会里说无生。净土乐！

(3) P. 2250《净土五会念佛诵经观行仪》卷下《极乐五会赞》云：

千般伎乐绕金台，百宝莲花出水开。五会声声须急念，临终一一尽迎来。

《叹五会妙音赞》又说：

五音兼能净五蕴，闻名永劫离嚣尘。西方鼓乐及弦歌，琵琶箫笛杂相和。一一唯宣五会法，声声皆说六波罗。

表面看来，歌辞内容赞颂的是西方极乐净土的音声之乐，有的列举了所用的乐器，如鼓、箫、琵琶、笛等，这主要是打击乐和管弦乐；有的虽然没有直接点明演奏时所用的乐器，如“天来奏乐”（即天乐，也叫天伎乐）、“千般伎乐”（即伎乐供养，包括天伎乐与世人所作的法伎之乐）及法曲（佛曲）等，但从相关的佛教文献看，它们其实也用到了多种器乐：如竺法护译《正法华经》卷八曰：“天华天香及天伎乐，空中雷震，畅发洪音：钟、磬、大鼓、箜篌、乐器、箫、成、琴、瑟、铙镜若干，柔软哀声，歌舞节奏，调合克谐，无数亿百千劫供养奉侍。”①这里所说的钟、磬等，即是天乐所用；鸠摩罗什译《妙法莲华经》卷一则说：“若使人作乐，击鼓吹角贝。箫笛琴箜篌，琵琶铙铜钹。如是众妙音，尽持以供养。”②这里则是世人作法伎之乐时使用器乐的情况；日本宁乐美术馆所藏敦煌变文《八相变》又说：“更有凤笙龙笛，齐奏八音，王（玉）律管弦，共传佛曲。”于此，描述的是佛曲的演奏实况。

当然，前揭敦煌净土歌赞中提及的各种乐器，主要是描摹西方极乐世界中的音乐情形，它们自身是否配置于净土歌赞，即是否和声乐相配合呢？如果从前引《叹五会妙音赞》之“西方鼓乐及弦歌，琵琶箫笛杂相和”推断，应该是说鼓、琵琶、箫、笛等是配合于声乐之伴奏的。另外，善导《净土法事赞》卷下曰：“次打磬子，唱敬礼常住三宝！”③法照《略法事赞》卷上则说：“须知次第：一人副座，知香火、打磬，同声唱赞。……总须发至诚心，端坐合掌观想阿弥陀佛、一切贤圣，如对目前。若能如是用心，即贤圣降临，龙天护念。听闻经赞法事，令众等即于言下灭无量罪，获无量福，心开意解，速证甚深念佛三昧，得无生忍获大总持，具六波罗蜜神通自在。言讫，即打磬一下。作梵了，念阿弥陀佛、观音、势至、地藏菩萨各三五十声，然后至心稽请。”④准此则知磬也用于净土歌赞之行仪，并且起着调配法事进程的作用。

①《大正藏》卷九，第 117 页上。

②《大正藏》卷九，第 9 页上。

③《大正藏》卷四七，第 437 页下。

④《大正藏》卷四七，第 475 页上。

考唐人阿地瞿多于永徽五年(654)译出的《陀罗尼集经》在讲音乐供养时,有所谓的清乐两部,用以演奏《散花佛曲》、《阿弥陀佛曲》及《观世音曲》[①]。《陀罗尼集经》虽然是密教经典,但它所说的一些佛教行仪也通用于显教,如散花仪式。而无论是它所提到的《散花佛曲》,还是《阿弥陀佛曲》、《观世音曲》,都应该可以通用于净土五会的音乐仪赞中。如法照所撰辑的《略法事仪赞》卷中即收有《散华乐文》、《新阿弥陀经赞》、《叹观世音菩萨》等。虽说法照未明言它们配合了哪种器乐曲,但笔者颇疑其歌赞所用的即是阿地瞿多译经里提到的那些佛曲。据经文可知,其间的乐器有长笛、箫、笙、筚篥、琵琶、击竹、箜篌、方响、筝、叶、铜钹等[②]。更值得注意的是《陀罗尼集经》中明确指出其中的呗赞(主要是声乐)乃由阿阇梨所作,而清乐演奏是乐人所作,并且要求“其乐人等,令香汤浴,着新净衣,勿食熏杂”[③]。易言之,演奏《阿弥陀佛曲》等器乐的是音声人[④],而不是受过戒的比丘或比丘尼。而法照《略法事仪赞》卷上所说的“若道若俗,多即六七人,少即三五人,拣取好声解者,总须威仪齐整,端坐合掌,专心观佛,齐声齐和”,其所谓的“道”,指的是出家人,而所谓的“俗”即非出家的善于音声的人,也就是阿地瞿多译经中所讲的“乐人”。由此推断,法照净土五会念佛中的歌赞,主要是出家人演唱的,但是如果要用器乐伴奏(佛曲),特别是管弦乐的演奏,则需俗人(乐人或音声人)担当。

此外,据宋人陈旸《乐书》卷一五九“胡曲调”的记载,在李唐乐

---

① 参《大正藏》卷一八,第889页下—890页下。另外,关于敦煌佛曲《散华乐》的来源与影响,请参拙文《敦煌佛曲〈散华乐〉考源》(《法音》2000年第10期,第20页—25页)。

②《大正藏》卷一八,第889页下。

③《大正藏》卷一八,第893页下。

④ 关于寺属音声人的问题,可参姜伯勤先生《敦煌音声人略论》,文载《敦煌艺术宗教与礼乐文明》,北京:中国社会科学出版社,1996年,第509页—526页。

府曲调中有多种佛曲，如《阿弥陀佛曲》是乞食调，《观音佛曲》为羽调①。因此，在净土五会中配置于种种声乐的器乐，也可能演奏的是固定之曲调。

总之，净土五会念佛至少在三个层面上与密教音乐关系密切，即诵经音声（特别是密咒）、四时赞咏（梵呗）和佛曲（主要是器乐）。

（本文 2010 年 4 月曾宣读于首届中国密教国际学术研讨会）

---

① 参《文渊阁四库全书》第 211 册，第 738 页。

王梵志研究三题

一、王梵志传说的生成年代及其核心来源

对于王梵志的身世，学术界看法并不一致，主要有三种观点：一者以为实有其人，但有的认为他生活在隋末唐初，有的主张他是天宝、大历年间人，有的说他是晚唐人。显然，一个诗人寿命再长，也不可能从隋末活到晚唐。二者则否定其人的存在。三者以为，现存三百多首"王梵志诗"："决不是一人所作，也不是一时所作，而是在数百年间，由许多无名白话诗人陆续写就的。"[①]就我个人而言，比较赞同第三种观点。

有关王梵志的生平传记，多出于小说家言。其中，叙述详实且充满神话色彩者是晚唐冯翊子《桂苑丛谈》所引之《史遗》：

> 王梵志，卫州黎阳人也。黎阳城东十五里有王德祖者，当隋之时，家有林檎树，生瘿大如斗。经三年，其瘿朽烂。德祖见之，乃撤其皮，遂见一孩儿，抱胎而出，因收养之。至七岁，能语，问曰："谁人育我?"及问姓名。德祖具以实告："因林木而生，曰梵天，后改曰志。我家长育，可姓王也。"作诗讽人，甚

① 项楚、张子开、谭伟、何剑平《唐代白话诗派研究》，成都：巴蜀书社，2005年，第119页。

有义旨,盖菩萨示化也。①

正如业师陈允吉先生所说:“当隋之时”这一句话很明显的是唐代人叙说故事的口吻,他进而推断相关传说的产生,大约是在唐初时期②。而这一传说,至迟在中唐就广为教内人士所熟知,宗密(780—841)《圆觉经大疏释义钞》、《圆觉经略疏钞》卷九两次述及王梵志的神奇出生,后者云:

> 柰女者,有说从枯老柰树中湿处而生,或云庵罗女,即是庵罗树也。或西国,此一果二名,或前后翻译不同,未详本末。若此方者,有人云王梵志从王家庭前林檎树中生,未详虚实。③

宗密介绍王梵志的出生,虽只有短短的一句话,但其核心要素则同于《史遗》所言。可惜的是,宗密对此传说的态度不置可否。不过,他把王梵志传说与柰女降生故事相提并论,则暗示了前者的生成同样受到汉译佛典的影响(有关分析,见下文)④。

关于王梵志的籍贯,诸书记载不一,大致说来,可别为三类:一曰黎阳人。敦煌遗书 P.4978《王道祭杨筠文》(原题)曰:

> 1. 维大唐开元二七年,岁在揆(癸)丑二月。东朔
> 2. 方黎阳故通玄学士王梵志直下孙王道,谨

①《杜阳杂编·桂苑丛谈》之《桂苑丛谈》,第 8 页,《丛书集成初编》本,上海:商务印书馆,1939 年。

② 陈允吉师《关于王梵志传说的探源与分析》,《复旦学报》1994 年第 6 期,第 97 页。

③《大藏新纂卍续藏经》第 9 册,第 919 页,上—中。

④ 关于这一点,林伯谦先生《王梵志出生传奇再探》(《东吴中文学报》第 5 期,第 179—213 页,1999 年 5 月)亦有十分详尽的分析。但是,林先生推测王梵志出生传奇可能出于王梵志本人的自我宣传,则证据不足。

3. 清酌白醪之奠，敬祭没逗留风狂子、朱沙染痴
4. 儿洪(弘)农杨筠之灵。(后略)

该文虽为俳谐游戏之作[①]，且所述时、地多有矛盾之处，但“黎阳”之说同于《史遗》，它在今河南省浚县。二曰宗密所说“此方”，既然它与“西国”(印度)相对，显然指中土，然具体所指则不得而知。三曰西域，晚唐范摅《云溪友议》卷下《蜀僧喻》云：

> 云溪子昔遁西霞峰，厥气方壮。尝遇玄朗上人者，乃南泉禅宗普愿大师之嗣孙也。……朗公或遇高才亡智者，则论六度迷津，三明启道，此灭彼往，无荣绝辱也。或有愚士昧学之流，欲其开悟，别吟以王梵志诗。梵志者，生於西域林木之上，因以梵志为名。其言虽鄙，其理归真；所谓归真悟道，徇俗乖真也。[②]

按，玄朗上人生平事迹不详[③]，他既然是南泉普愿禅师(748—834)之法孙，则其活动时间当在公元9世纪左右。云溪子是范摅的自称，范为越人，玄朗与之相遇的西霞峰，在今浙江金华[④]，则玄朗教人别吟王梵志诗，亦当发生于此地。而王梵志生于西域林木之上的传说，极可能出自玄朗之口。

王梵志出生地地理方位东西悬殊的事实，正好从另一侧面说明王梵志仅是个传说性人物，而非唐代现实社会中的人物。众多无名氏诗人把作品附丽于王梵志名下的做法，又进一步加速了王

① 具体分析请参陈允吉师《论敦煌写本〈王道祭杨筠文〉为一拟题俳谐文》，《复旦学报》2006年第4期，第78—88页。
② 范摅《云溪友议》，上海：古典文学出版社，1958年，第73页。
③ 王宁以为玄朗即慧明禅师(参《〈云溪友议〉校注》第235页，厦门大学博士学位论文，2009年5月)，然联系前后文，显然有误。因为玄朗行年为673—754，他不可能做南泉普愿禅师(748—834)的法孙。
④ 王宁《〈云溪友议〉校注》，第235页。

梵志传说的变异和流播。

最早引用王梵志诗者，据目前所知材料，当为唐大觉律师所撰《四分律行事钞批》卷一四：

> 如王楚志诗云："身为客馆舍，神是寄宿客。客去馆中空，知是谁家宅？"济云："南山阇梨在日，常诵一偈云：如鸟在瓶中，罗縠覆其口。罗穿鸟飞去，空瓶何所有。"解云：鸟者识也，瓶者身也，罗者命也。人命一断，神识既去，身何所能？①

其中"王楚志"之"楚"，显然是"梵"字形讹而误。另外，此处所引王梵志诗，与 P. 3021＋P. 3876 写卷所引大同小异，后者曰："此身如馆舍，命是寄宿客。客去馆舍空，知是谁家宅？"此敦煌写卷之内容，是道教讲经，而讲经时间，项楚先生依据原卷有"太上皇"一词，指出在唐玄宗称"太上皇"时期——至德元年（756）至上元二年（761）间，最早则在睿宗称"太上皇"时，即延和元年（712）至开元四年（716）间，且前者的可能性更大②。既然是道教讲经时所引，则知其文字上的区别，当是主讲的道教法师改动所致。

大觉律师生平不详，然其书撰出之时间，当在太极元年（712）五月之前。《四分律行事钞批》卷一四所附日人写经题记有云：

> 唐大极元年夏五月十二日，于西京大庄严寺略出《义批》。③

"大极"，应作"太极"，此乃睿宗年号，其在景云三年（712）正月十九日，赦天下，改元"太极"；五月十三日，又赦天下，改元"延和"；至八月三日，玄宗即位，尊睿宗为太上皇，七日，则改元"先天"。

---

①《大藏新纂卍续藏经》第 42 册，第 1037 页上。

② 参项楚《敦煌遗书中有关王梵志三条材料的校订与解说》，《敦煌文学丛考》第 453—454 页，上海古籍出版社，1991 年。

③《大藏新纂卍续藏经》第 42 册，第 1063 页下。

《四分律行事钞批》是对道宣(596—667)《四分律删繁补阙行事钞》(略称《行事钞》)的重要注本之一。道宣原著初稿撰出于武德九年(626)六月,定稿于贞观四年(630,一说在贞观八年)。大觉征引王梵志诗一事,至少能说明两点:一者王梵志诗至迟在睿宗时就已相当流行;二者王梵志诗蕴含了比较深刻的佛教义理,甚至和道宣生前所喜爱的偈颂一样,表达出相同的旨趣。有趣的是,天宝十二载(753)十月十九日鉴真(687—763)东渡日本时携带的佛教物品中就有"大觉律师《批记》十四卷"[①],则知王梵志诗也当随此而为日人所了解。至平安时代(784—897),藤原佐世所编《日本国见在书目》中又载有"王梵志集二"、"王梵志诗二卷",可见王梵志诗在公元八、九世纪就被日本人所熟悉了。

至若王梵志出生传说之成因,顾浙秦先生以为在于中华传统感生神话、原始巫术信仰、中华传统医术和佛教文化,因此,它的形成是民间的和多元的[②]。此说固然周详圆融,却似主次不分。如果我们回归到唐代的历史语境,则知外来佛教文化才是其核心来源。如前揭宗密《圆觉经略疏钞》卷九述及王梵志之神奇出生时,就把他与柰女降生故事相提并论。对此,郭立诚先生早在1944年撰出的《小乘经典与中国小说戏曲》一文中就揭橥了《柰女耆婆经》与王梵志传说生成的密切联系,指出"传者因习闻印度柰女故事,故附会梵志亦生于树瘿中也"[③]。后来,业师陈允吉先生则全面细致地比较了两则故事之异同[④]。

佛教论述有情众生的出生方式,分为四种,即胎生、卵生、湿生

① 参[日]真人开元著,汪向荣校注《唐大和尚东征传·日本考》,北京:中华书局,2000年,第88页。

② 顾浙秦《王梵志出生传奇探源》,《西藏民族学院学报》2003年第2期,第58—63页。

③ 载张漫涛主编《佛教与中国文学》,《现代佛教学术丛刊》第19册,台北:大乘文化出版社,1978年,第168页。

④ 陈允吉师《关于王梵志传说的探源与分析》,《复旦学报》1994年第6期,第96—103页。

和化生。在前引《圆觉经略疏钞》卷九中,宗密明确指出柰女是湿生[①]。而冯翊子、范摅等人虽未交待王梵志出生方式到底属于哪一种,但诸人异口同声地指出是降生于树木。据后秦僧伽跋澄译《鞞婆沙论》卷一四云:

> 问曰:湿生云何? 答曰:……或龙,或金翅鸟,或人,如是比众生,因竹苇孔、腐树孔……或各各相近,或各各相逼,生等生起等起成转成有,是谓湿生。[②]

冯翊子谓王梵志是生于林檎树朽烂之树瘿,对照经文所说"腐树孔",则知王梵志亦属于湿生。更值得注意的是,产生王梵志的林檎树与产生柰女的柰树,其实属于同类果树[③]。既然树种相同,出生方式又完全一致,可见王梵志传说的源头,就在《柰女耆婆经》。尤其冯翊子所说"菩萨示化",直接点明了故事生成时的佛教文化之背景。

有关柰女故事的汉译佛经,今存藏经中有《柰女祇域因缘经》、《柰女耆婆经》,二者皆简称为《柰女经》,题为后汉安世高译[④],且内容大同小异。经中所言柰女故事,南北朝以降,即广为人知。梁释宝唱撰成于天监十五年(516)的《经律异相》卷三一之"祇域为柰女所生,舍国为医"故事,就出于《柰女经》[⑤];而各类经疏音义中,亦常述及柰女故事,如隋净影慧远(523—592)《维摩义记》卷一曰:

---

① 宗密《圆觉经略疏》卷二亦曰:"胎则常人,湿则柰女。"(《大正藏》卷三九,第551页中)

②《大正藏》卷二八,第522页上。

③ 前揭顾浙秦先生《王梵志出生传奇探源》一文中有详细例证,故不赘列。

④ 隋法经等撰《众经目录》卷三谓:"《柰女耆域经》一卷,晋世竺法护译。"(《大正藏》卷五五,第128页,上)此与题为安世高译者是何关系,俟考。

⑤ 参《大正藏》卷五三,第166页下—167页上。

> 庵罗树园，随处别指，人谓此园饶庵罗树，名庵罗园，事实不尔。盖乃从其园主彰名，有女从于庵罗树生，即呼以为庵罗树女，与经中说柰女相似。[①]

唐善导(613—681)《观无量寿佛经疏》卷二曰："言及与耆婆者，耆婆亦是父王之子，柰女之儿，忽见家兄于母起逆，遂与月光同谏。"[②]慧琳(737—820)撰《一切经音义》卷二六则曰："《温室经》云：柰女者，即其人也。依花以孕质，故号湿生，即频婆娑罗王之贵妃良医耆婆之母也。"[③]而 P. 2440、P. 3210《温室经讲唱押座文》云："毗耶离国有庵园，柰女还生柰花中。宝树枝条光色好，非凡非圣化生身。祇域还从柰女生，妙通法术救众生。"既然佛教讲经都言及柰女，则其奇异出生故事流传之广可想而知。特别是其子医王祇域(又译耆婆)的神奇事迹，无疑也会促进柰女故事的流播[④]，这真是"母以子为贵"了。

二、"翻着袜"的思想本质及其影响

历代评论王梵志诗时，最常提及的是其"翻着袜"之法，而且，对其含义的阐释，多从写作方法、修辞技巧等方面着眼。如张锡厚先生《论王梵志诗的口语化倾向》首先把"翻着袜法"与刘勰《文心雕龙·隐秀篇》的"隐"相联系，指出其特征是："大胆使用违拗常情、异于传统表达方式的新的语言手段，寄深沉哲理于隐喻之中的表达方式来叙事状物，抒情言志"，"王梵志五言诗所使用的'翻着

① 《大正藏》卷三八，第 425 页下。
② 《大正藏》卷三七，第 256 页上。
③ 《大正藏》卷五四，第 479 页中。
④ 参陈允吉师《关于王梵志传说的探源与分析》，《复旦学报》1994 年第 6 期，第 101 页。

袜法'正是这种以'重旨'、'复意'为旨归的隐喻手法的继续和发展。"[①]查明昊博士直接把它归结为"翻案法"[②];梁德林先生则认为它:"既是一种写作思维方式,也是一种写作方法,其特征是以逆向思维的方法构思作品,令人耳目一新。这种方法反常合道,使诗产生奇趣。"[③]诸家所论,悉有合理之处,然未能揭示其蕴含的思想本质,故补说如次。

"翻着袜法"是北宋人对王梵志诗特征的概述,较早见于黄庭坚(1045—1105)《山谷题跋》卷六《书梵志翻着袜诗》:

> 梵志翻着袜,人皆道是错。乍可刺你眼,不可隐我脚。一切众生颠倒,类皆如此。乃知梵志是大修行人也。昔茅容季伟,田家子尔,杀鸡饭其母,而以草具饭郭林宗。林宗起拜之,因劝使就学,遂为四海名士。此翻着袜法也。[④]

虽然"梵志翻着袜"一诗不见于敦煌写本,然两宋以来的历史文献,基本上都归之于王梵志的名下。如惠洪(1071—1128)《林间录》卷二曰:"予常爱王梵志诗云:梵志翻着袜,人皆谓是错。宁可刺你眼,不可隐我脚。"[⑤]诗句文字上稍有不同,但惠洪明确标示作者是王梵志。惠洪本人与黄庭坚多有交往,并与其讨论诗法,极可能他是从黄氏处得知王梵志诗,然凭记忆,难免产生少许歧异。释居简(1164—1246)《答复之书记》则曰:"翻着袜头王梵志。休特地,弄

① 张锡厚《王梵志诗研究汇录》,上海:上海古籍出版社,1990年,第126—127页。

② 查明昊《翻着袜法与寒山体》,《敦煌研究》2003年第3期,第100—103页。

③ 梁德林《论王梵志"翻着袜法"》,《广西师范学院学报》2007年第1期,第62—65页。

④ [宋]黄庭坚著,屠友祥《山谷题跋校注》上海:上海远东出版社,2011年,第166页。

⑤《大藏新纂卍续藏经》第87册,第265页,上。

潮人在洪波里。”①

众所周知，古代袜子用手工织布做成，常人总把光洁平整的一面穿在外面，如此视觉上显得美观些；把粗糙的一面穿在里面，虽然硌脚，却也心甘情愿。王梵志则不然，反其道而行之。黄庭坚为了揭示梵志翻着袜的思想内涵，还举出茅容杀鸡饭母的事例，说明尊重母亲远比尊重客人重要，因为那才是真正的孝道。而王梵志之举，追求的正是适性之逍遥。对此，我以为宗密的评论最为中的，其《禅源诸诠集都序》卷二把志公、傅大士与王梵志归为同一类的佛教人物，誉之为“或降其迹而适性，一时间警策群迷”②。所谓适性，就是充分尊重个体的自性与独立人格，而不为世俗观念所左右。

其实，王梵志诗表达这一思想的作品比比皆是。如羡富笑贫本是一种社会常态，王梵志却说：“他家笑吾贫，吾贫极快乐。无牛亦无马，不愁贼抄掠。你富户役高，差科并用却。吾无呼唤处，饱吃常展脚。你富披锦袍，寻常被缠缚。穷苦无烦恼，草衣随体着。”③一般而言，常人都会为贫穷而愁苦不断，王梵志却从内心喜爱安贫乐道，因为清贫者就不会被盗贼惦记上，也不会摊派过多的赋税与徭役。当然，王梵志所讲的贫穷，也不是到了家徒四壁且无立锥之地，而至少能保证“饱吃”的自足状态，由于自足才能自适。于此，他又说：“吾有十亩田，种在南山坡。青松四五树，绿豆两三窠。热即池中浴，凉便岸上歌。遨游自取足，谁能奈我何。”④正因为物质上的自足，才保证了其精神上的自适。易言之，王梵志更注重精神自由，对物质生活的要求并不高，仅维持生命的常态即可。

“翻着袜”的这一思想特色，在后世亦有相当的影响。如南宋

① 北京大学古文献研究所编《全宋诗》第53册，北京大学出版社，1998年，第33258页。

②《大正藏》卷四八，第412页下。

③ 项楚《王梵志诗校注》(增订本)，上海：上海古籍出版社，2010年，第25页。

④ 项楚《王梵志诗校注》(增订本)，第348页。

曹洞宗僧释正觉(1091—1157)《宏智禅师广录》卷四云:“闹嘈嘈处,却倒骑牛;纷扰扰时,能翻着袜。诸人且作么生体悉?的的纵横皆得妙,阿侬元自异中来。”①正觉禅师言下之意是,面对纷纷扰扰的外境,内心保持平和安静最为重要。“阿依”指“我”,“异”即“翻着袜”,代表的是适性自足。后来,释行秀(1166—1246)《万松老人评唱天童觉和尚颂古从容庵录》卷五则云:“梵志翻着袜,人皆谓是错。宁可刺尔眼,不可隐我脚。王梵志奇人,此语大播人间,可谓皮灯球儿内明外暗。”②最后“皮灯球儿”之喻,依然强调的是自性(内心)之明。南宋释可观(1092—1182)《自赞》又云:“反着袜多王梵志,得人憎是孔方兄。灰头垢面只如此,也好一枚村里僧。”③显而易见,可观正是以反着袜的王梵志自比,描绘了清贫自守、适性自足的村僧形象。

因为适性,所以有大自在与大快活。后世僧人对王梵志“翻着袜”,又常作如是观。宋黄龙派高僧古月道融撰《丛林盛事》卷下载婺州痴禅玅禅师亲书遗偈中有“王梵志袜已脱,一任横拖倒拽”之句,作者谓之“真得大自在也”④。明末清初曹洞宗高僧净斯(1610—1665)所说《百愚禅师语录》卷六载其上堂之语曰:“惟有那明州憨布袋抚掌大笑云:‘快活不煞,快活不煞。’大众且道他快活个甚么,梵志当年反着袜。”⑤

当然,“翻着袜”在诗歌写作方法、语言运用上,诚如前述研究者所云,用翻案法,表现出“反常合道”。此在后世教内外人士中,悉有体现。南宋《月林师观禅师语录》载上堂时对“梵志翻着袜”一诗的体悟是:“莫莫,醍醐上味,翻成毒药。”⑥醍醐本为牛乳中最上

①《大正藏》卷四八,第 39 页下。
②《大正藏》卷四八,第 271 页,上。
③[宋]宗鉴《释门正统》卷七,《大藏新纂卍续藏经》第 75 册,第 341 页上。
④《大藏新纂卍续藏经》第 86 册,第 703 页上。
⑤《嘉兴大藏经》第 36 册,第 642 页,中—下。
⑥《大藏新纂卍续藏经》第 69 册,第 349 页上。

等美味，佛经每以之比喻涅槃与佛性。唐般若译《大乘理趣六波罗蜜多经》卷一即说："契经如乳，调伏如酪，对法教者如彼生酥，大乘般若犹如熟酥，总持门者譬如醍醐。醍醐之味，乳、酪、酥中微妙第一，能除诸病，令诸有情身心安乐。总持门者，契经等中最为第一，能除重罪，令诸众生解脱生死，速证涅槃安乐法身。"①但是，若于佛性、涅槃产生执著，则醍醐也成毒药，不但不能使众生得到解脱，反而会让世人沉沦苦海而不能自拔。《续古尊宿语要》卷六载竹庵士珪禅师(1083—1146)住能仁寺时，入院有语云："老禅来住山，梵志翻着袜；乍可刺汝眼，且要话头活。"②按，老禅是士珪自号，其以"翻着袜"的王梵志自比，并以之作为话头，明确指出要活参，意即不能拘泥于常规的思维方式。陆游《闭户二首》(其一)说："狗俗不如翻着袜，爱山只合倒骑驴。今朝更有欣然处，万里知心一纸书。"③赵蕃(1143—1229)《呈寿冈先生》又谓："莫将梦中事，重对痴人说。此语竟云何，梵志翻着袜。"④"翻着袜"虽属用典，但从诗意看，皆突出了反俗归真。而且，"狗俗"、痴人说梦都是常态，二人却分别加上"不如"、"莫"，自然就表达出强烈的否定之意。

三、"土馒头"及其他

传世王梵志诗中，与"翻着袜"一样盛行的还有"土馒头"一首，二者悉出于北宋人的记载，而不见于敦煌本。它既和黄庭坚有关，更和苏轼(1036—1101)有关。惠洪《冷斋夜话》卷一〇《东坡读〈传灯录〉》云：

---

①《大正藏》卷八，第 868 页下。
②《大藏新纂卍续藏经》第 68 册，第 498 页中。
③《全宋诗》第 40 册，第 24886 页。
④《全宋诗》第 49 册，第 30470 页。

东坡夜宿曹溪，读《传灯录》，灯花堕卷上，烧一僧字，即以笔记于窗间曰："山堂夜岑寂，灯下读《传灯》。不觉灯花落，茶毗一个僧。"梵志诗曰："'城外土馒头，馅草在城里。一人吃一个，莫嫌没滋味。"鲁直曰："既是馅草，何缘更知滋味?"易之曰："须先以酒浇，且图有滋味。"[①]

如果惠洪所记不误，据孔凡礼先生意见，则知故事发生在元符三年(1100)苏轼从贬所海南北归途经曹溪时[②]。而此时刊行于世的禅宗灯录，只有北宋法眼宗道原的《景德传灯录》及临济宗李遵勖的《天圣广灯录》，然二者皆无"土馒头"之说，故王梵志此诗的经典出处，依然是个谜。不过，此时的苏轼，早已看透生死(次年他即辞别人世)，"土馒头"一诗所体现出生死一如的豁达态度，与其心态当有契合之处，这或许是惠洪把苏轼读《传灯录》与"土馒头"诗统合在一起的缘故吧。

南宋临济宗高僧释晓莹撰出于绍兴二十五年(1155)的《云卧纪谭》卷上又载：

建炎三年元日，圜悟禅师在云居，尝曰："隐士王梵志颂：'城外土馒头，豏草在城里。每人吃一个，莫嫌没滋味。'而黄鲁直谓：'已且为土馒头，当使谁食之。'由是东坡为易其后两句：'预先着酒浇，使教有滋味。'然王梵志作前颂，殊有意思，但语差背。而东坡革后句，终未尽余兴。今足成四韵，不唯警世，亦以自警：'城外土馒头，豏草在城里。着群哭相送，入在土皮里。次第作豏草，相送无穷已。以兹警世人，莫开眼瞌睡。'"圜悟遂手写以遗一书记，乃住万年，号村僧者是也。[③]

---

① 张伯伟编校《稀见本宋人诗话四种·日本五山版冷斋夜话》，南京：江苏古籍出版社，2002年，第96页。

② 孔凡礼撰《苏轼年谱》，北京：中华书局，1998年，第1368页。

③《大藏新纂卍续藏经》第86册，第669页，中—下。

建炎三年，即公元1129年，此距苏轼读《传灯录》事已过去近三十年。圜悟禅师即杨岐派高僧克勤(1063—1135)，他对“土馒头”的改作，警世的意味更加浓厚。不过，克勤与惠洪有所不同，他说改梵志诗者是苏轼，而非黄庭坚。谁是谁非，殊难断语。

“土馒头”一诗，流播甚广，甚至还用于佛教法事活动中。南宋闻蕴编《大慧普觉禅师语录》卷三曰：

> 魏侍郎请升座，寄居衢州常山县。持服魏矼谨施净财入山修设，仍命山野升于此座，举扬《般若》，以此功德资荐先考。致政宣教，往生赡养，诸人还知么？这老居士，便是和州三世接待底魏公也。山僧大观初行脚时，亦曾到他家时，侍郎尚幼。今日作从官，为国家宣力，皆乃翁阴德所致。此翁平生极修学，喜读佛书，从方外老衲游，精修梵行，常以王梵志《土馒头颂》作佛事，以警悟流俗。①

普觉禅师即大慧宗杲(1089—1163)；魏矼(1097—1151)，字邦达，建炎元年(1127)任常山知县，四年改宣教郎，绍兴初曾代理吏部侍郎，八年(1138)后不久，因父亡守丧归。宗杲为魏父荐亡法事，当发生于此际。从大观(共四年，1107—1110)至绍兴前期，前后三十多年，知二者交往时间之长，所以，宗杲说魏矼以《土馒头颂》作佛事，绝非虚言。

在后世作品中，“土馒头”也成了常用典故之一，它既可状写坟墓之形(指代坟墓)，教外如刘克庄(1187—1269)之《赠贵上人》：“服寒食散方谁验，营土馒头计已迟。”②方回(1227—1305)《赠地理齐君龙吉》：“未抛金锁甲，焉问土馒头。”③教内如明释真哲说

①《大正藏》卷四七，第820页下。

②《全宋诗》第58册，第36740页。

③《全宋诗》第66册，第41424页。

《古雪哲禅师语录》卷九之"林间无数土馒头，尽是当年学道流。道眼已知空泡沫，遗骸未免葬荒丘"①，清观如辑《莲宗必读》卷一之"探春争唱《少年游》，试看白杨树下土馒头"②。诸如此类，不一而足。又可以比喻死或死者，比如刘辰翁(1232—1297)《唐多令》云："城外土馒头。人能饮恨不。古人不见使吾愁。莫有横江孤鹤过，来伴我、醉中游。"③显然，人一死也就无所谓饮恨与否了。再如元代临济宗僧释正印说《月江正印禅师语录》卷三《渊维那礼祖》云："参他活底祖师意，不必扣之枯髑髅。三尺炊巾收又展，千千万万土馒头。"④此处"土馒头"、"枯髑髅"，显然是互文见义。

除了"土馒头"的比喻外，禅宗语录里又有"铁馒头"之说。北宋云门僧人怀深(1077—1132)《慈受怀深禅师广录》曰："慧林铁馒头，做来年已久。不是不拈出，自是人不受。觑着齿牙寒，咬着眉头皱。不是张鹏举，谁人敢下口。"⑤日本临济宗僧东福圆尔(1202—1280)《圣一国师语录》"示空明上人"条则云："只举话头，不作佛法想，不作破除想，用存心等解，不用情生疑殆，没理路，没滋味，如铁馒头。"⑥前例比喻无从下手的困境，但后者则带有"土馒头"的部分喻义，如"没滋味"一词，显然出于王梵志原诗。更值得注意的是日僧卍山道白(1635—1714)《东林语录》之《和叶移来落眼，中土铁馒偈并序》，它首先转录了虎关师炼(1278—1346)《济北集》中的诗话(按，其开头部分与前揭晓莹《云卧纪谭》卷上内容大同小异，故不赘引)，云：

虎关曰："甚矣哉，风雅之难能乎？三大老皆未到于极矣。

①《嘉兴大藏经》第28册，第348页下。
②《大藏新纂卍续藏经》第62册，第857页下。
③[宋]刘辰翁撰，段大林校点《刘辰翁集》，南昌：江西人民出版社，1987年，第328页。
④《大藏新纂卍续藏经》第71册，第148页下。
⑤《大藏新纂卍续藏经》第73册，第105页中。
⑥《大正藏》卷八〇，第19页下—20页上。

盖梵志者,意到句不到。东坡放而不警矣,圆悟警而不精矣,只涪翁之论亦佳矣,然无句,何哉?取梵志之到者,效苏公之改,曰:“无常鬼餮饕,个个好滋味。”又梵志只解警世人而已,吾辈岂受嘲调乎!作一颂曰:“林下铁馒头,赚皮坚叵毁。无常鬼齿摧,故号金刚体。”此盖余兴云尔。

道白接着评论道:

右四老之心声可闻,而今老衲不论其到极与未到极,但感并足为警醒,卒添七言二绝,谩蹑四老故步,自警警他,书以与实山居士:信言城外土馒头,赚草亲从城里投。毕竟人人添一个,此中滋味预知不?信言林下铁馒头,今古多看以暗投。直下纵然明破了,没滋味处却甘不?①

道白于此,不但综合运用“土馒头”与“铁馒头”之典,而且层层递进,处处翻案,把“翻着袜”法发挥到了极致。

最后,顺便说一下梅尧臣(1002—1060)的《韵语答永叔内翰》,诗云:“世人作肥字,正如论馒头。厚皮虽然佳,俗物已可羞。字法叹中绝,今将五十秋。”②诗中以馒头之喻阐述书法观,别开生面,其理路与王梵志“土馒头”有异曲同工之处。拈出于此,供方家进一步探讨。

(本文曾宣读于“2012 年中国敦煌吐鲁番学会理事会暨丝路历史文化研讨会”,2012 年 8 月。后刊于《湖南科技学院学报》2013 年第 2 期。修改过程中,承蒙著名敦煌学家郑阿财先生、佛教文学专家林伯谦先生提供相关研究成果,于此谨致谢忱)

---

①《大正藏》卷八二,607 页,中—下。

②《全宋诗》第 5 册,第 3297 页。

慈觉禅师宗赜佚诗补辑

莲社继祖五大法师之一的慈觉大师宗赜[①]（按，另四祖为善导、法照、少康、省常），是宋代著名的净土宗和云门宗高僧。襄阳人，俗姓孙，生卒年不详[②]。少孤，事母至孝。他博通儒典，善文

---

① 关于慈觉大师的法名，内典中或作宗颐，或作宗赜，并未统一。如宗晓《乐邦文类》中即如此，其所引《观无量寿佛经序》下署“慈觉禅师宗颐”（《大正藏》卷四七，第167页上），但《莲华胜会录文》下却署“慈觉禅师宗赜”（《大正藏》卷四七，第177页中）。考《佛祖统纪》卷二七、《补续高僧传》本传，《光绪襄阳府志》，《民国湖北通志》等皆作宗赜，故本人认为应作宗赜，之所以出现混乱，是因为“颐”、“赜”二字形近而致误也。不过，陈扬炯《中国净土宗通史》（南京：江苏古籍出版社，2000年，第435页）仍作宗颐，且无任何说明，未知何故。

② 比丘明复谓慈觉禅师元祐七年（1092）年圆寂，寿八十三（见《中国佛学人名辞典》，北京：中华书局，1988年，第174页），则其当生于1010年（宋真宗大中祥符三年）。但《缁门警训》卷八载宗赜所作《洗面文》的写作时间是元符三年（1100），《禅苑清规》自序的撰出时间是崇宁二年（1103），故此说显然有误。震华法师谓宗赜生卒年是910—1092（《中国佛教人名大辞典》，上海：上海辞书出版社，1999年，第462页），其中生年为910年亦误（可能是手民误植）。苏军先生则推断禅师生年为1056年（见其点校《禅苑清规》，郑州：中州古籍出版社，2001年，第185页），然根据尚不充分。慈怡主编的《佛光大辞典》则认为其生卒年不详（台北：佛光出版社，1988年，第3168页）。从今存文献，如各种有关禅师的史传记载看，还是以生卒年不明的说法较为妥当。另外，有关大师的籍贯：一说洺州（今河北永年县东南）人，如宋普济编《五灯会元》卷一六之“长芦宗赜禅师”条；明河《补续高僧传》谓师是襄阳人。今人陈明光则力证后说之误（参氏论《大足宝顶山“报德经变”慈觉禅师宗赜溯源》，《佛学研究》2004年卷，第252—260页），可参。

章。29岁投长芦寺圆通法秀出家，受具足戒。后谒天衣义怀之徒长芦应夫参叩禅旨得法，且嗣其法席。元祐中（1086—1093）迎母于方丈东室，劝母剪发，甘旨以外，勉进持念阿弥陀佛七载，母最后无疾而逝。故其作《劝孝文》120篇以劝世人行孝。元祐四年（1089）仿庐山白莲社之遗风，集四众结莲华胜会，普劝道俗念佛号，日记其数，回向发愿，期往生于西方净土。据说当时感得普贤、普慧二大菩萨参与其会。崇宁年间（1102—1106）应杨畏之请于真定府（今河北正定）弘济院传法，深受时人欢迎。宗赜禅师是中国佛教史上，特别是在宋代净土宗与禅宗史上比较重要的一位人物，其思想特色在于倡禅净合一，并身体力行之，故对后世产生了不小的影响。

据宗晓《乐邦文类》、志磐《佛祖统纪》等书记载，宗赜文集主要有《禅苑清规》十卷、《苇江集》、《劝孝文》等。其中《禅苑清规》，今有《续藏经》本——《重刻补注禅苑清规》之十卷本流通于世，也是他影响最大的一部著作[①]。《苇江集》，今未见有传本[②]，《劝孝文》也散佚殆尽[③]。单篇论文则有《坐禅箴》、《念佛参禅求宗旨说》、《观无量寿佛经序》、《莲华胜会录文》、《念佛回向发愿文》、《劝念佛颂》、《金光明经序》等，其中有的收录于《乐邦文类》，如《念佛回向

① 今人苏军在《禅苑清规》的点校本中，对宗赜的思想有精到的分析，可参看。且苏氏也辑录了一些宗赜的佚作，如《劝念佛颂》、《净土颂》、《洗面文》等，但还有不少遗漏。

②《释氏稽古录》卷四说"（元祐四年）冬十月真州长芦院禅师宗赜，与当时名胜盛结莲华净土念佛社"，并有夹注曰"《苇江集》"，则知明时《苇江集》尚流行于世。

③ 按，《劝孝文》又名《孝友文》（参宋王日休撰《龙舒增广净土文》卷六，《大正藏》卷四七，第271页上），本有120篇，但大部分散佚，仅有极少文字保存在《乐邦遗稿》卷下（参《大正藏》卷四七，第249页上）及南宋释思觉集《如来广孝十种报恩道场仪》（参赵文焕、侯冲整理《如来广孝十种报恩道场仪》，载方广锠主编《藏外佛教文献》第八辑，北京：宗教文化出版社，2003年，第54—261页）中。

发愿文》、《劝念佛颂》等；有的收录于《缁门警训》，如《坐禅仪》、《自警文》、《龟镜文》、《洗面文》等[①]。最近出版的《俄藏黑水城文献》第3卷中则收其门人普惠编撰的《慈觉禅师劝化集》[②]，卷首且有朝请大夫前通判成德军府上柱国赐紫金鱼袋崔振孙于崇宁三年所撰之序。该集中有的文章见于《禅苑清规》，如《坐禅仪》、《自警文》等，有的则见于《乐邦文类》，如《莲池胜会录文》、《念佛发愿文》等[③]。

笔者近因研习宋代的僧伽诗歌，翻检到北京大学古文献研究所主编的《全宋诗》，发现在卷一一九〇唐晓玲先生整理的"释宗赜"之条目下，仅是从《嘉泰普灯录》卷五、《五灯会元》卷一六辑录了5首作品[④]，遗漏者实在不少，故本人参考前贤时哲之成果，补辑于后，以省诸位胜友翻检之苦。

1.《劝念佛颂》

收录于《乐邦文类》卷五，颂曰：

三界炎炎如火聚，道人未是安身处。莲华胜友待多时，收拾身心好归去。

目想心存望圣仪，直须念念勿生疑。他年净土华开处，记取娑婆念佛时。

极乐不离真法界，弥陀即是自心王。眉间毫相无方所，露

① 按，其中《龟镜文》、《坐禅仪》、《自警文》又被宗赜本人收录于《禅苑清规》卷第八。

② 俄罗斯科学院、中国社会科学院民族研究所、上海古籍出版社编《俄藏黑水城文献》第3卷，上海：上海古籍出版社，1996年，第82—126页。又：《劝化集》编成于北宋，但是在西夏流通，这表明宗赜禅师在当时佛教界的影响还是很大的。

③ 二文皆收于《乐邦文类》卷二，前者题为《莲华胜会录文》，后者题为《念佛回向发愿文》。但还要说明的是前者在《龙舒增广净土文》卷一一题作《真州长芦赜禅师劝参禅人兼修净土》（见《大正藏》卷四七，第283页下—284页下），文字略有不同。

④《全宋诗》第20册，北京：北京大学出版社，1995年，第13456页。

柱灯笼亦放光。

恳修斋仪莫因循，千圣同开念佛门。一旦功成归净土，白毫光里奉慈尊。①

此七言颂，按押韵规则，实可分成4首。

2.《西方净土颂》

是颂简称《净土颂》，亦见《乐邦文类》卷五，颂曰：

西方多乐事，浩劫杳难宣。寿量曾无尽，光明岂有边。道风吹绿蕙，定水发红莲。海会朝宗处，天华落座前。

海众咸清净，菩提道易成。心心皆正念，物物契真乘。性地琉璃莹，圆音众鸟鸣。会须登觉岸，莫遣堕疑城。

足蹈无忧地，身居不老乡。六时朝圣主，清旦诣他方。宝殿随身去，天华遍刹香。归来还本住，禅悦味何长。

莫谓西方远，西方在目前。虽念过十万，曾不离三千。念佛才开口，华池已种莲。信心如不退，决定礼金仙。

池凝功德水，风动管弦音。罗网幔空界，楼台映宝林。六根常合道，万境了唯心。不是人难到，都缘信未深。

行业分三辈，莲华共一池。既然登极乐，决定获阿惟。障尽舒光日，心开见佛时。个中无限乐，同道者方知。

极乐真如理，弥陀智慧光。迷时沈此土，悟即往西方。浩浩轮回息，迢迢寿命长。信根才一念，心地已清凉。

信重终须往，疑多未可知。净心凭一念，功行越僧祇。便列阿惟位，还将补处齐。进修宜勇猛，不必待多时。

人问禅家者，宗门万事忘。既能超极乐，何必往西方。却听禅家语，西方是本乡。马鸣亲训诲，龙树亦称扬。

莫话娑婆苦，娑婆苦杀人。贪嗔痴乱意，皮肉血为身。罗

---

①《大正藏》卷四七，第219页中。

刹怨僧窟，无明阴入村。会须登极乐，归路莫因循。

莫话娑婆苦，娑婆苦最深。邪魔常作伴，疾病每相侵。声色妖淫地，禅那淡泊心。会须登极乐，归路莫沈吟。

莫话娑婆苦，令人涕泪交。三灾轮内转，五痛火中烧。鹤树光长掩，龙华会正遥。会须登极乐，归路莫辞劳。

莫话娑婆苦，韦提白世尊。劫逢烦恼浊，儿号未生冤。调达心何逆，瓶沙恨莫论。会须登极乐，此恶未尝闻。①

此五言颂，依据押韵规则可分成13首。

而在《慈觉禅师劝化集》中，也收有《劝念佛颂》和《净土颂》，是附在《劝念阿弥陀佛防退方便文》(并颂二首)之中，但《劝念佛颂》在《慈觉禅师劝化集》中无标题且分开载录，其中前八句在《净土颂》之前，后八句则编在《净土颂》之后。从文意而言，似不应该这样做，或许是普惠误编，或许是刻工误植所致。

3.《公门佛事颂》

是颂收录于《慈觉禅师劝化集》，是附在《公门佛事》(并颂)之中。是文在形式上颇同于佛经讲唱，散韵相间，十段散文配了十首诗颂，这样做的目的是便于记诵。其一曰："万绪纷纷业火煎，几人甘露沃心田。须知佛事无他事，即此尘缘是道缘。"其二曰："全家衣食仰公门，唯念精勤报国恩。王事不前空饱暖，他年无地可容身。"其三曰："早供甘旨莫因循，谨率妻孥奉至亲。木母尚犹曾泣泪，老人争得不伤神。"其四曰："一家有罪百家忧，引蔓生枝早晚休。要会与人安乐处，但于公事莫迟留。"其五曰："饥寒老病要温存，恶语争如爱语亲？但有好心怜庶狱，自然阴报不亏人。"其六曰："画地为牢入尚难，那堪枷锁重如山。从来狱吏修阴德，只在无情棰楚间。"其七曰："莫将残忍害众生，唯以真慈运至平。公案不须论大小，一时先且问情轻。"其八曰："吾门弟子日衰微，全在官司

①《大正藏》卷四七，第219页中—220页上。

暗护持。纵有万般凡俗行,且留三事福田衣。"其九曰:"俯仰谦和福自生,常思清俭畏严刑。公家财物无多少,护惜应如护眼睛。"其十曰:"公门何处不修行,戒定熏修道愈精。从此利他兼自利,一轮明月照寰瀛。"

4. 偈一首

在《念佛回向发愿文》(按,是文收录于《乐邦文类》卷二及《慈觉禅师劝化集》)之后有一首四言偈,它用于回向发愿。偈曰:"所有虚空世界尽,众生及业烦恼尽。如是一切无尽时,我愿究竟常无尽。"

5.《洗面歌》(拟)

该组诗歌原属于宗赜所撰《洗面文》之一部分,而《洗面文》被元人释永中和明人释如卺所编的《缁门警训》卷八收录,题作《赜禅师诫洗面文》。是文前一部分为散文,后一部分为诗歌,撰出时间是元符三年(1100)。兹迻录诗歌部分如次:

洗心犹在半途中,洗面何曾振古风。今日丛林思舜老,昔时宗匠忆圆通。

种麦辛勤磨麦难,莫将洗面作盘餐。为怜枉费情何似,恰与山僧肉一般。

任是丰年犹损福,假饶凶岁亦伤财。殷勤为报诸禅者,紧把绳头更不开。

正使有余须爱惜,不应过分太无渐(惭)。阎罗老子真难解,主稼龙神意未甘。

莫言此费不多争,万事皆从洗面生。舜帝昔年为漆器,百僚犹谏不须行。

面里有筋须有脚,忽然筋去脚难行。自家吃着情犹倦,过与他人意未平。

调和香味如真肉,斗饤肥鲜作假鱼。画佛既然成道果,像生那得证无余。

三冬洗处寒侵骨,九夏蒸时汗满身。费水费油兼费火,劳人劳畜亦劳神。

道者疏餐乐有余，净人还不费工夫。寻常普请供承外，落得参禅诵佛书。

不学诸方五味禅，个中消息更天然。成汤祝网从君意，吕望垂钩信我缘。

三时普请归禅室，一念无心过虎溪。钵里饭盛粗粟米，桶中羹是淡黄虀。

玉食尊官莫动情，随堂斋饭太粗生。空门平等无高下，千圣从来一路行。

信心檀越事斋筵，莫以萧疏意便阑。大抵精粗同一饱，细论功过却多般。

效古修行利益深，新罗不是拗丛林。虽然冷淡无滋味，聊表禅家一片心。

君亲义重曾轻舍，水陆庖精尚远离。今日此情犹未息，低头更念出家时。

摩(磨)盘拭案强逢迎，终愧禅林本分僧。出世道心随日减，顺情人事逐年增。

丛林枯淡变柴林，日用萧条古意深。不洗十方常住面，唯参六代祖师心。

莫以今人似古人，较量终是有疏亲。当时建磨分皮髓，后代儿孙洗面筋。

疏斋易备长安乐，美食难消损道缘。多见水边林下客，一生无事亦长年。

已学坏衣为乞士，忍夸精馔敌王公。有人解笑从他笑，甘竖降旗立下风。

不是忧贫不是悭，息繁餐道合如然。通心上士应相委，多口禅和莫乱传。

乳蕈荤膻损戒香，面筋奢靡费常堂。如今一笔都勾下，转觉空门气味长。

洗面终归克化难，因循多病障轻安。凡夫福德能多少，纵使沧溟也解干。

本来面目甚分明，逐浪随波太瘦生。应被丛林高士笑，天真丧尽得浮名。

龙象高僧意不群，撩天鼻孔气凌云。尚嫌禅悦珍羞味。争肯馋噇爱面筋。

山僧初未历艰难，振领提纲似等闲。十五万斤常住面，已随流水过人间。

虽然指马事难明，同过同功未可凭。惜福此时因大众，无惭当日是山僧。

招提枉费祸难量，见说泥犁岁月长。却恐那时妨道业，不如今日且寻常。

丛林执事莫痴憨，苦果酬因岂易担。更拟诸方问王老，不知辛苦为谁甜。

僧家一饭且支身，惜福由来戒面筋。大嚼屠门真可愧，十千沽酒又何人。

天生三武祸吾宗，释子还家塔寺空。应是昔年崇奉日，不能清俭守真风。

山僧特地改家常，图得吾门更久长。若向此时疏奉养，免教他日误君王。

唐朝欲末事如麻，兵火屠烧万万家。当日太平思俭约，可能巢贼乱中华。

宴安风范日骄奢，须趁升平剪祸芽。所以吾门增淡薄，且图天下息繁华。

摄伏龙天动鬼神，盖因高行出凡伦。从教古淡无人爱，只此清修是化门。

随家丰俭事难同，禅悦偏宜淡薄中。下口若知无味味，举头方见不空空。

受福人多惜福稀，得便宜是落便宜。云门胡饼金牛饭，一饱心头忘百饥。

百衲袈裟五缀盂，二时宁复计精粗。沙门毕竟宜清苦，软暖修行道业疏。

太平人物侈心开，受用殷繁养祸胎。惭愧未生痴福尽，灾荒水旱蓦头来。

太平生齿渐增加，美食鲜衣器用华。地方有穷财有限，此时宜俭不宜奢。①

此七言颂，依据押韵规则可分成40首四句偈。

6.《百丈规绳颂》

是颂收录于《禅苑清规》卷一〇，它在体制上与前揭《公门佛事（并颂）》一样，采用散韵相间的形式，在一段散文之后紧接着就是一篇韵文（按，少数地方在散文后有两首或三首韵文），而韵文的内容常常是对散文内容的重复或概述。其主旨是颂扬唐代百丈怀海禅师（720—814）首创丛林清规的历史业绩以及用诗偈的形式来表现禅林清规的具体内容，盖有助于僧尼之记诵也。韵文共五十九首：其一曰："昔时居律寺，别院启禅门。大智禅师后，方知祖道尊。"其二曰："道德兼隆者，方能嗣祖宗。须菩提雅号，无垢称家风。"其三曰："入门无佛殿，升座有虚堂。即此传心印，当知是法王。"其四曰："学徒无众寡，高下入僧堂。道具安搋架，周围设广床。"其五曰："斜枕床唇卧，安祥右胁眠。暂时调四大，敷坐复安禅。"其五曰："入室参玄理，抠衣请益时。任他勤与怠，上下勿常仪。"其六曰："夕聚晨参处，师徒集会时，升堂须雁立，侧耳听玄微。"其七曰："法食宜双运，精粗且过时。诸头分局务，普请贵匀齐。"其八曰："不信天真佛，来为假比丘。即时抽挂搭，去矣莫回头。"其九曰："犯众焚衣钵，应当集众人。山藤聊示耻，驱摈出偏门。"其十曰："摈逐成何益？安禅不毁僧。公门无狱讼，祖席播嘉声。"其十一曰："百丈存纲领，诸方酌古今，始终三十事，一一护丛林。"其十二曰："安僧排腊戒，执事略推移，小小诸头首，还应似旧时。"其十三曰："辅弼丛林者，名高道德尊，到时先挂搭，方禀住持

①《大正藏》卷四八，第1083页上—1084页上。

人。”其十四曰:“晚参逢念诵,寮舍暂须还。问讯并汤罢,回来却展单。”其十五曰:“初来三日内,只候赴茶汤,粥后宜先起,时中且在堂。”其十六曰:“山门如特为,礼意重于山。趁赴依时节,身心莫等闲。”其十七曰:“请假游山者,还将半月期。过时重挂搭,依旧守堂仪。”其十八曰:“堂仪经半月,起必报堂司。所贵消床历,如今去不辞。”其十九曰:“福田衣下客,自古免征徭。不是因祈祷,何缘荅圣朝?”其二十曰:“丛林逢圣节,轮次预看经。事讫方前去,酬恩勿自轻。”其二十一曰:“巡堂依挂搭,粥饭亦如之。鵽雕弥猴象,犹能识礼仪。”其二十二曰:“下钵依时节,安排应上肩。寅时长板后,三下午斋前。”其二十三曰“粥饭宜低细,无令钵有声。鬼神生热恼,自损亦非轻。”其二十四曰:“自己衣单下,寻常要整齐。他人安卧处,不得擅迁移。”其二十五曰:“欲上长连榻,常应面圣僧。展单心欲细,开被手宜轻。”其二十六曰:“后夜闻开静,方容叠寝衣。莫于床上立,礼度太乖违。”其二十七曰:“佛制离衣宿,安排向枕前。板头并案上,疑误涉瓜田。”其二十八曰:“莫卸裙衫睡,堂中免衩衣。先贤令解带,权且为初机。”其二十九曰:“放参同下帐,钟动各垂帘。及早开函柜,当知避众嫌。”其三十曰:“堂下勤宴坐,廊下少闲游。第一宜深戒,全身靠板头。”其三十一曰:“经行犹静默,况复在围炉。拨火并闲话,知君行业粗。”其三十二曰:“涕唾拖鞋履,清宵必共嫌。轻轻拈桶杓,欵欵放门帘。”其三十三曰:“尊官临梵刹,迎送动禅林。去就应齐整,令生外护心。”其三十四曰:“普请除寮主,应当挂五条。作时须静默,不得闹嘈嘈。”其三十五曰:“若命寮中主,须依挂搭推。不唯消谤议,所贵在匀齐。”其三十六曰:“殿塔梵修地,龙神暗护持。凭栏并语笑,损福定无疑。”其三十七曰:“梵语安他会,华言作务衣。若从尊殿过,崇奉礼还亏。”其三十八曰:“伴寮唯首座,此处听堂司。大众衣盂地,闲人总不宜。”其三十九曰:“众中如去失,色件要分明。物重须搜捡,情轻事可评。”其四十曰:“两会堂僧浴,三通执事来。净人闻煞鼓,次第勿相乖。”其四十一曰:“浴久妨清众,来迟碍净人。裙衫须盖体,语笑莫纷纷。”其四十二曰:“几案宜潇洒,看寻贵悄然。慎言如不语,处众似居山。”其四十三曰:“把针并合药,剪纸剃头时。作务喧清众,寮中总不宜。”其四十三曰:“隵鞋安浴具,乃至触衣裳。僻处并寮后,收时要审详。”其四十四曰:“盗财并斗诤,酒色污僧伦。速遣离清净,容留即败群。”其四十五曰:“疾病经三日,须归延寿堂,丛林知事者,到此勿彷徨。”其四十五曰:“三条椽下客,自了一身休。幸有僧知事,何须强出头。”其四十六曰:“莫据床唇坐,衣裳直下垂。应留展钵地,前后勿参差。”其四十七曰:“送死宜追惨,防伊道未成。遣财津送外,分俵为看经。”其四十八曰:“为破悭贪业,僧亡必唱衣。标心图世利,不是出家儿。”其四十九曰:“见估亡僧物,三分得一分。看经如后到,折得亦同论。”其五十曰:“首座为标准,朝晡合坐堂。早参并粥饭,先到是寻常。”其五十一曰:“欲白堂中事,寅朝众集时。一言如当理,何必在繁辞。”其五十二曰:“职事宜通晓,公清务保任。赤心弘大众,竭力荷丛林。事有疑难处,商量勿异心。相和如水乳,握土变黄金。”其五十三曰:“库堂惩有罪,须是晚参时。粥饭并官客,闻之必皱眉。”其五十四曰:“丛林分主管,各自有可存。守己都无事,侵权即乱伦。”其五十五曰:“念诵逢三八,升堂五日期。昔贤垂懿范,后代莫相违。”其五十六曰:“自古巡寮法,安存众比丘。有无应借问,应副莫迟留。”其五十七曰:“两会厨前鼓,来时莫太迟。堂前钟响处,便是入堂时。”其五十八曰:“唱衣并普请,粥饭送亡僧。第一宜亲赴,丛林事不轻。”其五十九曰:“住持并执事,粥饭勿乖常。无病无官客,应须总赴堂。”

7.《新添滤水法颂》

见于《禅苑清规》卷一〇之《新添滤水法》(并颂)。宗赜于此是先引一段或两段经文(主要是戒律,如《菩萨戒经》等;也有史传或其他经文,如《寄归传》、《传灯录》等),然后用四句七言诗对所引经文作重颂。颂共有 31 首。其一曰:“头陀结夏游方日,滤水囊皆不可离。恰似飞禽生两翼,东西南北自相随。”其二曰:“十分去微取一分,教中将喻水虫向身。殷勤滤水存悲济,便是将来成佛因。”其三曰:“器中粟米水边沙,空水微尘量不差。滤水若能依圣制,宝莲金地乐无涯。”其四曰:“比丘来见法中王,忘却将行滤水囊。宁死不亏虫水戒,刹那成道证真常。”其五曰:“饮水伤虫行业疏,可怜同伴不同涂(途)。虽然得到祇园会,只见黄金丈六躯。"其六曰:"滤罗虽小事非轻,的的真慈护有情。大觉世尊明有敕,上流何故不遵行?"其七曰:"细毡作囊长一肘,西天滤水旧家风。此方致练方如法,薄绢生疏尽不中。"其八曰:"两边罗样要宽容,挽褶缝来系柱中。汲器并须连底泻,翻时洗荡要全功。"其九曰:"罗样安棬或作瓶,任从三角杓头形。铜盆瓦缶并宏㮇,得用随缘到处精。"其十曰:"滤水僧童欸欸倾,细虫迷闷可伤情。若教罗外遗涓滴,不免依前是杀生。"其十一曰:"滤已应须子细观,有虫重滤更重看。直须净尽方随意,使用如今信者难。"其十二曰:"铜盏罗杯漆器通,日中观水念微虫。应须洗涤存方便,始尽毗尼救物功。"其十三曰:"放生器下安双细,到水牵绳势自翻。渴水罗中真可罪,翻罗井上亦无端。"其十四曰:"井远泉深若厌烦,护生宜用放生盆。安详泻向常流水,俟入池中粗可论。"其十五曰:"滤水要期终日用,来朝重滤恐重生。因思九夏多蝼蚁,举足常应观地行。"其十六曰:"去圣时遥律行衰,小罗疏绢事堪悲。钵边挂去从人见,堂上闲来备礼仪。"其十七曰:"粗布缝罗釜上安,细虫微命刹那间。镬汤不是天然热,因果门中好事还。"其十八曰:"神州四百有余城,多少名圆德行僧。赴火堕崖人易得,滤虫观水却难能。"其十九曰:"妙入三空谈般若,功圆八定证禅那。不于滤水存悲愿,未免如来一例呵。"其二十曰:"寺家不滤厨中水,僧饭由来不合餐。俗舍有斋应借问,滤时还复自家看。"其二十一曰:"杀戒偏居十重前,一虫一堕理昭然。粗心饮用无惭愧,束手泉门被业牵。"其二十二曰:"尽叹屠儿有道情,施羊僧寺作长生。不知房内日用水,杀业无过罪不轻。"其二十三曰:"记得坛山增戒会,济师全阙滤虫缘。太闲和尚深呵责,聚集僧徒长罪愆。"其二十四曰:"任是昆虫须恶死,假如贤圣亦全生。若推此意观虫水,何虑慈悲行不成?"其二十五曰:"蠢动皆含佛性灵,再三捞漉是修行。君看一掬寻常水,何啻千生与万生。"其二十六曰:"昔时郎将在沙场,弓上犹悬滤水囊。为报金田诸上士,出家慈济是寻常。"其二十七曰:"伤嗟滤水停来久,珍重吾曹勉力行。饲虎喂鹰犹不顾,一罗何惜为众生。"其二十八曰:"欲趣菩提之道场,滤囊今日是浮囊。人间天上庄严福，此世他生寿命长。”其二十九曰：“扰扰尘虫竞莫分，好修因果济沉沦。龙华会上无生记，净土光中不死人。”其三十曰：“菩萨兴悲寄远怀，滤生当愿托莲台。他年净土微尘佛，尽是罗中漉出来。”其三十一曰：“清凉信士行悲悯，乞绢缝罗满数千。随乞随缘随布施，劝人同结滤生缘。”

8. 偈一首

《续传灯录》卷一二载宗赜谒天衣义怀之徒长芦应夫，参叩禅旨，以颂一偈而得应夫之法。偈曰：“举足上砖阶，分明这个法。黄杨木畔笑呵呵，万里青天一轮月。”①

9. 有关《父母恩重经》的偈颂 11 首

在四川大足南宋赵智凤主持开凿的石刻中有《父母恩重经变经文偈颂》，此颂经陈明光先生整理，发表在《藏外文献》第四辑②。其中有慈觉大师的偈颂 11 首(含存疑一首)，兹引录如下：

(1)《投佛祈求嗣息》。题下有“赐紫慈觉大师□宗赜颂曰”一行文字。颂云：

> 古佛未生前，疑然一相圆。释迦犹□会，迦叶岂能传？父母同香火，求生孝顺儿。提防年老日，起坐要扶接。父母皆成仙，绵绵法界如。尔时心愿足，方乃证无余。有得非为得，无功始是功。一轮千圣外，元是旧家风。③

---

①《大正藏》卷五一，第 539 页下。

② 方广锠主编《藏外佛教文献》第四辑，北京：宗教文化出版社，1998 年，第 292—298 页。又，陈先生的录文个别地方有改动，笔者据校记恢复其原貌。

③ 按，该颂前 4 句在后世较为流行，甚至流传至朝鲜，如清虚休静禅师《禅家龟鉴》就曾加以引用(参《大藏新纂卍续藏经》第 63 册，第 737 页中。但“疑”作“凝”，二字表示“安定”之意时，通)。然南宋万松行秀(1166—1246)《万松老人评唱天童觉和尚颂古从容庵录》卷五载：“师举慈觉《劝孝文》首篇颂云‘父母未生前，凝然一相圆。释迦犹不会，迦叶岂能传’”(《大正藏》卷四八，第 246 页上。“不”字，则可补石刻之阙)，则知此颂在《劝孝文》中的作用特别突出。不过，第一句开头二字原本到底作“古佛”还是作“父母”，尚不能定论。

(2)《怀担守护恩》。题下有“禅师颂曰”四字，此禅师当指慈觉禅师。颂云：

慈母怀担日，令身重若□。母黄如有病，动转亦身难。

(3)《第二临产受苦恩》。慈觉颂曰：

□□慈亲苦，□人眼泪□。□知恩力重，□取出胎时。慈父闻将产，空惶不自持。□生都未□，□耳皱双眉。

(4)《第三生子忘忧恩》。慈觉颂曰：

初见婴儿面，双亲笑点头。从前忧苦事，到此一时休。

(5)《第四咽苦吐甘恩》。慈觉颂曰：

□□儿子吃，□□自家餐。不□知恩少，他时报德难。

(6)《第五推干就湿恩》。慈觉颂曰：

干处让儿卧，儿身熟□睡。仰推慈母□，诸佛亦可偏。

(7)《第六乳哺养育恩》。慈觉禅师宗赜颂曰：

乳哺无时节，怀中岂暂离。不愁脂肉尽，惟恐小儿饥。

(8)《第七洗濯不净恩》。慈觉大师颂曰：

小儿□□□，强褓□□干。怀□无□孩，慈心不□□。儿身多秽行，洗洁□□□。父母年须时，谁供一勺汤。

(9)《第八伪造恶业恩》。古德颂曰：

养儿方长大，婚嫁是寻常。筵会多杀害，罪业使谁当？

这里的古德，不知道是否指慈觉，暂存疑，姑录于此[①]。

(10)《第九远行忆念恩》。慈觉颂曰：

乳下为儿时，三年岂离位。如何千里外，□家不回□。

(11)《第十究竟怜悯恩》。颂曰：

百岁惟忧八十儿，不舍作鬼也忧之。观喜怒常不犯慈颜，非容易从来谓色难。

这一首虽未标明作者，但依行文惯例（承前省），当出于宗赜所作。

此外，在敦煌文献中，也有不少关于父母恩重的讲经文及《十恩德赞》，前者如 P. 2418、北图河字 12 号等写卷，后者如 S. 289、S. 5591、S. 2240、P. 2483、北图周字 87 号等写卷，都是演绎父母十恩德之作品。其十恩德之称名与大足石刻完全一致，仅是顺序有所不同而已，如在 S. 5591 号写卷中第五作"乳哺养育恩"，第六则作"回干就湿恩"，刚好与大足石刻本相反，但其他的八种恩则完全一样；P. 2483 号写卷第六为"洗濯不净恩"，第七为"乳哺养育恩"，余者亦同于大足石刻本。由此可见，慈觉大师所撰之颂，也是渊源有自，并非空穴来风。而讲经文与《十恩德赞》的经典依据都是

① 按，前揭万松老人所举慈觉《劝孝文》首篇"父母未生前"等四句颂，《销释金刚经科仪会要注解》卷五亦未标明作者是宗颐，同样说是"古德"云云（参《大藏新纂卍续藏经》第 24 册，第 711 页中）。

P. 3919 号《佛说父母恩重经》。这点业师张涌泉先生《以父母十恩德为主题的佛教文学艺术作品探源》论之已详[①]，兹不赘述了。而慈觉的这些赞文，据前引《万松老人评唱天童觉和尚颂古从容庵录》卷五，亦当属于他所撰 120 篇《劝孝文》之列。

10.《十六观颂》(存目)

据志磐《佛祖统纪》卷二七宗赜本传载："《莲华胜会录文》及《净土颂》、《十六观颂》并见所著《苇江集》。"[②]可知宗赜曾撰写过《十六观颂》，惜其文不存，具体情况如何，就不得而知了[③]。

(本文原载《古籍研究》2004 年第 1 辑，安徽大学出版社，2004 年。收入本稿时，略有修改。又，近年依据黑水城《慈觉禅师劝化集》进行研究的成果渐多，代表性的有侯冲《宋僧慈觉宗赜新考》，载《云南与巴蜀佛教研究论稿》，北京：宗教文化出版社，2006 年，第 376—401 页；冯国栋《慈觉宗赜生平著述考》，载《佛教文献与佛教文学》，北京：宗教文化出版社，2011 年，第 163—175 页；宋坤《俄藏黑水城宋慈觉禅师〈劝化集〉研究》，石家庄：河北师范大学硕士学位论文，2010 年；等等，不一而足，可参看)

① 张涌泉《旧学新知》，杭州：浙江大学出版社，1999 年，第 316—332 页。

②《大正藏》卷四九，第 279 页上。

③ 侯冲怀疑大足石刻铭文中的《十六观颂》即是宗赜之作(《云南与巴蜀佛教研究论稿》，北京：宗教文化出版社，2006 年，第 395 页)，可备一说。

庐山诗社与江西宗派关系略说

吕本中所作《江西宗派图》中①，庐山诗社、豫章诗社的成员占有比较重要的地位，两者相加，竟占江西宗派总数的三分之一强（名单见后文）。目前，学术界对豫章诗社的研究成果，相对说来较为丰富②；而对庐山诗社的研究，尚不深入，仅有少数论文涉及，且大多只谈其中的部分诗人③。有鉴于此，笔者依据阅藏所得材料，在前贤时彦已有成果的基础上，重点对庐山诗社的人员构成、禅学渊源及其与豫章诗社、江西宗派（江西诗社、江西诗派）之关系，拟做初步梳理。不当之处，谨请海内外方家是正。

---

① 此图简称《宗派图》，但南宋中后期有人称之为《江西诗社宗派图》者（如陈岩肖《庚溪诗话》卷下、赵彦卫《云麓漫钞》卷一四等）。姚大勇指出，此图本名当作《江西宗派图》（参《〈江西宗派图〉本名考》，《江海学刊》2001 年第 1 期）。

② 比较重要者有欧阳光《徐俯豫章诗社》（《宋元诗社研究丛稿》，广州：广东高等教育出版社，1996 年，第 189—194 页），吴肖丹《豫章诗社成员新考》（《九江学院学报》2010 年第 3 期），吴肖丹、戴伟华《江西诗派主脉——豫章诗社考述》（《南昌大学学报》2011 年第 1 期）等。

③ 如张明华《“流风回雪”与“风雷为舌”——试论庐山僧人祖可与善权的诗》（《五台山研究》2006 年第 3 期）、李军炜《江西诗派“三僧研究”》（鲁东大学硕士论文，2008 年），都仅讨论了庐山诗社中的诗僧祖可、善权，而非对庐山诗社的整体研究。目前所见综合性研究的重要论文是罗宁《北宋大观年间庐山诗社考——兼论其与江西诗社之关系》（《九江学院学报》2012 年第 1 期）、《北宋庐山诗社小考》（《文学遗产》2012 年第 2 期。又，二者大同小异，笔者参考的是前者。后同，不赘）。

众所周知，在两宋诗史上江西诗派永远都是绕不开的话题，而且，世人多把江西诗派与江西宗派、江西诗社等同视之。甚至佛教文献里也有类似记载，如述派中诗僧之一的祖可时，南宋临济宗僧人释晓莹绍兴二十五年(1155)撰出之《云卧纪谭》卷上说："江西宗派中，有僧可正平者，乃果之徒弟也。"①天台宗僧人释守伦《法华经科注》卷一〇则谓庐山僧祖可："幼瞻家学，预江西诗社，与当时贤士为莫逆交，其声藉甚，有《瀑泉集》版行。"②同为天台宗的释宗晓(1151—1214)《法华经显应录》卷下"庐山可禅师"条引《注法华经》又说祖可："崇宁中，止庐山。幼瞻家学，预江西诗派，雅思渊才，非古之下。"③

一、庐山诗社的成员构成及其禅学渊源

祖可确实结过诗社，王铚《顷在庐山与故友可师为诗社，尝次韵和予诗云："空中千尺堕柳絮，溪上一旗开茗芽。绝爱晴泥翻燕子，未须风雨落梨花。重江碧树远连雁，刺水绿蒲深映沙。想见方舟端取醉，酒酣风帽任欹斜。"后三十年，避地剡溪山中，时可师委蜕，亦二纪矣。灵隐明上人追和此为赠，感念存没，泪落衣巾，因用

①《大藏新纂卍续藏经》第 86 册，第 668 页下。又，此处"可正平"，就是指祖可。其人俗姓苏，名序，字正平，在传世文献中，又称作病可、癞可、可公、可师、可正平、何正平等。其中，"何正平"之"何"为"可"之误，相关论述，请参张福清《释祖可、何正平其人及诗辨正》(《韩山师范学院学报》2011 年第 1 期)。

②《大藏新纂卍续藏经》第 30 册，第 852 页上。又，守伦其人，生平事迹不详，俟考。

③《大藏新纂卍续藏经》第 78 册，第 47 页下。又，宗晓所谓《注法华经》即守伦《法华经科注》，但他在引用时文字上略有删改。另据楼钥(1137—1213)《法华经显应录序》(参《大藏新纂卍续藏经》第 78 册，第 21 页中)，可知宗晓此书至迟撰成于庆元四年(1198)中秋日之前。

韵谢之》(后文简称《顷在庐山》):"昔访庐山惠远家,寻春草木未萌芽。自从柳折烟中色,不寄梅开雪后花。事往泪多添海水,诗来恨满算河沙。惊回三十年前梦,放鹤峰头日未斜。"①

这首诗非常重要,因为只要确定了王铚避地剡溪的时间,便可推算出结社时间及祖可卒年。但对此等问题,学人看法不一:如周裕锴依据《宋会要辑稿·方域》十九之二三所载,认为铚避地剡溪山中当在建炎四年(1130)十一月"前去浙东"之时。周先生还结合诗题,进而推断该诗作于初到浙东之绍兴元年(1131)春;上推二纪,则祖可卒于大观二年(1108);上推三十年,则庐山结诗社当在崇宁元年(1102)②。张剑则据王铚作品,尤其《游东山记》"仆以绍兴七年六月往剡中"句,从而推定铚避地剡溪时在绍兴七年(1137),由此推出祖可卒于政和四年(1114),而结诗社在大观二年(1108)③。罗宁前揭论文指出张剑之说较近实际,并结合王铚随父初至江州及惠洪与铚交往的时间悉在大观元年秋天这一事实,从而推定王铚、祖可结社时间当在大观元年(1107)至四年(1110)间。其说较圆通,兹从之。不过,需要说明的是,若依王铚诗题,该诗社应命名为"庐山诗社"。而且,据"昔访庐山惠远家"之句,其结社因缘当是仿东晋慧远莲社而来。宗晓所编《乐邦文类》卷五即引有祖可《庐山十八贤赞》一首,曰:"不能晋室抚倾覆,尽作西方社里人。岂意一时希有事,翻令元亮两眉颦。"④可能是结社期间所作。

说到诗社的成员,除了《顷在庐山》的作者王铚及诗题之可师(祖可)外,至少还有:

---

①《全宋诗》第 34 册,第 21304 页。

② 参周裕锴《宋僧惠洪行履著述编年总案》,北京:高等教育出版社,2010 年,第 71 页。

③ 张剑《王铚及其家族事迹考辨》,《中国社会科学院文学研究所学刊》(2008 年),北京:中国社会科学出版社,2008 年,第 298—322 页,特别是 304 页。

④《大正藏》卷四七,第 223 页中。

1. 善权和李彭[①]

北宋著名画家李公麟(1049—1106,字伯时,号龙眠居士)绘有《陶潜归去来兮图》,与王铚、祖可皆有唱和的诗人李彭,撰有题跋云:

> 往在山谷处见伯时所作《归去来》小屏,意趣玄远,与此画气象略相似。……汝阴胜士王性之以此本示余,得以想见归田园之乐,颇觉此老去人未远也。大观四年三月五日山南李彭商老书。[②]

对此图,祖可、善权皆亲眼所见,且分别作有《李伯时作〈渊明归去来图〉,王性之刻于琢玉坊,病僧祖可见而赋诗》、《王性之得李伯时所作〈归去来图〉,并自书渊明词,刻石于琢玉坊,为赋长句》。王性之,即王铚,而琢玉坊在九江[③],则知祖可、善权之诗亦作于结社庐山时。晁公武《郡斋读书志》著录王铚《侍女小名录》并引其序云:"大观中居汝阴,与洪炎玉父游,读陆鲁望《小名录》,戏征古今女侍名字。因尽发所藏书纂集,踰月而成焉。"[④]可见王铚大观年间曾回家乡汝阴小住月余。韦海英指出,洪炎出任颍州(汝阴)知县时在大观二年至三年,且李彭大观二年至四年一直在江西活动[⑤],故李彭欣赏王铚所藏李龙眠《陶潜归去来图》的地点,应在九江,而非

① 前引罗宁论文把李彭、向子諲、张元幹算作是庐山诗社的外围成员,可备一说。但笔者更倾向于李彭是社中成员。

② 该跋《全宋文》失收,此转引自袁行霈《陶渊明影像——文学史与绘画史之交叉研究》,北京:中华书局,2009 年,第 13—14 页。又,李彭、王铚交往之作,除本篇外,还有《和何思举韵举元亮,兼简性之》等。

③ 王铚之子王明清《挥麈三录》卷二曰:"九江有碑工李仲宁,刻字甚工,黄太史题其居曰琢玉坊。"

④ 孙猛《郡斋读书志校证》,上海:上海古籍出版社,1990 年,第 671 页。

⑤ 韦海英《江西诗派诸家考论》,北京:北京大学出版社,2005 年,第 82、186 页。

汝阴。以理揆之,祖可、善权的题咏之作,当不会晚于李彭作跋的"大观四年三月五日",要么同时,要么稍前,而以同时的可能性更大。

而现存李彭诗作中,据诗题推测,属于诗社唱和者有《次正平上座韵赠子充》、《奉赠正平上座》、《次韵正平见赠道予游山北胜处》等。正平,即祖可。

2. 机上人

王铚《忆庐阜寄机上人》云:"忆在东林学夜禅,月中清响听风泉。不须更作庐山梦,鱼鸟相忘二十年。"[1]机上人,即善机,乃善权三兄。从诗中可以看出,庐山诗社的建立与诸人的禅修活动也有极为密切的联系。

3. 惠洪(1071—1128)

《赠巽中》云:"道人少小来庐山,水光山色供盘餐。坐令山水秀杰气,缭绕胸中成块抟。……作诗问君觅奇字,留待老年偎日看。"[2]巽中,即善权,本诗既赞颂了善权诗歌杰出的艺术成就,又表明了惠洪向对方学习诗法的真诚态度。《赠癞可》则对祖可大加称扬,同样表达出惠洪学诗的强烈愿望:"可师有奇骨,吐语愕众口。……抱痾亦同粲,视身一尘垢。卧看东溪云,悬瀑激窗牖。庐山久无僧,殿阁空华构。谁知千岩胜,竟入此郎手。我痴世不要,冷落如弊箒。但意君可夺,独能容我不?"[3]所谓"抱痾"、"尘垢"云云,当指祖可患癞病之事。"东溪",即祖可结庵之所。释道璨(1213—1271)《仙东溪诗集序》即载:"癞可结庵鹤鸣峰下山谷,扁曰'东溪',打头老屋犹在,松声竹色间,断崖流水,至今尚有诗家气象。"[4]可见祖可的修行场所,清净幽雅,连后世都认为它易使人生

---

①《全宋诗》第34册,第21322页。
②《全宋诗》第23册,第15079页。
③《全宋诗》第23册,第15093页。
④《全宋文》第349册,第303页。

起诗意，难怪乎诗友李彭评其诗曰："可师句句是庐山景物。"[①]而惠洪与王铚大观元年秋相识于庐山时的诗作，据罗宁所考，有《赠王性之》、《会性之山中二首》、《与性之》、《次韵性之》等四题五首。罗宁又依《次韵性之》"古人亦何远，安用社中名"句，推测王铚曾邀惠洪入社，但惠洪可能因为无法在当地久住而未入社。不过笔者以为，惠洪也许有过婉拒王铚的行为，然其既有向祖可、善权学诗的强烈愿望(特别是对社中第一人祖可所说"独能容我不"，显然传达出入社之意)，又有与王铚等人同游庐山赏山玩水的经历，故入社也在情理之中(即便时间不长，仅大观元年秋至次年之间)。后来，惠洪《次韵性之送其伯氏西上》回忆云"鬓须尚带庐山绿"、"锦绣谁同赏云谷"，周裕锴指出，它反映的是惠洪、王铚庐山唱和的情形[②]。

4. 徐俯(1075—1141)

其与祖可唱和之诗主要有《次韵可师题于逢辰画山水二首》、《再次韵题于生画豹二首》、《次可师韵》等。而据《画虎行为吉州假守苏公作》之"忆昔余顽少小时，先生教诵荆公诗。只今耆旧无新语，赖有庐山病可师"[③]，可知俯对可喜爱至极。曾季狸《艇斋诗话》亦说："东湖于近世诗人，专喜癞可。"[④]东湖者，徐俯之号也。

从以上诗社成员之介绍看来，庐山诗社的形成，实是僧俗合作的结果。他们酬唱的题材，除了前举诸诗所及参禅、游山、品画外，又有文物把玩之类。如善权《同王性之游西林，有老衲畜一碧壶，制作甚古，把玩久之。性之求得，欲以相寄，复为瞻明所夺，戏作此》。而在诗社中起主导作用的，是祖可、善权这两位长期居住于庐山的诗僧，尤其是前者。他们除了与社中成员唱和外，同时也教

① [清]张泰来《江西诗社宗派图录》"祖可"条引，《丛书集成初编》本。

② 周裕锴《宋僧惠洪行履著述编年总案》，第 163 页。但周先生把庐山诗社系于崇宁元年，本文不取。

③《全宋诗》第 24 册，第 15834 页。

④ 丁福保辑《历代诗话续编》上册，北京：中华书局，1983 年，第 297 页。

僧人写诗。李彭《紫霄道中》自注有云:“世未甚知可,而美庆上人者学诗于可。”谢薖《次韵董彦速送珍上座还漳江》“文字宁追权、可游”句中自注又曰:“珍云:曾从权、可二诗僧也。”[①]朱熹之父朱松(1097—1143)《求道人示诗,粲然有江湖间道人风味,盖尝得句法于东溪可。今以其韵,作诗送之。时将如瑞峰,期朝夕还吉祥云》则说:“癞可溢江滨,觅句负光价。君为东溪客,伏鹄资妙化。……伽陀入三昧,汤史欲凌跨。”[②]求道人诗(伽陀,诗偈也)禅(三昧,定也)一如的观念,显然出于祖可真传,朱松对此赞誉有加。难怪李彭《奉赠正平上座》云:“禅余觅佳句,鼎鼐笔能扛。”其评价祖可的视角,与朱松完全一样。

庐山诗社之祖可,深得豫章诗社领袖人物徐俯的推崇。但从张元幹、向子諲之记载看[③],豫章诗社是纯文人的结社,故庐山诗社之诸僧,无论祖可、善权、机上人、惠洪,悉未加入(祖可父苏坚、兄苏庠,则是活跃成员之一);世俗文士中,加入者仅有在创作上亲炙过黄庭坚教诲的徐俯、李彭,而王铚因离开江西,故无缘加入。

就庐山诗社诸诗僧而言,其弘法之地,多在庐山。释晓莹《云卧纪谭》卷上载:“庐山栖贤真教果禅师……尝注《辅教编》,洪驹父为后序。又题其像曰:‘鹤鸣峰前,声闻于天。瀑布之下,思如涌泉。望之毅然,即之温然。双剑屹立,香炉生烟。之人也,之德也,与兹山而俱传。’江西宗派中有僧可正平者,乃果之徒弟也。”[④]洪驹父,即洪刍。结合前引释道璨《仙东溪诗集序》,则知祖可禅修之地,与其师一样都在庐山鹤鸣峰。果禅师法系,史书阙载,若依其所注《辅教篇》之作者契嵩(1007—1072)为云门高僧推断,则其禅

① 《全宋诗》第24册,第15789页。

② 《全宋诗》第33册,第20720页。

③ 按,关于豫章诗社的成员构成,参张元幹《苏养直诗帖跋尾》(《芦川归来集》,上海:上海古籍出版社,1978年,第173页)及其舅父向子諲《水调歌头》题注(唐圭璋编《全宋词》,北京:中华书局,1965年,第954页)。

④ 《大藏新纂卍续藏经》第86册,第668页,中—下。

学宗旨似倾向于云门宗。不过,周紫芝(1082—1155)《林老借可正平诗编,以诗还之》谓:"谁知癞可东溪句,参得涪翁双井禅。"①涪翁者,黄庭坚也,其以居士而嗣晦堂祖心(1025—1100)之法②,则知至少时人认为癞可禅法,不是出自云门,而是源自黄龙慧南(1002—1069,祖心之师)一系③。善机、善权兄弟,据惠洪《冯氏墓铭·序》云"初,幼子善权俊发,夫人曰:'此儿非仕林可致也。'施以从石门道人应乾游,以文学之美,致高名于世。第三子善机,亦授笔,与之俱,丛林期以起东林之道"④,则二人同时出家于石门应乾(1061—1133)门下,应乾虽驻锡洪州泐潭山宝峰禅院,却是庐山东林寺常总(1025—1091)的法嗣。常总,亦嗣黄龙慧南,元丰三年(1080),他奉敕革庐山东林律寺为禅寺,并应命于该寺弘法。惠洪《题庐山》又云:"余年十五六时,游北山,谒准禅师。……后二十五年,余还自海外,过此,而山川增胜,楼阁如幻出,大钟横撞,净侣戢戢,而真隐方开石门道法于此,余乃服其老且衰矣!"⑤惠洪一生,多次出入庐山。准禅师,即其师伯洪准。而惠洪师从真净克文(1025—1102。又,克文、洪准,俱出慧南门下),于禅宗派系言,善权是惠洪的法侄。惠洪所谓"还自海外",是指政和三年(1113)他在崖州"得旨自便"而北归之事⑥,其过庐山在政和四年秋。此时,真隐(即善权)正把石门(应乾禅师)之法弘于庐山。综此可见,庐山诗社诸僧之禅法,皆源自黄龙慧南。

庐山诗社之世俗文士,既然交往的庐山僧人多出于黄龙派,则其所习禅法,亦多与诸僧同。前引王铚《忆庐阜寄机上人》夫子自

①《全宋诗》第 26 册,第 17234 页。

② 参《五灯会元》卷二,见《大藏新纂续藏经》第 80 册,第 362 页,中—下。

③ 南宋净善编《禅林宝训》卷二引有癞可《赘疣集》(按,此集世俗文献阙载),其中记有黄鲁直与师兄惟清之事(参《大正藏》卷四八,第 1023 页上),可见癞可对黄庭坚所承黄龙一系的禅法并不陌生。

④《全宋文》第 141 册,第 10 页。

⑤《全宋文》第 140 册,第 276 页。

⑥《佛祖统纪》卷四六,参《大正藏》卷四九,第 420 页中。

道,说所学是“东林禅”,此即慧南弟子常总所传也。李彭情况稍微复杂些,但他结社前后接触最多的也是黄龙系禅师[①],如真净克文及其徒弟惠洪[②]、文准。彭《日涉记》载有“真净住归宗”事[③],据《云庵真净和尚行状》,克文绍圣初(1095 年左右)至崇宁元年(1102)十月圆寂之前一直驻锡于庐山[④],彭与之交往,当在此际。南宋释昙秀辑《人天宝鉴》卷一又曰:“大慧禅师谒湛堂准和尚,指以入道捷径,慧横机无让。准诃之曰:‘汝不悟者,病在意识领会,是为所知障矣。’时逸士李商老参道于准,适有言曰:‘道须神悟,妙在心空,体之不假于聪明,得之顿超于闻见。’李击节曰:‘何必读四库书,然后为学哉。’以故结为方外友。”[⑤]大慧禅师,即后来以倡导看话禅而出名的宗杲(1089—1163)。文准圆寂于政和五年(1115)七月二十二日,据祖咏编、宗演校订之《大慧普觉禅师年谱》卷一,杲参准禅师时在政和二年(1112)至五年,该书还明确把杲、彭二称为同志[⑥]。明代圆极居顶编《续传灯录》卷二六之目录,则把李彭商老居士列为文准五法嗣之一。至于徐俯,情况最为复杂,虽说普济《五灯会元》卷一九把他列为临济宗杨岐派高僧克勤(1063—1135)的法嗣,然其前期所参,主要还是黄龙派弟子灵源惟清(?—1117,山谷同门)。如释晓莹《罗湖野录》卷下载有灵源清禅师、徐俯夜话东坡谈禅之掌故并赠俯二偈事[⑦],元人觉岸编《释氏稽古略》卷四

① 李彭《戏次居仁见寄韵》题下有注曰:“居仁见督参雪窦下禅。”(《全宋诗》第 24 册,第 15931 页),“雪窦下”指重显(980—1052)法嗣(具体何人,俟考),据此,彭还参过云门禅法。

② 按惠洪与李彭有多首唱和之作,如《次韵李商老匡山道中望天池》、《至丰家市读商老诗次韵》等。

③《禅林宝训》卷一,参《大正藏》卷四八,第 1022 页上。

④ 参[宋]释惠洪著、[日本]释廓门贯彻注《注石门文字禅》,北京:中华书局,2012 年,第 1688 页。

⑤《大藏新纂卍续藏经》第 87 册,第 16 页上。

⑥ 参《嘉兴大藏经》第 1 册,台北:新文丰出版公司,1987 年,第 794 页,中—下。

⑦ 参《大藏新纂卍续藏经》第 83 册,第 390 页下。

“政和七年”条又谓：“隆兴府黄龙山佛寿灵源禅师，名惟清，得法晦堂室中，至是秋九月十八日入寂。……时伊川居士、徐师川、朱世英、洪驹父皆从之问道。”①当然，徐俯与惟清相交，与舅父黄山谷对惟清的推介、赞誉也有一定的关系。而山谷与惟清的直接相识，在诗人丁忧回乡时②，即元祐六年（1091）六月至八年（1093）九月间。其约作于绍圣五年（1098）至元符三年（1100）谪居戎州时期的《答徐甥师川》云：“太平清老，老夫之师友也。平生所见士大夫，人品未有出此公之右者。方吾甥宴居，不婴于王事，可数至太平研极此事。精于一而万事毕矣。”③太平，即舒州太平寺，惟清住持该寺在元符二年（1099）④，则俯参之当在此时或稍后。

二、“江西宗派”中“江西”之本义及相关问题辨析

王铚《顷在庐山》自言与祖可在庐山结诗社，按理应命名为“庐山诗社”，然守伦《法华经科注》却称之为“江西诗社”，一词之易，有无深义？

为彻底解开此谜底，先引两宋之际且与江西诗派后学交往较多的王庭珪（1080—1172）《跋刘伯山诗》如下：

> 刘伯山诗调清美，不减其父升卿，其源流皆出于江西。近时学诗者悉弃去唐五代以来诗人绳尺，谓之江西社，往往失故步者有之。鲁直之诗虽间出险绝句，而法度森严，卒造平淡，学者罕能到。传法者必于心地法门有见，乃可参焉。伯山方

① 《大正藏》卷四九，第 883 页下。

② 参龙延《黄庭坚与禅宗》，北京：群言出版社，2005 年，第 57 页。

③ [宋]黄庭坚著，郑永晓整理《黄庭坚全集辑校编年》，南昌：江西人民出版社，2011 年，第 1038 页。

④ 参周裕锴《宋僧惠洪行履著述编年总案》，第 46 页。

少年，如骏马驹，日欲度骅骝前，异时于江西社中横出一枝，为鲁直拈一瓣香，可乎？[1]

此跋写作时间虽不可考，但文中所说刘伯山之父刘升卿和王庭珪的关系十分密切，如王氏集中即有酬唱之作《次韵刘升卿惠焦坑寺茶用东坡韵（焦坑，因东坡始见重于时）》。刘伯山，生平事迹不详，然据其与欧阳伯威（1126—1202）、杨万里（1127—1206）交往密切且深得赵蕃（1143—1219）推崇之事实推断，其人大约出生在12世纪20、30年代左右。王跋谓其年少，则跋约作于绍兴前期，即绍兴十六年（1146，按，绍兴共32年）或之前。更为重要的是，该跋三次使用"江西"一词，从上下文判断，它实为借代辞格，以地名代人名，指黄庭坚[2]。易言之，王氏本义是说，刘升卿父子善诗，且诗学渊源悉出于黄山谷。

守伦说祖可"预江西诗社"的情形是"与当时贤士为莫逆交"，但他未具列名单，若据前面分析，它至少应包括庐山诗社的徐俯、李彭和王铚。就庐山诗社的整体特征而言，笔者以为最突出的表现有两点，即禅出黄龙系（这点前文已有分析，不赘），诗崇黄山谷[3]。而能融诗、禅为一体者，在庐山诗社崇拜的前辈诗人中，自然莫过于山谷道人了。如社中之人，山谷表侄之一的李彭《上黄太史鲁直诗》曰："扈圣当元祐，雄名独擅长。……亲交标鬼录，卜筑近僧坊。……勤我十年梦，持公一瓣香。"[4]孙觌（1081—1169）《西山老文集序》曰："元祐中，豫章黄鲁直独以诗鸣，当是时，江右人学

---

①《全宋文》第158册，第224页。

② 按，姚大勇《江西诗派称谓辨》（《江海学刊》2000年第5期）、王开春《江西诗派释名——以宋人的观察为中心》（《兰州学刊》2008年第1期），皆指出"江西诗派"、"江西社"等称谓之"江西"，是指代黄庭坚。另，南宋文献中又有以"豫章"代称黄庭坚者，例见后文李洪《槠株集序》等。

③ 关于这一点，前揭罗宁论文已列出不少具体的事例，故不重复。

④《全宋诗》第24册，第15926—15927页。

诗者皆自黄氏。"[①]李洪作于绍兴十六年(1146)的《橛株集序》说:"释子之诗,代不乏人。豫章流派,学者竞宗,祖可、善权蔚为领袖,其后异才辈出矣。"[②]可见无论僧俗,元祐及其后的学诗者多师法黄氏。释晓莹在《罗湖野录》卷上又对山谷禅法倍加推崇:"若黄太史虽为江西宗派之鼻祖,然见道而知天下无二道,故勤勤恳恳。"[③]山谷之甥洪朋《怀黄太史》则说:"诗家今独步,舅氏大名稀。……禅心元绝诣,世事更忘机。"[④]"诗家"、"禅心"之赞,可谓一语中的。

而王庭珪对江西宗派的论述,是承吕本中而来。王氏《雷秀才尝学诗于吕居仁,能谈江西宗派中事,辄次居仁韵二绝,赠行(其一)》(后文简称《雷秀才》)谓:"逐客归寻溪上居,钓竿犹挂洞庭湖。忽逢雷子谈诗派,传法传衣共一途。"[⑤]衣也罢,法也罢,其渊源皆在黄山谷。对此,李光(1078—1159)也表达了相同的看法,其《与善借示鲁直集,雕刻虽精,而非老眼所便,戏成小诗还之》曰:"知君欲嗣江西派,净几明窗付后生。"其自注还旗帜鲜明地指出:"近日吕居仁舍人作《江西宗派序》,以鲁直为宗主也。"[⑥]

关于吕本中《江西宗派图》的写作时间,学术界迄今尚未取得一致的看法,笔者更倾向于韦海英依据孙觌《与曾伯端书》等材料而得出的作于建炎一、二年间(1127—1128)的论断[⑦]。吕氏建构

---

①《全宋文》第160册,第318页。

②《全宋文》第241册,第117页。

③《大藏新纂卍续藏经》第83册,第385页中。

④《全宋诗》第22册,第14464页。

⑤《全宋诗》第25册,第16858页。又,若对读该诗与《跋刘伯山诗》,知王氏虽然把"江西宗派"、"江西社"、"江西诗派"等同视之,却最看重"江西(诗)社",因为在他看来,后者最具诗史意义。

⑥《全宋诗》第25册,第16454页。又,据李光《琼士黄与善会友堂课诸生作移竹诗,为赋一首》,则诗题中的"与善",即黄与善。而光贬于琼州时在绍兴十五年(1145)三月至二十年(1150)三月(参吕厚艳《李光年谱》,上海大学硕士论文,2007年,第79—89页),则二诗皆可能作于此际。

⑦ 参韦海英《江西诗派诸家考论》,第261—263页。

"江西宗派图"时，从前引王庭珪《雷秀才》可以看出，他有一个重要标准——"传法传衣共一途"。其实，"传衣"就代表"传法"，二者本是同一关系。胡仔《苕溪渔隐丛话前集》卷四八即说：

> 吕居仁近时以诗得名，自言传衣江西，尝作《宗派图》，自豫章以降，列陈师道、潘大临、谢逸、洪刍、饶节、僧祖可、徐俯、洪朋、林敏修、洪炎、汪革、李錞、韩驹、李彭、晁冲之、江端本、杨符、谢薖、夏傀、林敏功、潘大观、何觊、王直方、僧善权、高荷，合二十五人以为法嗣，谓其源流皆出豫章也。①

吕本中"自言传衣江西"的表白，旨在声明诗歌创作是继承山谷传统而来。事实上，他根本就没有亲聆过山谷教诲。但他这样说，又有什么依据呢？原来，崇宁元年(1102)八月，十九岁的吕本中因祖父吕希哲被贬符离(今安徽宿州)，故随之而至。其时，后来被列入《宗派图》的汪革(时任宿州教授)、饶节拜于其祖门下，这两位江西诗人便和本中兄弟等结社唱和。更为重要的是吕本中诗名早著，20岁左右便得到了徐俯的赞赏，《师友杂志》即云："徐俯师川，少豪逸出众，江西诸人皆服焉。崇宁初，见予所作诗，大相称赏，以为出江西诸人右也。"当大观末政和初徐俯组织豫章诗社时，本中亦预焉。既然能得到黄山谷嫡传徐俯的肯定②，所以，吕氏就自认"传衣江西"，有资格来编《宗派图》了。

吕氏"传衣传法共一途"的思想内涵，无论就《宗派图》的内在理路而言，还是别人对他的个体评价而言，都落实在"诗"、"禅"两大层

① 胡仔纂集，廖德明校点《苕溪渔隐丛话》，北京：人民文学出版社，1962年，第327页。又，"夏傀"当作"夏倪"，"何觊"，它书或作"何顗"，有人认为应作"何颙"(参伍晓蔓《江西宗派研究》，成都：巴蜀书社，2005年，第330页)。

② 徐俯为山谷嫡传之说，是江西宗派中人比较认可的看法，如李彭《读山谷文》曰："绛帐老生悲湜籍，传灯嫡子有徐洪。"(《全宋诗》第24册，第15968页)"徐"，即指徐俯。

面。如宗晓编《乐邦遗稿》卷二《吕本中书病知前路资粮少》云：

> 《百家诗选》曰：吕本中，字居仁。靖康年擢第，历官及中书舍人，落职奉祠。公平生缘诗以穷，耽禅而病，清癯之甚，若不胜衣者。①

《百家诗选》，即曾慥（？—1155）所编《皇宋百家诗选》（也叫《皇宋诗选》、《宋百家诗选》）。曾、吕是同时代之人，故记载的可信度高。值得注意的是，明初释心泰（1327—1415）《佛法金汤编》卷一四《吕本中》则谓：

> 本中，字居仁。绍兴初赐进士第，除中书舍人。平生因诗以穷，耽禅而病，清癯如不胜衣。作《江西传衣诗派图》，推黄山谷为诗祖，列陈无已等凡二十五人为法嗣。②

显而易见，心泰的叙述，既有同于《百家诗选》（或《乐邦遗稿》）者，更有相异处——那就是《宗派图》的名称加了"传衣"二字，此有强化山谷作为诗派宗祖的用义。易言之，心泰作为禅门中人，一眼就看出了吕氏所归纳的江西宗派之传承体系，正是参照禅宗构建宗统的做法而来。此点，大诗人杨万里也看得很透，《送分宁主簿罗宏材秩满入京》曰："要知诗客参江西，政似禅客参曹溪。不到南华与修水，于何传法更传衣？"③其意是说，诗与禅一样，皆由"参"而来。换句话说，诗有诗统，正如禅有禅（法）统一样，且诗统、禅统是可合而为一的。

无论庐山诗社还是豫章诗社，吕本中在《宗派图》都排除了其中的某些成员。庐山诗社七成员中是惠洪、机上人和王铚，豫章诗社中则为张元幹、向子諲、汪藻、苏坚苏庠父子、顾子美、蒲庭鉴、李

---

①《大正藏》卷四七，第 248 页上。

②《大藏新纂卍续藏经》第 87 册，第 433 页下。

③《全宋诗》第 42 册，第 26599 页。

彭二弟李彤及堂兄李元亮。原因何在，史无明文，我们只能做些大致的推断。如庐山诗社之善机，据前揭惠洪《冯氏墓铭》序，他是“赐紫沙门”，社会政治地位高，故与《宗派图》之三僧——祖可、善权、饶节形成鲜明对比，自然被排除在外；至于惠洪，有人主张是因其诗歌理念与吕氏不同[①]。豫章诗社之向子諲、张元幹，向来以词名世，诗名相对不彰，潘錞、顾子美、蒲庭鉴、李彤、李元亮，诗名则更低，不入图自在情理中；而汪藻被剔除的原因，可能是他在《宗派图》撰出之前尚未与禅宗建立密切的派别联系，直到绍兴初守湖州时，他才结识慧林、居慧二禅老[②]，最后因绍兴十年（1140）冬参大慧宗杲而被列为士大夫得其道者之一[③]；至若苏坚、苏庠父子，与苏轼关系更密切，故被排除。

庐山诗社被列入《宗派图》的成员是祖可、徐俯、李彭和善权，豫章诗社则为徐俯、李彭（此二人同时参加了庐山诗社和豫章诗社）、洪刍、洪炎、洪朋、谢逸和谢薖[④]。二者相加（去其重复，为九人），竟占《宗派图》二十五法嗣的三分之一强，可见，二诗社在吕氏所构建的宗派体系中，作用还是十分突出的[⑤]。

---

① 参林湘华《江西诗派研究》，台湾成功大学中国文学系博士论文，2006 年，第 246—247 页。

② 方星移《汪藻年谱》系此事于绍兴二年（1132），参《宋四家词人年谱》，哈尔滨：黑龙江人民出版社，2008 年，第 268 页。笔者按，据《嘉泰普灯录》卷一三，“慧林”当作“慧琳”，且二人皆为黄龙慧南四世法孙，同嗣东京天宁长灵守卓禅师（参《大藏新纂卍续藏经》第 79 册，第 373 页下—374 页上）。

③ 按，此综合《嘉泰普灯录》卷二三（《大藏新纂卍续藏经》第 79 册，第 430 页，上—中）、《释氏稽古略》卷四（《大正藏》卷四九，第 894 页，下）而言。

④ 洪朋、谢逸和谢薖参加豫章诗社事，此依欧阳光先生之说，参《宋元诗社研究丛稿》第 191—192 页。

⑤ 至于其他十六人列入《宗派图》的原因，限于篇幅，此不一一详述。总体说来，吕氏把二十五人列为山谷法嗣，既有诸人交游与诗学观方面的因素，也有政治学术分化演进之考虑。对此，沈松勤《两宋党争与“江西诗派”》（载《宋代政治与文学研究》，北京：商务印书馆，2010 年，第 229—254 页）有详析，可参。

此外，就吕氏所用“江西宗派”一词而言，据今存文献，其最早出于惠洪宣和六年(1125)春撰出的《重修龙王寺记》。文曰：“今祖堂王英诸禅师，书江西宗派，亦著隐山之号。”[①]当时，惠洪游湖南道林云禅师所住持之龙山龙王寺。结合上下文，可知该寺开山祖师是马祖道一(709—788)的法嗣龙山和尚(隐山)，惠洪所谓“江西宗派”，是指道一开创的洪州宗及其衍生派系[②]，在唐五代，有沩仰、临济二宗，至宋，临济又滋生出黄龙、杨岐二派。故笔者颇疑吕本中建构《宗派图》时，可能受此思路影响，推山谷为宗主，意在表明山谷在诗史上的作用恰如马祖在禅史上的作用，是诸家之正源。更何况，山谷本为江西人，禅出黄龙系，许多方面，都有可比与契合之处。

守伦作为教内之人，自然清楚“江西”一词所具有的禅学意义，他把“庐山诗社”改称“江西诗社”，旨在揭示“庐山诗社”在诗、禅渊源上与黄山谷(即用“江西”代称黄庭坚)的密切联系。不过，同时或其后的文献，使用“江西诗社”、“江西诗”、“江西派”等概念时，则多突出诗歌渊源，常忽略了“江西”一词所代表的禅学渊源。此例甚多，除了前引王庭珪《跋刘伯山诗》外，著名的还有倪朴(1105—1195)《筠州投雷教授书》之“至其他能以诗名，如谢无逸、潘邠老、汪信民诸公，号江西诗社者，又不可以一二数”[③]，王十朋(1112—1171)《读东坡诗》之自注“学江西诗者，谓苏不如黄”[④]，王义山(1214—1287)《跋杨中斋诗词集》之“江西派已远，后来无闻人。许大能诗声，来自浙之滨。……来派江西诗，风月浩无垠”等[⑤]。而吕本中构建《宗派图》时，就使用“江西”之双重含义而言，与守伦是

---

① [宋]释惠洪著、[日本]释廓门贯彻注《注石门文字禅》，第1294页。

② 按，释智愚(1185—1269)《虚堂和尚语录》卷五对“让和尚云：‘道一江西说法，不见寄个消息来’”之话头有颂古曰：“消息得来胡乱后，江西宗派好流通。”(《大正藏》卷四七，第1020页中)与惠洪所说“江西宗派”，其义一也。

③《倪石陵书》，《民国续金华丛书》本，第11页。

④《全宋诗》第36册，第22856页。

⑤《全宋诗》第64册，第40091页。

完全相同的。后来陈岩肖《庚溪诗话》卷下、赵彦卫《云麓漫钞》卷一四、王应麟《小学绀珠》卷四等之所以用“江西诗社宗派图”这一看似画蛇添足的概念，可能原因是想弥补“江西诗社”等概念流行后所带来的意义缺失，意在恢复“江西宗派”所固有的诗、禅之双重含义。方岳(1199—1262)《黄宰致江西诗双井茶》云“黄侯授我以江西诗、禅之宗派”[①]，其诗、禅并称之举，意同此也。

至若吕本中《宗派图》之后才出现的“江西诗派”一语，情况较复杂，在不同的历史阶段，用法也不尽一致。南宋初期，大体与“江西宗派”相似，如贺允中(1090—1168)作于绍兴十九年(1149)仲秋之《江东天籁序》曰：

> 闻有豫章先生乎？此老句法为江西第一祖宗，而和者始于陈后山。派而为十二家，皆铮铮有名，自号江西诗派。[②]

据韩元吉(1118—1187)撰《资政殿大学士左通议大夫致仕贺公墓志铭》，贺氏绍兴八年(1138)为江西安抚制置大使司参议官，次年，入为仓部郎，并请外除福建路转运副使[③]，结合序中“及予为福建漕回”后而对《江东天籁集》之作者道士刘与机说前引之语的叙述，则知贺允中应在绍兴八年(1138)就比较深入了解江西诗派的性质了。贺氏所说，有两点与吕本中相同：一者都尊山谷为宗主，二者都把陈后山列为派中第一弟子。但也有显著区别，即所列弟子(法嗣)人数不一，吕为二十五，贺为十二，原因或在吕氏《宗派图》流播以后，有人对其“选择弗精，议论不公”而精减了一半左右的人数吧[④]。当然“自号江西诗派”者，肯定不是山谷本人(其时黄氏已辞

① 《全宋诗》第61册，第38468页。

② 《全宋文》第182册，第44页。又，此条材料最先由刘文刚先生揭出并作出解释，参《一则关于江西诗派的新材料》(《文学遗产》1998年第3期)。

③ 参《全宋文》第216册，第277页。

④ 胡仔《苕溪渔隐丛话》，第328页。

世三十多年)，而是其后学。到南宋中后期，“江西诗派”则和倪朴等人所用“江西诗社”基本一致，都在强调诗学的渊源与规范，如陈藻《寄黄景咏》之“柳下和风今有惠，江西诗派又传黄”[①]，岳珂(1183—1243)《宝真斋法书赞》卷一五曰：“右《山谷先生诗稿真迹》，凡九幅。论江西诗派，先生为称首。”卷二五曰：“右江西诗派日涉居士李公彭，字商老，《酬答诗帖真迹》一卷。”[②]尤其陆九渊(1139—1192)《与程帅》云：“伏蒙宠贶《江西诗派》一部二十家，异时所欲寻绎一时不能致者，一旦充室盈几，应接不暇，名章杰句，焜耀心目。……一时如陈徐韩吕，三洪二谢之流，翕然宗之，由是江西遂以诗社名天下。”[③]于此，“江西诗派”、“江西诗社”简直就是同义替换了。

综上所述，庐山诗社存在时间虽然不长，但由于诸成员在诗、禅关系的认识上有两大特点：即禅出黄龙系，诗崇黄山谷，而后来吕本中在整合山谷后学(如豫章诗社等)构建《江西宗派图》时，对此认识又有所深化，并且特别突出了“江西”一词所具有的诗、禅之双重含义[④]。正是从这个角度看，庐山诗社在两宋诗史上的作用还是值得深入研究的[⑤]。

(本文原载于《文学遗产》2013 年第 4 期)

---

①《全宋诗》第 50 册，第 31336 页。

②《文渊阁四库全书》第 813 册，第 739 页下、871 页上。

③[宋]陆九渊著，钟哲点校《陆九渊集》，北京：中华书局，1980 年，第 103—104 页。又，“吕”指吕本中，把他列入江西诗派，是南宋中后期大多数人的共识，如赵彦卫《云麓漫钞》、王应麟《小学绀珠》等。

④关于黄庭坚江西诗派之诗、禅关系的梳理，参[韩国]朴永焕《黄庭坚及江西诗派之禅诗研究》(《佛学研究》2000 年卷，第 310—334 页)

⑤其实，庐山是两宋最值得重视的佛教名山之一，单就苏、黄两大诗人在该地的文学创作与禅事活动而言，就已具有十分典型的示范意义。

论两宋端午诗之公共写作与个体写作

——以"续命缕"意象为中心

端午节是我国重要的民俗节日之一，其民俗事象多姿多彩，诸如赛龙舟、吃粽子、采艾草、饮蒲酒、佩灵符之类，无不充满生活情趣，同时它们也是一些历史悠久之民间信仰的载体，颇具人文价值。

众所周知，古典诗歌至中唐后，题材的日常生活化已成为一种不可逆转的发展态势。不少诗人的生花妙笔，开始重点关注各种民俗活动。最近这些年来，学术界相关的研究成果，据笔者浅陋所见，也可算是五彩缤纷了，无论唐诗宋词，都有学人检讨它们和民俗之间的关系①。不过，总体看来，研究者还是宏观观照较多，而微观的个案分析相对较少。有鉴于此，笔者拟择取两宋端午诗中的一个小小的意象——"续命缕"来做些解析，谨请诸位方家批评赐正。

一、两宋端午诗"续命缕"之表现诸相

"续命缕"，也称"续命丝"、"长命丝"、"五色丝"、"长生缕"、"五色缕"等，说法虽异，所指实一，皆主要是五月端午节上所系之织

---

① 这方面较具代表性的成果，近年问世的有刘航《中唐诗歌嬗变的民俗观照》（北京：学苑出版社，2007 年）、赵睿才《唐诗与民俗关系研究》（上海：上海古籍出版社，2008 年）、吴邦江《宋代民俗诗研究》（南京：南京大学出版社，2010 年）、黄杰《宋词与民俗》（北京：商务印书馆，2005 年）等。

物，多缠在臂上或佩之于身[①]。有趣的是：此种意象在唐五代端午诗中出现的次数，可谓屈指可数，比较重要的有李隆基《端午三殿宴群臣探得神字》之“穴枕通灵气，长丝续命人”[②]、张说《端午三殿侍宴应制探得鱼字》之“愿赍长命缕，来续大恩余”[③]、窦叔向《端午日恩赐百索》之“仙宫长命缕，端午降殊私”[④]、和凝《宫词百首》（九五）之“平明朝下夸宣赐，五色香丝系臂新”[⑤]等数例。

但两宋时期端午诗的写作，有两个新的变化：一者从形式看，出现了大量的组诗，特别是端午帖子词；二者无论是单篇诗作或端午帖子词之类的组诗，与“续命缕”含义相等的同型意象都十分常见，简直到了俯拾皆是的地步。

所谓帖子词（“帖”又作“贴”），它是北宋前期出现的一种新式实用性文体[⑥]，多由翰林学士以五七言绝句的形式撰出，主要目的在于庆贺立春与端午，一般用布帛书写，在宫廷诸阁张挂。其中，用于立春者有春端帖子、立春帖子、宜春帖子、春帖子、春帖、宫中春词等称呼，用于端午者则叫做端午帖子或五日帖子。所帖之阁，依据身份的不同，有帝（御）阁、后阁、太上皇阁、太皇太后阁、皇太后阁、皇太妃阁、淑妃阁、贵妃阁、夫人阁、太子阁、郡王阁等等，作者多为名家高手，如夏竦、晏殊、胡宿、宋庠、宋祁、苏颂、欧阳修、苏

---

① 按，盛唐诗人褚朝阳《五丝》曰：“越人传楚俗，截竹竞萦丝。……但夸端午节，谁荐屈原祠。”（[清]彭定求等编《全唐诗》，上海：上海古籍出版社，1986年，第642页）据此，则知早期尚有缠之于竞渡所用竹枝之上者。

②《全唐诗》第26页。

③《全唐诗》第227页。

④《全唐诗》第677页。

⑤《全唐诗》第1840页。

⑥ 按，最早对这种文体进行系统研究的是明人徐师曾的《文体明辩序说》，近来则有多篇专题论文问世，如任竞泽《简论帖子词》（《文学评论》2008年第2期，第149—154页）、张晓虹《宋代“帖子词”始作及作者身份考》（《重庆师范大学学报》2010年第1期，第73—77页）、贾先奎《论北宋前期的帖子词》（《常州大学学报》2010年第3期，第69—71页）等，悉足资参考。

轼、苏辙、司马光、周必大等人，无一不是当时的大手笔。另外，帖子词的数量也不小，动辄十几首甚至几十首，可知需求旺盛。北宋张公庠《宫词》(其十)云："北斗回杓欲建寅，宫嫔排备立春时。镌花贴子留题处，只待金銮学士诗。"[①]此诗反映出立春贴子词深受宫中嫔妃喜爱的情形；岳珂《宫词一百首》(其八)又谓："端辰帖子缕黄金，词苑题来禁籞深。共道万方欣解愠，南风已奏舜鸣琴。"[②]此乃端午帖子流行宫中之写照。

为清眉目，兹先择要列举两宋著名文人之端午帖子词中含有"续命缕"之同型意象者如次(大致以作者生年先后为序)：

表一

作者	题名	"续命缕"等同型意象之诗句	《全宋诗》之出处
夏竦(985—1051)	1.《御阁端午帖子》(其一)	续命彩丝登茧馆，长生金篆献琳宫。	第3册，第1812页
	2. 同上(其二)	金缕开辰分五色，长丝献寿祝千年。	同上，第1813页
	3. 同上(其四)	彩丝祝寿芳辰启，紫禁凝旒瑞日长。	同上
	4. 同上(其九)	赐羹佳事传青简，续寿长丝献紫宸。	同上
	5. 同上(其十)	五色彩丝初献寿，九重嘉气颂长生。	同上
	6. 同上(其十二)	八龙焜耀长生箓，五采葳蕤续命丝。	同上
	7.《皇后阁端午帖子》(其一)	迎祥竞献双条达，续寿初缠五色丝。	同上

① 《全宋诗》第9册，第6257页。

② 《全宋诗》第56册，第35403页。

（续表）

作者	题名	"续命缕"等同型意象之诗句	《全宋诗》之出处
	8. 同上(其二)	璧沼水嬉飞隼渡,瑶箱命缕彩丝新。	同上
	9. 同上(其三)	千门朱索迎嘉祉。	同上
	10. 同上(其四)	千门袭吉萦朱索。	同上
	11.《郡王阁端午帖子》(其一)	沐兰嘉节庆长丝。	同上,第1814页
	12. 同上(其三)	五色彩丝颁禁殿,千龄嘉庆集藩房。	同上
	13.《淑妃阁端午帖子》(其四)	良辰袭庆表长丝。	同上
晏殊(991—1055)	1.《端午词·御阁》(其一)	轻丝五彩缠金缕,共祝尧年寿万春。	同上,第1955页
	2. 同上(其三)	献寿竞为长命缕,迎祥还佩赤灵符。	同上
	3.《端午词·内廷》(其一)	百草斗余欣令月,五丝萦后祝遐年。	同上
	4.《端午词·升王阁》(其一)	两宫荣养多延庆,百福潜随命缕新。	同上,第1956页
	5.《端午词·御阁》(其一)	五彩丝长系臂初,万年芳树影扶疏。	同上
	6. 同上(其三)	乍结香茅祈福寿,更缠金缕贡芳新。	同上
胡宿(995—1067)	1.《皇帝阁端午帖子》(其九)	命缕彩花传故事,风光天上更相宜。	第4册,第2128页
	2. 同上(其十一)	九霄嘉节重端辰,命缕灵符粲宝文。	同上

（续表）

作者	题名	“续命缕”等同型意象之诗句	《全宋诗》之出处
	3.《皇后阁端午帖子》(其一)	香缯争点画，彩缕竞垂舒。	同上
	4. 同上(其四)	星火朱光炽，缯丝采物华。	同上
	5. 同上(其七)	香炉角黍传三楚，丹篆灵符辟五兵。	同上
	6. 同上(其十)	彩丝朱索更迎祥。	同上，第 2129 页
	7.《夫人阁端午帖子》(其一)	五丝通遗问，百草斗输赢。神印能祛恶，灵符解辟兵。	同上
	8. 同上(其八)	续命由来宜彩缕，辟邪相向佩灵符。	同上
宋庠(996—1066)	1.《皇帝阁端午帖子词》(其三)	冰纨能辟暑，丝缕解延年。	同上，第 2303 页
	2. 同上(其四)	宫中命缕千丝合，阶下祥蓂五荚芳。	同上
	3.《皇后阁端午帖子词》(其二)	朱索连莹种，仙缯篆秘符。	同上
	4.《夫人阁端午帖子词》(其四)	借问人间传彩缕，何如石上拂仙衣。	同上
欧阳修(1007—1072)	1.《端午帖子词·皇后阁五首》(其二)	更以亲蚕茧，纫为续命丝。	第 6 册，第 3808 页
	2. 同上(其三)	六宫彩缕争新巧，共续千龄奉至尊。	同上
	3. 同上(其五)	五色双丝献女功，多因荆楚记遗风。	同上

（续表）

作者	题名	“续命缕”等同型意象之诗句	《全宋诗》之出处
	4.《端午帖子词·温成皇后阁五首》(其三)	彩缕谁云能续命，玉奁空自锁遗香。	同上
	5.《端午帖子词·夫人阁五首》(其三)	深宫亦行乐，彩索续长年。	同上
	6.《端午帖子·皇帝阁六首》(其二)	彩索盘中结，杨梅糉里红。	同上，第3909页
	7. 同上(其六)	自然四海归文德，何用灵符号辟兵。	同上
	8.《端午帖子·皇后阁五首》(其一)	纫为五色缕，续寿献君王。	同上
	9.《端午帖子·夫人阁五首》(其一)	绣茧夸新巧，萦丝喜续年。	同上，第3810页
	10. 同上(其五)	巧女金盘丝五色，皇家玉历寿千春。	同上
王珪(1019—1085)	1.《端午内中帖子词·皇帝阁》(其二)	更传长命缕，宝历万年余。	第9册，第5994页
	2. 同上(其七)	采丝缠糉动嘉辰，浴殿风生画扇轮。	同上
	3.《端午内中帖子词·太上皇后阁》(其三)	仙艾垂门绿，灵丝绕户长。	同上，第5995页
	4. 同上(其五)	宝缕千祥集，灵符百疫犇。	同上

（续表）

作者	题名	“续命缕”等同型意象之诗句	《全宋诗》之出处
	5.《端午内中帖子词·夫人阁》(其二)	绕臂双条达，红纱昼梦惊。	同上，第5996页
	6. 同上(其五)	进罢采丝三殿晚，万年枝上乱莺飞。	同上
苏轼(1036—1101)	1.《端午帖子词·皇太妃阁五首》(其一)	谁知恭俭德，彩缕出亲蚕。	第14册，第9592页
	2. 同上(其三)	辟兵已佩灵符小，续命仍萦彩缕长。	同上
	3. 同上(其五)	良辰乐事古难同，绣茧朱丝奉两宫。	同上
	4.《端午帖子词·夫人阁四首》(其三)	五彩萦筒秫稻香，千门结艾鬓髯张。	同上，第9593页
苏辙(1039—1112)	1.《学士院端午帖子二十七首·皇帝阁六首》(其四)	饮食祈君千万寿，良辰更上辟兵缯。	第15册，第10054页
	2. 同上，《太上太后阁六首》(其四)	出磨玉尘除旧廪，捧箱彩缕看新丝。	同上
	3. 同上，《皇太后阁六首》(其三)	翕呷霜纨动，阑班彩缕长。	同上
	4. 同上(其五)	万寿仍萦长命缕，虚心不着赤灵符。	同上
孙觌(1081—1169)	1.《端午帖子词·皇帝阁六首》(其二)	汉家自有安边术，不是灵符解辟兵。	第26册，第17024页

（续表）

作者	题名	“续命缕”等同型意象之诗句	《全宋诗》之出处
	2.《端午帖子词·皇帝阁五首》（其一）	窈窕汉宫三十六，齐将彩缕祝坤闱。	同上
刘才邵（生卒年不详）	1.《端午内中帖子词》（其一）	云篆摹仙印，香菰缠彩丝。风回五明扇，日丽万年枝。	第29册，第18867页
曹勋（1098—1174）	1.《端午帖子九首》（其三）	辟兵龙印篆神经，系臂香索绣色轻。	第33册，第21165页
	2. 同上（其七）	参差台殿照祥云，迭雪含风彩缕新。	同上
周麟之（生卒年不详）	1.《端午帖子词·皇太后阁六首》（其六）	一岁一添长命缕，拟将万缕献慈宁。	第38册，第23570页
	2. 同上，《皇后阁五首》（其二）	绕臂长生缕，无非柘馆丝。	同上，第23571页
汪应辰（1118—1176	1.《端午帖子词·皇帝阁》（其五）	盘中更进长生缕，却记亲蚕茧馆时。	同上，第23581页
	2.《太上皇帝阁端午帖子词》（其四）	君王自进长生缕，细剪菖蒲泛玉卮。	同上
	3. 同上（其十）	此心自与天无间，岂待丹缯始辟兵。	同上
周必大（1126—1204）	1.《端午帖子·太上皇帝阁》（其三）	更缠长命缕，仍泛引年菖。	第43册，第26813页
	2.《端午帖子·太上皇后阁》（其六）	清晓宫中献彩丝，盘龙结凤斗新奇。	同上，第26814页
	3.《端午帖子·皇帝阁》（其四）	缕缯采药谩区区，谁似君王用意殊。	同上

（续表）

作者	题名	“续命缕”等同型意象之诗句	《全宋诗》之出处
	4.《端午帖子·太上皇后阁》(其一)	命缕五丝长，菖醪九节香。	同上，第26816页
	5.《端午帖子·皇后阁》(其三)	筒黍尝思时献稑，彩丝系处忆亲蚕。	同上，第26817页
	6.《端午帖子·太上皇后阁》(其三)	丹篆钗符小，朱丝臂缕鲜。	同上，第26818页
崔敦诗(1139—1182)	1.《淳熙六年端午帖子词·皇后阁五首》(其一)	剪玉菰筒翠，盘金彩缕长。	第48册，第29829页
	2. 同上(其五)	随时但献长生缕，当午犹闲竞渡舟。	同上
	3.《淳熙七年端午帖子词·皇帝阁六首》(其二)	采缕盘金丽，香蒲镂玉匀。	同上，第29830页
	4. 同上，《皇后阁六首》(其二)	更将长命缕，侵晓奉慈庭。	同上
	5.《淳熙八年端午帖子词·太上皇帝阁六首》(其四)	采索谩萦长命缕，紫芽安用引年菖？	同上，第29832页
许及之(？—1209)	1.《圣寿阁端午帖子》(其三)	绕臂长生缕，当门五色丝。	第46册，第28400页
卫泾(1159—1226)	1.《皇帝阁端午帖子》(其五)	远人新有约和书，并塞狼烟指日无。圣主忧民轸宵旰，宫中犹绾辟兵繻。	第52册，第32807页
	2.《寿成惠圣慈佑太皇太后合端午帖子》(其三)	彩缕新缠臂，灵符稳插钗。承平多旧事，闲教小宫娃。	同上，第32808页

（续表）

作者	题名	"续命缕"等同型意象之诗句	《全宋诗》之出处
许应龙（约1174—1264在世）	1.《皇后阁端午帖子》（其四）	辟邪不用符为佩，续命何须彩结丝。	第54册，第33771页
	2.《贵妃阁端午帖子》（其三）	丹篆钗符彩缕鲜，承恩侍宴玉皇前。	同上
真德秀（1178—1235）	1.《皇后阁端午帖子词五首》（其一）	何须缠彩缕，金母自千春。	第56册，第34855页
	2.同上（其三）	三盆茧已缫冰缕，五色丝新织海鲛。	同上

按，表中的"长丝"、"五丝"、"采丝"、"采缕"、"采索"、"缕缯"，所指其实相同，都是"长命丝"、"五色丝（缕/缯/索）"、"五彩缕（丝）"的省称；"宝缕"、"灵丝"、"辟兵缯"则从功能与效果着眼①，故称"宝"、"灵"云云；"绕臂"乃借代之修辞，是用动作来替代名词"长命缕"；至于"朱索"、"朱丝"，表面看与"五色缕"、"五色丝"不合，实际上含义是一样的，《初学记》卷四《岁时部》下"五月五日第七"条即引周处《风土记》曰："造百索系臂，一名长命缕，一名续命缕，一名臂兵缯，一名五色缕，一名五色丝，一名朱索。"②

除了端午帖子词外，两宋文人的个体写作中也时有用组诗者，如梅尧臣《午日三首》、范成大（1126—1193）《代儿童作端午贴门诗三首》、赵蕃（1143—1229）《端午三首》、刘克庄（1187—1269）《乙卯端午十绝》、文天祥（1236—1283）《端午感兴》（二首）、董嗣杲《江州重午二首》等，其中"长命缕"一类的意象也时有所用，亦择要列表如下：

① 按，［唐］欧阳询撰、汪绍楹校《艺文类聚》卷四《岁时中》"五月五日"条引《风俗通》曰："五月五日，以五彩丝系臂者，辟兵及鬼，令人不病温。""五月五日，续命缕，俗说以益人命。"（上海：上海古籍出版社，1999年，第75页）

② ［唐］徐坚等著《初学记》，北京：中华书局，2004年，第73—74页。

表二

作者	题名	"续命缕"等同型意象之诗句	《全宋诗》之出处
梅尧臣(1002—1060)	《午日三首》(其二)	佳人五色缕，道士张囊符。	第5册，第3188页
李之仪(1038—1117)	《端午》(其一)	彩丝百缕纫为佩，艾叶千窠结作人。	第17册，第11257页
谢逸(1068—1113)	《端午绝句二首》(其二)	病臂懒缠长命缕，破衣羞带赤灵符。	同上，第22页，第14852页
曾丰(1142—1224)	《端午家集》(其二)	戏缠朱彩索，争带赤灵符。	第48册，第30261页

"续命缕"之同型意象在单篇端午诗中则十分频繁。于此，随机择取两宋作品列表如下：

表三

作者	题名	"续命缕"等同型意象之诗句	《全宋诗》之出处
徐铉(916—991)	《和李秀才端午日见寄》	报之长命缕，祝庆在图南。	第1册，第139页
余靖(1000—1064)	《端午日事》	江上何人吊屈平，但闻风俗彩舟轻。空斋无事同儿戏，学系朱丝辟五兵。	第4册，第2681页
苏轼(1036—1101)	《端午游真如，迟、适、远从子由在酒局》	身随彩丝系，心与昌歜苦。	第14册，第9340页
张耒(1054—1114)	《早起观雨》	彩丝结缕催端午，又见黄头鼓棹郎。	第20册，第13397页
滕茂实(?—1128)	《五日》	空寻好句书纨扇，无复佳人系彩丝。……明年此日当何处，风里孤蓬自不知。	第22册，第14927页

（续表）

作者	题名	“续命缕”等同型意象之诗句	《全宋诗》之出处
谢薖（1074—1116）	《端午即事》	懒检三间传，争缠五彩丝。	第24册，第15795页
李纲（1083—1140）	《重午》	角黍但能娱幼稚，彩丝那得制蛟龙。……逐客有家归未得，满怀离恨寄南风。	第27册，第17573页
朱淑真（生卒年不详）	《端午》	纵有灵符共彩丝，心情不似旧家时。	第28册，第17961页
朱翌（1097—1167）	《端午观竞渡曲江》	楝花角黍五色缕，一吊湘累作端午。	第33册，第20824页
姜特立（？—1192?）	《重午和巩教授韵》	屈子沈渊日，年年旧俗忙。佳人夸彩缕，稚子竞新裳。	第38册，第24093页
李洪（生卒年不详）	《午日寓圆果院苦河鱼以诗纪节》	浪求医国三年艾，空吊沉湘五色丝。	第43册，第27177页
项安世（1129—1208）	《重午记俗八韵》	辟邪钗篆蹙，解厄腕丝纡。……更闻因屈子，采动楚人吁。	第44册，第27252页
周承勋（生卒年不详）	《端午》	安得彩丝十万丈，东南西北系飘零。	第45册，第28273页
任希夷（1156—?）	《重午日出都门诗》	颜羞彩缕红，鬓与香蒲白。功名来何时，岁月等虚掷。	第51册，第32098页
韩淲（1159—1224）	《五日》	宣和曾带御书符，荆楚谁言长命缕？	第52册，第32502页
赵汝回（生卒年不详）	《西湖重午作》	像虎空悬青艾束，辟兵难望彩丝灵。凭君一激沅湘水，净洗中原血铠腥。	第57册，第35876页

（续表）

作者	题名	“续命缕”等同型意象之诗句	《全宋诗》之出处
白玉蟾（1194—1229）	《端午述怀》	桐花入鬓彩系臂，家家御疫折桃枝。	第 60 册，第 37567 页
李龏（1194—?）	《端午日》	高门高挂艾天师，玉臂还缠五彩丝。我只一杯昌歜酒，羲皇窗下读骚辞。	第 59 册，第 37416 页
胡仲弓（生卒年不详）	《端午》	画舸纵横湖水滨，彩丝角黍斗时新。年年此日人皆醉，能吊醒魂有几人？	第 63 册，第 39802 页
马廷鸾（1222—1289）	《次韵洁堂五日》	愁心菖歜苦，悲绪彩丝牵。	第 66 册，第 41423 页

统观上文所列诸诗句，我们可以发现这么一种规律：由于端午帖子词是公共写作（受众是特定的公众人物——皇帝及其他皇室成员），所以，诗人的眼光是向上的，他们使用“续命缕”等意象时，颂上（或曰歌功颂德）便成为最突出的主题，无论北宋或南宋，大体如此，仅有极个别的诗作，如欧阳修《端午帖子词·温成皇后阁五首》（其三）、许应龙《皇后阁端午帖子》（其四）、孙觌《端午帖子词·皇帝阁六首》（其二）、真德秀《皇后阁端午帖子词五首》（其一）等极少数作品，含有一定的讽谏之意，对“续命缕”所谓的“续命”功能表示了怀疑[1]，进而强调修德才是维护封建统治的根本方法。但个体写作（以单篇诗作为主，组诗相对说来数量要少很多），因诗人的眼光是向下的，故而更加突出的是个体生命的悲凉体验，甚至含有某种深刻的人性反思，尤其在南宋时期，忠臣迁客的意识特别强烈，比如李纲、朱翌、姜特立、李洪、项安世、周承勋、赵汝回、胡仲

① 这种怀疑，盛唐诗人也偶有表示，如万楚《五日观妓》即谓：“谁道五丝能续命，却令今日死君家。”（《全唐诗》第 335 页）

弓、马廷鸾等，虽然也用了有关"续命缕"的典故，却重在借屈原之事来抒发家国情怀，痛思历史兴亡之因。不过，诗人们究竟总结出什么，则人言人殊，且总的基调是越发悲凉。对此，宋末元初赵友直《端午》语言最为简洁，心态最为复杂，诗曰："节遇端阳日，蒲觞满自斟。兴怀多感旧，吊古漫成吟。"①

二、"续命缕"等意象频现之原因

我们在前一节列举了宋代端午诗的两大类型：一是以端午帖子词为代表的公共写作，二是抒发个人情怀为主的个体写作。前者运用"续命缕"等意象时，多符合端午民俗之喜庆、辟邪、纳祥、祈愿等主题，故从用典角度言，多属正用。而后者更关注个体的生命感受，即便用到"续命缕"等意象，也多为反用。究其成因，笔者以为与创作场合的不同密切相关。

众所周知，我国现代民俗学建立伊始，就确立了眼光向下的研究视角，主要关注的是下层社会和民间生活，但实际上，重要的政治人物对某些民俗的发展与传播更具有决定性的影响。张勃女史就以政治领袖李隆基与民俗事象节日的关系为例，指出今后的民俗学研究在眼光向下的同时，应该眼光适度向上，即在关注民俗于民间运作逻辑的同时，也要看到社会上层、国家政策在民俗传承和变迁中的重要作用②。其观点颇有启示意义，就本文所讨论的端午帖子词而言，至少上层社会或曰中央政府所起的作用是至关重要的。有趣的是，宋代端午帖子词的主题范式，可以说在一定程度上和唐玄宗重视端午民俗有关。其《端午三殿宴群臣探得神字》之序有云：

---

①《全宋诗》第 70 册，第 43959 页。

② 参张勃《中国民俗学研究应该"眼光适度向上"——从李隆基与节日的关系谈起》，载《民族艺术》2009 年第 2 期，第 28—34 转 119 页。

> 律中蕤宾，献酬之象著；火在盛德，文明之义烨。故以式宴陈诗，上和下畅者也。朕宵衣旰食，辑声教于万方；卜战行师，总兵钤于四海。勤贪日给，忧忘心劳；闻蝉声而悟物变，见槿花而惊候改。……新筒裹练，香芦角黍；恭俭之仪有序，慈惠之意溥洽。讽味黄、老，致息心于真妙；抑扬游、夏，涤烦想于诗书。超然玄览，自足为乐，何止柏枕桃门，验方术于经记；彩花命缕，观问遗于风俗。感婆娑于孝女，悯枯槁之忠臣而已哉？叹节气之循环，美君臣之相乐，凡百在会，咸可赋诗。[①]

细绎此序，可知玄宗皇帝重视端午的目的主要有三点：一是发扬光大端午民俗的两大传统，即个人方面的祈福（如长生）避邪功能与社会伦理方面的忠（以屈原为代表）、孝（以曹娥为代表）观念[②]；二是确立了节庆宴会诗的创作主题是歌功颂德。这点，玄宗皇帝“穴枕通灵气，长丝续命人。……股肱良足咏，风化可还淳”以及当时参与宴会的大臣张说的“愿赍长命缕，来续大恩余”等诗句，便有充分的表现。而前举（参表一）诸两宋端午帖子词，与此“颂上”传统，应该说是一脉相承。三是融合了某些道教因素，虽说具体措施如何，史书阙载，但序中所说“黄、老”、“方术”云云，无疑和道教有莫大的关联，何况道教还是唐王朝的国教呢！

唐玄宗还是我国节日放假制度化的关键人物，其开元七年（719）令首次以比较完整的法律形式规定了相关制度的实施，其后的开元二十五年令又进一步强化了有关条例，赵宋于此，则在继承的基础上有所创新。日本学者丸山裕美子已做了比较详细的比较[③]，据她的研究，无论是唐代的开元七年令、开元二十五年令，还

---

① 《全唐诗》，第 26 页。

② 按，宋代以后，关于端午起源的传说，占主流者是屈原说。

③ 参氏论《唐宋节假制度的变迁——兼论“令”和“格敕”》，载张国刚主编《中国社会历史评论》第三卷，北京：中华书局，2001 年，第 365—373 页。

是宋代的天圣令、天丰令，端午节官员都可以休假一天。易言之，自唐玄宗开元七年以后，端午就是国家法定的重要节日之一。

据前揭张说、窦叔向有关长命缕的诗句，知自玄宗始便有朝廷在端午日御赐大臣续命缕的做法①，此种措施，在宋代更上升为礼的层面，成了一种制度，所赐物事，内容更加丰富，《宋史》对此多有记载，如卷一一九的"端午粽子"，卷一五三的端午"时服"，诸如此类，不一而足。吴自牧《梦粱录》卷三所记虽为南宋都城临安的端午盛况，却也足资参考，曰：

> 五日重午节，又曰"浴兰令节"，内司意思局以红纱彩金盝子，以菖蒲或通草雕刻天师驭虎像于中，四围以五色染，菖蒲悬围于左右。……内更以百索彩线、细巧镂金花朵，及银样鼓儿、糖蜜韵果、巧粽、五色珠儿结成经筒符袋，御书葵榴画扇，艾虎，纱匹段，分赐诸阁分、宰执、亲王。兼之诸宫观亦以经筒、符袋、灵符、卷轴、巧粽、夏橘等送馈贵宦之家。如市井看经道流，亦以分遗施主家。所谓经筒、符袋者，盖因《抱朴子》问辟五兵之道，以五月午日佩赤灵符挂心前，今以钗符佩带，即此意也。……其日正是葵榴斗艳，栀艾争香，角黍包金，菖蒲切玉，以酬佳景。不特富家巨室为然，虽贫乏之人，亦且对时行乐也。②

据此，我们特别要注意者有三点：一者端午是普天同乐的节日，此即欧阳修《端午帖子词·皇帝阁六首》(其二)"宫闱九重乐，风俗万

① 按，后来也有赐衣之举，如杜甫《端午日赐衣》曰："宫衣亦有名，端午被恩荣。……自天题处湿，当暑着来清。意内称长短，终身荷圣情。"权德舆《端午日礼部宿斋有衣服采结之贶以诗还答》则谓："良辰当五日，偕老祝千年。彩缕同心丽，轻裙映体鲜。"

② [宋]孟元老等著《东京梦华录·都城纪胜·西湖老人繁胜录·梦粱录·武林旧事》之《梦粱录》，上海：古典文学出版社，1957年，第156—157页。

方同”[①]、苏辙《学士院端午帖子二十七首·皇太后阁六首》(其五)“民间风俗疑当共,天上清高定尔无”[②]所显示的公共狂欢。二者皇帝常常赐予重要官员以端午礼物,如百索彩线(即续命缕)、艾虎之类。三者道教也积极参与了相关的民俗活动。关于这一点,似有多说几句的必要。

大家都知道,宋真宗与唐玄宗一样,也是个狂热的道教徒,大中祥符元年间他将道教天书及圣祖降世的日子定成法定节日,如正月三日为天庆节,六月六日为天贶节,七月一日为先天节,十月二十四日为降圣节……节日期间官员放假,诸州建醮断屠,中书、亲王、节度、枢密、三司以下至驸马都尉,则要求他们:“诣长春殿进金缕延寿带、金丝续命缕,上保生寿酒。”并“改御崇德殿,赐百官饮,如圣节仪。前一日,以金缕延寿带、金涂银结续命缕、绯彩罗延寿带、彩丝续命缕分赐百官,节日戴以入。”[③]结合胡宿《夫人阁端午帖子》(其八)之“续命由来宜彩缕,辟邪相向佩灵符。夏钧调乐长生酒,岁岁宫中祝圣图”[④],则知真宗赐续命缕与保生酒的举措,其后成了宫中端午节之常态。

关于端午民俗的道教渊源,除了前文所及葛洪之《抱朴子》外[⑤],清人又找出了《西京杂记》,《释名疏证补》卷四释“长命缕”时引其文曰:“取彩丝就北斗星求长命。”[⑥]如果其说不误,则知《正统道藏》所收宋初蜀中道士所作《太上玄灵北斗本命延生真经》、《太

---

①《全宋诗》第6册,第3809页。

②《全宋诗》第15册,第10054页。

③[元]脱脱等撰《宋史》,北京:中华书局,1985年,第2680页。

④《全宋诗》第4册,第2129页。

⑤按,前揭诸端午帖子词,“灵符”意象经常与“续命缕”等意象同时出现。此不复赘举。

⑥[汉]刘熙撰,[清]王先谦证补《释名疏证补》卷四,第三十页,光绪二十一年(1895)刻本。

上玄灵北斗本命长生妙经》[1]展示的北斗保生延命信仰，其源甚古。更值得关注的是，这两部道典的授经主尊是太上老君，而受经对象恰恰是天师张道陵；既然《梦粱录》卷三谓端午节皇宫所赐道教画像是天师像[2]，笔者不妨大胆推断，它们极可能就是宫观在端午节中宣讲或赠与信众的道典。事实上，两部道典所宣扬的东西与诸端午帖子词确有不少相同之处，比如经中"子孙保荣盛"、"长保亨利贞"、"保家保国"之类，与许及之《圣寿阁端午帖子》(其一)之"有德天同寿，无为日更长。每逢端午节，双上万年觞"、其三之"绕臂长生缕，当门五色丝。榴花看结子，叶叶在孙枝"[3]的寓意，不正相合么？此外，北宋真宗时著名道士张君房编《云笈七签》卷三七引《三洞奉道科》曰："五月五日，为续命斋。"[4]则知道教自唐以来在端午节便行斋法，既然名"续命"，那定会有"续命缕"、"长命丝"等物事之用了。

王钦若奉宋真宗之命撰集的道典《翊圣保德传》卷上，则载有真君所传九种结坛之法，曰：

> 上三坛则为国家设之：其上曰顺天兴国坛，凡星位三千六百，为普天大醮……其中曰延祚保生坛，凡星位二千四百，为周天大醮，法物仪范降上坛一等；其下曰祈谷福时坛，凡星位一千二百，为罗天大醮。……中三坛则为臣寮设之：其上曰黄箓延寿坛，凡星位六百四十；其中曰黄箓臻庆坛，凡星位四百九十；其下曰黄箓去邪坛，凡星位三百六十……下三坛则为士

---

① 按，二经见《道藏》第11册，第346页上—349页下。二经篇幅悉短小，尤其是后一部，仅三百来字，无论抄写讲诵，都很适用。

② 按，项安世《重午饷菜楚俗也，邓抚幹以诗来谢，次韵答之三首》(其一)"大家朱书亭午时，小家艾人张天师"(《全宋诗》第44册，第27322页)、刘克庄《乙卯端午十绝》(其七)"门有艾天师"(同前，第58册，第36427页)中的"天师"，正是《梦粱录》卷三所云用菖蒲草之类所雕刻的天师像。

③《全宋诗》第46册，第28400页。

④ [宋]张君房编，李永晟点校《云笈七签》，北京：中华书局，2003年，第815页。

庶设之：其上曰续命坛，凡星位二百四十；其中曰集福坛，凡星位一百二十；其下曰却灾坛，星位八十一。所用仪范，量有等差。①

此处坛法虽分三等九品，但每一等中至少有一品的主旨是长生思想，只是称名有别而已，或曰“保生”，或曰“延寿”，或曰“续命”，究其本质，则毫无区别。难怪真宗皇帝对诸王公大臣参加斋醮时要赐予金丝续命缕、保生寿酒之类，是想取得名实相符的奇效吧。

此外，南宋释志磐《佛祖统纪》卷四三指出王钦若奉诏撰《翊圣真君传》：“其间论佛，最为失义，如《翊圣》云‘诸天万灵，仙众梵佛，悉来朝上帝’。夫佛为三界师，为天中尊。……明知天帝所以奉佛也。今传言佛来朝帝，甚为无状。……虽欲尊天而卑佛，适所以诬天而慢佛也。戒之哉！”②志磐法师护教之情固可理解，但这其实说明了另一更有意义的历史问题，即宋真宋与其大臣们也有融合二教的努力，只是其中心点在于以道统佛罢了。对此，佛教方面并非全是反对的声音，如北宋法演禅师（？—1104）端午上堂时有语录曰：

师云：“急急如律令！”进云：“也待小鬼做个伎俩。”师云：“钟馗吓你。”乃云：“今日端午节，白云有一道神符也，有些小灵验，不敢隐藏，举似诸人。一要今上皇帝太皇太后圣躬万岁，二要合朝卿相文武百官州县寀寮常居禄位，三要万民乐业雨顺风调。”③

此处端午祝愿对象之三等分类，不正表明佛教对前述道教坛法是有所认同的吗？若从字面推断，祝语的主旨可分别对应上坛之“延祚

①《道藏》第32册，第651页上。
②《大正藏》卷四九，第397页中。
③《大正藏》卷四七，第661页上。

保生”、中坛之“黄箓臻庆”及下坛之“集福”、“却灾”。而且，“急急如律令”与“钟馗”，同样是道教语词，对此，法演弟子佛果克勤(1063—1135)端午说法时，亦有承用，《圆悟佛果禅师语录》卷七曰：

> 上堂云：五月五日天中节，万祟千妖俱殄灭。眼里拈却须弥山，耳中拔出钉根楔。钟馗小妹舞三台，八臂那吒嚼生铁。敕摄截，急急如律令！①

克勤把道教的“钟馗”、佛教的“那吒”等同视之，盖二者皆降妖伏魔、驱邪灭鬼之神也。

若追溯佛教重视端午说法的缘由，我们认为最重要有原因有二：一者佛教尤其是密教(密宗)与道教一样，都十分重视信众现实利益的诉求，诸如延命长生、福禄富贵之类，且多以仪式坛法为宣教工具②；二者密教经典中也有“续命法”③、《续命经》④，特别是“五色缕(丝/綖)”的功用，与“续命缕”完全相同。兹举数例密教经文

①《大正藏》卷四七，第 774 页上。

② 这方面有代表性的研究成果是萧登福先生的系列专著，如《道教与密宗》(台北：新文丰出版公司，1993 年)、《道教术仪与密教典籍》(同前，1994 年)等，可参看。另，上文所说对端午等节日放假实行制度化的玄宗皇帝，则对道教、密宗都极为崇信。

③ 按，续命法的核心是续命神幡。其法出自药师类经典，用于祈祷药师如来，有延命增寿之效，故称。玄奘法师译《药师琉璃光如来本愿功德经》即说：“时彼病人亲属知识，若能为彼归依世尊药师琉璃光如来，请诸众僧转读此经，然七层之灯，悬五色续命神幡，或有是处，彼识得还，如在梦中，明了自见。”(《大正藏》卷一四，第 407 页中)而续命神幡的性质其实和续命缕相当，同样有延生、解厄、禳灾等功用。

④ 关于佛教方面的《续命经》，今存多为敦煌写本，其思想来源之分析，可参拙撰《〈佛说续命经〉研究》，载《敦煌研究》2010 年第 5 期，第 71—79 页。另，道教之续命类经典，篇幅短小者除了上文所说《太上玄灵北斗本命延生真经》、《太上玄灵北斗本命长生妙经》外，尚有《太上元始天尊说续命妙经》(《道藏》第 1 册，第 874 页中)，而其本身就是佛、道思想混合的产物。

如下：

1. 题为东晋帛尸梨蜜多罗译《佛说灌顶经》卷一二曰：

> 救脱菩萨语阿难言：此诸鬼神别有七千以为眷属，皆悉叉手低头，听佛世尊说是药师瑠璃光如来本愿功德，莫不一时舍鬼神形，得受人身，长得度脱，无众恼患。若人疾急厄难之日，当以五色缕结其名字，得如愿已，然后解结，令人得福。[①]

《灌顶经》卷一二，实即《药师经》之异本。此处经文，强调的是五色缕的除厄与得福功能。所谓五色缕之五色，据《陀罗尼杂集》卷七，是"青黄赤白黑"[②]。其所系部位，最常见者是"臂"与"项"，唐阿地瞿多译《佛说陀罗尼集经》卷四即云："若罪障重者，用五色缕一咒一结，如是结成一百八结，系病者项，或系臂上，罪障消灭，病即除差。"[③]疑端午"续命缕"系手臂的做法，即源出于此。

2. 隋阇那崛多译《如来方便善巧咒经》曰：

> 若有善男子善女人欲断一切病，当取五色缕结其咒索。……若护自身令安隐者，咒水一百八遍，散于四方，结其界场，取五色缕结咒索带行。[④]

此所言"界场"，也就是坛场（道教同之），五色缕之类，则是其中不可或缺的法物（器物）之一。

3. 唐一行大师记《大毗卢遮那成佛经疏》卷五则曰：

> 次当作金刚线法。凡作綖，当择上好细具缕，香水洗之极

---

①《大正藏》卷二一，第538页上。
②《大正藏》卷二一，第619页下。
③《大正藏》卷一八，第818页中。
④《大正藏》卷二一，第565页下。

令清净,令洁净童女右合之,合五色缕。当用五如来真言各持一色,然后以成办诸事,真言总加持之。造漫荼罗綖亦尔。五如来色者,谓大日佛加持白色,宝幢持赤色,花开敷持黄色,无量寿持绿色,鼓音佛持黑色。阿阇梨先自取綖三结,作金刚结,用系左臂护持自身。次一一为诸弟子系臂,如是摄受弟子,则入漫荼罗,是离诸障难也。……五色綖者,即是如来五智,亦是信进念定慧五法。以此五法贯摄一切教门,是故名为修多罗。①

此则把五色缕在坛场中的重要性提升到无以复加的地步,因为五色代表的是五如来,是如来五智,是佛法之根本,因此,它可以成办任何事情。

此外,五月五日又是密教炼制药品和驱邪灭蛊最有效的时日之一,《龙树五明论》载:"凡人得之化作大仙药者,五月五日,取牛黄大如雀子,干姜四两,麻八两,黄芩一两,大黄五两,甘草二两。""若人欲作此法时,于五月五日、七月七日,取五色綖,诸咒一返作一结,如是十返作十结。"②"五色綖"者,即五色缕也。综言之,端午时节,若把药、咒及五色缕结合在一起,则密法最有成效。释集成等编宋代曹洞宗高僧释正觉(1091—1157)说《宏智禅师广录》卷四谓:

上堂云:五月五日天中节,百草头上看生杀。甘草黄连自苦甜,人参附子分寒热。熏莸难昧双垂爪,滋味那瞒初偃月。圆明了知心念间,摩诃迦叶能分别。③

此则说明诸师善知药性。

①《大正藏》卷三九,第627页上。
②《大正藏》卷二一,第957页中、960页中。
③《大正藏》卷四八,第36页下。

两宋时期的佛教丛林，一直十分重视端午节。朝廷方面也常利用这一天举行相关法事，《翻译名义集》卷五载："徽宗皇帝，崇宁三年重午日尝迎请释迦佛牙入内，祈求舍利感应。隔水晶匣，出如雨点，神力如斯。嘉叹何已，因以偈赞。"[①]真德秀《皇后阁端午贴子词五首》(其四)则谓："贝叶新传宝藏经，圣心端为福群生。从今物自无疵疠，安用桐君纪药名。"[②]无论迎请佛牙，还是新译佛经，因了端午这一特定的节日气氛，被赋予的政治意义就显得更加重要了。另外，寺院端午之情状，在时人诗作中也有所体现，如苏轼《端午游真如，迟、适、远从子由在酒局》曰："一与子由别，却数七端午。……独携三子出，古刹访禅祖。"喻良能《端午至太平寺》说："客里逢端午，僧廊雨气凉。……糁蒲倾美酒，笑入醉中乡。"[③]章谦亨《祖教寺》(其二)则谓："客过端阳欣采艾，僧嫌破衲懒缝针。杯中蒲酒休辞醉，目断青山有远心。"[④]从诗意可知，在寺院同样要饮菖蒲酒[⑤]，真是应了曾丰《端午家集》(其一)那句"未能全免俗"的诗啊！而佛教的某些习俗，也可和端午相结合，比如放生[⑥]。

现在回过头来审视两宋王室所用的端午帖子词，则不难发现它们的写作方式其实与佛道两教的续命法、续命斋(坛)一样，都有相同的特点，那就是表现形态的仪式化。

所谓仪式化，其最基本的特征有二：一曰等级制，二曰意象使用的程序化。

兹先说第一点，其突出表现是帖子词的数量一般是与所奉对

---

① 《大正藏》卷五四，第 1138 页下。

② 《全宋诗》第 56 册，第 34856 页。

③ 《全宋诗》第 43 册，第 26953 页。

④ 《全宋诗》第 62 册，第 38798 页。

⑤ 按，酒多是招待俗客之用，僧人自己多用茶，有时也可僧俗共话茶禅之道，如苏轼《端午遍游诸寺得禅字》谓："焚香引幽步，酌茗开净筵……道人亦未寝，孤灯同夜禅。"(《全宋诗》第 14 册，第 9282 页)

⑥ 苏辙《学士院端午帖子二十七首 · 太皇太后阁六》(其五)即说："舟楫宜呼招屈处，禽鱼鼓舞放生中。"(《全宋诗》第 15 册，第 10054 页)

象的地位成正比，即先上地位高者，数量也多，反之则后上，数量亦逐次减少，此与前引《翊圣保德传》卷上“所用仪范，量有等差”的精神完全一致。比如夏竦端午帖子词，具体分为御阁（皇帝）十二首、皇后阁七首、郡王阁、淑妃阁各四首；王珪《端午内中帖子》分为皇帝阁、太上皇后阁各十二首，皇后阁十首，夫人阁九首；苏辙《学士院端午帖子二十七首》的分布情况是皇帝阁、太皇太后阁、皇太后阁各六首，皇太妃五首，夫人阁四首；周麟之《端午帖子词》则为太皇后阁、皇帝阁各六首，皇后阁五首；崔敦诗《淳熙六年端午帖子词》则是皇帝阁六首、皇后阁五首。诸如此类，不复繁举。而某些帖子词表明：皇家过端午节时似有持斋之举，如夏竦《御阁端午帖子》（其六）说：“太官角黍迎嘉节，上圣斋居袭美祥。金阙鉴观真绪远，永延鸿庆庇多方。”[①]晏殊《端午词·升王阁》（其二）则曰：“织组文缯载旧仪，晨朝丹扆奉天慈。六斋清素来多福，岁岁今辰侍宴私。”[②]我们虽不清楚所持斋法是道教还是佛教，但无论哪种斋法，参加仪式的对象，都有等级之分。

次说第二点意象使用的程序化，这主要指端午帖子词使用的民俗意象比较固定和集中，而出现频率最高的，就是续命缕等同型意象。比如，夏竦《御阁端午帖子》十二首，其中六首用到了此类意象；《皇后阁端午帖子》七首则有四首用之；《郡王阁端午帖子》、《淑妃阁端午帖子》各四首，则分别有二首、一首用之（具体诗句见表一，共十三次）。再如欧阳修《端午帖子词·皇后阁五首》三首用之，《端午帖子·夫人阁五首》则二首用之。苏轼《端午帖子词·皇太妃阁五首》三首用之，真德秀《皇后阁端午帖子词五首》二首用之。夸张点说，诗人们创作端午帖子词时首先想到的民俗意象便是“续命缕”之类，因为它们既可祝愿皇家自然生命的绵长，也可祝福社稷的绵长。

与“续命缕”之类同时出现在端午帖子词而比较集中的是“灵

---

①《全宋诗》第3册，第1813页。
②《全宋诗》第3册，第1956页。

符”类意象(包括金箓、长生箓、灵篆、珍符、瑞符等同型意象)。比如,夏竦二十七首端午帖子中有七首使用了此类意象,胡宿三十二首中六首用之(八首用“续命缕”类意象),苏轼二十七首中二首用之(四首用“续命缕”类意象)。有的则把“续命缕”、“灵符”二类意象等而视之,如晏殊十六首帖子词同有六首用了两类意象,汪应辰三十首中则各有三首用之。更多的情况,则是二类意象对举出现,如表一所列诸诗人,大率如此。但在个体写作中,虽说两类意象各自出现的频率也较高,对举的次数则少得多(参表三)。

个体写作所体现的情感色彩,则要复杂得多,“颂上”主题比较少见。为了更好地说明相关问题,笔者拟先对同一作家相同题材的诗作进行对比,兹举二家为例:

一者晏殊共有十六首端午帖子,全是“颂上”之作,无非歌功颂德,庆幸自己生逢太平盛世之类。有趣的是,在同一题材的作品中,他也有一首个体创作《端午作》,曰:“汨渚沉沉不可追,楚人犹自吊湘累。灵均未免争琼糈,却道蛟龙畏色丝。”[①]若把它和前引《端午词·升王阁》(其二)比较一下,则知作者的情感发生了巨大转向。其间“色丝”指“五色丝”,乃用典,据梁吴均撰《续齐谐记》曰:

> 屈原五月五日投汨罗水,楚人哀之,至此日,以竹筒子贮米投水以祭之。汉建武中,长沙区曲忽见一人,自云“三闾大夫”,谓曲曰:“闻君当见祭,甚善。常年为蛟龙所窃,今若有惠,当以楝叶塞其上,以彩丝缠之。此二物,蛟龙所惮。”曲依其言。今五月五日作粽,并带楝叶、五花丝,遗风也。[②]

显而易见,晏殊诗的立意全据此而来,但对屈原的态度,则有所不恭,语含调侃之意。当然,这在两宋有关屈子的评论中,是较另类

---

①《全宋诗》第3册,第1956页。

②《汉魏六朝笔记小说大观》,上海:上海古籍出版社,1999年,第1008页。

和少见的，意虽新而不正也。

二者苏轼共有《端午帖子词》二十七首，它们悉作于元祐三年(1088)，所贴之阁分别是皇帝(哲宗)阁、太皇太后阁、皇太后阁、皇太妃阁以及夫人阁，其中绝大部分属于“颂上”之作，仅极少数作品微有讽谏之意，如《皇帝阁六首》(其五)之“扬子江心空百炼，只将无逸鉴兴亡”、《太皇太后阁六首》(其四)之“愿储医国三年艾，不作沉湘《九辩》文”[①]。其个体写作之《端午游真如，迟、适、远从子由在酒局》则曰：

> 一与子由别，却数七端午。身随彩丝系，心与昌歜苦。今年匹马来，佳节日夜数。儿童喜我至，典衣具鸡黍。水饼既怀乡，饭筒仍愍楚。谓言必一醉，快作西川语。宁知是官身，糟曲困熏煮。独携三子出，古刹访禅祖。高谈付梁、罗，诗力到阿虎。归来一调笑，慰此长龃龉。

本诗作于元丰七年(1084)五月[②]，东坡与苏辙兄弟情深，但自熙宁十年(1077)中秋分别之后，期间却有七个端午未能共庆了，故此次筠州(今江西高安)相见，感慨良多。既有相见前急切的期盼之情，也有相见后与家人团圆的至极喜悦，特别是看到三个侄儿迟(字伯充，小字梁)、适(字仲南，小字罗)、远(字叔宽，小字阿虎)都活泼可爱，顿觉此前所受的种种不公、各种不快都烟消云散了。诗中同样用到了“续命缕”、“菖蒲”等端午民俗之意象，这说明作为士大夫的苏氏兄弟也未能免俗，但一“苦”字、一“愍”字，无疑点明了两人的贬谪者身份，由此自然而然地想到历史上最伟大的贬谪诗人屈原，进而要解开心中的疑团，为什么自己的满腔爱国情怀得不到应有的尊重和理解？诗人此行，除了兄弟相见外，还有访古刹拜见大愚禅师的目的，想必二人见面之后所讨论的话题，定然涉及了诗人所

① 《全宋诗》第14册，第9591页。
② 孔凡礼撰《苏轼年谱》，北京：中华书局，1998年，第621页。

遇到的种种人生困惑，而且诗人也得到了相当满意的答案(这从“高谈”一词可得到某种推断，而迟、适二人年纪较大，故可把人生哲理相付)。通读全诗，完全体现了苏轼乐观旷达的人生境界。即使有万般苦，也能苦中作乐。

只有个体端午写作的诗人，其相关诗作，则以个性化的情感抒发为特色。如谢逸《端午绝句二首》(其二)云：“病臂懒缠长命缕，破衣羞带赤灵符。樽中有酒不得醉，忆着三闾屈大夫。”虽然也用了“续命缕”、“赤灵符”等民俗意象，但诗人内心感受，绝对不是什么公共狂欢，反而欲醉不能的极度冷漠和孤独。再如马廷鸾《次韵洁堂五日》曰：

> 故国天中节，吾侪日暮年。愁心菖歜苦，悲绪彩丝牵。迭雪虚唐赐，熏风绝舜弦。穷山饤越果，醉摘尚凄然。

马廷鸾是宋末著名的忠臣，为人秉性正直，一生勤政爱民，曾从地方官起家而升到宰相的高位。可惜当时大奸臣贾似道当道，把持朝政，把马视为异己，处处压制他，使之饮恨而退。南宋灭亡之后，马廷鸾拒绝与元合作，体现了遗民诗人崇高的民族气节。本诗在今昔对比中反思历史，诗人触物(菖蒲、续命彩丝)生情，运用双关(彩丝之“丝”谐音“故国之思”的“思”、菖蒲之“苦”谐义“心苦”之“苦”)等修辞手法，表现出深沉的爱国情怀和复国无望的极度无奈和悲凉。

最后，笔者还要补充一点，即两宋民俗诗创作中和端午情形相同者，尚有立春、元日诗等，其公共写作、个体写作所表现出的民俗风貌、思想感情及创作模式都迥然有别，因此，对于民俗诗创作的这种分野而言，两种端午诗是很有代表的，有进一步关注的必要。

(本文原载《社会科学研究》2013 年第 4 期)

《西游记》、《心经》关系之略论

明人吴承恩的小说《西游记》是我国家喻户晓的古典文学名著，相关的研究论著不胜枚举，对其主题的阐释更是众说纷纭，莫能定论。本文主要从小说和佛典的关系来检讨这一问题，俾有助于对小说文本的深入研读。

一、问题的提出：关于《心经》的称名

《西游记》和佛教文化的关系众所周知，其题材、人物、故事情节诸方面常见内典的影响，这点前贤时哲论之详矣，故不赘述。吴承恩在小说中提到了多种内典，如《金刚经》、《维摩诘经》、《法华经》等，但唯一引用全部经文的却是《般若波罗蜜多心经》（Prajñāpāramitāhrdayasūtra）。该经在中土有多种译本，如后秦鸠摩罗什有《摩诃般若波罗蜜多大明咒》，唐法月有《普遍智藏般若波罗蜜多心经》。而小说第十九回"云栈洞悟空收八戒，浮屠山玄奘受心经"中所征引的是玄奘于贞观二十三年（649）译出的经卷，此即为流传最广的译本。此外，小说中还提到了该经的几种称名，即《摩诃般若波罗蜜多心经》（第八十回）、《般若波罗蜜多心经》（第十九回）、《密多心经》（第四十五回）、《般若心经》（第九十三回）、《多心经》（第19、20、43、85回）、《心经》（第19、32、93回）。其中，《般若波罗蜜多心经》是经的全称（Prajnā，音译般若，意为"智慧"，Pāramitā，音译波罗蜜多，意为"到彼岸"），而加上"摩诃"（Mahā，

“大”之意）二字，是因为自玄奘译出该经后，才把它视做六百卷《大般若经》之精要。这里的“心”是“经之要解”之意。东晋慧远大师《阿毗昙心序》有云：“（《阿毗昙心》者），凡二百五十偈，以为要解，号之曰心。”[①]因此，唐及其后对《般若波罗蜜多心经》多简称为《心经》。如唐之圆测有《心经赞》，明旷有《心经述》，宋之智圆有《心经疏》，光睦有《心经颂》，明之真可有《心经注解》、《心经直谈》等。而把该经称为《般若心经》在初唐就有了。慧立《大唐大慈恩寺三藏法师传》卷一载玄奘西行至流沙河“逢诸恶鬼，奇状异类，绕人前后，虽念观音，不能令去”，即诵《般若心经》：“发声皆散，在危获济，实所凭焉。”[②]

至若简称《多心经》，近代学人多有误解，如丁福保说：“《心经》称为《多心经》者，世俗之谬称也。”[③]宋人于此也有不解处。刘昌诗《芦浦笔记》卷四“心经”条云：“释氏《心经》，其中有云‘般若波罗蜜多’，盖梵语也。尝观六一先生《集古跋》中乃书《多心经》。经为多心，何以为佛？恐公笔误尔，因书以祛见者之惑。”[④]实际上，以《多心经》称《般若波罗蜜多心经》为唐人习语，朱怀亮《大唐方与县故栖霞寺讲经堂佛钟经碑》中有云：“敬造一佛二菩萨，洪钟一□，《多心经》□部。”[⑤]《太平广记》卷九二“异僧六”说“沙门玄奘俗姓陈……唐武德初，往西域取经，行至罽宾国，道险，虎豹不可过。奘不知为计，乃锁房门而坐。至夕开门，见一老僧，头面疮痍，身体脓血，床上独坐，莫知由来。奘乃礼拜勤求，僧口授《多心经》一卷，令奘诵之，遂得山川平易，道路开辟……其《多心经》至今诵之。”[⑥]今检敦煌遗书，其间《般若波罗蜜多心经》一般都简称为《多心经》，如

① ［梁］僧祐撰，苏晋仁、萧炼子点校《出三藏记集》，北京：中华书局，1995年，第378页。

② 《大正藏》卷五〇，第224页中。

③ 丁福保《佛学大辞典》，上海：上海书店出版社，1991年，第1049页。

④ ［宋］刘昌诗《芦浦笔记》，北京：中华书局，1986年，第28页。

⑤ ［清］董诰等编《全唐文》，北京：中华书局，1983年，第1190页。

⑥ ［宋］李昉等编《太平广记》，北京：中华书局，1961年，第606页。

S. 3938 号卷子首题为《佛说般若波罗蜜多心经》，尾题则作"《佛说多心经》一卷"（按，经题前加"佛说"二字，表示该经为佛之金口所说），S. 4734 号卷子正题作《般若波罗蜜多心经》，尾题却为"多心经一卷"。"多"即"般若波罗蜜多"之略也。唐以后，《多心经》的说法仍时有人用，《大唐三藏取经诗话》有云："有一僧人，年约十五，容貌端严，手执金环杖，袖出《多心经》。"[①]由此可见，《西游记》多处涉及《多心经》，并非面壁虚构之词也。

至于简称"密多心经"，却大有学问。据笔者所知，唐人有称"蜜多心经"者，如敦煌遗书俄罗斯藏 0082 号抄卷首题为《佛说般若波罗蜜多心经》，尾题则称"蜜多心经"。《房山石经题记》中则多作"密多心经"[②]，它们把"般若波罗蜜多"之"蜜"改为"秘密"之"密"，这一现象值得人们深思。据日人福井文雅《般若心经之历史的研究》，《般若心经》原与六百卷的《大般若经》无关，乃是一部咒术性的经典。尼泊尔的梵文本即不称之为"经"，而称为"陀罗尼"，即咒语。密教有些经典称某某心经，因而把《般若蜜多心经》省为《多心经》以示区别（玄奘以后才称此经为《大般若经》的精髓）[③]。据此，《般若心经》之称《多心经》亦是渊源有自了。吴承恩将其改为《密多心经》，是否也包含了它原为密教经典的含义呢？窃以为然也。

从吴承恩对《心经》各种称名的熟悉看来，作者并非象鲁迅先生所言"尤未学佛"[④]，而是于内典有所识见。美国汉学家夏志清教授认为"（吴承恩）力图要把整部作品变成对《多心经》哲学上的评论"[⑤]。蒲安迪教授则指出《心经》是构成《西游记》中心思想的

---

① 李时人、蔡镜浩《大唐三藏取经诗话校注》，北京：中华书局，1995 年，第 44 页。

② 参《房山石经题记》，第 205 页，北京：书目文献出版社，1987 年，第 288 页。

③ 周一良《魏晋南北朝史论集续编》，北京：北京大学出版社，1991 年，第 310 页。

④ 鲁迅《中国小说史略》，北京：东方出版社，1996 年，第 132 页。

⑤ [美]夏志清著，胡益民译《中国古典小说导论》，合肥：安徽文艺出版社，1988 年，第 139 页。

导线之一①。在我国古代的研究者中，亦有人指出："《西游》凡如许的妙论，始终不外一个心字，是一部《西游》，即是一部《心经》。"②可惜的是，他们的论述并未能充分展开，本人不揣浅陋，试述如下。

二、《西游记》所表现的《心经》思想

为了详尽地说明《西游记》中所表现的《心经》之佛学思想，兹先引小说中所录的《心经》原文如次：

观自在菩萨，行深般若波罗蜜多时，照见五蕴皆空，度一切苦厄。舍利子，色不异空，空不异色，色即是空，空即是色。受想行识，亦复如是。舍利子！是诸法空相，不生不灭，不垢不净，不增不减。是故空中无色，无受想行识，无眼耳鼻舌身意，无色香味触法；无眼界，乃至无意识界。无无明，亦无无明尽，无老死，亦无死尽；无苦集灭道，无智亦无得。以无所得故，菩提萨埵依般若波罗蜜多故，心无挂碍故，无有恐怖，远离颠倒梦想，究竟涅槃。三世诸佛，依般若波罗蜜多故，得阿耨多罗三藐三菩提，故知般若波罗蜜多是大神咒，是大明咒，是无上咒，能除一切苦厄，真实不虚，故说般若波罗蜜多咒，即说咒曰：揭谛揭谛，波罗揭谛，波罗僧揭谛，菩提萨婆诃。

该经主要可分四个部分：(一) 从"观自在菩萨"到"度一切苦厄"为第一部分，总述了修行般若波罗蜜多的重要性，它能使人观察到五蕴皆空，从而解脱一切苦厄。于此，《西游记》在组织结构上，突显

① [美]蒲安迪著，沈亨寿译《明代小说四大奇书》，北京：中国和平出版社，1993 年，第 172 页。
② 刘荫柏编《西游记研究资料》，上海：上海古籍出版社，1990 年，第 580 页。

了两个层面，一是观音菩萨的大慈大悲（观自在，即观音，梵文 Avolokiteśvara），她是唐僧、孙悟空、猪八戒、沙和尚、白马之取经队伍的牵线人和组织者；二是人生皆苦的层面，内典中有四苦（生、老、病、死）八苦（前四苦加上爱别离苦、怨憎会苦、求不得苦、五阴盛苦）之说，这在小说中亦有充分的表现，如玄奘之出生成为江流儿、西天路上历尽八十一难，齐天大圣孙悟空因大闹天宫而被压五行山下达五百年之久，卷帘大将之每七日被飞剑穿胸百余回等。

第二部分讲的是色空观，它亦包括两个层面：从"舍利子，色不异空"到"不增为减"，说的是空之性质，即什么是空相；从"是故空中无色"到"无智亦无得"说的是空相之空的具体含义，即所谓世间法（包括五蕴、六入、十二处、十八界）、出世间法（包括苦集灭道、十二因缘、六度等）皆是为缘所生，无自性故为空相。小说里最重要的主人公齐天大圣孙悟空，其师须菩提（梵文 Subhūti，如来十大弟子之一，号为解空第一）为他取名为"悟空"，实暗含了作者对空的极度重视。小说中的悟空对"空"的理解远出其师之上，他多次要唐僧留意《多心经》。在第四十三回里，他对师傅说："你忘了'无眼耳鼻舌身意'，我等出家人，眼不视色，耳不听声，舌不尝味，身不知寒暑，意不存妄想，如此谓之祛退六贼。你如今为求经，念念在意，怕妖魔，不肯舍身；要吃斋，动舌；喜香甜，嗅鼻；闻音声，惊耳；睹事物，凝眸；招来这六贼纷纷，怎生得西天见佛？"第五十八回"二心搅乱大乾坤，一体难修真寂灭"借如来说法云："不有中有，不无中无，不色中色，不空中空。非有为有，非无为无，非色为色，非空为空。空即是色，色即是空。色无定色，色即是空。空无定空，空即是色。知空不空，知色不色，名为照了，始达妙音。"这段文字正是前揭《心经》引文之色空观的具体化。在第二十三回"三藏不忘本，四圣试禅心"中，作者安排了观音、黎山老母、普贤、文殊幻化成美女来考验唐僧师徒四人的情节。于此，作者虽然把"色空"之"色"曲解为"女色"之"色"，起到了反讽的艺术效果，但没有离开"色空"之主题。鸠摩罗什译《菩萨呵色欲法》中明确指出："女色者，世间之枷锁，凡夫恋著不能自拔；女色者，世间之重患，凡夫困之至死不免；

女色者，世间之衰祸，凡夫遭之无恶不至……如蛾赴死，是以智者知而远之，不受其害而秽之，不为此物之所惑也。”①作为人间凡夫的唐僧在取经途中即多次受到了此种色欲的侵扰，在第五十三回至第五十四回，第七十二回到七十三回，第八十到八十三回以及第九十三到九十五回，“色”甚至成为情节核心，这种设计看似累赘，但细究起来，作者的用意是不言而自明的，就是要突出色空观。特别是第九十三回到九十五回写玉兔那一大段，时值取经目标即将实现之际，作者对玄奘几乎要失身于玉兔而中了后者为破其真阳而设下的圈套作了极生动的描述，而八戒见到嫦娥仙子再起欲心，差点重蹈覆辙，这就警示世人放纵情欲是万万不可的，而应当“无爱无思自清净，管教解脱得超然”。

第三部分从“以无所得故”至“究竟涅槃”，揭示了观察诸法皆空，实践般若波罗蜜多的结果，即佛经上所说的“证果”，它包括近果和远果。近果是指“心无挂碍，无有恐怖，远离颠倒梦想”。远果则指“究竟涅槃”，即达到成佛的境界。吴承恩在小说中十分明确地认同了这一观点。第三十二回“平顶山功曹传信，莲花洞木母逢灾”作者借叙悟空提醒其师应记住“心无挂碍，无挂碍，方无恐怖，远离颠倒梦想”之言。唐僧每遇一难，皆因“心有挂碍”。如果换用小说里常用的另一名词，那就是“一念”。有了这一念，便生种种魔、种种恶或种种善。小说第八回“我佛造经传极乐，观音奉旨上长安”中谓：“人心生一念，天地尽皆知。善恶若无报，天地必有私。”这一诗偈在第八十七回“凤仙郡冒天止雨，孙大圣劝善施霖”里再次出现，可见它确有点题的作用。《李卓吾先生批评〈西游记〉》有云：“太守一念恶则不雨，一念善则雨，百姓死活全在太守里，寄语天下太守，也要知百姓死活方好。”②其意亦在说明善恶之生是缘于一念，出于心动。小说第二十九回“脱难江流来国土，承恩八戒转山林”中又谓“若能一念合真修，灭尽恒沙罪垢”。这是从

① 《大正藏》卷一五，第286页，上一中。

② 袁明宇、刘明今《明代文学批评史》，上海：上海古籍出版社，1991年，第787页。

向善的层面说一念的功用。第七十八回“比丘怜子遣阴神，金殿识魔谈道德”又云“一念才动生百魔”，它与第十三回“陷虎穴金星解厄，双叉岭伯钦留僧”中的“心生种种魔生，心灭种种魔灭”同意，主要是从向恶的层面点明“动心”的危害。但无论善恶，如果心无所执，不着相，便可达到第十七回“孙行者大闹黑风山，观世音收伏熊罴怪”中的“菩萨妖精，总是一念。若论本来，皆属有无”之境界，即彻底的空，也就是《心经》所说的“远离颠倒梦想”。唐释慧忠《心经序》曰：“诸佛唯指一心，何法不因心之所立，但了心地，故号总持。悟法无生，名为妙觉。一念超越，岂在繁论者尔。”[①]唐僧师徒西天取经，玄奘取得“旃檀功德佛”、悟空取得“斗战胜佛”的圆满果报，正是“一念超越”，行般若波罗蜜多的必然归宿。

第四部分从“三世诸佛”至结尾，讲的是证知分和秘密分。所谓证知，是以智慧觉照，转化灭除一切惑、业、苦果，因此般若波罗蜜多是真实不虚的。而秘密是相对显说般若而且言的，是用咒（陀罗尼）揭示经义。《心经》之咒（gate，gate，paragate，parasamgate，bodhi svaha）的含义是：“去呀，去呀！快到彼岸去呀！大家都到彼岸去呀！啊，觉悟太好了！”小说中“五圣成真”的艰辛历程，正是他们悟道——从此岸到彼岸的圆满之旅。至于咒的运用，小说中亦有相关的描述，如玄奘以“紧箍咒”约束孙悟空，观音用“金箍儿咒”收伏红孩儿及用真言降伏黑熊怪等，这都说明咒的神秘力量不可思议。

在上述《心经》四大主要内容里，《西游记》着重阐述的是第三部分，尤其是“心无挂碍，远离颠倒梦想”之思想，并由此引出对“心”重视。小说中反复强调“佛即心兮心即佛”（第十四回）、“法本从心生，还是从心灭”（第二十回），这些都有可以概括为第七十回所提出的识心问题，即要“心净则孤明独照，心存则万境皆清”。为此，吴承恩特意给主人公孙悟空设计了一个颇具禅意的称名——

①《大正藏》卷八，第848页中。

"心猿"(见第十四、三十、三十六、四十一、四十六、五十一、五十四、七十五、八十、八十五、八十八诸回),该词源出《慈恩传》卷九的"守察心猿,观法实相"①。本来用以比喻心绪散乱,小说中用以指未得悟道前的孙行者,藉此表明修心的重要性。不过,话又说回来,《西游记》在对《心经》认同之同时,又存在严重的"误读",特别是在"心"的认识上。而这种误读,对小说的结构产生了极其重要的影响。

三、"误读"《心经》与《西游记》之结构

托名虞集的《西游证道书原序》有云:"所言者在玄奘,而实不在玄奘,所纪者在取经,而志实不在取经,特假此以喻大道耳……虽其书离奇浩汗,亡虑数十万言,而大要可以一言蔽之曰收放心而已。盖吾人作魔成佛,皆由此心:此心放则为妄心,妄心一起则能作魔,其纵横变化无所不至,如心猿之称圣而闹天宫是也;此心收则为真心,真心一见,则能灭魔,其纵横变化亦无所不至,如心猿之降妖缚怪而证佛果也。"②这段话点明了两个问题:一是说《西游记》的主旨在"喻大道",即说理;二是指明"喻大道"的具体内容在于求真心,即修心。准此,有的学者指出小说的中心思想应为"内心求道的写照"③。此言良是。

《心经》经题中的"心"字,如前揭引文所示,乃是指"心要、精要"之义。经文中的"心无挂碍"之"心",则指众生的"本心"之"心",但吴承恩在小说中却故意曲解它,将"心"分为三个层面:即一心、二心和多心。兹先看第五十七回、五十八回的故事寓义。这两回讲的是真假美猴王和唐僧、八戒、沙僧之关系。唐玄奘因为悟

①《大正藏》卷五〇,第274页上。
② 刘荫柏编《西游记研究资料》,第554页。
③ [美]蒲安迪著,沈亨寿译《明代小说四大奇书》,第181页。

空滥杀众贼而怒逐之使假猴王乘机而入，并且假扮出另一支取经队伍，才闹出种种讽刺性的笑话。第五十八回明确指出“人有二心生祸灾”。此二心即是指真心和妄心，它们有尖锐的对立，解决的办法是“禅门须学无心诀”。所谓“无心诀”，即无一切对待相之意，也就是《心经》反复强调的“心无挂碍”。该回中又借如来之口对众人说“汝等俱是一心，且看二心竞斗而来也”。其深层含义是谓皈佛修禅只有一心，即真心求之，若有妄心则将一事无成。所以最后的结局是假猴王之自取灭亡，其灭亡之因便为妄念所致。

至若“多心”的问题，小说第七十九回中设计了孙悟空剖腹而露出一大串还在跳动的心之情节，由于它是安排在一个妖道国丈为国王治病而取人心做药引的场景中，寓义极深。张书坤有评语说“多心，即气禀人欲之私也”，可谓一语中的。比丘国国王因一己之私（治病）而残害无辜小孩正是私欲极度膨胀的表现。而悟空的“多心”——红心、白心、黄心、悭贪心、利名心、嫉妒心、计较心、好胜心、望高心、侮慢心、杀害心、狠毒心、恐怖心、谨慎心、邪妄心、无名隐暗之心的呈现，粉碎了国王的妄念。实际上，悟空的“多心”，正是喻指世俗之人的妄心，不识本心。至此，我们想到了《摩诃般若波罗蜜多经》卷一“序品”中的话“菩萨摩诃萨欲不起悭心、破戒心、瞋恚心、懈怠心、乱心、痴心者，当学般若波罗蜜”[①]，因此，克服诸种妄心的唯一办法是学习修行般若波罗蜜，即大乘空观。

《心经》的主旨在于让世人明了“心无挂碍”，针对众生修心的全过程可划分为三介阶段，即心有挂碍期、去心之碍期、心无挂碍期。与此同时，相对应小说中可分为三大部分：即取经队伍之“欺心”期，“洗心”期和“心净”期。清人张书坤从心学观念出发，谓小说乃发明《大学》之旨，将小说分成三大段，即第一回至二十六回，述诚意正心之要，第二十七回至九十七回，述人欲所蔽，末自九十

①《大正藏》卷八，第 220 页中。

八回至一百回，总结明新止至善[1]。其论虽有所偏颇，然亦有合理之处(因为佛学与心学有相通之处，详见后文)，能给人以启迪，小说确实可分为三部分。不过，我们的分法有所不同，即前二十二回为第一阶段，述取经之缘起，是为“欺心”期；第二十三回到第九十七回为第二阶段，述取经之过程，是为“洗心”期；第九十八回至一百回述取经之结局，是为“心净”期。兹先述“欺心”期。

“欺心”在小说第一部分是一个极其重要的语词。前七回叙孙悟空大闹天宫失败的原因时，如来就说：“你那厮乃是个猴子成精，焉敢欺心要夺玉皇上帝尊位?”第八回中观音亦指出悟空是“欺心搅乱蟠桃会”。特别是第七回中作者在开头加断语说“富贵功名，前缘分定，为人切莫欺心”，这显然带有总结经验教训之意味。它将小说中最重要的人物孙悟空为何要保护唐僧取经的原由交待得一清二楚。正是由于他欺心而生妄念才招致身困五行山的后果，而解除此恶报的办法就是靠取经而去其心之妄。玄奘前生本为如来的二徒，因不听说法，轻慢大教，所以才有江流苦报。猪八戒本为天蓬元帅，只不过为酗酒戏弄了仙娥才被贬下界身如畜类。小龙王因犯不孝之罪而被放逐。其师徒五人(包括白马)遭罚的共同原因都是“欺心”而生妄念。其他如泾河龙王致死罪，唐太宗入冥亦出于是因。凡此种种，皆促成了取经队伍的成立，是为小说的发生部分。

第二十三回至九十七回是小说的主体部分，它着重写的是取经团体的“洗心”经历。“洗心”一语在小说中也十分常见。第八回里首先交待了观音菩萨给沙悟净摩顶受戒，要他“洗心涤虑，再不伤生，专等取经人”。此即暗示了沙僧参与取经的目的即在于“洗心”。第五十三回中作者对整个取经队伍下了断语：“涤虑洗心皈正觉，餐风宿水向西行。”第六十回标题谓“涤垢洗心惟扫塔，缚魔归正乃修身”则有画龙点睛的作用，指明“洗心”才是“归正”的途

① 参刘荫柏《西游记研究资料》，第577—578页。

径。第六十四回叙玄奘谈禅时，说"禅者静也。法者度也。静中之度，非悟不成。悟者洗心涤虑，脱俗离尘是也"。所谓洗心，本是中土儒家固有之术语，《易》"系辞上"曰："六爻之义易以贡，圣人以此洗心，退藏于密。"[①]它本指静虑自省以改过。大法东传后，洗心亦成为佛学中的常用名词，意谓修真心，去心之尘垢。如东晋丘道护《支昙谛诔》序中云："味道崇化二十余载，其栖业所弘，可以洗心涤虑。"[②]失译人名今附梁录的《菩萨五法忏悔文》有云"发愿已竟，洗心作礼"[③]。于此，张书坤有一评语说得好："人心只得一个，道心只有一条，心岂可多耶？然云《密多心经》者何哉？盖密者静也，闭也，寂默也。多心，即气禀人欲之私也。必须将此种心，条条洗涤，件件寂默，其德方明，而至善乃可止。此所以为《密多心经》，实克己之功也。"[④]张氏之语虽有以儒统释之嫌，但也击中了问题的要害，小说描写五圣成真的历程，确实是他们洗心去垢去妄存真的历程之再现。

与"洗心"意思相近的还有"明心"（第八十回）、"静心"（第九十三回）等术语。明心、静心的目的是要人去心之杂念，远离颠倒梦想，从而进入"心无挂碍"的澄明境界。于此，小说特意在第三十六、六十四回里安排了玄奘面对皎洁月光而明心彻悟的场景。

此外，小说还不断地用到另一术语"定性"（见第十、十六、三十一、三十六、四十五、五十、五十七、五十九、六十、六十四诸回）。"定性"之"性"与"洗心"之"心"实有非常密切之关系。尤侗《西游真诠序》中即把心、性看做一个整体："东鲁之书，存心养性之学也；函关之书，修心炼性之功也；西竺之书，明心见性之旨也。此心与性，放之则弥于六合，卷之则退藏于密，其揆一也，而莫奇于佛说……盖天下无治妖之法，惟有治心之法，心治则妖治。记《西游

① [宋]朱熹注《周易本义》，上海：上海古籍出版社，1987 年，第 62 页。

②《大正藏》卷五二，第 263 页下。

③《大正藏》第 24 册，第 1122 页上。

④ 刘荫柏编《西游记研究资料》，第 568 页。

记》者，传《华严》之心法也。”[①]尤氏之论虽从《华严经》入手讨论明心见性的问题，且有混合三教的意思，但他谓《西游记》的主旨在传心法，却甚合情理。因为悟空、悟能、悟净三兄弟取经之前都曾为妖，一旦他们洗心定性，坚定不移地护师西行，他们也就脱离了妖的行列，这正应了“菩萨妖精，总是一念”的寓意，即一念为善归于正，反之则为邪。

洗心以定性，定性又常和“放心”同义。小说中写唐僧每遇妖精，悟空总是劝他“放心”(如第二十七、三十二、三十六、四十八、五十、五十四、五十六、六十七、七十四、八十五、八十九诸回)。于此，明人谢肇淛《五杂俎》有云：“《西游记》漫衍虚诞，而其纵横变化，以猿为心之神，以猪为意之驰，其始之放纵，上天下地，莫能禁制，而归于紧箍一咒，能使心猿驯伏，至死靡他，盖亦求放心之喻，非浪作也。”[②]对于这种观点，鲁迅先生亦表示了某种程度的认同[③]。不过，需要指出的是“放心”之喻乃出于孟子所说的“学问之道无他，求其放心而已矣”[④]，这本是儒家的用法。小说将它和洗心、定性通用，自有其思想背景(详后文)。

第九十八回至一百回，是小说的尾声部分，为取经队伍“心净性见”之阶段，亦即果位圆满之时也。第九十八回中有诗曰：“魔尽果然登佛地，灾消故得见沙门。洗尘涤垢全无染，反本还原不坏身。”又曰“见性明心参佛祖，功完行满即飞升”。所洗尘涤垢，见性明心的归宿就是“无染”、“反本还原”，即识得本心之净，达到“心无挂碍”之境界。

---

① 刘荫柏编《西游记研究资料》，第558页。

② 刘荫柏编《西游记研究资料》，第677页。

③ 鲁迅《中国小说史略》，第101页。

④ 朱熹注《孟子集注》，上海：上海古籍出版社，1987年，第101页。

四、误读《心经》原因之简析

梁启超《告小说家书》说“言哲理则《封神》、《西游》”①，我们认为《西游记》的主旨确实在于通过形象化的人物塑造来说理。但是小说之所以误读《心经》，也在于作者对哲理的看法打上了时代思潮的烙印。蒲安迪教授即在明代理学思想的大背景上来探讨《西游记》的深层寓义。他指出小说“乞灵于‘求其放心’的孟子名言来点出书中本义，从而把各种外道功夫改口说成是兼容并畜的晚明理学范围内‘心学’一语包罗的全盘思想”②。刘远达则认为小说是“艺术化的心学”③。凡此诸论，发人深省。兹据《心经》与心学的关系扼要阐述其误读的原因。

有明一代，《心经》在思想界都极受重视，相关的笺释注解之作举不胜数，著名的有宋濂的《心经解义节要》，真可的《心经注解》、《心经直谈》、《心经说》、《心经要论》，观光的《心经解义》、《心经释疑》。德清的《心经直说》，李贽的《心经提纲》等。特别是开国皇帝朱元璋以行政手段，于洪武二年(1369)要求众僧穷研《金刚》、《楞严》、《心经》等摄心之要点典，洪武十年又诏宗泐、如玘注释《心经》等要典，且御制《心经序》一并颁行天下，这就大大地促进了它在社会上的流播。该序融合儒释，有强烈的理学色彩。所谓“昔佛在时，侍从听从者皆聪明之士，演说者乃三纲五常之性理也……如《心经》每言空，不言实，所言之空乃相空耳。除空之外，所存者本性也……所以本经题云《心经》者，正欲去心之邪念以归正道。”④这里尤其要注意的是它突出了《心经》思想和理学范畴的一致性，

---

① 刘荫柏编《西游记研究资料》，第 692 页。

② [美]蒲安迪著，沈亨寿译《明代小说四大奇书》，第 453 页。

③ 刘远达《试论西游记的思想倾向》，《思想战线》1982 年第 1 期，第 30 页。

④《中华大藏经》第 97 册，第 320 页，上—下。

“去心之邪念以归正道”，易言之，就是“存天理，去人欲”的意思。真可(1543—1603)《心经说》“本来无一物，天理上著不得人欲等语遂牢记心中”①，即承此而来。《西游记》主体部分写取经队伍的“洗心”经历，亦符合“去邪归正”的思理。故小说第十九回中孙悟空对猪八戒说自己是“改邪归正，弃道从僧”。

明代释家亦常把佛学和心学混同为一，《新刻楞严经后题》即指出《般若心经》是发明心学②。《补续高僧传》卷一八载明成祖时有呆庵庄禅师谓：“若率性之说，亦不出吾心上功夫。必取证于《易》，《易》乃心上之妙理。先儒不明心之本体，遂不明良知良能之所在……不知天地人物形气，皆生于觉性之中，而吾之本心，妙明遍照，已在思虑未发之时。若有得于此，即时中之义也……天理流行处，皆在思虑不起，物欲净尽之时。践履虽专，终不入圣人之域矣。盖因疑佛氏之迹，为无父无君，遂不究尽其说，使孔圣之道不明，乃成毁佛之过也。”③这段话主要是针对朱子理学的“格物致知”专重践履而发的批评之论，并重点指出儒家《中庸》所说“率性之谓道”亦是从心上做功夫，从而突出了儒释两教的一致性。《西游记》中把“洗心”与“定性”统一起来，当是承此而来。

明代理学家对佛学并不排斥，而是把它融入自己的思想体系中。如对晚明思想界产生巨大影响的王守仁(1472—1539)就认为“禅学与圣人之学，皆求其尽心也，亦相去毫厘耳”④。准此，他提出了著名的“格心”说。《传习录》上曰：“格物如孟子‘大人格君心’之格，是去其心之不正，以全其本体之正。但意念所在，即要去其不正以全其正。即无时无处不是存天理，存天理即是穷理，天理即是明德，穷理即是明明德。”⑤这种观点与前揭朱元璋之《心经序》

①《中华大藏经》第83册，第427页上。
②《中华大藏经》第97册，第421页上。
③[梁]慧皎等撰《高僧传合集》，上海：上海古籍出版社，1991年，第728页。
④[明]王守仁撰《王阳明全集》，上海：上海古籍出版社，1992年，第257页。
⑤《王阳明全集》，第6页。

引文是何其相似。即完全把从心本体上做工夫作为唯一的悟道途径。而且王氏所谓意念所在,显然指的是心。心的本体(本心)本无所不正,但因常人之心已不是心之本体而成为不正,因此,格就是要纠正人心之不正。王氏又云:"心一也,未杂于人谓之道心,杂以人伪谓之人心。人心之得其正者即道心;道心之失其正者即人心:初非有二心也。"[①]其意思为从本体而言,心是正的,但由于杂以人伪才产生二心的对立,消除这种对立的办法是去一念之不善,要"一念发在好善上,便实实落落去好善;一念发在恶恶上,便实实落落去恶恶。"[②]即意念必须坚定,诚心诚意。在《西游记》中,唐僧可说是好善的代表,而悟空则为恶恶的典型。他们的行为均属诚意的表现。故小说第七十八回中指出"诚是修行之本",此与阳明心学"欲正其心在诚意"真有一脉相通的意蕴。

综上所述,《西游记》与《心经》之关系相当复杂,一方面,小说对《心经》的佛学思想有所阐扬;另一方面,由于受到时代思潮的影响,对《心经》又产生了误读。但不管哪一方面,其契合点都可归结到"识心"的问题。正是在这一点上,《西游记》才会和《心经》牵合到一起。

(本文原载《贵州大学学报》2001 年第 6 期,《高等学校文科学报文摘》2002 年第 2 期转摘)

---

①《王阳明全集》,第 7 页。
②《王阳明全集》,第 119 页。

《西游记》白鼠求婚故事考源

读过《西游记》的朋友都知道，小说从第八十回“姹女育阳求配偶，心猿护主识妖邪”至第八十三回“心猿识得丹头，姹女还归本性”整整用了四个章回的篇幅来叙述白鼠精向唐僧求婚而失败的故事。这一故事与在我国许多民族乃至南亚、东南亚广泛流行的民间故事“老鼠嫁女”（又称“老鼠娶妇”、“老鼠娶亲”）有点相似，然而学术界更为关注的是“老鼠嫁女”之民俗性方面的研究①，而对《西游记》中的这则白鼠精求婚故事则鲜有深入的探讨，本人不揣谫陋，论之如次。

① 这方面的研究，代表性的论文有钟敬文的《中国古代民俗中的鼠》（写于1936年，后收入《钟敬文文集·民俗学卷》，合肥：安徽教育出版社，1999年，第212—225页）、《从文化史角度看老鼠娶亲》（首发于1987年，后辑入《钟敬文文集·民俗学卷》第22—229页），季羡林写于1948年的《“猫名”寓言的演变》（《比较文学与民间文学》，北京：北京大学出版社，1991年，第72—77页），刘守华的《印度〈五卷书〉与中国民间故事》（《比较故事学》，上海：上海文艺出版社，1995年，第168—196页），彭牧的《民间剪纸和年画中的“老鼠娶亲”》（《中国典籍与文化》1999年第2期），何红一的《人日节与鼠嫁女》（《民俗研究》2000年第3期），特别是马昌仪的《鼠咬天开》（北京：社会科学文献出版社，1998年），对于中国鼠信仰的由来、演变及民间鼠婚作品的剖析皆作了精彩的论析，可以说是鼠文化研究的集大成之作。

一

中国民间所流传的"老鼠嫁女"故事，在民俗生活中的表现各地并不一致，一般而言，时间在农历腊月二十三至二月初二的四十来天中。其中，鼠女招亲最常见的故事形式是：老鼠的父母想为女儿选一强者作婿，首先选的是太阳；但是太阳被云遮住，故而选云；而云又被风吹散，故选风；而风被山（或墙）所阻挡，故选山（或墙）；而山（或墙）被老鼠穿洞，最后还是选了自己的同类老鼠。这一循环式故事的原型，季羡林先生指出最早见于印度的《五卷书》。其故事梗概是：从前有一名修道院的苦行者捡回了一只从老鹰嘴里掉下的小老鼠，然后用法力把它变成了少女。鼠女长到12岁时，苦行者想为她选一个在门第、知识、年龄诸方面都相称的女婿。苦行者先后找了太阳、云、风和山，最后发现最强大的仍然是老鼠，故而苦行者只得再次用法力把少女变回老鼠，让它成与鼠婿成了婚。小老鼠恢复了本来面目，说明它是难以跳出自己的族类①。

这种类型的故事在中国民间也有所流传，如四川开江县中心乡的陈玉坤讲述的《老鼠嫁女故事》就与前述印度故事几乎相同，只是将角色"苦行者"换成了具有中国特色的"仙人"，而在湖北襄阳流传的一则《正月十七老鼠成亲》的故事，内容与陈玉坤所讲几无区别，仅是在结尾处增添了正月十七是老鼠成亲日，故而当地家家不点灯，为的是让老鼠平平安安地度过婚期②。

不过，在《西游记》的白鼠求婚故事中，则无上述印度或中国民间故事中循环性的情节，白鼠精的出身也与前引故事几无牵涉。如小说中介绍她是："金作鼻，雪铺毛。地道为门屋，安身处处牢。

① 参《季羡林文集》第16卷，南昌：江西教育出版社，1996年，第409—412页。

② 参江帆《意趣多瑞鼠嫁女》，文载刘守华主编《中国民间故事类型研究》，武汉：华中师范大学出版社，2002年，第66—76页，特别是67—68页。

养成三百年气，曾向灵山走一遭。一饱香花和蜡烛，如来吩咐下天曹。托塔天王恩爱女，哪吒太子认同胞……。你看他月貌容娇滴滴，谁识得是个老鼠成精逞黠豪。”[①]准此可知，这个白鼠精的来历真是不简单，她是经过三百年的修道才有了变换人形的本能，还曾经到过释迦牟尼的说法道场干过偷盗香花蜡烛的勾当，本来要受严惩，却得到了托塔天王的特殊照顾，成了其养女。

至于白鼠精与托塔天王扯上关系，这和唐代以降盛行的密教中的毗沙门信仰有关。对此，柳存仁先生在《毘沙门天王父子与中国小说之关系》中已有所揭示[②]。其中，西域的鼠信仰早在唐初就已传入中土，如玄奘大师《大唐西域记》卷一二之“鼠壤坟传说”即曰：

> 王城西百五六十里，大沙碛正路中，有堆阜，并鼠壤坟也。闻之土俗曰：此沙碛中，鼠大如蝟，其毛则金银异色，为其群之酋长。每出穴游止，则群鼠为从。昔者匈奴率数十万众，寇掠边城，至鼠坟侧屯军。时瞿萨旦那王率数万兵，恐力不敌，素知碛中奇鼠，而未神也。洎乎寇至，无所求救，君臣震恐，莫知图计，苟复设祭，焚香请鼠，冀其有灵，少加军力。其夜瞿萨旦那王梦见大鼠曰：“敬欲相助，愿早治兵。旦日合战，必当克胜。”瞿萨旦那王知有灵祐，遂整戎马，申令将士，未明而行，长驱掩袭。匈奴之闻也，莫不惧焉，方欲借乘披铠，而诸马鞍、人服、弓弦、甲缝，凡厥带系，鼠皆啮断。兵寇既临，面缚受戮……。瞿萨旦那王感鼠厚恩，建祠设祭，奕世遵敬，特深珍异。故上自

---

① [明]吴承恩著《西游记》(李卓吾评本)，上海：上海古籍出版社，1994年，第1095—1096页。

② 柳存仁《和风堂文集》，上海：上海古籍出版社，1991年，第1045—1094页，特别是1050页。

君王，下至黎庶，咸修祀祭，以求福佑。①

瞿萨旦那，即于阗。由此可知，神鼠因在历史上助于阗王保家卫国，功莫大焉，从而受到普遍的祭祀。考神鼠所用之方法，又见于有关唐玄宗天宝元载(742)毗沙门的护国传说中，不空译《毗沙门仪规》中有云：

> 北方大毗沙门天王：唐天宝元戴(载)壬午岁，大石、康五国围安西城，其年二月十一日有表请兵救援。圣人告一行禅师曰："和尚，安西被大石、康□、□□、□□、□国围城，有表请兵。安西去京一万二千里，兵程八个月然到，其安西即无朕之所有。"一行曰："陛下何不请北方毗沙门天王神兵应援?"圣人云："朕如何请得?"一行曰："唤取胡僧大广智即请得。"有敕唤得大广智到内，云："圣人所唤臣僧者，岂不缘安西城被五国贼围城?"圣人云"是"。大广智曰："陛下执香炉入道场，与陛下请北方天王神兵救。"急入道场，请真言未二七遍，圣人忽见有神人二三百人，带甲于道场前立。圣人问僧曰："此是何人?"大广智曰："此是北方毗沙门天王第二子独健，领天兵救援安西，故来辞。"圣人设食发遣。至其年四月日，安西表到云："去二月十一日巳后午前，去城东北三十里，有云雾斗暗，雾中有人身长一丈，约三五百人尽着金甲，至酉后鼓角大鸣，声震三百里，地动山崩，停住三日，五国大惧，尽退军抽兵，诸营坠(队)中并是金鼠咬弓弩弦，及器械损断，尽不堪用。有老弱去不得者，臣所管兵欲损之，空中云：'放去，不须杀!'寻声反顾，城北门楼上有大光明，毗沙门天王见身于楼上。其天王神样，谨随表进上者。"②

---

① [唐]玄奘、辩机原著，季羡林等校注《大唐西域记校注》，北京：中华书局，1985年，第1017—1018页。

②《大正藏》卷二一，第228页，中—下。

准此可知，毗沙门天王在对大石等五国对唐西北边疆的护国反击之战中，金鼠也出了不少力，而毗沙门天王则起着统率的作用。易言之，金鼠是毗沙门麾下的战士罢了。《西游记》对此则稍加变更，首先明确了鼠之性别为雌性，这就为后面的白鼠求婚故事作好了铺垫。然而正如前文已揭示的那样，《西游记》中的鼠婚故事少了印度民间故事那种循环式的情节，故而要把两者进行比较是十分困难的事情。况且，两者的寓意也不相同，《西游记》旨在说明色戒对于修道的重要性（关于这点，详见后文之论述），而《五卷书》则在表明本性难移的道德说教。其次，金鼠既然曾经是毗沙门天王帐下的得力干将，她的武艺和法力自然不低，而到了《西游记》，作者对此则有进一步的夸大，在与孙悟空的争斗中并不是一触即溃，差不多是棋逢对手，故增加了故事的可读性。

二

既然《西游记》中的白鼠求婚故事与《五卷书》中鼠招亲的故事无关，那么吴承恩是如何创造这一故事的呢？他到底有没有受到过印度文学或佛经文学的影响呢？

考梁代释宝唱所撰《经律异相》卷四五之“摩那祇女怀杅谤佛，地即震裂，身陷地狱”条曰：

> 佛在舍卫国，无数大众为说法要。时有外道弟子摩那祇女，宿罪深重，身带木杅，以衣覆之。出舍卫城，至祇洹寺，遥见世尊与无数众而为说法，欢喜踊跃，不能自胜。今日要当在此众中，毁辱瞿昙，令我师得致供养。乃至众中而说偈言：“此说法人，使我此身，怀妊有儿。”时大众中，多诸外道、裸形梵志，信佛者少，习邪者众，闻此女语，皆共信用。其信佛者，内自思惟：昔佛在宫，舍王重位，捐弃婇女，出家学道，成最正觉，

岂有心与此秽陋之女与从事乎？时释提桓因在如来后执扇，而扇内自思惟：此弊梵女，云何乃兴此意诽佛，化为白鼠，啮木杅，系断声震，大众无不见者。其中不笃信者，皆愕然。此为何声，乃震四远！其中信佛之人，闻此音声，欢喜踊跃，佥然同悦。寻有一人从坐而起，手执木杅，语彼女曰："此是汝儿耶？"时地即开，全身即入阿鼻地狱。时女宗族，追慕啼泣，不能舍离。不信佛者，即起忏悔。其中信者共相告曰："诽谤之报，其罪如是，现验如兹，岂云后世？"[①]

是故事宝唱谓是"出《摩那祇全身入地狱经》"，然该经早佚。不过，在后秦竺佛念译《出曜经》卷一〇《诽谤品第九》中有与此相同的一则故事[②]，两者仅是文字上略有不同。摩那祇诽谤释迦牟尼（瞿昙）的手段是说自己与之有染，故而怀妊在身。对此，如来的护法神释提桓因（即帝释天）是怒不可遏，急忙化成一只白鼠，把藏在摩那祇衣服下的木杅之系带咬断（此与前揭于阗国之鼠信仰、毗沙门护国故事中的鼠之行为没有区别），使摩那祇原形毕露，阴谋失败，并且得了现报，生身入地狱。从表面上看，这则故事和《西游记》陷空山的白鼠求婚故事联系不太大，但细细比较后便会发现一些相同点：一者两则故事都是说色情乃圣者修道的试金石；二者故事的结局都是试图以女色害人者得到了应有的惩罚，同样宣扬了善恶报应的佛教思想；三者白鼠皆是故事发展的关捩之一，如在《摩那祇全身入地狱经》中它是释提桓因所变，为的是揭穿摩那祇的谎言，而在《西游记》里，白鼠精不但求婚未成，而且还现了本性，不再是所谓的半截观音了。如果我们把瞿昙换成唐僧、把摩那祇换成白鼠精、把怀妊换成求婚、把释提桓因换成孙悟空，则《西游记》中的故事主体便差不多成型了。特别有趣的是：在《摩那祇全身入地狱经》中，释提桓因有潜入摩那祇衣服里的举动，而《西游记》里的

① 《大正藏》卷五三，第 236 页下—237 页上。
② 《大正藏》卷四，第 663 页下—664 页上。

孙悟空则更进一步，用计（变成红桃）钻进了白鼠精中的腹中[①]。当然，作为借鉴与移植，《西游记》的新创更具想象力。其间最关键的地方在于把白鼠和心怀叵测的女人合二为一，使故事的发展跌宕起伏，有了更大的发展空间。

不过，话又说了回来，虽然《西游记》白鼠求婚的故事与《摩那祇全身入地狱经》有些相同之处，但毕竟是离得远了点。吴承恩在虚构鼠精求婚时，更多的是受到了中古以来流行的鼠魅故事的熏染。兹举三例如下，以便比较。

其一，《太平广记》卷四四〇“徐密”条引《幽明录》曰：

> 上虞魏虔祖婢名皮纳，有色，密乐之。鼠乃托为其形，而就密宿。密心疑之，以手摩其四体，便觉缩小，因化为鼠而走。[②]

其二，王度《古镜记》曰：

> 丰城县仓督李敬慎家有三女，遭魅病，人莫能识。藏秘疗之无效，勣故人曰赵丹，有才哭，任丰城县尉。勣因过之，丹命祗承人指勣停处。勣谓曰：“欲得仓督李敬慎家居止”。丹遽命敬为主，礼勣。因问其故。敬曰：“三女同居堂内阁子，每至日晚，即靓妆衒服。黄昏后，即归所居阁子，灭灯烛。听之，窃与人言笑声。及至晓眠，非唤不觉。日日渐瘦，不能下食。制之不令妆梳，即欲自缢投井。无奈之何。”勣谓敬曰：“引示阁子之处。”其阁东有窗。恐其门闭固而难启，遂昼夜先刻断窗檽四

① 对于孙悟空进入妖魔腹脏的情节，曹仕邦指出：它是源于刘宋求那跋陀罗译《杂阿含经》卷四七（北宋释道诚所撰《释氏要览》卷中“畏慎”亦引之）中的同型故事（《〈西游记〉若干情节的本源十一探》，《中华佛学学报》第 5 期，1992 年 7 月）。

② ［宋］李昉等编《太平广记》，北京：中华书局，1961 年，第 3588 页。

条,却以物支柱如旧。至日暮,敬报勣曰:"妆梳入阁矣。"至一更,听之,言笑自然。勣拔窗槅子,持镜入阁,照之。三女叫云:"杀我婿也!"初不见一物。悬镜至明,有一鼠狼,首尾长一尺三四寸,身无毛齿;有一老鼠,亦无毛齿,其肥大可重五斤;又有守宫,大如人手,身披鳞甲,焕烂五色,头上有两角,……并于壁孔前死矣。①

其三《太平广记》卷三八六"李强名妻"引《记闻》曰:

陇西李强名,妻清河崔氏,甚美,其一子,生七年矣。开元二十二年,强名为南海丞。方暑月,妻因暴疾卒。广州嚣热,死后埋棺于土,其外以墼围而封之。强名痛其妻夭年,而且远官,哭之甚恸,日夜不绝声。数日,妻见梦曰:"吾命未合绝,今帝许我活矣。然吾形已败,帝命天鼠为吾生肌肤。更十日后,当有大鼠出入墼棺中,即吾当生也。然当封闭门户,待七七日,当开吾门,出吾身,吾即生矣。"及旦,强名言之,而其家仆妾梦皆协。十余日,忽有白鼠数头,出入殡所,其大如狱。强名异之,试发其柩,见妻骨有肉生焉,遍体皆尔。强名复闭之。积四十八日,其妻又见梦曰:"吾明晨当活,盍出吾身。"既晓,强名发之,妻则苏矣。扶出浴之。妻素美丽人也,及乎再生,则美倍于旧。肤体玉色,倩盼多姿。袨服靓妆,人间殊绝矣。强名喜形于色。时广州都督唐昭闻之,令其夫人观焉,于是别驾已下夫人皆从。强名妻盛服见都督夫人,与抗礼,颇受诸夫人拜。薄而观之,神仙中人也。言语饮食如常人,而少言,众人访之,久而一对。若问冥间事,即杜口,虽夫子亦不答。明日,唐都督夫人置馔,请至家。诸官夫人皆同观之,悦其柔姿艳美,皆曰:"目所未睹。"既而别驾长史夫人等次其日列筵,请

① 鲁迅校录《唐宋传奇集》,济南:齐鲁书社,1997年,第6—7页。

之至宅，而都督夫人亦往。如是已二十日矣。出入如人，唯沉静异于畴日。既强名使于桂府，七旬乃还。其妻去后为诸家所迎，往来无恙。强名至数日，妻复言病。病则甚，间一日遂亡。计其再生，才百日矣。①

其中，《幽明录》所载"徐密"故事中的鼠与《西游记》中的白鼠精最具相似处，皆是托美女之形体来诱惑男性。而徐密与唐僧一样，皆不为之所动。当然，二者也有所不同：如"徐密"故事中识破鼠精的是徐密自己，所用的方法是"手摩其体"，渐渐使鼠精现了本形而逃走，而《西游记》中识破鼠精身份的是孙悟空，最终降伏鼠妖的是托塔天王李靖所率领的天兵天将。而最重要的区别在于"徐密故事"的情节过于简单，几乎看不出人物的个性特色所在，而《西游记》中的各色人物，皆活灵活现，充分展示了各自的个性。王度《古镜记》的鼠，则是幻化成男性，用以蛊惑青年女性，其性别与《西游记》中的白鼠恰恰相反，但两者仍有一些相同之处，如在对待自己的情侣上皆感情较深。《古镜记》的鼠精可使自己心爱的女子每日精心梳妆来迎候，必然是在某些地方深深感动了对方。《西游记》中的白鼠，虽说她向唐求僧婚的动机不纯，但从小说的描写来看，她对唐僧的情感还是真挚的，如小说中有云："我知道你不吃荤，因洞中水不干净，特命山头上取阴阳交媾的净水，做些素果素菜筵席，和你耍子"。鼠精女性的那种细腻、体贴入微皆跃然纸上。《记闻》所载"李强名妻"，主体上是属于佛教还魂型的故事，且与佛教的关系相当密切，如七七还生，显然与亡七信仰有关。最可注意者是该故事中李强名之妻托生的对象是天鼠变化而来的白鼠，而《西游记》中向唐僧求婚的正是一只得道的白鼠精。这种看似偶然的巧合，实际上却表明了这样一个事实，即吴承恩在创作小说时对前人的作品是有所继承的，并不都是出于自己的虚构。

---

①《太平广记》，第3079—3080页。

其实,《西游记》对于白鼠精的形象塑造,也有一些正面合理的成分,如鼠精对唐僧所说的一段话:“天无阴阳,日月不明;地无阴阳,草木不生;人无阴阳,不分男女。”显然作者于此对人性中的一些正常需求是表示认可的。而且,鼠精也是个知恩能报的性情之人。小说叙其得到托塔天王的庇护后,念念不忘其大恩,设有香炉,天天给“尊父李天王”、“尊兄哪吒三太子”上香上供。当然,关于老鼠报恩的故事,在吴承恩之前的小说中也有所记载,如《太平广记》卷四四○“李甲”条引《宣室志》曰“鼠固微物,尚能识恩而知报”[①]。

三

不过,就《西游记》对于白鼠求婚的主体价值判断而言,是贬多于褒。为何会出现这种情况,这与小说的主旨有关。小说主要是要说明西天取经与修道成圣的不易,其间主人公之一的唐僧作为求道者,他必须面对人生中的各种考验,而女色就是其中最重要的一种,不论是“五戒”、“八戒”、“十戒”,还是其他戒,“不淫”都是最重要的戒律之一。于此,佛教经论中叙之详矣。如《法句譬喻经》卷四曰:“以淫乐自裹,譬如蚕作茧。智者能断弃,不眄除众苦。心念放逸者,见淫以为净,恩爱意盛增,从是造牢狱。觉意灭淫者,常念欲不净,从是出邪狱,能断老死患。”[②]《出曜经》卷四则曰:“淫之为病,受殃无量,以微积大,渐致烧身,自陷于道,亦及他人,不致究竟。犹自饮毒,复饮他人,是故说淫不可纵。”[③]《楞严经》卷八则曰:“当观淫欲,犹如毒蛇,如见怨贼。”[④]既然淫欲的危害如此之大,那么如何防止它呢?佛教于此给出了一个和中国传统文化中

---

①《太平广记》,第 3592 页。

②《大正藏》卷四,第 602 页,中—下。

③《大正藏》卷四,第 627 页下。

④《大正藏》卷一九,第 141 页下。

极为流行的说教——女人祸水论颇为一致的教诫，如《优填王经》中即谓："女人最为恶，难与为因缘，恩爱一缚着，牵人入罪门。"[①]《正法念处经》卷一四又曰："女为恶根本，能失一切物。若人乐妇女，乐则不可得。一切法中恶，妇女多谄妒。丈夫因妇女，能令二世失……。丈夫欲染心，妇女令人失。此世未来世，女失第一失。"[②]更为有趣的是托名李卓吾的《西游记》评点本在第八十二回末尾有总批曰："妖精多变妇人，妇人多恋和尚。何也？作者亦自有意。只为妖精就是妇人，妇人就是妖精。"[③]所持的仍是女色祸水论的观点。

另外，该评点本还针对《西游记》给白鼠精的另一个极富性感色彩的名号——半截观音，发表了一番高论，曰："半截观音，不知是上半截，不知是下半截。请问世人还是上半截好，还是下半截好？一笑，一笑。"[④]话虽带有猥亵和调侃的意味，用意却在提醒世人不能贪淫好色。而所谓"半截观音"之名号，则似与佛典中的"观音化现"说有关。在《法华经》之《观世音菩萨普门品》中所说的观音三十三化身中，属于女性的有"比丘尼"、"优婆夷"、"长者妇女"、"居士妇女"、"宰官妇女"、"婆罗门妇女"、"童女"等。据李百药撰《北齐书》卷三三《徐之才传》记载：北齐武成帝，由于酒色过度而发病时，"自云初见空中有五色物，稍近变成一美妇人，去地数丈，亭亭而立。食顷，变为观世音"[⑤]。这是中土文献中第一次记载观音以女性的形象出现。到了中唐李复言《续玄怪录》卷五中则出现了《延州妇人》的传说，它讲的是锁骨菩萨以美色教化男性的故事，这个故事后来又变成了观音的示现与感应之一，北宋著名诗人黄庭

---

①《大正藏》卷一二，第 72 页上。

②《大正藏》卷一七，第 79 页，中—下。

③《西游记》（李卓吾评本），第 1114 页。

④《西游记》（李卓吾评本），第 1127 页。

⑤［唐］李百药撰《北齐书》，北京：中华书局，1972 年，第 446 页。

坚《观音赞六首》之一即谓:“设欲真见观世音,金沙滩头马郎妇。”[①]元代释觉岸撰成于至正十年(1354)的《释氏稽古略》卷三中即据《观世音菩萨感应传》亦曰:“马郎妇,观世音也。”[②]此观音,在北宋以后的文献中,又常常被说成是鱼篮观音,如北宋的寿涯禅师《渔家傲·咏鱼篮观音》曰:“深愿弘慈无缝罅,乘时走入众生界,窈窕丰姿都没赛,提鱼篮,勘笑马郎来纳败。”[③]诸如此类的故事与传说,实际上说的是佛教中的一种修行方法,即在欲行禅。唐人圆测在《仁王经疏》卷三释经云,菩萨之方便示化是“或现作淫女,引诸好色者。先以欲钩牵,后令入佛道也”[④]。为什么要以欲钩牵引溺于情色者?原因正如唐代宗密大师《大方广圆觉修多罗了义经略疏》卷四所云:“欲度有过众生,先以同事相摄。心既相亲,方能受教。”[⑤]易言之,对于沉溺于色欲者,当以毒攻毒。明人紫柏大师在《观音菩萨赞》之《鱼篮》中即谓:“菩萨无地可站立,无奈去作马郎妇,以欲钩牵度众苦。譬如以毒攻毒疾,疾除毒亦了无所,何妨鬼脸与神头!”[⑥]正可谓一言点破了观音方便设教的真实用意。不过,《西游记》里的唐僧,并没有受到“半截观音”的色相诱惑,因为他毕竟不是普通的世俗之人,而是受唐王之命西去天竺求经的高僧。但吴承恩把白鼠精取名为“半截观音”,其实也暗示了观音随机教化的宗教意蕴。例如小说第二十三回《三藏不忘本,四圣试禅心》中就有观音菩萨请黎山老母、普贤、文殊化成美女考验唐僧师徒的故事,由此可知,吴承恩对观音菩萨的教化方式早已了然于心。

复次,鼠在中国生肖文化中,是阴性的代表之一。明人王逵

---

①《文渊阁四库全书》第1113册,第118页。

②《大正藏》卷四九,第833页中。

③ 唐圭璋编《全宋词》第1册,北京:中华书局,1965年,第213页。

④《大正藏》卷三三,第418页中。

⑤《大正藏》卷三九,第568页上。

⑥《中华大藏经》第83册,第511页下。

《蠡海集》中即说："十二肖属，子为阴极，幽潜隐晦，以鼠配之，鼠藏迹。"[①]而鼠的生殖能力极强，故民俗中"老鼠嫁女"实有以"鼠"喻"子"的用意，含有子孙绵延不绝的良好愿望。不过，据今存文献推断，《西游记》中的白鼠求婚故事与民俗生活的"老鼠嫁女"无关，倒是由于明清以降《西游记》的广泛传播，反而使民俗画中的"老鼠嫁女"题材加入了小说中的相关内容，如清代苏州的一幅《无底洞老鼠嫁女》年画就描绘了《西游记》白鼠求婚故事的热闹场景[②]。

综上所述，《西游记》中的白鼠求婚故事，就情节言，是本土因子多于印度佛教文化方面的因子，但就主旨言，则基本上反映的是佛教的色情观念。

（本文原载《福建师范大学学报》2006 年第 3 期）

① 《文渊阁四库全书》第 866 册，第 716 页。

② 王树村编《中国民间年画图录》，上海：上海人民美术出版社，1991 年，第 299 页。

目连小名“罗卜”的文化意义

在中国化的佛教艺术形象中有两个最著名的人物:一是大慈大悲的观音,二是孝行感人的目连。前者由印度的男性神转化成中国的女性神,并且成了最受中国普通民众崇拜的神祇之一,这点读者大都了然于胸,相关的研究成果也很丰富,就不用我多置余喙了。至于后者,自20世纪80年代以来,目连文化也渐渐成为国内外研究的热点之一,同时出现了不少原创性的著作,如朱恒夫《目连戏研究》(南京:南京大学出版社,1993年)、刘祯《中国民间目连文化》(成都:巴蜀书社,1997年)、凌翼云《目连戏与佛教》(广州:广东高等教育出版社,2011年第2版)等。但还是有不少问题有待深入探讨,兹就目连小名“罗卜”的文化意义略陈管见如次,祈方家正之。

目连的梵文全名是 Mahāmaudgalyāyana,他是佛陀的十大弟子之一。在汉译佛经,其名又音译作“摩诃目犍连”、“摩诃没特伽罗”、“摩诃毛伽利耶夜那”、“摩诃毛嗢揭罗演那”,或音义混译作“大目犍连”、“大目乾连”、“大目连”等,也可简称“目犍连”、“目连”、“目伽略”、“勿伽罗”、“目犍连延”等。摩诃意译“大”,目犍连意译“采菽氏”、“莱菔根”、“取菉豆子”、“取胡豆”等。另外,目连又名拘律陀(Kolita),或作拘律、拘利陀、劬律陀、俱离多、俱哩多、拘理迦、拘离迦,意译“天抱”。“摩诃目犍连”之名是取自母姓,而“拘律陀”则取自父名。

据《佛本行集经》卷四七《舍利弗目连缘品》、《四分律》卷三三、《五分律》卷一六等记载,目连为摩揭陀国王舍城外拘律陀村人,属婆罗门种。他天生容貌端正，自幼与舍利弗深交，曾诣观王舍城附近只离渠呵山顶之大法会，看见大众嬉戏而悟人世无常之理，遂与舍利弗一同出家，投师外道。仅经七日，便通其教义，不久，即成为教授师，与舍利弗各领徒众250人。但是，目连仍觉未臻究竟之境，故与舍利弗同心立誓，相约先得悟者必相启悟。其后不久，舍利弗先从佛弟子处得悟诸法无我之佛理，他便转告目连。目连于是率领250位弟子同诣竹林精舍，参谒释迦牟尼。经一月，即得阿罗汉果。

据《中阿含经》卷二〇及巴利语《长老偈注》所载，目连归依佛祖之后，曾于摩揭陀国善知识村，独坐思惟而入睡眠。佛祖遥知之后，便以神力至其所，授他不睡之法。其后，他与舍利弗共同精进修道，成为佛的上首弟子，辅助佛陀弘传教化。

在佛弟子中，目连号称"神足第一"。《增一阿含经》卷三《弟子品》即云："神足轻举，飞到十方，所谓大目揵连比丘是。"①同经卷二八又载，佛陀升三十三天为母说法时，目连亦现神通，从而教化了难陀、优婆难陀二龙王。而舍利弗称"智慧第一"，他俩是释迦牟尼一生弘法最重要的助手，被称为佛弟子之"双贤"。佛陀晚年，教团就是在他俩的大力辅弼下才不断拓展的。

据《四分律》卷四六载，佛灭前8年，由于提婆达多在教团内闹分裂，于是目连和舍利弗同往伽耶山以破斥之，并现神通说法，从而使提婆达多的五百弟子悔悟，最后归依佛陀。此后不久，目连于王舍城行乞时，不幸为执杖梵志杀害。据《大唐西域记》卷九"摩揭陀国"条，玄奘西游时还亲诣存于拘理迦村的目连舍利塔。

目连虽说是神通第一，但他在中国文化中并不是以此出名，而是以孝道扬名古今。据题为西晋竺法护所译的《佛说盂兰盆经》，目连始得六通之后，想要度化父母以报哺育之恩，却发现亡母生于饿鬼道中。目连于是盛饭奉母，但食物还未入口便化成火炭，其母

---

①《大正藏》卷二，第557页中。

不能得食。目连无力拯济，只得求助佛祖。佛祖告诉他：其母罪根深结，非一人之力所能拯救，应仗十方众僧之力方能救度。于是教他在七月十五僧自恣日，为父母供养十方大德众僧，以此大功德来解脱其母的饿鬼之苦。

目连始称孝子，最早见于西晋竺法护译于太安二年(303)的《佛五百弟子自说本起经》。该经《摩诃目犍连品第三》有云："是故当悦心，至孝事父母。"①而《佛说盂兰盆经》、《佛说报恩奉盆经》以及《灌腊经》的译出，特别是盂兰盆会的流布，使得目连从印度神僧而变成了中国孝道文化的代表性人物之一。《荆楚岁时记》即说：

> 七月十五日，僧尼道俗悉营盆供养佛。按：《盂兰盆经》云："有七叶功德，并幡花歌鼓果食送之。"盖由此也。经曰："目连见其亡母在饿鬼中，即以钵盛饭往饷其母。……"故后人因此广为华饰，乃至刻木割竹，饴蜡剪彩，模花叶之形，极工巧之妙。②

由此可知，盂兰盆会是一个世俗化了的中国民间性的佛教节日。僧祐在《法苑杂缘原始目录》中则记载当时的讲导中有"《盂兰盆缘记》"，作者注云："出《目连问经》。"③由此推断，盂兰盆法会上还有目连救母故事的讲唱，其底本是据《目连问经》所撰成的《盂兰盆缘记》。另据《佛祖统纪》卷三七载，大同四年(538)"帝幸同泰寺设盂兰盆斋"④，从此以后，盂兰盆会便成为官方承认的法会节庆。至唐，这种法会更加盛行，它已和儒家的繁缛礼仪相结合。杨炯《盂

---

①《大正藏》卷四，第191页上。

②[梁]宗懔撰，[隋]杜公瞻注，黄益元校点《荆楚岁时记》，《汉魏六朝笔记小说大观》，上海：上海古籍出版社，1999年，第1058—1059页。

③[梁]僧祐撰，苏晋仁、萧炼子点校《出三藏记集》，北京：中华书局，1995年，第479页。

④《大正藏》卷四九，第351页上。

兰盆赋》即描写了武则天如意元年(692)在洛城南门举行盆斋的全过程①。该文首先揭示出法会主题与目的是“会十方贤众,盖天子之孝也”。这是一次皇家节祀的大祭礼,它把中土传统的敬天法祖与释家的营盆救亲之宗教仪式融为一体。可以说,萧梁以降盂兰会的盛行更加速了目连故事的流播。每每举行之时,都少不了宣讲《盂兰盆经》。唐人道宣《续高僧传》卷一五即记载了贞观二十三年(649)七月十四日释慧璿“讲《盂兰盆经》竟”而终于法座的故事②。当然,这种宣讲绝不是照本宣科,而是对经文的通俗化宣畅,讲的多是有关《佛说盂兰盆经》的变文。同书卷二九《兴福传》之“论”又云:“无有自作,他人受果,斯则目连饭母事也。”③目连饭母事,就是指目连入地狱探望其母之事,可知目连孝行早已流播于民众之中。

梁代目连故事的宣唱,因无文本流传至今,故不能知道它的内容具体如何。但敦煌所发现的四类目连变文写卷,却给我们提供了分析的文本。这四类写卷分别是台北“中央图书馆”藏《盂兰盆经讲经文》,它是讲经类变文,基本上是对《盂兰盆经》的解释,但也杂糅了其他经的内容,如《父母恩重经》等。其他三类为:P. 2193号,原本卷端题《目连缘起》,卷背题《大目连缘起》;北图成字96号、原本无标题,王重民等所编《敦煌变文集》拟题为《目连变文》;S. 2614号等九件,原题有《大目乾连冥间救母变文》、《大目乾连变文》、《目连变》等不同的记载。后三类皆是敷演目连救母故事,属俗讲类变文。若以《佛说盂兰盆经》为参照,便不难发现,俗讲类的《目连变文》确实增添了不少新的内容,对此,我在《变文讲唱与华梵宗教艺术》中有详述④,此不赘论。现仅就目连家庭情况略作

① 参[清]董诰等编《全唐文》,北京:中华书局,1983年,第1919—1920页。
②《大正藏》卷五〇,第539页上。
③《大正藏》卷五〇,第700页上。
④ 参拙撰《变文讲唱与华梵宗教艺术》,上海:上海三联书店,2002年,第246—253页。

介绍。

目连父亲之名，今存变文中各写卷并不一致，有的作“拘离陀”，有的作“辅相”，而母亲皆作“青(清)提”。北图成字96号写卷《目连变文》中说：“昔佛在日，摩竭国中有大长者，名拘离陀。其家巨富，财富无论，于三宝有信重之心，向十善起精崇之志。宫中夫人号曰青提，端正虽世上无双，悭贪又欺诳佛法，生育一子，号曰目连。尘劫而深种善因，承事于恒沙诸佛。”P.2193号《目连缘起》写卷则说：“昔有目连慈母，号曰青提夫人，住在西方，家中甚富，钱物无数，牛马成群，在世悭贪，多饶杀害。自从夫主亡后，而乃霜居。唯有一儿，小名罗卜。慈母虽然不善，儿子非常道心，拯恤孤贫，敬重三宝。”抄出于后梁贞明七年(921)的S.2614《大目犍连变文》写卷则有目连的自我介绍云：“贫道慈母号青提，阿耶名辅相。”据此可知，目连出身于富贵之家，其父名拘离陀或辅相，其母名青提，他自己还有个小名叫罗卜，这俨然是一个完整的家庭。但“辅相”也好，“青提”也罢，皆不见于《佛说盂兰盆经》等讲目连报恩的汉译佛经，可能出自中土伪经[①]。倒是“辅相”一词，在其他内典中有据可寻。如《贤愚经》卷一〇《须达起精舍品》说：“舍卫国王有一大臣，字曰须达，辅相识不?”[②]《杂宝藏经》卷三又云：“迦尸国中有波罗捺城，有二辅相，一名斯那，二名恶意。”[③]在汉语中，辅相本为官名而非人名，是宰相之意，《魏书·卫操传》即说：“桓帝嘉之，以为辅相，任以国事。”[④]佛经之辅相，常常是家庭富足，乐善好施，其妻却

---

① 中唐宗密(780—841)《佛说盂兰盆经疏》卷下即云：“有经中说定光佛时，目连名罗卜，母字青提。”(《大正藏》卷三九，第509页下。)宗密之所以不明确交待经题，似在暗示所引经文性属伪经。又，“青提”或作“清提”，如《大目乾连冥间救母变文》曰：“频道慈母号清提。”明释行海说《大方禅师语录》卷一则曰：“清提有头无尾，隋在泥底，不落因果，不昧因果。”(《嘉兴大藏经》第36册，第827页下)

②《大正藏》卷四，第418页下。

③《大正藏》卷四，第464页下。

④ [魏]魏收撰《魏书》，北京：中华书局，1974年，第599页。

往往不信三宝，变文所说目连家庭便如此。此外，目连本人的名字也值得研究。《佛说普曜经》卷八云：“舍利弗前白佛言：吾前同学俗字拘律，今名目连。”[①]《中本起经》则云：“佛谓忧波替，高世之号，花而不实。复汝本字，为舍利弗。拘律陀，还字大目犍连。”[②]可见在佛典中目连俗字拘律或拘律陀，但在变文中有时它却成了目连父亲的名字，如北图成字 96 号所说的“昔佛在日，摩揭陀国中有大长者，名拘离陀（按，即拘律陀）。”这种父子同名的现象在中土文化中一般是不允许的（当然，拘律陀本是目连家族之父姓，但变文讲唱者误作人名），故晚出的变文写卷，如后梁贞明七年抄出的《大目犍连变文》便干脆把“拘律陀”取消了，给目连之父名“辅相”。而目连小名罗卜，实际上也有内典依据，据业师陈允吉先生《〈目连变〉故事基型的素材结构与生成时代之推考》一文考察，是出于梁武帝天监十七年（518）敕扶南国沙门僧伽婆罗于扬都（建康）所译的《文殊师利问经》，该经卷上《序品》“大目犍连”名下有注文曰：“此言罗茯根，其父好噉此物，因以为名。”[③]

总之，唐五代所出各种《目连变文》皆是在《盂兰盆经》的基础上，摭取其他相关内典之素材，经过讲唱者的重新结撰而形成的佛教宣唱文本。目连故事的流播主要得益于盂兰盆会及中古社会的孝亲文化思潮，两者的融合，推波助澜，终使《目连变文》成为唐五代最受欢迎的俗讲艺术之一，且为后代目连戏的繁衍打下了坚实的基石。

目连故事发生质变是在北宋，它由讲唱文学搬上舞台而成为

① 《大正藏》卷三，第 534 页上。

② 《大正藏》卷四，第 154 页上。

③ 参陈允吉师《佛教与中国文学论稿》，上海：上海古籍出版社，2010 年，第 169 页。于此需要说明的是，目连小名“罗卜”，其实就是指“萝卜”。它又称“莱菔”、“芦菖”、“芦菔”、“罗茯”，皆一音之转也。《尔雅注疏》卷八《释草》一三“芦萉”条郭璞注曰：“芦音罗，萉薄北切。”郝懿行《尔雅义疏》卷四《释草十三》“芦萉”条曰：“芦菔又名萝卜，又为莱菔，并音转字通也。”唐五代变文中把目连小名称为“罗卜”，其实是取自梁僧伽婆罗对梵文“Mahāmaudgalyāyana”的误译“罗茯根”。

杂剧。《东京梦华录》卷八说：

> 七月十五日中元节，先数日，市井买冥器、靴鞋、幞头、帽子、金犀假带、五彩衣服。以纸糊架子盘游出卖。潘楼并州东西瓦子，亦如七夕。耍闹处亦卖果食、种生、花果之类，及印卖《尊胜目连经》。又以竹竿斫成三脚，高三五尺，上织灯窝之状，谓之盂兰盆。挂搭衣服冥钱在上焚之。构肆乐人，自过七夕，便般《目连救母》杂剧，直至十五日止，观者增倍。①

北宋《目连救母》杂剧演出之前，先有一系列的祭鬼活动，这表明该戏的上演仍然是建立在盂兰盆会的基础之上②。它从七夕一直演到十五③，时间达七八天之久，可见场次定然不少，内容绝对比唐五代的变文讲唱更加丰富多彩。在金院本中也有关于目连的戏剧上演。元人陶宗仪《南村辍耕录》卷二五介绍“拴搐艳段”时有《打青提》之剧目。从题目看，该剧以目连之母青提夫人为主角，大概敷演她在地狱中所受种种折磨的情节。它显然有别于以目连为主人公的剧本。在元明两代的杂剧中，目连戏仍是不可或缺的剧目。《录鬼簿续编》中即载有《目连救母》之曲目，其题目正名曰：“发慈悲观音度生，行孝道目连救母。”④准此可知，元代的目连戏

---

① [宋]孟元老撰，邓之诚注《东京梦华录注》，北京：中华书局，1982年，第211—212页。

② 南宋诗人林同《目连会》云“能将身入地，拔取母生天。岁岁盂兰会，今犹说目连”（《全宋诗》第65册，北京：北京大学出版社，1998年，第40634页），同样揭示目连救母乃是盂兰会的中心主题。

③ 按，北宋田况（1003—1061）《成都遨乐诗二十一首》其十九是《七月十八日太慈寺观施盂兰盆会》（参《全宋诗》第5册，第3448页。其中，“太”当作“大”，大慈寺，即大圣慈寺，它是蜀中名寺），据诗题，当地盂兰盆会的举办时间超出了七月十五日，原因何在，俟考。

④ 参《中国古典戏曲论著集成》第2册，北京：中国戏剧出版社，1959年，第294页。

已与观音故事融为一体，可能剧中发慈悲指示目连救母的不再是释迦牟尼，而是观世音菩萨。另外，“行孝道”是该剧最突出的主题，目连的每种行动都是围绕它而展开，这点也为后世目连戏所继承。如明郑之珍的《目连救母行孝戏文》三卷（一百出），为元明最宏伟的传奇剧之一；清人又把它扩大成十本的《劝善金科》。到了民国初年，相关的目连戏流播的范围则更加广泛，不仅在内地，甚至连一些边远及少数民族地区都有较为频繁的演出。据民国《镇宁县志》载，在贵州镇宁每“遇丰年，间有开办盂兰盆会，唱会戏（演《精忠传》及《目连救母》等戏）放烟火之举。”①

目连的孝行故事，通过变文、戏曲等艺术形式，在中古以降的民众生活中留下了极为深刻的印记。到了近代，在全国的许多地方，甚至出现了不少有关目连的文化遗迹。如在四川射洪县有所谓的青提乡，它据说是唐圣僧目连的故里，其地还有“刘氏青提之墓”。

宋元以后的目连故事，虽然在内容上不断拓展，但其主题依然是以宣扬孝道为主。清人杨浚的两幅楹联就颇能说明问题。其《冠悔堂楹语》卷上“南台目连坛”有云：“慎莫造因，惩劝一场留样子；足为能孝，艰难每饭苦思亲。”《达明里普度目连坛》则说“处世莫宣骄，看到下场，那有八人抬傀儡；奉亲须报孝，苦思进饭，愿为众母具盂盆。”②所谓“苦思进饭”，与道宣所讲“目连饭母”事一样，突出的伦理价值即在于孝。故 P. 2418《父母恩重经讲经文》云：“书内曾参人尽说，经中罗卜广弘宣。”一个天竺孝子救母的物语，居然和中土孔门贤哲曾参的卓行相提并论，这表明，至迟在晚唐五代，目连的形象已完全是中国化了。

目连故事中国化以后，在宋元以降的有关作品中，他的家庭成员也不断地被增加。除了其父母分别有了一个地地道道的中国名字傅相（或作傅湘，很明显这是由变文中的“辅相”音变而来的）和

---

① 转引自刘祯《中国民间目连文化》，成都：巴蜀书社，1997 年，第 61 页。
② 福建省戏曲研究所《福建戏史录》，福州：福建人民出版社，1983 年，第 114—115 页。

刘青提(或作刘四贞)外[①],有的作品还给他配上了祖父傅荣、妻子曹赛英(曹氏又有丫鬟之类),有的则给刘青提配上了一个兄弟刘假(或作刘贾),等等,不一而足,可以说人物关系是越变越复杂,把中土文化中所注重的人伦关系、社会关系编成了一个庞大的网,使目连故事日趋繁复,从而形成了不同的地方特色,如福建的莆仙戏、安徽的《郎溪目连戏》、江苏的阳腔《目连戏》、浙江绍兴的《救母记》、川剧中的《刘氏四娘》、湘剧中的《目莲记》、祁剧中的《目连传》、弋阳腔中的《目连戏》、京剧中的《目连救母》、昆曲中的《傅罗卜传奇》、豫剧中的《目连救母》等皆以独特的艺术风貌而在各地长演不衰。有趣的是,有些地方还把目连故事史实化,这更说明了目连孝行对世人的深刻影响。如《光绪湖南通志》卷二四一引《神僧传》和《酃县志》曰:

> 目连尊者,衡湘傅氏子。居王舍城,在酃县西四十五里康乐乡。父傅相,家富好施,持佛戒,建斋堂于会缘桥。母刘氏四贞。目连小字罗卜,生于梁天监中,释迦如来大弟子大目犍连之后身也。能体父志,严戒律。父卒,刘氏不遵遗命,遣罗卜外出,焚斋堂,拆毁会缘桥。罗卜闻之,急归。里门望空,三步一拜,为母禳灾。寻卒,庐于墓侧,遇神,惊知母魂堕落。乃弃家游西域,精修禅定,以道眼观见亡母生饿鬼中,遂持锡杖,挂佛灯,自运大神力,遍历冥途,以钵饭饷母,食未入口,化成

① 在后世文献中,"辅相"偶有作"富相"者,如前引《大方禅师语录》卷一云:"目连至孝的证果,富相造福的升天,清提有头无尾堕在泥底,不落因果,不昧因果。"从上下文语境看,富相显然指目连之父。但同卷又云:"云长公忠义,后遇普净禅师点拨,顿超三界;目连孝母,独证四果;富丞相广作福田,积功累德,还在天宫安乐受享。"据此,则知"富相"是"富丞相"之省称。富丞相,即北宋名相富弼(1004—1083),其人嘉祐五年(1060)以"同中书门下平章事"身份"兼译经润文使"(参《佛祖统纪》卷四五,《大正藏》卷四九,第413页上),也崇信佛教。因此,在"辅相"音变成"傅相"的过程中,"富相"似起过中介之作。

> 炎炭。目连悲号，驰白佛，依教于七月十五日修建盂兰盆法会。其母即日超升，诸饿鬼藉佛光得脱者以亿万计。罗卜聘曹氏，未娶出家。曹氏亦守贞，为尼以老。唐时封罗卜为目连尊者，就所居宅建目连寺。今遗址犹存，有目连井、会缘桥，遗迹在同睦墟。①

细绎其文，虽然故事主体仍未脱离《盂兰盆经》的樊篱，但值得注意者有五：一是把傅罗卜说成是大目犍连的后身，这是佛教轮回说的反映，从而为把土生土长在印度的目连改变成活脱脱的中国人找到了理论依据；二是目连出生的时代为梁代，这和最早提及目连小名号罗卜的《文殊师利问经》的译出时间相吻合；三是庐于墓侧的孝行在诸种有关目连报恩的佛经中都无记载，这当是把中土孝子的品行移植于目连身上；四是给目连配上了妻子，但两人并未成婚。曹氏因要从一而终，故守贞，且为尼以终老。这是儒、佛两教调和的产物；五是说唐时封罗卜为目连尊者，则透露出了目连故事盛行于唐的历史信息。

目连名字及其家庭的中国化，似乎是无关紧要的问题。但若从中外文化交流史来分析，它实际上反映了一个相当重要的现象，即任何宗教思想的传播，都必须适应接受者的需要。众所周知，孝道并不是印度文化的特色所在。但在中国，它却是不可或缺的东西。目连故事之所以长盛不衰，原因也在于此，因为它宣扬的是最民族化的思想和行为。

（本文原载《盐城师范学院学报》2004 年第 2 期，收入本稿时略有修改）

---

① 苏晋仁，萧炼子辑《历代释道人物志》，成都：巴蜀书社，1998 年，第 756 页。

性别心理：秦观《鹊桥仙》的别样解读

纤云弄巧，飞星传恨，银汉迢迢暗度。金风玉露一相逢，便胜却人间无数。　柔情似水，佳期如梦，忍顾鹊桥归路？两情若是久长时，又岂在朝朝暮暮。

《鹊桥仙》是最为后人传唱的秦观（1049—1100）词作之一。据《群英草堂诗余·后集》卷上《群英词话》、《类编笺释续选草堂诗余》卷下，该词题目作《七夕》。著名词学大师夏承焘先生曾经指出："在许许多多写七夕的词里，推这首为最好的一首。"①后来，顾之京女士继承其说，撰出《一首最好的"七夕"词——论秦观的〈鹊桥仙〉》②。二人所论，洵是。至于其主题，清人黄苏"慕君"说稍显另类，他在《蓼园词选》里评该词是："少游以坐党被谪，思君臣际会之难，因托双星以写意；而慕君之念，惋恻缠绵，令人意远矣。"而绝大多数的评论者都持爱情说，如《类编草堂诗余》卷一即说："《七夕歌》以双星会少别多为恨，少游此词谓是两情若是久长，不在朝朝暮暮，所谓化臭腐为神奇，宁不醒人心目？"徐培均先生校注《淮海居士长短句》之《前言》，则称它"歌颂了坚贞的爱情，揭示了一个正确的恋爱观：爱情要经得起长久分离的考验，只要彼此真诚相爱，

---

① 夏承焘《秦观的〈踏莎行仙〉和〈鹊桥仙〉》，《文汇报》1962 年 8 月 18 日。

②《河北大学学报》1982 年第 4 期。

即使终年天各一方,也比朝夕相伴的庸情俗趣可贵得多"[1]。不过,我们认为,这些论断更多的是注入了世人对理想爱情境界的美好愿望,固有合理之处,因为读者的阅读体验毕竟是一种再创造。但是细读文本,则不难发现情况要复杂许多,它至少反映了男女情、爱方面的性别差异。

该词在章法上颇为讲究,上下两片呈轴中心对称结构:上片五句的行文次第是:织女(前三句,叙事)——→牵牛(后两句,内心告白),下片则为牵牛(前三句,叙事)——→织女(后两句,内心告白)。从某种意义上讲,这种结构具有较强烈的戏剧化效果。

先说上片。在历代描写牛女相会的神话传说中,大多是说织女主动渡河前去会牛郎,如梁吴均《续齐谐记》载桂阳成武丁有仙道,曾谓其弟曰:"七月七日织女当渡河,吾向已被召。"弟问:"织女何事渡河?"答曰:"暂诣牵牛。"《鹊桥仙》于此,也不例外,开篇的头三句,既是对织女前去相会过程的概述性描写,又点明了牛、女相会的背景。第一句"纤云弄巧"之"纤",是形容云彩的轻柔多姿和无穷变幻,"巧"则揭示了织女灵巧善织的特长。这一句,还表明织女为了一次特别的约会,特意营造出轻快飘渺的氛围。第二句中的"飞星",实指天空中不断消逝的流星,它们就像接力棒式地传递着织女对牛郎的绵绵相思之苦("恨")。也正因为这种长年累月、欲罢不能的相思之苦,才致使她在可以公开与牛郎相会的时候——七夕,仍然采取"暗度"的方式,这不正是女性特有的爱情之羞涩心理的表现么?当然,从字面看,"迢迢"状写的是牛女空间距离的遥远,实际上也暗喻了两人分别的时间之久。接下来,按常理本应详写牛女相会的细节或场景,但作者没有这样做,而是直接去写牛郎约会中的感受。上片的这最后两句,以往的研究者多归之为是议论,但我们更倾向于是牛郎的内心直白,即牛郎一见织女时所说的心理感受。另外,注家常说"金风玉露"典出晚唐诗人李商

---

① 徐培均校注《淮海居士长短句》,上海:上海古籍出版社,1985 年,第 4 页。

隐《辛未七夕》之"由来碧落银河畔,可要金风玉露时",描写了牛女相会时的节气风光,把珍贵相会映衬于金风玉露、冰清玉洁的背景之下,显示出这对爱侣心灵的高尚纯洁[①]。不过,"金风玉露一相逢",尚有更隐晦的意思,那就是男女性爱之事。如果把这一句换成"金风一逢玉露",解释起来会更方便些。

对此问题的回答,我们不必旁征博引各种房中术的文献,单就秦少游较为熟悉的禅宗语录就有相关记载[②]。比如词中的"金风",实与禅语"体露金风"之"金风"含义相同,悉指男根。此典最早出于宋人释守坚集《云门匡真禅师广录》卷一,有僧问云门宗创始人文偃(864—949):"树凋叶落时如何?"文偃答云:"体露金风。"[③]此后,"体露金风"便成为禅家常究的公案与话头之一,如宋代默照禅提倡者释正觉(1091—1157)《宏智禅师广录》卷四即载:"上堂,举僧问云门'树凋叶落时如何?',门云'体露金风'。"[④]明代临济宗高僧释通容(1593—1661)《费隐禅师语录》卷七则云:"陶方伯夫人请上堂,僧问'树凋叶落'(即不问体露金风)事如何? 师云:'觌面看。'"[⑤]由于面对的是女性,自然不便说"体露金风",以免尴尬。

至于"玉露",则指女根,此亦见于禅宗语录。如北宋临济宗高僧楚圆(986—1039)所编《汾阳无德禅师语录》卷一载有僧问其师释善昭(947—1024):"如何是正中来?"师云:"旱地莲华朵朵开。""开后如何?"师云:"金蕊银丝承玉露,高僧不坐凤凰台。"[⑥]显而易

---

① 参《唐宋词鉴赏词典·唐五代北宋卷》,上海:上海辞书出版社,1988年,第837页。

② 按,明人夏树芳辑《名公法喜志》卷四《秦淮海》评秦观创作是多有"禅语,一一胜妙",见《大藏新纂卍续藏经》第88册,第344页下。又,关于秦观词与禅语的关系,笔者拟另撰《论秦观词之禅语禅趣》加以检讨,此不重复。

③《大正藏》卷四七,第550页下。

④《大正藏》卷四八,第48页下。

⑤《嘉兴大藏经》第26册,第143页中。

⑥《大正藏》卷四七,第605页,中—下。

见，这里的“玉露”、“凤凰台”（即“莲台”），皆是女性生殖意象，是正中来——空的象征。更值得注意的是北宋初法眼宗高僧释道原撰《景德传灯录》卷一六之“洪州建昌凤栖山同安和尚”条：“问：‘如何是同安转身处？’师曰：‘旷劫不曾沈玉露，目前岂滞太阳机。’”①于此，“玉露”和“阳机”对举，分指女根、男根。同安和尚的意思是说自己定将证入菩提，不再受父母和合而有轮回、转生。

“便胜却人间无数”一句，似从唐代赵璜（一作李郢）《七夕诗》“乌雀桥头双扇开，年年一度过河来。莫嫌天上稀相见，犹胜人间去不回”的诗意化出，但若与前一句合观，则知“一……便……”句式的运用，含义更加丰富，一方面在对比中突出了牛女相会的珍贵，另一方面，更彰显了牛郎相会中的淋漓快意。

次说下片。毫无疑问，这是写牛女分别时的场景。其中，前面两句，我们可以视作是牛郎对此次相会的即时性回忆。在文本结构上，它们与上片头两句形成一一照应关系：“柔情似水”，在即景（银河）设喻的同时，也揭示了牛郎对织女依依不舍的原因；“佳期如梦”，是说牛郎对欢会时光之短的慨叹，它似与“飞星传恨”所表现出的织女之悠悠情思有了鲜明的对比。当然，这是男女性别差异所致，即牛郎更重视当下的实际感受，织女则有对将来（下一次）重逢的期盼，因为是她不断地派遣飞星传情。“忍顾鹊桥归路”，应是牛郎眼中织女与其告别的形象再现，“忍顾”是反问语气，意即“不忍顾”。全句的意思在说：当那条鹊鸟专为织女搭成的来路（按，《岁时广记》卷二六《乌鹊桥》引《风土记》云：“织女七夕当渡河，使鹊为桥。”）变成归路时，织女连回头一看都不忍心。此时，牛郎耳边响起的是织女临别前的温情告白：“两情若是久长时，又岂在朝朝暮暮。”这最后两句，历来受到称誉，如明人李攀龙《草堂诗余隽》卷三云：“相逢胜人间，会心之语；两情不在朝暮，破格之谈。”清人黄钧宰《金壶浪墨》（同治十二年刻本）卷七则评“两情若是久

①《大正藏》卷五一，第 333 页中。

长时，又岂在朝朝暮暮”是“理足辞圆”。所谓“破格”，意即超拔于常识之外，因为在一般人的心目中，美好的爱情生活最好是双方能时时刻刻长相厮守，女性尤甚。秦观《灼灼》诗便说：“妾愿身为梁上燕，朝朝暮暮长相见。”①而“理足辞圆”，则是道德评价（尚伦理）和审美评价（重言辞圆润之美）的高度统一。对此，今人周啸天先生即从语源学的角度指出：“‘朝朝暮暮’语出宋玉《高唐赋》。……和‘行云行雨’一样，都是性爱的暗语。所以末二句骨子里也就是说最亲密的关系就是真心相爱，而不是性关系。这当然是一种高明的见解，正因为这样，后代青年男女，才从这两句词中受到鼓舞，化为力量。”②我们认为，这种分析是符合文本语境的。另外，在后世受该词影响的作品中，也有类似的写法，比如明人易震吉《秋佳轩诗余》卷五《鹊桥仙·七夕》下片云：“曙光将散，幽欢未已，玉露金风楚楚。巫阳那得鹊成桥，更说甚朝云暮雨。”其中，“玉露金风”、“朝云暮雨”，都是性爱用语，但其情感基调，自然比不上秦观这一首。

说到爱情的性别差异，按照心理学的研究，一般的情况是“男重性、女重情”③。而秦观该词中牛郎织女的表现，在一定程度上也反映了这一特点。但作者把织女的告白作为结语，这表明：他也更重视、赞赏爱情之精神作用，而非仅仅停留在性欲的层面上。

我们之所以说秦观该词的结构带有戏剧化的效果，除了文本本身的性别特色外，其实后世剧作借用它时，有的还做了角色的分工，如明沈泰编《盛明杂剧二集》卷一四所收叶宪祖《丹桂钿合》第一折中，先是[**旦**]唱上片全部歌辞，接着是[**净**]唱下片的前三句，最后是[**旦合**]唱收尾的两句。另外，有的虽然未做角色区分，却改

---

①《全宋诗》第18册，北京：北京大学出版社，1998年，第12152页。

② 周啸天著《宋元明清诗词曲鉴赏》，成都：四川人民出版社，2003年，第100—101页。

③ 参玺璺、祝渊主编《两性心理解密》（下）《解密女人》，广州：广东世界图书出版公司，2004年，第121—123页。

动了部分语词,如清人洪昇《长生殿传奇》卷上《密誓》云:"[鹊桥仙]纤云弄巧,飞星**传信**,银汉**秋光**暗度。金风玉露一相逢,便胜却人间无数。柔**肠**似水,佳期如梦,**遥指**鹊桥**前**路。两情若是久长时,又岂在朝朝暮暮。吾乃织女是也。"(其间,加粗之字,即是改动之处)可见此曲是用来介绍戏剧人物织女的出场。

另外,秦观该词问世后不久就产生了广泛的影响,龚明之《中吴纪闻》卷四"黄姑织女"条说:

> 昆山县东三十六里,地名黄姑。古老相传云:尝有织女牵牛星降于此地,织女以金篦划河,河水涌溢,牵牛因不得渡。今庙之西,有水名百沸河。乡人异之,为之立祠。……祠中旧列二像,建炎兵火时,士大夫多避地东冈,有范姓者经从祠下,题于壁间云:"商飙初至月埋轮,乌鹊桥边绰约身。闻道佳期唯一夕,因何朝暮对斯人?"乡人遂去牵牛像,今独织女存焉。①

这里所说的昆山,与秦观的家乡高邮同属于今江苏,空间距离并不远。而且,从这则材料可以看出,至迟在两宋之际,昆山地区的牛女信仰就相当流行了。尤可注意的是:范姓作者题诗的末两句,显然承秦观《鹊桥仙》词而来,但题诗造成的结果是使织女独守庙门,成了永远的守候者。

最后要说的是,秦观该词对牛女尤其是织女形象的塑造,完全超越了唐人。中唐诗人卢仝《月蚀》说"痴牛与呆女,不肯勤农桑。徒劳含淫思,旦夕遥相望",此把牛女视作是淫夫、淫妇。《太平广记》卷六八"郭翰"条所引张荐(744—804)《灵怪集》中,则载有织女离开牛郎与郭翰偷情于人间的故事,她的感受竟然是:"天上那比人间。"(意即人间胜天上)按我们的理解,秦观借牛郎之口所说的

---

① [宋]龚明之撰,孙菊园校点《中吴纪闻》,上海:上海古籍出版社,1986年,第97页。

"便胜却人间无数",似含有对郭翰故事拨乱反正的深层用意,是在对比中进行历史反思。易言之,秦观对唐人较为开放的性观念,当有所批判。这或许是宋人以理制欲社会思潮的反映吧。

总之,秦观对男女爱情心理的性别差异,是有清醒的观察、认识和思考,而他最后对世俗性爱的精神超越,应是这首词深受后世喜爱的根本成因。

(本文原载《古典文学知识》2011 年第 2 期)

佛藏文学史料札记七则

笔者近年来研习佛教文学，常常翻检大藏经，发现其中多有涉及中古以降之文学史料者，兹选出七则，以供学界同仁参考。

一、庾信《咏鸟》(拟)

庾信(513—581)是南北朝文学史上的大家，其作品集今所存者主要有清人吴兆宜《庾开府集笺注》十卷、倪璠《庾子山集注》十六卷。今人许逸民先生校点后一书时辑有部分诗歌佚句[①]，不过，最近有人多所辩正，谓大半不是庾信所作[②]。而中唐高僧(738—839)澄观《大方广佛华严经随疏演义钞》卷三三有云：

> 疏：如鸟在壳者，壳谓鸟卵。为母所附者，言含声未吐者，庾信云"团团竹上禽，白玉里黄金。里有司晨鸟，含声未吐音"，借其言用。[③]

---

① 参[北周]庾信撰，[清]倪璠注，许逸民校点《庾子山集注》，北京：中华书局，1980年，第1093页。

② 参何世剑《〈庾信集〉佚文辩正三则》(《文学遗产》2010年第5期)、吴瑞侠《庾信诗歌佚句考辨》(《合肥学院学报》2010年第5期)。

③《大正藏》卷三六，第254页下—255页上。其中，"壳谓"之"谓"，"司晨"之"司"，底本分别作"为"、"思"，此据校勘记改。而"里黄金"之"里"，似涉下而误，细绎文意，当作"裹"。

此处所引庾信五言咏物诗，前揭清人辑注的庾信集及逯钦立先生辑校《先秦汉魏晋南北朝诗》悉未见收录，当是庾氏之佚诗。其写法与子山传世《咏雁诗》之“南思洞庭水，北想雁门关。稻粱俱可恋，飞云复飞还”逼似①，据其内容，可拟题《咏鸟》。

二、《冤魂志》的异名、故事数及佚文

颜之推(531—约595)撰出的佛教宣教小说《冤魂志》三卷，早在《隋书·经籍志》(二)即有著录，其后人唐代大书法家颜真卿《唐故通议大夫行薛王友柱国赠秘书少监国子祭酒太子少保颜君碑铭》亦云颜之推：“著《家训》二十卷、《冤魂志》三卷。”据此，则知是书本名当为《冤魂志》。但是，《太平广记》、《崇文总目》、《宋史·艺文志》等却题作《还冤志》。此外，《冤魂志》在藏经中，又有其他异名，如初唐释道世(？—683)《法苑珠林》多次引用是书，虽说大多注明“出《冤魂志》”(见卷二七、七三、七四、七七、九四等)，但是卷九一所引“周杜国之伯常”、“汉时羽林中郎游殷”、“晋富阳县令王范”等8条，则注曰：“出《怨魂志》。”②北宋释净源(1011—1088)述《华严原人论发微录》卷上又曰：“雠怨者，今于颜之推《怨魂志》中编录三条。”(《大藏新纂卍续藏经》第58册，第724页下。按：所录3条分别为窦婴、苏娥和弘氏故事。)此则进一步证实了《怨魂志》就是《冤魂志》。中唐高僧释宗密(780—841)撰《圆觉经大疏释义钞》卷九又云：“昔有颜之推，依书史纂录古来死后雠怨之事，文有三卷，名《冤魂记》，所叙之事，凡七十条。今取显易处，编录七

① 逯钦立辑校《先秦汉魏晋南北朝诗》，北京：中华书局，1983年，第2408页。
②《大正藏》卷五三，第962页下。又，校勘记中指出：“怨”，宫本作“冤”。

条。"[1]于此,宗密不但告诉读者《冤魂志》的另一异称是《冤魂记》,而且交待了《冤魂志》所收仇怨故事的数量为70条。今人罗国威先生作《〈冤魂志〉校注》(成都:巴蜀书社,2001年),共辑得相关故事60条(参《前言》),看来,还有七分之一的差距。然据初唐释法琳(572—640)《辩正论》卷七之"祖深献书而著白癞"条注曰:"梁人郭祖深,上梁武帝一十八条,请废郏内小寺及无案业僧尼,梁武不纳。后梦见善神唾之,遂着白癞,虽悔不差。出《冤魂记》也。"[2]结合宗密之说,则知法琳所引《冤魂记》,即《冤魂志》,而罗国威先生辑本此条失收,当据补。

三、卢纶《送静居法师》之"七祖"并不是指青原行思

"大历十才子"之一的卢纶(?—799?)有《送静居法师》诗曰:"五色香幢重复重,宝舆升座发神钟。薝卜名花飘不断,醍醐法味洒何浓。九天论道当宸眷,七祖传心合圣踪。愿比灵山前世别,多生还得此相逢。"日本著名学者柳田圣山《初期禅宗史书の研究》说:静居法师不是人名,而与江西静居寺有关,并结合颜真卿《靖居寺题名》证明此寺与行思有关,从而得出结论说诗中的"七祖",应指青原大师[3]。虽说"静"、"靖"时有通用,但我们并不能赞成柳田氏的观点,因为从诗中的描述可以看出,静居法师出入的是皇帝的内道场,他是以讲经而获得巨大声名的,而行思(641—740)作为禅宗七祖,历史上并没有他(包括其弟子)出入内道场的记载。实际上,静居法师实有其人。查日本所编《大正藏》第36册有《皇帝降

① 《大藏新纂卍续藏经》第9册,第673页中。按:所录7条是窦婴、苏娥、吕庆祖、诸葛元崇、徐铁臼、弘氏、江陵士大夫之故事。
② 《大正藏》卷五二,第540页中。
③ 参柳田圣山《初期禅宗史书の研究》,京都:法藏馆,1967年,第414—415页。

诞日于麟德殿讲〈大方广佛华严经玄义〉一部》，经题下有云："大安国寺沙门静居谨上。"[①]经文结束处则有题记："贞元八年四月二十一日安国寺沙门静居进上。"[②]据《旧唐书·德宗本纪》，唐德宗李适生于天宝元年(742)四月癸巳(即农历4月19日)，可见静居法师的这部讲义虽用于皇帝生日的讲筵法会，却是在两天后重加整理过才正式进呈，以便御览。既然静居法师讲经主旨源于《华严经》，则诗中"七祖"当指时人(包括卢纶在内)心目中的华严宗第七祖。但具体是谁，史书阙载，不便臆断。不过，可以肯定的是，他不是后来《大明三藏法数》中所排列的华严第七祖——中唐时的圭峰宗密(按，七人顺序是马鸣、龙树、杜顺、智俨、法藏、澄观、宗密)，因为贞元八年(792)宗密才13岁，他不可能是静居法师的老师。最后，依据经文题记，并结合诗之送别主题，我们还可确定卢纶该诗当作于贞元八年静居法师在麟德殿讲完《大方广佛华严经玄义》离开长安之时。

四、"野火烧不尽，春风吹又生"与佛典

《赋得古原草送别》是中唐诗人白居易(772—846)的名篇之一。晚唐张固《幽闲鼓吹》载其流传情况曰：

> 白尚书应举初至京，以诗谒顾著作。顾睹姓名，熟视白公曰："米价方贵，居亦弗易。"乃披卷，首篇曰"咸阳原上草，一岁一枯荣。野火烧不尽，春风吹又生"，即嗟赏曰："道得个语，居即易矣。"因为之延誉，声名大振。[③]

---

①《大正藏》卷三六，第1064页下。

②《大正藏》卷三六，第1066页下。

③《学海类编》第67册，《封氏闻见记·刘宾客嘉话录·幽闲鼓吹》合刊本之《幽闲鼓吹》，页二至三。

《唐摭言》卷七“知己”条则载：

> 白乐天初举，名未振，以歌诗谒顾况。况谑之曰：“长安百物贵，居大不易。”及读至《赋得原上草送友人》诗曰：“野火烧不尽，春风吹又生。”况叹之曰：“有句如此，居天下有甚难！老夫前言戏之耳。”①

《旧唐书》卷一六六白居易本传，则进一步把乐天干谒顾况（725？—814?）的时间落实在诗人“年十五六岁”②。傅璇琮先生谓此仅是故事传说，不能就此确定本诗就是白氏十五六岁时所作③。我们暂且抛开具体的创作时间之争论，单就张、王所提供的信息而言，它们还是有互相补充的地方：即张固所记第一句与现在耳熟能详的“离离原上草”有别④，因为它明确说是“咸阳原上草”，即交待了送别之地是在咸阳；而王定保提供的诗题亦与流行的《赋得古原草送别》稍异。综合起来看，或许原诗题目当如王氏所载，诗句则以张固所言为是。当然，二者也有共同点，那就是顾况之所以延誉白氏，是因为后者写出了千古名句“野火烧不尽，春风吹又生”。而这一名句，无论谈语源还是谈影响，都与佛典有着较为密切之联系。

就语典来源讲，它和北凉昙无谶译《佛所行赞》卷五《神力住寿品》中的偈颂极其相似。偈曰：

> 猛火焚旷野，草尽还复生。贪欲火焚心，正法生则难。⑤

---

①［五代］王定保著《唐摭言》，北京：中华书局，1960 年，第 81 页。

② 参［后晋］刘昫等撰《旧唐书》，北京：中华书局，1974 年，第 4340 页。

③ 参傅璇琮著《唐代诗人丛考》，北京：中华书局，1980 年，第 398—400 页。

④ 按，后世引用（化用）白氏此诗句时，亦常作“离离原上草”，如苏辙（1039—1112）《次韵王巩代书》诗曰“应笑长安居不易，空吟原上草离离”（《全宋诗》第 15 册，第 9923 页），“长安居不易”，显然典出《唐摭言》。

⑤《大正藏》第 4 册，第 43 页，上—中。

特别“猛火”两句，白居易“野火”两句与之相比，不论意象构成（原野、火、草）还是表达方式（草尽又生），应该说都如出一辙。当然，也有相异之处，如白居易点明了草“又生”之因是“春风吹”，而《佛所行赞》对此则略而未谈。此外，就内容特色言，佛典旨在说明贪欲的可怕，是以说理为主，白诗却在借景抒发朋友间的离别之情。

说到马鸣菩萨的《佛所行赞》（又名《佛本行经》、《佛所行赞经传》、《佛所行赞经》、《佛本行赞经》、《佛所行赞传》等），是印度佛教文学史上最伟大的佛传作品。汉译之后，广为传诵。饶宗颐先生甚至怀疑猛烈反佛之韩愈（768—824）所作《南山》诗，就受过其影响①。而白乐天对汉译大乘佛典的熟悉程度，毫无疑问要超过韩退之，其《爱咏诗》曾夫子自道云：“前生应是一诗僧。”②因此，他对《佛所行赞》定然不会陌生。

白居易是唐代佛教史上禅、净兼修的代表性文人之一，并且很早就被列为南宗法嗣之一，即大鉴（慧能）四世洛京佛光寺如满禅师之法嗣③。或许正由于此，后世禅师常引其诗中名句来证悟禅机，而“野火烧不尽”两句最为常见。兹择要列表如后：

序号	禅师	禅宗派系	语录及其相关内容
1	杨岐方会（996—1049）	临济宗杨岐派	《杨岐方会和尚语录》岁旦上堂。僧问：“旧岁已随残腊去，今日新春事若何？”师云：“钵盂里满盛。”进云：“与么则三年逢一闰，九月是重阳。”师云：“野火烧不尽，春风吹又生。”进云：“专为举似诸方去也。”师云：“尔道云盖末后一句作么道？”进云：“七九六十三。”师云：“念言语汉。”④

① 饶宗颐《马鸣佛所行赞与韩愈南山诗》，载《梵学集》，上海：上海古籍出版社，1993年，第313—317页。

② 谢思炜《白居易诗集校注》，北京：中华书局，2006年，第1838页。

③ 参《景德传灯录》卷一〇（《大正藏》卷五一，第279页下—280页上）、《传法正宗记》卷七（同前，第751页下）等。

④《大正藏》卷四七，第641页中。

（续表）

序号	禅师	禅宗派系	语录及其相关内容
2	仁勇 （生卒年不详）	同上	《保宁仁勇禅师语录》卷一 问:"去载今朝长至节,今年犹是去年年。二轮交互常流动,到此如何论不迁。"答:"天寒日短。"僧云:"为什改故换新?"答:"冬深多雨雪,必定是丰年。"僧云:"野火烧不尽,春风吹又生。"答:"有什了时。"僧云:"点点是秋声。"答:"终不落别处。"僧以坐具一拂,师嘘一声。①
3	圆通法秀 （1027—1090）	云门宗	《建中靖国续灯录》卷一〇 问:"阳春二三月,万物尽生芽,未审道芽还增长也无?"师云:"自家看取。"僧曰:"莫便是指示处么?"师云:"芭蕉高多少?"僧曰:"野火烧不尽,春风吹又生。"师云:"遮个是白公底,你又作么生?"②
4	投子义青 （1032—1083）	曹洞宗	《投子义青禅师语录》卷上 次夜小参。僧问:"承明安禅师颂云'阳广山头草,凭君待价焞',今夜布袋已开,请师垂示。"师云:"瑞草连天秀,芦华对月明。"进云:"学人未晓,请师再指。"师云:"且归岩下去,直待月明时。"进云:"恁么则野火烧不尽,春风吹又生。"师云:正令已行。③
5	怀深 （1077—1132）	云门宗	《慈受怀深禅师广录》卷四《丁忠训妻与女同下火》 二十余年寄此间,盖芜尘土翳朱颜。今朝子母应相贺,且喜春来返故关。复召大众云:白骨两函,红焰一炬,将化为灰。作么生说个返故关底道理?良久云:野火烧不尽,春风吹又生。④

①《大藏新纂卍续藏经》第 69 册,石家庄:河北省佛教协会,2006 年,第 287 页下。

②《大藏新纂卍续藏经》第 78 册,第 700 页下。

③《大藏新纂卍续藏经》第 71 册,第 735 页下。

④《大藏新纂卍续藏经》第 73 册,第 133 页中。

（续表）

序号	禅师	禅宗派系	语录及其相关内容
6	瞎堂慧远 (1103—1176)	临济宗 杨岐派	《瞎堂慧远禅师语录》卷一 上堂:结夏已经半月,迦毗罗神与蒋庙争山事作么生?山僧始记得未出家时,一年胜如一月,一月胜如一日,一日胜如一时。既出家后,一年不如一月,一月不如一日,一日不如一时。虽然如是,诸人且道胜底是,不如底是?野火烧不尽,春风吹又生。①
7	虚堂智愚 (1185—1269)	同上	(1)《虚堂和尚语录》卷一 正旦上堂:年年是好年,日日是好日。为甚有新有旧?若道得个隔手句子,许尔铁轮峰顶翘足,大洋海底算沙。不然,野火烧不尽,春风吹又生。②
			(2)《虚堂和尚语录》卷七《春日对镜》 不住复新新,来从幻里真。旧髯皆变白,老眼尚精神。世事终难鉴,菱花亦有尘。东风原上草,不觉又生春。③
8	如玺 (1602—?)	曹洞宗	《方融玺禅师语录》卷二 僧问:"有句无句,意旨如何?"师云:"一拔连根脱。"进云:"毕竟句归何处?"师云:"野火烧不尽,春风吹又生。"④
9	弘储 (1605—1672)	临济宗	《南岳继起和尚语录》卷一 弟子祝本圆庄严先慈,请上堂。……僧问:"一冬烧不尽,春风吹又生,未审湖南草作何颜色?"师曰:"昨日闹哄哄。"⑤

①《大藏新纂卍续藏经》第 69 册,第 568 页中。
②《大正藏》卷四七,第 989 页,上—中。
③《大正藏》卷四七,第 1039 页上。
④《嘉兴大藏经》第 29 册,台北:新文丰出版公司,1987 年,第 827 页下。
⑤《嘉兴大藏经》第 34 册,第 285 页,上—中。

（续表）

序号	禅师	禅宗派系	语录及其相关内容
10	善鄴（生卒年不详）	临济宗	《翼庵禅师语录》卷四 小参。看看又是春风也，野火烧不尽底槎槎枒枒，包裹不来齐脱绽。纵横向背莫端倪，正与么时"风暖鸟声碎，日高花影重"，是有句是无句？良久曰：不可教山僧更下注脚也。①
11	弘瀚（1630—1706）	曹洞宗	《博山粟如瀚禅师语录》卷四 小参。珠产渊，玉生璞，赖彼先知觉后觉。到处相逢摸象流，明珠美玉谁取琢。恶郑声，乱雅乐，清者清兮浊者浊。冷眼冷耳耐看听，拟扫清浊诸龌龊。拈拄杖云：者一点还扫得去么？野火烧不尽，春风吹又生。②
12	行植（1632—1680）	临济宗	《鹤林天树植禅师语录》卷一《除夕为野生上座火》 六十三年似消雪，人命无常在呼吸。腊月三十正此时，铁额铜头避不及。既避不及，即今向何处安身立命？擎火炬云：野火烧不尽，春风吹又生。③

从表中可以看出，赵宋及其后禅宗各主要派别对白诗多有引用，这说明"野火"句在后世禅师中有较大影响。就使用对象言，师徒悉可，师者如序号1、5、6、7、8、10、11、12，弟子如序号2、3、4、9。就使用场合言，既可在定期上堂之时，如序号1、7(1)之岁(正)旦，序号6之结夏(一般在农历四月十六至七月十五之间)；也可在小参(指禅林中不定时的小规模说法。而正式说法，称上堂，即大参)时，如序号4、10、11所示；又可在僧俗火化时，如序号5、12所载。

---

①《嘉兴大藏经》第37册，第686页中。
②《嘉兴大藏经》第40册，第461页中。
③《嘉兴大藏经》第37册，第757页中。

从使用方式言，多数是直接引用白氏原句，但也有改动字词者，如序号 9、10；甚至活用其意者，如序号 7(2)。而表达的禅学意义，因人而异：如序号 1 中，方会禅师意在开示弟子要断灭言语之相；序号 2、6、7(1)、8、10、11 引用(或化用)白诗时，则似回归于其原始出处《佛所行赞》，因为烧不尽的草比喻的是有情众生无穷无尽之烦恼(染心)，此若不灭，就永远解脱；序号 3 中，圆通法秀针对弟子的疑问，明确指出悟道方式是自悟；序号 4，重在揭示修道时要顺应时势，善于权变而不偏执一端；序号 5、12，则在祝愿死者能乘愿再来，生生世世归依佛法①；序号 9 表面看是答非所问，本来僧人所问是"色"，弘储却答以声，这种反常之举，恰恰体现了禅宗的反常合道精神②；而最具诗情佛理者，是序号 7(2)，它既抒发了虚堂智愚人生如幻的感慨，又揭示出真幻一如之理趣。

五、王钦若《送单大师归岳》

王钦若(962—1025)，字定国，临江军新喻(今江西新余)人。太宗淳化三年(992)进士，真宗朝擢翰林学士，历任参知政事、枢密史、同平章事等，卒，谥文穆。其人迎合真宗，大中祥符(1008—1016)年中，参与伪造道教天书之事；天禧元年(1017)，又奉命兼任译经润文使③。故他对佛、道经典都较为熟稔，尤其是道教典籍。

---

① 按，此 2 例引用白诗，又暗喻佛教轮回思想。南宋释宗晓(1151—1214)《乐邦遗稿》卷二即曰："若言天上人间随意寄托，则是所修不超三界。既不超三界，则还堕轮回之中，古人所谓'野火烧难尽，春风吹又生'者也。"(《大正藏》卷四七，第 242 页中)再如延祐丁巳(1317)中元日海粟老人冯子振《重刊圆悟禅师碧岩集疏》又曰："野火烧不尽，春风吹又生。花落碧岩，阳坡如绣，历过去劫，死灰复然。"(《大正藏》卷四八，第 225 页上)

② 关于反常合道的分析，可参周裕锴《文字禅与宋代诗学》，北京：高等教育出版社，1998 年，第 167—181 页。

③ 参《佛祖统纪》卷四四，见《大正藏》卷四九，第 406 页上。

《全宋诗》卷九三辑其诗四首、断句六[①]，曾维刚先生指出只录断句"春渍苔纹沿石塔，月含松韵杂琴声"之《题栖霞阁》，实存全篇，诗见明正德《袁州府志》卷一二[②]。笔者则从明查志隆撰《岱史》中辑得其七言律诗《登泰山》，诗作于大中祥符元年(1008)随真宗封禅泰山时[③]。而南宋陈田夫撰《南岳总胜集》卷中又云：

> 真宗朝，敕差冲靖天师单惟岳来住持，提举岳门官观，兼管烟火。后奉旨改为甲乙，自兹始也。故宰相王钦若有《送单大师归岳》诗云："玉书飙驭降神州，楼观丹台选道流。岩谷难藏猿鹤性，吟怀终恋水云幽。晚程冒雪潇湘渡，采药沿溪舴艋舟。乍到楚乡应动念，十年人物半沈浮。"[④]

按，大中祥符四年(1011)真宗崇封五岳，乃派工部侍郎薛映(951—1024)、给事中钱惟演(962 或 977—1034)持奉礼部侍郎丁谓所撰、皇帝钦定之《玉册文》来到南岳[⑤]。陈田夫虽未点明《送单大师归岳》的写作时间，但若结合薛映、钱惟演分任南岳奉册使、副使过荆门军得获芝草时在大中祥符四年十一月[⑥]及诗中"晚程冒雪"之描写，颇疑单惟岳与薛、钱同行，则诗或作于该年(1104)三人离开京

---

① 参傅璇琮等主编《全宋诗》第 2 册，北京：北京大学出版社，1998 年，第 1046—1048 页。又，陈新等补正《〈全宋诗〉订补》(郑州：大象出版社，2005 年，第 31 页)又辑出七言残句一。

② 曾维刚《王钦若诗辑补一首》，《江海学刊》2012 年第 5 期，第 184 页。

③ 参拙撰《〈全宋诗〉道教类诗歌补正——以〈道藏〉纪传类经典为中心》，《古籍研究》总第 57—58 卷，合肥：安徽大学出版社，2013 年，第 330 页。

④《大正藏》卷五一，第 1068 页，中—下。

⑤ 参《南岳总胜集》卷上(《大正藏》卷五一，第 1063 页中—1064 页上)。其中，"钱惟演"原作"钱公惟"，此据《宋史》卷六三《五行二・上》(北京：中华书局，1985 年，第 1391 页)补一"演"字("公"是尊称)。又，据《宋史》，当时薛映时任南岳奉册使、钱惟演则任副使。

⑥ 参[元]脱脱等撰《宋史》，第 1390—1391 页。

城时。而从“十年人物”一句推断，王钦若与单惟岳交往时间甚长，两人情谊甚笃。

六、韩驹、释善清佚诗各一首

元代高僧释熙仲《历朝释氏资鉴》卷一一有云：

> 侍郎韩子苍问道于草堂清禅师，致书云：“近阅传灯，言通意料，颇合千(于)心者。但世缘万绪，情习千端，未易消释，须有切要用心处，毋吝指教。”答曰：“欲究此事，善恶二途皆勿萌于心，能障人智眼。文字亦不必多看，举目悟门(云云)。”子苍得此向导，述意云“钟鼎山林无二致，闲中意趣静中身。都将闻见归虚照，养性存心不问”也。师得之，大喜。乃示众云：鸟啼幽树报中春，有眼如盲耳绝闻。门外桃花开欲尽，不知谁解继灵云。①

韩子苍，即江西派诗人韩驹(1080—1135)；草堂清禅师，则指和韩驹同时代的黄龙派僧人释善清(1057—1142)，草堂是他的号。其中，开头至“养性存心”部分，又被明初高僧岱宗心泰(1327—1415)《佛法金汤编》卷一三“韩驹”条及夏树芳《名公法喜志》卷四“韩子苍”条②所征引，仅少数文字有异而已。而且，根据心泰和夏氏的引文，可知韩驹述意诗最后一句是完整的七言句“养性存心不问人”(即《历朝释氏资鉴》所引漏了一“人”字)。此七言绝句，《全宋诗》及《全宋诗订补》皆失收。另外，虽然《全宋诗》卷一一九三辑有释善清的十首诗，却未辑录他这首赞扬韩驹开悟的七言绝句。二

---

①《大藏新纂卍续藏经》第 76 册，第 246 页上。

② 参《大藏新纂卍续藏经》第 87 册，第 430 页下、《大藏新纂卍续藏经》第 88 册，第 346 页上。

者皆当据补。

七、曾慥《皇宋百家诗选》入选诗人补考

两宋之际曾慥(？—1155)所编《皇宋百家诗选》,也叫《皇宋诗选》、《宋百家诗选》或《百家诗选》,据《西江诗话》卷四"曾慥"条载,它是曾慥"帅荆渚日,选本朝诗"而成,所选诗人"自寇莱公至僧琏二百余家,为《皇宋诗选》五十七卷,以续荆公《诗选》之后。其言欧王苏不入选,仿荆公不及李杜韩之意。编中人,各为小传"。是书虽然早佚,但先后有王利器先生《曾慥〈百家诗选〉钩沉》(载《文学遗产增刊》第十四辑)、卞东波博士《第一部宋人选宋诗——曾慥〈宋百家诗选〉考论》[①]二文进行辑考,特别是卞东波在王先生基础上大有进步,共辑出入选诗人六十家,但仍有遗漏。南宋高僧释宗晓(1151—1214)所编《乐邦遗稿》卷二"尹舍人隐几而逝"条即云:"《百家诗选》曰:尹洙字师鲁,洛阳人也。天圣中登第,官至起居舍人、直龙图阁。公一日与一佛者谈,自言以静退为乐。其人曰:'此犹有所系,不若进退两忘。'公顿若有省。遗世之日,范文正公访之,公隐几而坐。言曰:'己与公别,安用复来。死生常理也,希文岂不达此?'乃相揖而逝,俄倾举头曰:'亦无鬼神,亦无恐怖。'言已长往。师鲁所养至此,可谓有力矣。""吕本中书病知前路资粮多少"条又云:"《百家诗选》曰:吕本中,字居仁。靖康年擢第,历官及中书舍人,落职奉祠。公平生缘诗以穷,耽禅而病,清癯之甚,若不胜衣者。所居一室,萧然裕如也。公每以前路资粮为念,因赋诗寄刘器之曰:'病知前路资粮少,老觉平生事业非。无数青山隔江海,与谁同往却同归。'至绍兴丙寅夏六日,公无病忽加趺而逝。考其修蕴,定知稇载而去矣。"[②]据此,则知尹洙(1001—1047)、吕本中

---

① 按,即作者《南宋诗选与宋代诗学考论》第一章,北京:中华书局,2009年。

②《大正藏》卷四七,第248页上。

(1084—1145)亦属《百家诗选》的入选者，宗晓对两位诗人的介绍，似引自《百家诗选》原有的诗人小传。另外，所引吕本中一诗，见于《全宋诗》卷一六一三所收吕氏《海陵病中》五首之第一首①，它应是吕本中被《百家诗选》选入的诗歌之一吧。

(本文2、3、6、7条，原载于《古典文学知识》2012年第2期，其余则为新撰)

①《全宋诗》第28册，第18116页。又，《全宋诗》谓"沧"："原校：一作江。"则知藏本作"江"，自有文本依据。

“娄罗”词义溯源

“娄罗”之本义，现行通用词典，如《辞源》注之为：“象声词，形容语音含混嘈杂，有轻视意。”①《汉语大词典》则谓：“语音含混、嘈杂貌，有轻视意。”②两者几无不同，而且所引语源出处皆是顾欢《夷夏论》里的一段话。顾欢乃宋齐间著名的道士，他讥讽当时的佛教用语说：“夫蹲夷之仪，娄罗之辩，各出彼俗，自相聆解，犹虫讙鸟聒，何足述效？”细译原文，“娄罗之辩”中的“娄罗”，并无语音含混嘈杂之意，倒是其后的喻词“虫讙鸟聒”才有此含义。那么，后世用“娄罗”时为何把它与状写鸟声相联系？这先得明白“娄罗之辩”究竟指的是什么。

清人沈涛《瑟榭丛谈》（光绪聚学轩丛书本）卷下说：“《南齐书·顾欢传》论蹲夷之仪，娄罗之辨，以娄罗对蹲夷，亦似拟其音而言。”意即“娄罗”似拟夷语之音。但拟何种“夷”语，作者则未明示。若联系东晋后佛教深入影响中华文化之史实，我们怀疑它拟的就是梵语之音，果然在敦煌遗书中有相关记载。

S. 1344V 写卷引有题为鸠摩罗什《通韵》之本文说：

> 本为五十二字，生得一百八十二文，就里十四之声，复有五音和合，数满四千八万，唯佛与佛能知，非是二乘恻（测）量，况乃凡夫所及，纵诵百翻千遍，无由晓达其章。章字之声，无

---

①《辞源》第1册，北京：商务印书馆，1992年，第758页。

②《汉语大词典》第4册，上海：汉语大词典出版社，1990年，第371页。

> 音不彻，六夷殊悟，一揽无遗。百鸟之声，听闻即解。十四音者，七字声短，七字声长。短者吸气而不高，长者平呼而不远。三身摄六贾，鲁留而成斑。

这段话说，梵语对于二乘及凡夫虽如百鸟之声一样难懂，佛却能“听闻即解”，表现出无所不能的神通。因此，在鸠摩罗什看来，“百鸟之声”显然是褒义词。顾欢恰恰相反，讥笑梵语是“鸟聒”，带有轻视之意。两者为何截然不同？原来这涉及有关梵文字母的音译问题。

所谓五十二字，是指梵文有五十二个字母。十四之声，指14个元音字母。七字声短者，指七个短元音：a、i、u、e、o、ṛ、ḷ。七字声长者，指七个长元音：ā、ī、ū、ai、au、ṝ、ḹ。“鲁流”，据饶宗颐先生考证，是“鲁流卢楼”的略称①，而鲁流卢楼是鸠摩罗什对梵语四流音ṛ、ḷ、ṝ、ḹ的汉语音译。上述四音是梵语中特有的母音，古汉语中根本不存在相对应的音。其中，ṛ、ṝ、是舌元音，ḷ、ḹ是齿元音，两两之间仅长短有别，有“-”号者为长元音，无则为短元音。古人学习时不易区分它们，音译也存在较大的困难，故而译语迥异②，如东晋法显《佛说大般泥洹经》卷五译之为“釐釐楼楼”③，鸠摩罗什的弟子慧严《大般涅槃经》卷八则承师说译作“鲁流卢楼”④，由此可知，“楼楼”与“卢楼”都是ḷ、ḹ的音译。慧琳《一切经音义》卷二五又谓东晋义熙十一年(415)昙无谶译上述四流音为“鲁流卢娄”⑤，所以，“娄”同“楼”，亦ḷ或ḹ的音译用字。

梵语声母ra、la的汉语音译亦难以辨别，法显译为“罗”和“轻

① 饶宗颐《梵学集》，上海：上海古籍出版社，1993年，第128页。

② 按，日本学者大高顺雄对ḷ、ṛ有的汉语音译详细调查，参《梵语音l、ḷ、r、ṛの汉语音写》，《大手前大学论集》第11号(2010年)，第243—275页。

③《大正藏》卷一二，第888页下。

④《大正藏》卷一二，第665页下。

⑤ 参《大正藏》卷五四，第470页下。

音罗"[①],慧严等译为"啰"和"罗",并谓"罗轻"[②],即"罗"读轻声,两译在汉语中实为相同的发音"luo",区分很不严格。梵语之 ra 本是卷舌的辅音字母,而 la 是齿音字母,根本无相同之处。汉译之所如此混乱,是因为古汉语无舌上音,因此卷舌的 ra 混同于齿音 la 也就不足为怪了。

由此看来,"娄罗之辩"实指晋宋时佛教徒对ḷ、ḹ、ra、la 等梵文字母音译的辨别。"娄"主要是辨ḷ、ḹ,"罗"则别 ra、la。据史书记载,顾欢虽从夷夏之争反对佛教,然于释家经典十分熟悉,而且有相当深入的研究。因此,梵语有关字母音译的混乱,他自是了解和不满的,所以才会讥之为"虫讙鸟聒"。

"娄罗"作为一个连绵词,后世又写作"楼罗"、"喽罗"、"喽啰"等。如敦煌遗书 P. 2653《燕子赋》"燕子实难及,能语复喽罗",南宋吴潜(1196—1262)《祝英台近》"百舌楼罗,渐次般言语"[③],皆是状写鸟声。特别是"百舌喽罗",即鸠摩罗什"百鸟之声"意。"娄罗"之所以和鸟声相联系,是因为ḷ、ḹ、ra、la 的汉语音译——"娄罗之辩"就如百鸟之声一样难以分别。

梵语是十分难学的语言,敦煌遗书 P. 3986 载唐玄宗《题梵书》即说:"毫(鹤)立蛇形势未休,五天文字鬼神愁。支那弟子无言语,穿耳胡僧笑点头。"因此能通梵语者古人皆视之为聪明。唐人小说《定婚店》谓韦固博学超人时即说他"字书无不识者,西国梵字亦能读之"[④]。P. 2292《维摩诘经讲经文》云"我长于诸处,夸汝娄罗",寒山诗亦说"自呈说喽啰,聪明无益当"[⑤]。这里的"娄罗"(喽啰)皆当"聪明"讲。唐人苏鹗则云:"娄罗者,干办集事之称。世曰娄

---

①《大正藏》卷一二,第 888 页下。

②《大正藏》卷一二,第 654 页下。

③ 唐圭璋编《全宋词》,北京:中华书局,1965 年,第 2734 页。

④ [宋]李昉等编《太平广记》,北京:中华书局,1961 年,第 1142 页。

⑤ 项楚《寒山诗注》,北京:中华书局,2000 年,第 400 页。

敬、甘罗，非也。"[1]既然"娄罗"作"聪明干练"解与娄敬、甘罗等神童事无关，那就只好追溯到它最初的出处——"娄罗之辩"了。如果一个对只有佛才"听闻即解"的鸟语般的梵语有所知，他自然是极聪明之人了。所以，"聪明"乃是"娄罗"的引申义。

至此，我们可以看出"娄罗之辩"的本事是指人们对梵语有关字母的音译辨别。由于它们难以区分，后人才用"娄罗"来状语音含混貌，并由此引申出"聪明"等义项。其词义的演变，从一个侧面反映出佛经传译对中国语言及文学的深刻影响。

（本文原载《辞书研究》2000 年第 1 期，此略有修改）

① 王云五主编《丛书集成初编》第 279 册，《资暇集及其他二种》之《苏氏演义》卷上，长沙：商务印书馆，1939 年，第 10 页。

后 记

这本论文集的刊行，与我承担的两个社科项目有关。

2010 年 8 月，我申请了福建省社科规划基金项目《佛道并兴与陶渊明诗文创作》(2010B108)。后在一年半左右的时间内，陆续撰成了一组系列论文(即本稿前 5 篇)，它们从中古时期新兴宗教思想与陶渊明诗文创作之关系入手，在文本解读上有一些新视角和新发现。本来，此课题尚有不少可以开拓的空间，值得深入钻研。但 2011 年 7 月，我又申请了一个国家社科基金项目(11BZW074)，因其研究重点转向了晋唐佛教文学史之梳理，所以只好暂时中断对前者的研究。而为了前一课题能顺利结项和迎接后者的中期检查，故从往年所撰宗教文学之专题论文中辑出数篇，稍事修改，加上新撰者，裒为一集，名曰《宗教与中国文学散论——梦枕堂丛稿二编》。这些论文，多数已公开发表(或宣读于国际学术讨论会)，文末对刊物出处悉一一注明。其中，各有一篇是与硕士生王镇宝、博士生侯艳合作完成(二位同学已毕业有年)，为纪念这一师生共同研究的特殊因缘，二文一并收入本稿。

去年，我出版了个人的第一部论文集《佛教与中国文学散论——梦枕堂丛稿初编》，现在又有机会出版《二编》，这得感谢凤凰出版社的大力支持，尤其是责任编辑樊昕博士所付出的艰辛劳动。而业师陈庆元教授，十数年来一直关心我的学术成长，福建师范大学文学院尤其是古代文学教研室的诸位同仁，对我亦有莫大的帮助，于此谨致深切谢忱。

今年元月 10 日，我的硕士生导师南开大学文学院郝世峰教授不幸病逝。遥想20年前，正是先生把我这个半路出家的学生手把手地引领上古代文学的研究之路。记得第一次见面，先生即以清人戴震的学术理念——“志存闻道，必空所依傍”（《孟子字义疏证》）、“其得于学：不以人蔽己，不以己自蔽；不为一时之名，亦不期后世之名”（《答郑丈用牧书》）及经学三难“淹博难，识断难，精审难”（《与是仲明论学书》）相要求。时光如驶，哲人其萎，自己的修为虽离先生的愿望相距甚远，但我愿借此论文的结集表达我对先生的无限怀念，同时也是一种自我鞭策。

2013年9月1日识于福州仓山江南水都美域寓所